# ÜBERNATÜRLICHE IRREFÜHRUNG

SASHA URBAN SERIE: BUCH 5

DIMA ZALES

♠ MOZAIKA PUBLICATIONS ♠

Veröffentlicht von Mozaika Publications, einem Impressum von Mozaika LLC.
www.mozaikallc.com

Lektorat: Fehler-Haft.de

Umschlag von Orina Kafe
www.orinakafe-art.com

e-ISBN: 978-1-63142-510-3
ISBN drucken: 978-1-63142-511-0

MIT FLUFFSTER an meiner Seite betrachte ich die Mischung aus Landkarte und Venn-Diagramm auf meinem Handy zum hundertsten Mal.

Dann erzähle ich ihm, was ich denke, und er stimmt meiner Theorie zu: Auf meinem Bildschirm ist ein Weg durch die Otherlands dargestellt. Ein Weg, der mich zu Rasputin führt – meinem biologischen Vater, mit dem ich endlich im Leerraum gesprochen habe.

»Also wirst du ihn wirklich suchen?«, fragt Fluffster in meinem Kopf.

»Ja«, sage ich. »So schnell wie möglich.«

Fluffster hockt sich hin. »Das wird gefährlich werden.«

»Ich weiß. Aber ich gehe trotzdem.«

Das Chinchilla seufzt auf eine sehr menschenähnliche Weise. Es kennt mich gut genug, um zu erkennen, dass seine Fantasie, dass ich zu Hause wie eine Eingesperrte lebe, genau das ist – eine Fantasie.

»Wer, glaubst du, foltert ihn?«, fragt er. »Wenn wir das wüssten, wären wir vielleicht besser vorbereitet, damit umzugehen.«

»Leider habe ich keine Ahnung«, sage ich, und ein Schauer durchfährt mich, als ich mich daran erinnere, was ich in Rasputins Erinnerungen während unseres Treffens im Leerraum gesehen und gespürt habe. Schon jetzt spüre ich Phantomschmerzen in meinem Knie von dem qualvollen Schlag des Folterers. »Alles, was ich weiß, ist, dass er mein Vater ist und leidet«, sage ich. »Und obwohl er denkt, dass er es dafür verdient, mich am Flughafen zurückgelassen zu haben, werde ich ihn *nicht im Stich lassen*.«

Ich werde meinen biologischen Vater retten, und dabei werde ich ihn treffen – eine Vorstellung, die mich mit einer nervösen Mischung aus Angst und Aufregung erfüllt.

»Ich wünschte immer noch, du würdest nicht gehen, aber ich verstehe, warum du es willst«, sagt Fluffster. »Und obwohl das vielleicht egoistisch ist, würde ich ihn auch gerne treffen. Wir kannten uns einmal, als ich seine Katze war, und da ich etwas von meinem Gedächtnis zurückbekommen habe, habe ich von Zeit zu Zeit an ihn gedacht.«

»Oh ja, natürlich«, sage ich und grinse bei dem Gedanken, Fluffster als Katze zu sehen. Als ich aufstehe und Richtung Schlafzimmertür gehe, füge ich über meine Schulter hinzu: »Ich muss Felix davon erzählen.«

»Er und Kit bringen gerade Ariel in die Reha«, erinnert mich Fluffster.

Stimmt ja. Sie sind auf dem Weg nach Gomorrha. Sie haben das beim Frühstück erwähnt – was sich jetzt anfühlt, als sei es vor einer Ewigkeit gewesen.

Nun, da Nero mich heute von der Arbeit entschuldigt hat, kann ich meine Freizeit genauso gut nutzen, um zu erkunden, was passieren würde, wenn ich die erste Welt auf dieser Karte betreten würde.

Eine Kombination von Dingen, die ich bei der Einführung und durch Seherintuition gelernt habe, sagt mir, dass es schwierig sein könnte, in diese Welten zu gehen – aber deshalb ist es ja so schön, ein Seher zu sein. Ich muss nicht wirklich mein Leben riskieren, wenn ich weiß, dass eine Bedrohung sich nähert.

Stattdessen kann ich eine kleine visuelle Aufklärung durchführen.

Fluffster beruhigt sich ein wenig, als ich ihm meinen Plan erkläre, und geht mit Luzifer spielen – Roses Katze, die jetzt unsere Herrin ist –, während ich mich fertig mache.

Ein paar Minuten später verlasse ich die Wohnung, und als ich mich dem Aufzug nähere, sendet meine Seherintuition ein warnendes Kribbeln.

Mist. Wird noch einmal jemand versuchen, mich zu töten?

Nein.

Ich glaube nicht, dass es das ist.

Ein Teil von mir hat sogar eine Vorstellung davon,

was das Problem ist, aber ich überprüfe das besser, um sicher zu sein.

Mit dem Finger auf dem Fahrstuhlknopf konzentriere ich mich und atme ruhig und gleichmäßig. Einen Moment später schwebe ich im Leerraum.

Als ich mich umsehe, merke ich, dass ich bei diesem Prozess so schnell geworden bin, dass ich nicht einmal mehr spüre, wie mir der Seherblitz in die Augen fährt.

Wenn ich meine Absicht richtig kanalisiert habe, sollten mir die pyramidenartigen Formen, die mich standardmäßig umgeben, meine unmittelbare Zukunft zeigen. Der Musik nach zu urteilen, die sie ausstrahlen, sind sie nicht beängstigend, was gut ist, auch wenn ich es nicht wirklich erwartet habe.

Los geht's.

Ich greife auf die mir am nächsten schwebende zu und falle in eine Vision.

———

ICH FAHRE mit dem Aufzug nach unten und verlasse das Gebäude.

»Entschuldigung, Miss?« Ein riesiger Kerl in einem maßgeschneiderten Anzug – ohne eine Mandatsaura – stellt sich mir in den Weg.

Ich bleibe vorsichtig stehen.

»Mr. Gorin bat mich, Sie überall hinzubringen.« Er nickt in Richtung einer Limousine, die in der Nähe geparkt ist. »Wohin gehen wir?«

»Eigentlich gehe ich nur spazieren«, lüge ich und suche verzweifelt nach einem Weg, diesen unerwünschten Störfaktor loszuwerden.

»Ich schätze, es macht mir nichts aus, einen schönen Spaziergang zu machen«, sagt der Typ. »Wohin gehen *wir*?«

Verdammt nochmal.

Ich kann ihn nicht mit zum Drehkreuz im JFK nehmen. Einem Nicht-Cogniti das zu zeigen würde wahrscheinlich dazu führen, dass das Mandat mich tötet. Aber selbst wenn nicht, würde der Kerl seinem Chef zweifellos berichten, was ich tue, und Nero könnte herausfinden, dass ich die Karte entdeckt habe – etwas, von dem ich nicht will, dass er es weiß.

———

ICH BEFINDE mich wieder auf meiner Etage, immer noch mit meinem Finger auf dem Fahrstuhlknopf.

Es ist, wie ich vermutet habe. Nero hat Thalia durch eine Leihwache ersetzt, und ich werde den Mann nicht mehr abschütteln können, wenn er mich erst einmal gesehen hat.

Nun, wie es der Zufall will, gibt es einen anderen Ausweg.

Ich grinse über meine Listigkeit, als ich die Treppe nehme und das Gebäude durch den Hinterausgang verlasse – wo der Hausmeister den Müll hinausbringt.

Der Trick funktioniert. Niemand hält mich auf.

Ich bestelle mit meinem Handy ein Taxi. Wenn ich

mich beeile, könnte ich sogar Kit, Ariel und Felix einholen, bevor sie das Tor nach Gomorrha betreten.

Leider begegne ich meinen Freunden weder im JFK noch sehe ich sie im Drehkreuz.

Na ja.

Das ist ja sowieso nicht der Grund, warum ich hier bin.

Mein Ziel ist das gelbe Tor.

Mit großer Angst nähere ich mich dem Anfang des Weges zu meinem Vater.

Ich werde jetzt nicht wirklich gehen, allein und unvorbereitet. Aber ich *kann* sehen, was passieren würde, wenn ich ginge – genau so, wie ich es gerade bei Neros Wache gesehen habe.

Zumindest hoffe ich, dass ich das kann.

Mich davon zu überzeugen, das Tor zu betreten, erfordert etwas mehr Mühe, als mir zu sagen, dass ich mein Gebäude verlassen soll – besonders angesichts dessen, was Hekima uns in der letzten Einführung über die Gefahren in den Otherlands gesagt hat.

Es dauert einen Moment, aber schließlich glaube ich daran, dass ich gleich durch das Tor gehen werde. Mein Fuß brennt praktisch darauf, nach vorne zu treten.

Das ist der Moment, in dem ich mich stattdessen in den Leerraum begebe.

Die ellipsoiden Formen, die mich jetzt umgeben, sind beängstigend und beweisen, dass ich das Richtige damit getan habe, es mit einer Vision zu versuchen, bevor ich mich der Realität stelle.

Ich platze beinahe vor Neugier, als ich mich zur nächstgelegenen Form ausstrecke.

## KAPITEL ZWEI

ICH HOLE TIEF LUFT, springe in den leuchtend gelben Schimmer des Tores, und mein Atem stockt, als ich auf der anderen Seite auftauche.

Wenn jemand einen großen Themenpark auf dem Jupiter gebaut und dann mit einer Atomexplosion in die Luft gejagt hätte, würden die Ruinen ein paar tausend Jahre später so aussehen.

Der Boden unter meinen Füßen ist gerissen und mit buntem Schleim bedeckt – ebenso wie die zerklüftete Hälfte des Riesenrades in der Ferne und die Ruinen der anderen Fahrgeschäfte.

Ich versuche einzuatmen.

Was hier als Luft durchgeht, verbrennt meine Atemwege wie ein heißes Bügeleisen.

Meine Kehle und Lungen quälen sich, und es gibt eine Explosion von Schmerzen in meinem Magen.

»Ich muss zurückgehen«, denke ich, aber meine

Beine klappen unter mir zusammen, als ich mit dem Gesicht auf den Boden falle.

Der Sturz lässt die wenige Luft, die sich darin befand, aus meiner Lunge entweichen, und meine Nervenenden brennen wie das Feuerwerk am 4. Juli.

Da ich keinen einzigen Muskel kontrollieren kann, krampfe ich auf dem Boden.

Eine Flüssigkeit mit Kupfergeschmack füllt meinen Mund und meine Lungen, und mit einem qualvollen letzten Ausbruch von Schmerzen erlösche ich in der Dunkelheit.

# KAPITEL DREI

ICH KOMME im Drehkreuz zur Besinnung und entferne mich vom gelben Tor, wobei mein Herz hektisch schlägt.

Das war schrecklich. Mehr als schrecklich.

Ich unterdrücke den Drang, mich wegen der Qualen aus meiner Erinnerung zu übergeben, drehe mich um und beginne, durch die labyrinthischen Korridore zurückzugehen.

Ich danke Gott für meine Instinkte und Dr. Hekimas Einführungsunterricht. Ohne seine schrecklichen Warnungen vor den Gefahren in den Otherlands hätte ich vielleicht nicht die Weitsicht gehabt, diese Vision abzurufen.

Ich gehe zügig, während ich über die Auswirkungen des Ganzen nachdenke, nach einer Lösung suche, wie ich trotz dieser neuen Informationen zu meinem Vater gelangen kann.

Vielleicht muss ich mir einen Gefahrgutanzug

besorgen? Wird mir das helfen, das zu überleben, was mich in dieser Vision getötet hat?

Ich schätze, ich kann einen kaufen, mich dann dem Tor nähern und eine andere Vision haben, um genau das herauszufinden.

Aber was ist, wenn es Strahlung gibt und ich ein paar Monate oder Jahre später an Krebs sterbe?

Wenigstens habe ich einige Ersparnisse, um in dieses Projekt zu investieren – Nero hat mir kürzlich hunderttausend Dollar dafür gegeben, dass ich ihm ins Gesicht geschlagen habe.

Apropos Nero … Sollte ich ihn mit ins Boot holen?

Ich bin dem Bodyguard ausgewichen, weil ich nicht dachte, dass er helfen würde, aber vielleicht kann ich seine Hilfe auch ohne seine freiwillige Teilnahme bekommen? Schließlich hat er die Karte. Vielleicht weiß er, wie man auf dem dargestellten Weg in die Welt meines Vaters gelangt. Zumindest könnte er mir sagen, ob die Idee des Gefahrgutanzuges zum Scheitern verurteilt ist.

Oder vielleicht *würde* er mir helfen?

Sicher.

Nero hilft mir.

Gleich nachdem mir jemand die Brooklyn Bridge verkauft hat.

Dennoch ist es einen Versuch wert.

Nachdem ich den geheimen Teil des Flughafens verlassen habe, nehme ich ein Taxi zu Neros Büro.

»Warten Sie auf mich«, sage ich zum Fahrer, als wir ankommen.

Er stimmt zu, und ich steige aus dem Auto und starre auf Neros Domizil.

Ich bin dabei, die gleiche Strategie umzusetzen wie in meinem Haus und vor dem gelben Tor.

Schritt eins: Entscheide dich, mit Nero zu reden. Schritt zwei: Sieh dir eine Vision an, wie das ablaufen könnte.

»Ich werde mit Nero über die Karte sprechen«, sage ich mir entschlossen, immer und immer wieder. Als ich überzeugt bin, dass ich tatsächlich im Begriff bin, meinem Chef gegenüberzutreten, atme ich beruhigend durch und konzentriere mich darauf, stattdessen in den Leerraum zu gelangen.

Dort angekommen, ergreife ich die nächstgelegene Form.

---

NEROS BLAUGRAUE AUGEN WEITEN SICH, als er mich sieht.

»Hier, an deinem freien Tag?«, sagt er. »Das ist das erste Mal.«

»Ja, und ich habe es auch geschafft, mich an deinem Thalia-Ersatz vorbeizuschleichen«, sage ich statt eines Hallos. »Aber töte ihn nicht«, füge ich hastig hinzu. »Ich bin einfach *sehr* unauffällig.«

Er steht auf und kommt mit düsterem Gesichtsausdruck auf mich zu.

»Gib Felix nicht die Schuld, dass er mir erlaubt hat, zu gehen«, sage ich nervös. »Er gab deinen Wunsch an mich weiter, es ruhig angehen zu lassen, aber es kam etwas Dringendes dazwischen und ich musste dich persönlich sehen.«

»Oh?« Nero hält inne und hebt eine Augenbraue an.

»Ich bin gekommen, um über das hier zu reden«, sage ich und zeige ihm ein Bild auf meinem Handy. »Die Karte, die zu meinem biologischen Vater führt.«

# KAPITEL VIER

NEROS GESICHT WIRD DUNKLER als der Himmel während eines Hurrikans der Kategorie fünf.

Ich trete zurück und überprüfe nervös regelmäßig die Zeit, wie ich es mir antrainiert habe.

Er folgt mir und greift nach meinem Handgelenk – so dass ich nicht entkommen kann. »Ich wusste nicht, dass du die Gelegenheit hattest, dir die Karte anzusehen, geschweige denn, ein Bild davon zu machen«, knurrt er, und mit der Geschwindigkeit einer angreifenden Kobra schnappt er sich das Handy aus meinen Händen.

Ein wütendes Drücken später, und das Telefon zerfällt in winzige Scherben aus Plastik, Silizium und Glas.

»Ich habe das Bild ausgedruckt«, krächze ich. »Es ist auch in der Cloud, und ich habe eine E-Mail …«

»Du wirst nicht dorthin gehen«, sagt Nero und spricht jedes Wort deutlich aus. »Das ist zu gefährlich.«

»Aber er ist mein Vater. Was würdest du nicht für *deine* Familie riskieren?«

So etwas wie Mitleid blitzt für einen Moment in Neros Augen auf – das, und Schmerz. Dann wird es durch grimmige Entschlossenheit ersetzt. »Du bist aus einem bestimmten Grund hier auf der Erde«, sagt er. »Er würde deine Hilfe nicht wollen.«

Ich öffne meinen Mund, um zu antworten, als Nero sich mit übernatürlicher Geschwindigkeit bewegt. Bevor ich ein einziges Wort herausbekomme, werde ich über Neros Schulter gelegt.

»Wie kannst du es wagen? Lass mich runter!«

Nero verstärkt seinen Griff, geht zum Ausgang und trägt mich wie der Weihnachtsmann, der seinen Sack mit Geschenken schleppt.

Oder eher wie Krampus, dem bösen Gegenspieler des Nikolaus.

Ich würze meine Schreie mit Tritten und Schlägen.

Zu meinem Ärger scheint er mein Gezappel und den ansteigenden Protest nicht zu bemerken, als er sein Büro verlässt.

Seine Assistentin Venessa betrachtet das Spektakel in sprachlosem Entsetzen, und ich kann fast sehen, wie die Worte *Belästigung* und *Klage* durch ihr Gehirn wirbeln.

Mit wenigen Schritten erreicht Nero den Aufzug.

Als er einsteigt, drückt er den Knopf, der uns in den Keller bringen wird, und ich verdreifache das Treten, Schlagen und Schreien, wobei ich all meine verbleibende Kraft einsetze.

Aber es bringt nichts.

Er trägt mich in die safeartige Zelle im Keller.

»Du schuldest mir hundertfünfunddreißig Arbeitsstunden.« Er stößt mich auf die weichen Kissen der Couch. »Ich möchte, dass du sie hintereinander wegarbeitest. In der Zwischenzeit werde ich in jedem Drehkreuz des Planeten Wachen aufstellen.«

Er dreht sich herum und schlägt mit der Faust auf den Passwortbildschirm, den ich das letzte Mal benutzt habe, um diesem Ort zu entkommen, so dass es zu meinem Handy in den Technologiehimmel wandert, als er hinausgeht.

»Warte«, schreie ich, aber die Metalltür zu meinem Gefängnis fällt quietschend zu.

# KAPITEL FÜNF

ICH KOMME neben meiner Arbeitsstelle zur Besinnung und entferne mich vom Gebäude, als wäre es von lepraübertragenden Bettwanzen befallen.

Meine Intuition lag wieder genau richtig. Ich kann nicht mit Nero über die Karte sprechen – oder ihn herausfinden lassen, dass ich davon weiß.

Ich steige wieder in das Taxi, und die Heimfahrt vergeht mit wütenden Überlegungen, in denen ich mir alle möglichen cleveren Dinge ausdenke, die ich Nero in meiner Vision hätte sagen können.

Als wir ankommen, habe ich mich genug beruhigt, um mich von hinten in das Gebäude zu schleichen, damit der namenlose neue Leibwächter nicht erfährt, dass ich weg war.

Als ich in die Wohnung gehe, sind Felix und Kit zurück. Sie beide und Fluffster stürmen zur Tür, um mich zu begrüßen. Luzifer schaut allerdings nur kurz in meine Richtung und verliert sofort das Interesse.

Nicht, dass ich es ihr verübeln könnte; schließlich gibt es ja das Sprichwort: »Die Neugier ist der Katze Tod«.

»Fluffster sagte, dass du uns etwas Großes zu sagen hast, aber er wollte nicht verraten, was – er hat gesagt, wir müssten es aus deinem Mund hören«, sagt Felix mit einem besorgten Stirnrunzeln. Er schaut zu Kit, um Unterstützung zu erhalten, aber das formwandelnde Ratsmitglied zuckt nur mit den Schultern und lässt sich wie ich aussehen.

»Richtig.« Ich ziehe meine Schuhe aus und hebe Fluffster vom Boden hoch, um meine Nerven weiter zu beruhigen. »Lasst uns ins Wohnzimmer gehen, und ich erkläre euch alles.«

Sobald wir bequem sitzen, erzähle ich ihnen alles über mein Treffen mit meinem Vater im Leerraum und meine Erkenntnis, dass ich eine Karte habe, die – wahrscheinlich – zu ihm führt. Dann gehe ich meine tödliche »Was wäre, wenn ich gehe«-Vision mit ihnen durch und schließe mit Neros möglicher Reaktion auf die ganze Sache ab.

»Ich frage mich, ob es allein der Sauerstoffmangel war, der dich getötet hat«, grübelt Felix, als die Katze auf seinen Schoß springt. »Ein einfacher Tauchanzug könnte dann helfen, es sei denn, es gibt giftige Stoffe in der Luft. Konntest du das erkennen?«

»Ich habe keine Ahnung«, sage ich. »Es könnte auch Strahlung sein, so wie die Welt aussah.«

»Dann ein Gefahrgutanzug.« Felix krault Luzifer hinter ihrem flauschigen Ohr und lässt die Kreatur schnurren. »Oder sogar …«

»Könnten wir zuerst über den Elefanten im Raum reden?«, sagt Fluffster laut in meinem Kopf.

Die Couch knarrt.

Kit hat sich in einen kleinen Elefanten verwandelt und kratzt sich mit dem Rüssel an ihrem schlaffen Ohr.

»Boah«, sagt Felix und schaut sich Kits Gestalt an. »Du bist nicht nur im Raum. Du bist sogar der Überraschungselefant.«

Ich verdrehe die Augen bei dem schrecklichen Wortspiel. »Richtig. Genau wie in dem berühmten Film *Der fünfte Elefant*.«

Obwohl ich das Weiß in Fluffsters Nageraugen nicht sehen kann, habe ich den Eindruck, dass er sie, wie ich, mit dem Fachwissen eines Teenagermädchens rollt. »Wie ich schon gesagt habe, solltest du nicht gehen«, sagt er zu mir und wendet sich betont von dem Kit-Elefanten ab. »Nero hat vielleicht einen guten Grund, dich aufhalten zu wollen.«

»Kommt nicht in Frage.« Ich lege das Chinchilla auf den Teppich. Wenn Fluffster auf Neros Seite steht, kann er sich selbst das Kinn kraulen. »Wenn du helfen willst, überleg dir einen Weg, wie ich die Reise überleben kann.«

»Ein Raumanzug.« Felix streichelt gedankenverloren den Bauch der Katze.

»Die NASA verkauft das Zeug nicht.« Ich reibe mir den Nasenrücken. »Bitte sag nicht, dass du nach Houston fliegen und ein Museum ausrauben willst.«

»Ich rede von einem Kosmonautenanzug«, sagt Felix. »Nach dem Zusammenbruch der Sowjetunion entstand ein Schwarzmarkt für die in ihrem Raumfahrtprogramm verwendete Ausrüstung. Ich kenne zufällig einen Kerl. Ich benutzte ein paar Teile, die er mir gab, als ich Golem baute.« Er schaut wehmütig bei der Erinnerung an den zerstörten Roboter. »Das einzige Problem mit dieser Idee ist, dass sie teuer werden wird.«

»Ich habe Geld«, sage ich. »Über wie viel reden wir hier?«

»Wahrscheinlich mehr als siebzig Riesen pro Raumanzug.« Felix hört auf, die Katze zu streicheln, aber sie stupst ihn mit ihrer Pfote an, und er nimmt seine Arbeit wieder auf. »Das sind also über zweihunderttausend, wenn du, ich und Kit gehen.«

Fluffsters Augen treten bei der wahnsinnigen Summe hervor, bis er kurz davor steht, sich in seine monströse Form zu verwandeln.

»Versuche, deinen Mann dazu zu bringen, uns einen besseren Preis zu machen«, sage ich schnell. Das Letzte, was ich will, ist, dass mein Chinchilla meinen Mitbewohner frisst. »Ich habe nicht genug *dafür*.«

»Richtig.« Felix wirft Fluffster auch einen besorgten Blick zu. »Hoffentlich wird er einen Mengenrabatt in Betracht ziehen. Wenn nicht, kann ich vielleicht meine Kräfte nutzen, um zumindest einen Teil der Kosten zu tragen.«

»Zwielichtiger Gefallen für zwielichtige Menschen?« Ich widersetze mich dem Drang, an den Nägeln zu kauen. »Wie wäre es, wenn du stattdessen in eine Aktie investierst, die ich dir empfehle? Stelle nur sicher, dass Nero nicht herausfindet, dass ich dir den Tipp gegeben habe; ich darf nicht selbst oder über Freunde und Familie investieren.«

Fluffsters beängstigender Ausdruck wird durch einen neugierigen ersetzt.

Gut.

In Zukunft müssen wir sicherstellen, dass wir Gespräche über Geld außerhalb unserer Wohnung führen.

»Das klingt eigentlich nach Spaß.« Felix versucht, mit dem Streicheln der Katze aufzuhören, aber sie zwingt ihn erneut, weiterzumachen. »Ich habe einige Ersparnisse, die ich dafür einsetzen kann. Welche Firma hattest du im Sinn?«

Ich tue so, als würde ich meinen Job für Nero tun, und lasse meine Intuition – oder was auch immer es ist – eine Aktie aus dem Hut zaubern.

»Cedar Fair, der Betreiber von Freizeitparks«, sage ich. »Sein Tickerkürzel ist FUN.«

»Bist du sicher?« Fluffster verengt seine Augen. »Ich weigere mich, diesen Haushalt im Elend leben zu lassen.«

»Wenn ich das Gleiche für Nero tue, behauptet er, Umsatz zu machen«, sage ich defensiv. »Warum sollte es bei Felix nicht funktionieren?«

»Ich werde nachher investieren.« Schließlich legt Felix die Katze beiseite, nimmt sein Handy heraus und tippt etwas – zweifellos fügt er FUN zu seiner To-do-Liste hinzu. Möglicherweise zum ersten Mal.

Luzifer wirft ihm einen bösen Blick zu, lässt ihn aber leben. Fürs Erste.

»Ich habe auch etwas Bargeld, das ich anlegen wollte«, sagt Kit, als die Katze anfängt, sich zu putzen. »Kann ich bei dieser Transaktion mitmachen, wenn ich dir die Hälfte des Gewinns überlasse?«

»Solange du uns nicht die Schuld gibst, wenn die Gewinne ausbleiben«, sage ich.

»Und für die Miete bezahlst«, fügt Fluffster hinzu.

»Abgemacht«, sagt Kit.

Felix legt sein Handy ab und sieht nachdenklich aus. »Selbst wenn wir einen Raumanzug bekommen, müssen wir ihn wahrscheinlich für die einzigartigen Gefahren der Welt, die du in deiner Vision gesehen hast, umrüsten und irgendwie die genaue Art dieser Gefahren herausfinden. Ich muss Hilfe von einem Ingenieur holen, und wir müssen auch diese Person bezahlen.«

»Wenn du mich all meine FUN-Gewinne behalten lässt, kann ich dir bei diesem Problem helfen«, sagt Kit und lässt sich wie eine junge Frau mit runden Wangen und dem schmutzigsten Grinsen aussehen, das ich je gesehen habe. Mit einer nasalen Stimme, mit der sie wie eine verwöhnte, aber dann später rehabilitierte Prinzessin klingt, fügt sie hinzu: »Ein Zwerg schuldet mir noch einen Gefallen.«

»Ein Zwerg?«, fragen Felix und ich unisono, aber mit unterschiedlichen Bedeutungen. Meine ist »Willst du mir sagen, dass es Zwerge gibt?«, während Felix nur so klingt, als würde Weihnachten zu früh stattfinden.

»Ein Zwerg.« Kit kehrt zu ihrem gewohnten Selbst zurück.

»Wir haben einen Deal«, sagt Felix zu Kit und schaut dann mich an. »Zwerge sind unglaublich bei Technologien. Vor allem Hardware – was genau das ist, was wir brauchen.«

»Zwerge«, wiederhole ich langsam. »Ich dachte, sie wären gut im Bartwachstum und Gartenbau.«

»Ich vermute, dass Itzel dich über Zwerge aufklären wird«, sagt Kit mit der gleichen albernen Stimme. »Das Schwierige bei ihr ist eher, sie dazu zu bringen, die Klappe darüber zu halten.«

»Ich hätte nicht gedacht, dass Zwerge auf der Erde erlaubt sind«, sagt Felix. »Ich habe nur ein paar kennengelernt, als ich auf Gomorrha war. «

»Im Rat zu sein bringt viele Vorteile mit sich.« Kit setzt sich aufrecht hin, und ihre Stimme kehrt zu ihrer üblichen Tonhöhe zurück. »Wir haben Zugang zu allen möglichen geheimen Karten der Otherlands, und wir dürfen jeden Cogniti mitbringen, sogar solche, die normalerweise auf der Erde verboten sind. Wir müssen nur die nötigen Vorsichtsmaßnahmen treffen.«

So kam Nero zu den Orks, und die nötigen Vorsichtsmaßnahmen in diesem Fall waren, dass sie Make-up tragen mussten, um ihre grüne Haut zu bedecken. Ich unterdrücke ein Zittern, als ich mich daran erinnere, wie brutal Nero diese Orks getötet hat, weil sie mir blaue Flecken zugefügt hatten.

Ich schiebe diese furchterregenden Bilder beiseite

und sage: »Großartig. Wann können wir den Raumanzug holen und diesen Zwerg treffen?«

»Mein Raumanzug-Typ wird ein paar Tage brauchen.« Felix legt seine Fingerspitzen aneinander. »Ich werde auch etwas Zeit brauchen, damit sich deine vorgeschlagene Investition auszahlt.«

»Ich bin gerade zu sehr mit der Planung der Beerdigung beschäftigt, um Itzel zu holen.«, sagt Kit. »Sobald ich aber damit fertig bin …«

Sie hört auf zu reden, als sie bemerkt, dass alle sie mit unterschiedlich starkem Entsetzen anstarren. »Habe ich vergessen, die Beerdigungsarrangements zu erwähnen, mit denen ich beauftragt wurde?«, fragt sie schuldbewusst.

Wir starren sie weiterhin an, obwohl ich den starken Drang habe, aufzustehen und die Informationen aus ihr herauszuschütteln, aber die Erinnerungen, wie sie sich in einen Alligator – und einen Drekavac – verwandelt hat, hindern mich daran.

»Nero und ich haben den Rat gebeten, Rose einen Abschiedsritus zu widmen«, erklärt Kit. »Sobald alle einverstanden waren, wurde ich mit dem Großteil der Verwaltungsarbeit betraut – der Fluch der guten Tat.«

Felix pfeift. »Ein Abschiedsritus? Wow. Natürlich, wenn jemand eine so große Ehre verdient, dann ist es Rose. Ich wette, Vlad wird sich freuen.«

»Vorausgesetzt, er nimmt daran teil.« Kit wird zu Vlad, und ihr Gesicht sieht aus wie eine Maske der Trauer. »Niemand konnte sich mit ihm in Verbindung setzen.«

»Ich bin mir sicher, dass er kommen wird«, sagt Felix.

Kit verwandelt sich wieder in sich selbst und öffnet den Mund, um zu antworten, aber dann klingelt ihr Telefon. Sie schaut auf das Display und springt auf. »Die Beerdigungspflicht ruft«, sagt sie. »Ich habe so viel zu tun. Ich bin mir nicht sicher, wann ich zurückkommen werde.«

Sie geht aus dem Raum, aber dann dreht sie sich noch einmal um und sagt: »Ich denke, es wäre schön, wenn du bei der Veranstaltung eine Laudatio halten würdest.«

Das Blut verlässt mein Gesicht. »Redest du mit mir oder Felix?«, frage ich, während sich ein unwohles Gefühl in mir ausbreitet.

»Mit dir natürlich.« Kit runzelt verwirrt die Stirn.

»Und wird das ein großes Ereignis?« Ich tue mein Bestes, um mein schnell pumpendes Herz wieder in meiner Brust schlagen zu lassen, anstatt in meinem Hals.

»Riesig.« Felix schaut mich mitleidig an und murmelt dann verschwörerisch zu Kit: »Sasha ist kein Fan von öffentlichem Reden.«

*Ich bin kein Fan von öffentlichem Reden.* Das ist, als ob man sagt, dass Arachnophobiker keine Fans von Taranteln sind.

»Es ging ihr gut, als sie vor dem Rat sprach.« Kit verwandelt sich in mich – aber eine Version, die voller Selbstvertrauen und Entschlossenheit steckt, so wie Wonder Woman.

Sie hat recht. Ich habe mit dem Rat gesprochen, ohne auszuflippen – zumindest bei meinem zweiten Versuch. In meiner Vision wurde ich vor Angst ohnmächtig.

Während ich beruhigend ein- und ausatme, denke ich darüber nach. Könnte es sein, dass ich meine größte Angst überwunden habe? Aber wenn ja, warum habe ich das Gefühl, dass tollwütige Skunks versuchen, sich durch meinen Darm zu fressen?

Andererseits ist das hier für Rose.

»Ich werde es tun«, höre ich mich selbst sagen. »Ich werde ein paar Worte sagen.«

»Großartig«, sagt Kit und geht.

Ich sitze da und starre ausdruckslos auf den ausgeschalteten Fernseher.

»Ich werde damit anfangen, die Raumanzüge zu beschaffen«, sagt Felix von irgendwoher. »Das, und investieren.«

»Gut«, sage ich taub. »Mach das.«

Felix geht, mit der Katze auf den Fersen, aber ich sitze einfach da und versuche, mich davon zu überzeugen, dass öffentliches Reden nicht gleichbedeutend ist mit dem Gang zum Schafott.

»Hey«, sagt Fluffster in meinem Kopf. »Ich wollte dir nur sagen, dass ich dir nicht im Weg stehen werde, wenn dir das Treffen mit deinem Vater so viel bedeutet.«

»Danke.« Ich konzentriere mich auf das besorgt aussehende Chinchilla.

Ich hebe es hoch, streichele sein himmlisches Fell und fühle mich sofort ruhiger.

»Lass mich wissen, wenn ich etwas tun kann, um zu helfen«, sagt Fluffster.

»Es gibt tatsächlich etwas«, sage ich ihm und beschließe, vorerst nicht an diese Rede zu denken. »Ich würde gerne Russisch lernen.«

»Russisch?« Der Domovoi schaut zu mir auf.

»Ich brauche einen Weg, um mit meinem Vater zu kommunizieren«, erkläre ich ihm.

»Ich kann Russisch sprechen.« Fluffster richtet seine Schnurrhaare auf.

»Das weiß ich, Kumpel.« Ich lächele ihn an. »Ich hatte gehofft, du würdest mir dabei helfen.«

Er bläht sich auf wie ein temperamentvolles Kätzchen. »Natürlich.«

»Großartig.« Ich ziehe mein Handy heraus, um alle Apps zum Russischlernen herunterzuladen, sowie ein paar E-Books zum gleichen Thema.

Dann erkläre ich Fluffster meinen Plan. Ich werde in den Leerraum gehen und eine Vision davon bekommen, wie ich diese ganzen Dinge benutze, eines nach dem anderen – was mir erlauben sollte, herauszufinden, was am besten zu meinem Lernstil passt, und mir einen anständigen Vorsprung gibt.

Nachdem ich das beschlossen habe, konzentriere ich mich und gehe in den Leerraum.

# KAPITEL SECHS

ICH BERÜHRE die Formen um mich herum auf einmal und werde mit Russischunterricht überschüttet, Stunden und Stunden davon, bis mir schließlich meine Sehkraft ausgeht.

Zurück in meinem Wohnzimmer beurteile ich meinen gewaltigen Fortschritt. Ich habe viel von all den Apps und Büchern gelernt, und ich erinnere mich an das meiste davon.

Wo war der Leerraum, als ich für den Abschluss am College pauken musste? Ich hätte jeden Test so bestehen können.

Obwohl Russisch den Ruf hat, eine schwer zu erlernende Sprache zu sein, finde ich das interessanterweise nicht. Wenn überhaupt, dann scheint das Gegenteil bei mir der Fall zu sein. Zugegeben, das Alphabet ist ein wenig wackelig – H ist kein H, und P ist kein P –, aber insgesamt fühlt es sich für mich extrem natürlich an. Besonders gut gefällt mir, dass man mit dem Alphabet fast sofort alles lesen kann – die russische Schreibweise ist mehr oder weniger phonetisch.

»*Nu kak?*«, fragt Fluffster mich auf Russisch.

»Das habe ich noch nicht gelernt«, sage ich schüchtern, obwohl ich mich fühle, als wäre ich kurz davor, es zu verstehen. »Was bedeutet das?«

»Ungefähr ›Also, wie läuft es?‹«, erklärt mir Fluffster und bestätigt meine unausgesprochene Vermutung. »Ich hätte wahrscheinlich stattdessen ein geläufigeres, ›*kak tvoi dela?*‹ verwenden sollen.«

Ich lächele. Obwohl es so klingt, bedeutet »*kak*« nicht Kacke oder Mist. Es ist das russische Wort für »wie«, also antworte ich mit »*Horosho.*«

»Wow«, sagt Fluffster. »Deine Aussprache ist *wirklich* gut. Überraschend gut.«

»Ich hatte gehofft, dass es so sein würde.« Ich strahle ihn an. »Schließlich habe ich es als Kind gelernt – in der kritischen Zeit im Leben, wenn man die Muskeln formt, die am Sprechen beteiligt sind.«

Als ich das sage, fällt mir ein, dass die gleiche Argumentation erklären könnte, warum ich diese Lektionen als so viel einfacher empfinde als die meisten anderen Menschen. Ich lerne es erneut, anstatt von vorne anzufangen – und das ist immer einfacher.

»Warum schauen wir uns nicht ein paar Filme an, die du schon gesehen hast, aber auf Russisch?«, schlägt Fluffster vor. »Ich kenne eine gute Website dafür.«

Ich nicke aufgeregt, und wir laden *The Illusionist, Die Unfassbaren – Now You See Me 1* und *2, Prestige – Die*

*Meister der Magie* und einige meiner anderen Favoriten herunter.

Weil ich die Filme schon oft gesehen habe, kann ich dem Russisch sehr einfach folgen – oder vielleicht finde ich es einfach, weil sie Vokabeln verwenden, die ich gerade als Kind gelernt oder mitbekommen habe.

Als Fluffster es leid ist, Filme zu sehen, zwinge ich ihn, mir zuzuhören, während ich russisch sprechen übe, bis es Zeit ist, ins Bett zu gehen.

Aber ich kann nicht schlafen. Jetzt, da ich mich nicht darauf konzentriere, die Sprache meines Vaters zu lernen, überlege ich die ganze Zeit, was ich bei Roses Lobrede sagen könnte.

Schließlich gebe ich auf, stehe auf und schreibe auf, was ich für gut halte.

Und dann kann ich nicht schlafen, weil ich mich davor fürchte, die Rede vor einer riesigen Menge zu halten.

Nach Stunden des Hin- und Herwerfens und -drehens stehe ich auf, schnappe mir mein Telefon und lerne den Rest der Nacht Russisch – und mache dabei wahrscheinlich mehr Fortschritte, als ein Doktorand in zwei Jahren machen würde.

---

ALS DER LECKERE Geruch von Gebratenem unter der Tür in den Raum strömt, gehe ich in die Küche.

Felix, Luzifer und Fluffster frühstücken. Die Schale des Chinchillas steht mit Heu gefüllt auf dem Tisch neben Felix' Teller, und die Untertasse der Katze mit Fancy Feast steht auf dem Boden.

Die Katze schaut zu mir mit einem Gesichtsausdruck auf, der zu sagen scheint: »Wage es, dich dem Essen unserer Majestät zu nähern, und wir werden dir ins Gesicht springen.«

Felix' Blick ist viel wärmer als der der Katze, als er mein übermüdetes Ich betrachtet.

Ich schaue auf seinen Teller, erblicke die Spiegeleier und Rösti und dann noch mehr in den Pfannen auf dem Herd.

Volltreffer.

»Morgen«, sagt Felix, als ich mich beeilte, eine Riesenportion auf meinen Teller zu schaufeln. »Ich habe gehört, dass du jetzt Russisch lernst.«

»*Da*«, sage ich und grinse. »*Eto pravda.*«

»Du hast nicht übertrieben«, sagt Felix zu Fluffster auf Russisch. »Das ist eine wirklich gute Aussprache.«

Fluffster schaut von seinem Heu auf und zwinkert mir zu.

Ich stelle meinen Teller auf den Tisch und setze mich hin. »Ja. Es ist nicht so schwer, wie ich befürchtet habe«, sage ich auf Russisch.

»Ich stelle mir vor, dass das Drei-Geschlechter-Ding schwierig sein wird.« Felix fuchtelt mit seinen Utensilien. »Diese Gabel ist weiblich, dieser Tisch ist männlich, aber ein Ei ist sächlich.«

»*Da*«, sage ich. »Aber die gute Nachricht ist, dass es Regeln gibt, die mir helfen, herauszufinden, welches

Geschlecht etwas hat.« Ich schiebe mir Essen in den Mund und kaue hungrig.

»Sasha wird das problemlos hinbekommen«, mischt sich Fluffster ein. »Selbst auf Englisch gibt es ein paar geschlechtsspezifische Substantive. Ein Schiff ist ja auch weiblich. Spanisch und Französisch haben auch so etwas. Und außerdem, selbst wenn Sasha es vermasselt, kann man sie immer noch verstehen.«

»Ja. Sie würde sich nur dumm anhören.« Felix grinst uns böse an. »Noch dümmer als sonst, meine ich.«

Da mein Mund zu voll für eine passende Antwort ist, kneife ich stattdessen in seinen Unterarm.

»Hey.« Er zieht seinen Arm schnell weg. »Nach allem, was ich gestern Abend für dich getan habe?«

»Apropos«, sage ich mit vollem Mund, »wie ist es gelaufen?«

»Ich habe uns einen Deal besorgt«, sagt er aufgeregt, und die angebliche Verletzung ist vergessen. »Der Typ hat einen Haufen Teile von Orlan-, Sokol- und Birkut-Anzügen und kann uns einen Mengenrabatt geben. Ich dachte, mit einem Zwerg im Team könnten wir die besser zusammenstellen als die sowjetischen Ingenieure.«

»Gut«, sage ich. »Wann bekommen wir die Lieferung?«

»Das wird noch geregelt«, sagt Felix. »Aber es wird nicht lange dauern.«

Ich möchte ihn fragen, wie viel das alles kostet, aber

entscheide, das lieber dann zu tun, wenn Fluffster außer Hörweite ist.

»Ich habe uns auch etwas Gefahrgutausrüstung und andere Dinge besorgt, von denen ich denke, dass wir sie brauchen werden«, sagt Felix. »Und Kit hat mir dabei geholfen, zu entscheiden, wo unser provisorisches Labor sein wird.«

»Oh?« Ich spieße mehr Ei auf meine Gabel.

»Ja, im JFK«, sagt Felix.

Ich ziehe meine Augenbrauen in die Höhe.

»Hast du gedacht, dass du in einem Raumanzug in einen Flughafen gehst?« Felix' Monobraue versucht, als Antwort dasselbe zu tun.

Ich stelle mir die Blicke auf den Gesichtern der TSA-Beamten vor.

Er hat recht. Das wäre keine gute Idee, nicht einmal an Halloween.

»Wir könnten die Anzüge in irgendeiner Art von Taschen mitbringen, wie Gepäck«, sage ich.

»Du bist nahe dran«, sagt Felix. »Die Teile können in Koffern verstaut werden, aber das fertige Produkt wird in einem der unterirdischen Räume gebaut – demjenigen, zu dem man kommt, wenn man genau vor dem Gang zum Drehkreuz die falsche Abzweigung rechts nimmt.«

»Ich wusste nicht, dass es dort Zimmer gibt«, sage ich. »Ich habe mir immer Gruben mit hungrigen Krokodilen vorgestellt, oder ein postapokalyptisches H&R-Blockbüro mit kannibalistischen Buchhaltern.«

Felix lacht auf. »Vielleicht gibt es die auch dort.

Aber laut Kit gibt es dort auch einen geeigneten Raum, den wir nutzen werden. Sie sagt, es ist am besten, den Zwerg so nah wie möglich bei den Toren zu behalten, also schlägt das mehrere Fliegen mit einer Klappe.«

»In Ordnung«, sage ich. »Sonst noch etwas?«

»Ich habe gestern Abend die Investition in FUN getätigt«, sagt Felix und zieht sein Handy heraus. »Wow. Der Kurs ist schon nach oben gegangen.«

Fluffster huscht hinüber, um auf den Bildschirm zu schauen, und scheint erfreut zu sein.

»Ich will noch etwas mehr Russisch mit euch üben«, sage ich, als sie zu mir zurückblicken. »Warum sagst du nicht etwas, und ich versuche zu antworten?«

»*Horosho*«, sagt Felix, grinst und beginnt, schnell auf Russisch zu reden. Jetzt, da er so schnell spricht, ist es schwieriger, ihn zu verstehen. Dennoch bin ich angenehm überrascht, wie viel ich mitbekomme.

»Du wirst es im Handumdrehen fließend können«, sagt Felix, während wir das Essen beenden. »Du hast bereits große Fortschritte gemacht.«

»Das habe ich, nicht wahr?« sage ich und strenge mein Gehirn an, etwas zu finden, womit ich mich belohnen kann.

Natürlich.

Es gibt etwas, was mich immer aufmuntert – Magie.

Im Sinne von Effekten.

Besonders, wenn ich derjenige bin, der sie vorführt.

Ja, das wäre es. Ich habe über Möglichkeiten nachgedacht, die Cogniti mit etwas anderem als einem

Kartentrick zu beeindrucken, und in diesem Moment kommt mir ein ganzer Zweig der magischen Kunst in den Sinn: Entfesselung.

»Bevor du gehst, kannst du mir bei etwas helfen?«, frage ich Felix, während ich vor Aufregung aufspringe.

Er blickt mit einem Stirnrunzeln auf sein Telefon. »Sicher. Aber beeilen wir uns.«

»In mein Zimmer«, sage ich und eile mit hüpfenden Schritten voran.

Bevor Felix aufholen kann, suche ich die am schwersten zu knackende Zwangsjacke, die ich besitze – und ich besitze zu viele –, und ziehe sie hervor.

»Eine Zwangsjacke?« Felix sieht mich an, als ob ich verrückt genug geworden wäre, um tatsächlich eine zu brauchen.

»Ja.« Ich ziehe das Ding an. »Ich versuche, ein Repertoire aufzubauen, das die Cogniti beeindrucken würde, und es kam mir in den Sinn, dass es nicht mit irgendwelchen Kräften zu erklären ist, dieser zu entkommen.«

»Nicht wirklich.« Felix geht auf mich zu und untersucht den Verriegelungsmechanismus des eigenartigen Kleidungsstücks. »Wenn du Kits Macht hättest, könntest du …«

»Cogniti, die wissen, was meine Macht ist.« Ich verenge meine Augen in seine Richtung.

»Sogar mit deinen Kräften …«

»Alter.« Ich drehe ihm den Rücken zu und gehe in die klassische Zwangsjackenposition. »Ich brauche deine Meinung nicht. Du musst mich nur in dieses

Ding sperren, damit ich meine Flucht üben kann. Es ist Ewigkeiten her, seit ich es das letzte Mal getan habe.«

Ich atme tief ein und halte die Luft an.

Felix meckert leise vor sich hin und zieht meine Arme hinter mich – ein wenig zu grob.

Ich spanne alle Muskeln in meinem Körper an und versuche, mich so groß wie möglich zu machen.

»Wie lange wird das dauern?«, fragt Felix, als er fertig ist. »Ich muss zur Arbeit.«

»Du kannst gehen«, sagt Fluffster. »Wenn Sasha nicht entkommen kann, werde ich helfen.«

Felix schaut besorgt nach unten. »Bist du sicher?«

Ich blende die beiden aus und beginne mit meiner Arbeit.

Zuerst atme ich aus.

Als Nächstes entspanne ich meine Muskeln und schaffe etwas Spiel in den Bindungen. Dann manipuliere ich den Durchhang zu meiner linken Schulter und fahre mit dem Rest der Flucht fort.

Vier Sekunden später bin ich frei.

Sowohl Fluffster als auch Felix sehen beeindruckt aus – und Felix ist einer meiner kritischsten Zuschauer.

»Ich schätze, ich bin etwas eingerostet«, sage ich, als ich die Zwangsjacke auf den Boden fallen lasse. »Normalerweise brauche ich dreieinhalb Sekunden.«

»Der ist gut. Füge es zu deinem Repertoire hinzu.« Felix hebt die Zwangsjacke hoch und untersucht den Stoff auf jede kleinste Kleinigkeit, aber findet nichts. »Wenn du das anziehen und dich an den Füßen über ein Feuer hängen würdest, wäre fast jeder beeindruckt, wenn du lebendig entkommen könntest.«

»Ich denke, ich werde mir so etwas ausdenken.« Ich nehme ihm die Zwangsjacke ab und fange an, sie zusammenzufalten.

»Jetzt muss ich wirklich los«, sagt Felix.

»Bis später.« Ich winke seinem Rücken zu.

Als er weg ist, lege ich die Zwangsjacke weg und fahre mit dem Russischlernen fort. Ich bin für gefühlte Stunden dabei, als mein Telefon klingelt.

Ich schnappe es mir und sehe, dass es 12.30 Uhr und der Anrufer Nero ist.

Was könnte er wollen?

Meine Herzfrequenz beschleunigt sich, als ich den Anruf annehme. »Hallo?«

»Sasha«, sagt Nero mit seiner supertiefen Stimme. »Hast du schon gegessen?«

Ich blinzele. »Nein. Ich verhungere eigentlich gerade.«

»Ich bin unten«, sagt Nero. »Komm runter, und wir gehen essen.«

Bevor ich antworten kann, legt er auf.

Ich starre ungläubig auf mein Telefon.

Mittagessen mit Nero?

Ist das ein Witz?

Mein Kopf dreht sich, als ich mir vorzeigbare Kleidung anziehe und sogar etwas Make-up auftrage – eine Seltenheit für mich.

Als ich mich auf den Weg nach unten mache, frage ich mich immer wieder, worum es hier gehen könnte.

Ist das ein Freundschaftsbesuch, und wenn ja, freue ich mich darüber?

Oder plant Nero nur, etwas Mentorenweisheit zu vermitteln?

Nun, was auch immer seine Absichten sind, ich habe immer eine Million Fragen, die ich ihm stellen will, also wäre es verrückt, eine solche Gelegenheit abzulehnen.

Ja, deshalb freue ich mich so darauf – weil ich gezielt Fragen stellen möchte.

Und aufs Essen.

Das muss der Hunger sein, dieses seltsame Flattern der Schmetterlingsflügel in meinem Bauch. Hunger kombiniert mit Schlafentzug.

Als ich aus dem Aufzug steige, starre ich Nero an.

Breitschultrig und groß, tropft er praktisch vor Testosteron, und die unnatürlich dicken Limbusringe in seinen blaugrauen Augen sind voll im Einsatz. Er wirft mir einen Blick zu, der die dummen Hungerschmetterlinge dazu bringt, ihr Flattern auf Hurrikanniveau zu erhöhen.

»Wie geht es dir?«, knurrt er.

»Mir geht es gut«, schaffe ich zu sagen und fühle mich, als sollte ich eine Auszeichnung dafür bekommen, dass ich nicht über meine eigenen Füße stolpere.

Nero kümmert sich jetzt um mein Wohlbefinden?

Ich *wusste*, dass die Hölle zufrieren würde. Es gab viele Anzeichen.

»Dir geht es nicht gut.« Er fährt sich mit der Hand

durch die Haare. »Warum vergessen immer alle, dass sie mich nicht anlügen können?«

»Ich habe letzte Nacht nicht geschlafen. Ich wette, das hat deinen Lügendetektor aktiviert. Als du mich gefragt hast, dachte ich, du meintest: ›Wie kommst du damit zurecht, dass Baba Yaga dich fast getötet hat?‹, und in dieser Hinsicht geht es mir gut.«

»Ich verstehe«, sagt er und beginnt, Richtung Süden zu gehen. »Warum hast du nicht geschlafen?«

»Kit hat mir von der Beerdigung erzählt.« Mein Atem beschleunigt sich, während ich mich beeile, mit seinen langen Beinen Schritt zu halten. »Sie hat vorgeschlagen, dass ich eine Trauerrede halte.«

»Warte, sie hat dir bereits von der Beerdigung erzählt?« Nero klingt unzufrieden.

Interessant. Kam er hierher, um mir persönlich davon zu erzählen? Wenn ja, ist das eine nette Geste.

»Ja«, sage ich, als wir in eine schmale Einbahnstraße einbiegen. »Sie hat erwähnt, dass du maßgeblich dazu beigetragen hast, Rose diese Ehre zu erweisen.« Ich schaue hinüber und sehe, wie er mich aufmerksam betrachtet. Ich fühle mich unbeholfen, schaue weg und murmele: »Danke.«

»Natürlich.« Er bleibt stehen. »Wenn du möchtest, kann ich an deiner Stelle sprechen. Ich bin sicher, Rose würde …«

Ich halte auch inne und schaue zu ihm auf. »Nein.« Instinktiv berühre ich seinen Unterarm, ziehe aber meine Hand weg, als ich erkenne, was ich tue. »Ich sollte das für Rose tun. Dass es schwer für mich ist, macht es nur noch wichtiger. Außerdem denke ich, dass ich es will. Es fühlt sich richtig an.«

»Ich verstehe.« Er blickt mich mit einem unleserlichen Ausdruck an.

Ich gehe einen Schritt zurück. »Wie auch immer«, sage ich mit erzwungener Fröhlichkeit. »Wohin gehen wir?«

»Nirgendwohin. Wir sind da.« Er zeigt auf das große Fenster hinter mir.

»Hier?« Wir stehen vor dem besten Restaurant der Stadt New York – und, durch transitive Relation – der Welt.

Obwohl es nur ein wenig entfernt von meiner Wohnung liegt, könnte es auch auf dem Mond sein. Es wird gemunkelt, dass die Warteliste für bloße Sterbliche wie mich *jahre*lang sein soll, und wenn ich mich zum Beispiel für ein Essen an meinem dreißigsten Geburtstag entscheiden würde, würde Fluffster mich lebendig fressen, sobald er die astronomische Rechnung sehen würde.

»Nach dir«, sagt Nero und zieht die Tür aus verziertem Glas auf.

Ich schlucke meinen atemberaubenden Unglauben herunter und trete ein. Sobald der Gastgeber Nero sieht, schmeichelt er uns, als gehörten wir zum Königshaus, während er uns zu einem toll gelegenen Tisch am Fenster führt.

Bevor ich blinzeln kann, sind unsere Gläser mit einem Wein gefüllt, der wahrscheinlich mehr kostet, als ich in einem Jahr verdiene.

Während Nero das Essen bestellt, nehme ich einen Schluck vom Wein und betrachte die makellose Tischdecke vor mir. Dann lasse ich meinen Blick über all die Macher an den anderen Tischen schweifen, und die riesigen Eisskulpturen in Form von Tauben an der Bar.

Der Ort ist schick.

Zu schick und romantisch, um jemanden mitzunehmen, dem man nur von einer Beerdigung erzählen will.

Heiliges Östrogen.

Ist das ein Date?

## KAPITEL SIEBEN

*EIN DATE MIT NERO.*

Die Idee ist berauschender als der göttliche Wein.

Ich muss es herausfinden, sonst werde ich den Verstand verlieren. Glücklicherweise gibt es vielleicht einen Weg – abgesehen davon, einfach zu fragen.

Ich entspanne mich in meinem Stuhl und lasse meine Augen auf den Verkehr außerhalb des Restaurants abschweifen, während ich versuche, in den Leerraum zu gelangen.

Zu meiner großen Erleichterung funktioniert es sofort.

———

ALS ICH IM LEERRAUM SCHWEBE, fühle ich mich albern.

Ist das wirklich der beste Gebrauch meiner Kräfte –

herauszufinden, warum mein Chef mich ausgeführt hat?

Ich könnte meinen Seher-Saft für etwas Nützlicheres verwenden – zum Beispiel für eine weitere Russischstunde.

Aber nein. Ich muss wissen, was Neros Absichten sind.

Ich konzentriere mich auf die Standardformen, die mir typischerweise die unmittelbare Zukunft zeigen.

Moment mal.

Die umgebenden Formen spielen Musik, die viel beängstigender ist, als ich es von einer Vorstellung von einem Date erwarten würde.

Tatsächlich scheinen sie mir etwas Tödliches zu zeigen.

Mein ätherischer Schweif zittert, als ich die gruseligste der Formen berühre und mich auf eine Vision vorbereite.

———

»UND WAS DARF ich *Ihnen* bringen?« Der Kellner lächelt, aber seine Augen lächeln nicht mit.

Eine Welle der Angst breitet sich in mir aus.

Ein Polizeiwagen fährt am Restaurant vorbei, und ich erwarte fast, dass er vor der Tür hält und mich aus einem unbekannten Grund verhaftet.

Aber nein.

Er biegt um die Ecke und verschwindet.

Ich nehme die Speisekarte in die Hand.

Mache ich mir Sorgen wegen einer Lebensmittelvergiftung? Dieser Ort ist spezialisiert auf rohe Lebensmittel wie Austern und Kaviar – aber bei diesen Preisen verwenden sie die frischesten Zutaten der Welt.

Ein großer schwarzer Lieferwagen rollt langsam die Straße hinunter.

Sobald ich ihn sehe, merke ich, dass *das* die Quelle meines Unbehagens ist.

»Ist alles in Ordnung?«, fragt Nero. Er muss bemerkt haben, dass das ganze Blut mein Gesicht verlassen hat.

Bevor ich antworten kann, gleiten die Fenster des Lieferwagens nach unten.

Ich sehe eine Killerclownmaske, bevor eine große Hand mit einem Handschuh ein Maschinengewehr aus dem Fenster hält.

Ich schreie.

Alle im Restaurant sehen mich mit einer Mischung aus Ärger und Sorge an.

Mit einem ohrenbetäubenden *Ratatat* treffen die Kugeln auf das Glasfenster und zerschmettern es in winzige Stücke.

Meine Schulter fühlt sich an, als wäre sie weggerissen worden, und der restliche Stumpf mit heißem Eisen kauterisiert.

*Ich wurde angeschossen.*

Der Kugelregen trifft die schreienden und verstreuten Menschen um uns herum.

Nero springt mit einem angstverzerrten Gesicht

über den Tisch, zieht mich in eine enge Umarmung und bedeckt mich mit seinem Körper, während wir fallen.

Mein Atem verlässt meine Lungen, als wir auf dem Boden aufschlagen, aber ich bin froh, unten zu liegen, weil ich mich fühle, als würde ich gleich von dem Schmerz in meiner Schulter ohnmächtig werden.

Auf mir zuckt Nero zusammen, als sei er von einer Kugel getroffen worden. Allerdings gibt es keine Schmerzen in seinem Gesicht, nur Wut von erschreckender Intensität.

Wer auch immer diese Schützen sind, sie wären verrückt, ihn nicht zu erledigen. Wenn er überlebt, wird er sie dazu bringen, ihren Geburtstag zu bereuen.

Noch mehr Schüsse. Es klingt, als würden entweder die Eisskulpturen oder die Köpfe der Menschen um uns herum explodieren, und Neros Körper zuckt immer wieder.

Die winzige Ecke meines Gehirns, die nicht vor Angst schreit, wiederholt immer wieder einen Gedanken: Nero nimmt für mich die Kugeln hin.

Das Maschinengewehr geht wieder los.

Nero spannt sich an, und meine Rippen brechen mit apokalyptischen Schmerzen.

Eine Kugel muss durch ihn hindurch und in meine Brust eingedrungen sein.

Blut füllt meine Lungen und sprudelt in meinen Hals, während mein Herz aufhört zu schlagen.

# KAPITEL ACHT

ICH BIN WIEDER IM RESTAURANT, gerade als Nero seine Bestellung beendet hat.

»Und, was darf ich *Ihnen* bringen?« Der Kellner lächelt mich mit seinem falschen Lächeln an, genau wie er es in meiner Vision tat.

»Lauf!«, rufe ich Nero zu und springe auf.

Während ich zum Ausgang des Restaurants renne, breitet sich die gleiche Welle von Angst in mir aus – nur jetzt weiß ich, was dahintersteckt.

Zu meiner Erleichterung läuft Nero hinter mir her.

Ich bleibe abrupt mitten auf der Straße stehen – gerade als das Polizeiauto auf die Straße fährt und mir den Weg weist.

Ich nehme Blickkontakt mit den Polizisten auf und winke mit den Armen wie eine psychotische Cheerleaderin.

Nero stellt sich schützend vor mich.

Sollten die Polizisten beschließen, jemanden mit

ihrem Auto zu rammen, dann träfen sie ihn, nicht mich.

Ich frage mich, was passieren würde, wenn sie ihn treffen würden? Etwas sagt mir, dass Nero schwerer zu töten ist als ein Vampir.

»Hast du eine Vision gehabt?«, fragt er über seine Schulter.

»Ja«, zische ich. »Jemand mit Maschinengewehren wird das ganze Restaurant in die Luft jagen. Von einem schwarzen Van aus, der gleich auf diese Straße einbiegen wird.«

Das Polizeiauto hält an.

Nero nimmt das als Ansporn, auf den Bürgersteig zu eilen und aufmerksam auf den Gegenverkehr zu starren.

Erst jetzt merke ich, wie verrückt ich für die Polizei aussehen muss – aber nicht so verrückt, wie es klingen würde, wenn ich ihnen die Wahrheit erzählen würde.

Nicht, dass ich ihnen von einer Vision – oder irgendetwas Übernatürlichem – erzählen könnte, ohne dass das Mandat mich in ein blutendes Chaos oder Schlimmeres verwandeln würde.

»Ich habe einen Schuss gehört«, lüge ich und zeige in die Richtung, aus der der Wagen kommen soll.

Die Polizisten überhäufen mich mit Fragen, und ich erweitere meine Lüge mit dem ganzen Ernst eines erfahrenen Magiers.

Gegen Ende meiner Erklärung entdecke ich den schwarzen Van. Es hält ein paar Meter hinter dem Polizeiauto an.

Das war mein Plan, dass die Polizei ihm den Weg versperrt und die Clownsmasken entmutigt.

Hoffentlich.

Sie haben vielleicht genug Feuerkraft, um es mit diesen beiden Beamten aufzunehmen.

Genau wie in meiner Vision sind die Fenster des Lieferwagens getönt – und trotz mangelnder Sicht spüre ich die bösartigen Blicke hinter dem dunklen Glas.

Nero setzt sich in Bewegung, als wolle er dem Van hinterherlaufen. Dann schaut er zurück zu mir, dann zum Van, dann zu mir.

Ich kann praktisch sehen, wie sich die Zahnräder in seinem Kopf drehen.

Die Möchtegern-Schützen erwischen oder bei Gefahr bei mir bleiben?

Ich treffe eine schnelle Entscheidung und handele so ängstlich, wie ich es wäre, wenn ich einen hungrigen Drekavac sehen würde. »In diesem Van.« Ich zeige mit einem zitternden Finger. »Da ist ein Typ mit einer Waffe drin. Ich habe ihn gerade gesehen.«

Als ob sie versuchen würden, mir Glaubwürdigkeit zu verschaffen, kreischen die Reifen des Lieferwagens, während er rückwärts fährt.

»Schnell, sie entkommen«, fordere ich die verwirrten Beamten auf.

Und der Oscar geht an Sasha.

Die Polizisten sagen mir, dass ich hierbleiben soll, und eilen zurück in ihr Auto, schalten die Sirene ein und verfolgen den Van.

Ich atme erleichtert die Luft aus, von der ich nicht wusste, dass ich sie anhalte, als Nero auf mich zukommt.

»Bringen wir dich nach Hause.« Er greift nach meinem Ellbogen.

Ich nicke stumm und lasse mich schnell von ihm wegzerren.

Unser halbes Joggen verwandelt sich in einen Sprint, und schon bald befinde ich mich im Fahrstuhl meines Wohnhauses und keuche wie ein überhitzter Hund.

Nero runzelt die Stirn, und ich sehe ein Versprechen für ein zukünftiges Cardiotraining in seinem Blick. Er wartet nicht, bis ich nach Luft schnappe, sondern fragt streng: »Was ist passiert?«

Ich erzähle ihm von meiner Vision, während wir meine Wohnung betreten und in die Küche gehen.

»Okay. Jetzt lass es uns noch einmal durchgehen.« Nero setzt sich mir gegenüber an den Küchentisch. »Du hast gesagt, dass sie eine Maske getragen haben, aber hast du die Augen gesehen?«

Fluffster kommt in die Küche und schaut uns besorgt an. »Habe ich gerade gehört, dass du gesagt hast, dass auf dich geschossen wurde?«

Ich erkläre, dass es eine Vision war, und beschreibe so viele Details wie möglich.

»Also, nein, ich konnte die Augen nicht sehen«, sage ich abschließend. »Es ging alles zu schnell.«

Nero und Fluffster sehen verärgert aus, jeder auf seine eigene Weise.

»Jemand versucht *wieder*, dich zu töten«, sagt Fluffster. »Warum bestehst du so sehr darauf, die Wohnung zu verlassen?«

»Angesichts der Art dieses Angriffs bin ich mir nicht sicher, ob sie überhaupt innerhalb deines Bereichs sicher ist.« Neros Kiefer zuckt, als er das Chinchilla ansieht. »Wenn sie klingeln und dann mit einem Maschinengewehr die Tür wegschießen würden, könntest nicht einmal du Sasha davon abhalten, sich eine Kugel einzufangen.«

»Wir werden Felix einen Roboter bauen lassen, um die Tür zu öffnen«, sagt Fluffster. »Oder besser noch: Ignoriere die dumme Türklingel ganz.«

»Ja, ich werde wie eingesperrt leben, ohne jemals die Tür zu öffnen«, sage ich sarkastisch. »Zumindest, bis wir verhungern.«

»Jedes Mal, wenn du rausgehst, wirst du fast getötet«, kontert Fluffster.

»Wir wissen nicht, ob das gegen mich gerichtet war.« Mein Magen knurrt, und ich gehe zum Kühlschrank, um Käse, Schinken und Mayo zu holen. Kugeln in Visionen scheinen meinen Appetit nicht zu beeinträchtigen. »Das letzte Mal, als ich annahm, dass jemand hinter mir her war, versuchte er in Wirklichkeit, Kit zu töten. Woher wissen wir, dass es diesmal nicht der Fall ist? Vielleicht war das Neros Feind. Oder vielleicht war es jemand, der versuchte, einen der anderen in diesem Restaurant zu töten – es gab dort viele VIPs. Oder es könnte einer dieser verrückten Schützen aus den Nachrichten gewesen sein – ein Typ, der sich entschieden hat, die Oberschicht auszudünnen. Du weißt schon, eine Art von ›Besetzt die Wall Street‹, aber mit gewalttätigen Mitteln.« Ich schaue Nero scharf an.

»Die Theorie des menschlichen Schützen verstärkt die Glaubwürdigkeit«, sagt er kurz und bündig.

»Und wer würde es wagen, Nero zu jagen?« Fluffster schaut meinen Chef mit einer Mischung aus Ehrfurcht und Respekt an.

»Jemand, der selbstmordgefährdet ist?« Ich hole das Brot aus der Schublade, öffne den Beutel und beginne, die Mayo auf zwei Scheiben zu verteilen – eine für Nero und eine für mich.

Es sind weder Austern noch Kaviar, aber es ist Essen.

»Deshalb habe ich nach ihren Augen gefragt.« Neros eigene Augen sehen so unmenschlich aus, wie ich sie noch nie gesehen habe. »Bist du sicher, dass du ihre Limbusringe nicht gesehen hast?«

Es dämmert mir endlich, was er damit andeutet. »Deine Feinde sind dieselbe Art von Cogniti wie du?«

»Niemand sonst würde jemanden wie mich angreifen.« Er runzelt die Stirn. »Aber ich bin der Einzige meiner Art, der über diese Welt Bescheid weiß. Also nein. Wenn das andere meiner Art wären, bezweifle ich, dass sie sich dazu herablassen würden, ihre Gesichter zu verstecken. Oder Waffen benutzen würden.«

»Und was ist das für eine Art von Cogniti?«, frage

ich und halte den Atem erwartungsvoll an. »Wonach sollte ich Ausschau halten?«

Nero schaut mich unleserlich an und sagt dann: »Keinen Käse für mein Sandwich. Ich hätte lieber extra Schinken.«

Ich lege schwungvoll Schinken und Käse auf eine Scheibe Brot, und dann dreimal Schinken auf eine andere. Ich muss meine ganze Willenskraft aufwenden, um den fertigen Snack nicht in Neros hartnäckiges Gesicht zu werfen, sondern ihn einfach zu übergeben.

Ich dachte, er würde sich mir nur dieses eine Mal öffnen und ein einziges seiner wertvollen Geheimnisse enthüllen.

Aber natürlich hat er das nicht. Der Mann ist unerträglich.

Ich stürze mich so schnell auf mein Sandwich, dass ich mir versehentlich auf die Wange beiße.

Fluffster sieht mich an. »Angenommen, das *war* jemand, der es auf dich abgesehen hatte, Sasha, wer könnte es gewesen sein?«

Ich denke darüber nach. »Ich habe nicht mehr viele Feinde übrig, soweit ich weiß. Die einzige Person, an die ich denken kann, die noch am Leben ist, ist Chester.«

Nero sieht aus, als würde gerade eine Glühbirne über seinem Gesicht aufleuchten. Er beendet sein Sandwich mit einem einzigen Bissen und greift in seine Tasche, um sein Handy hervorzuholen.

Ein paar Bewegungen seiner Fingerspitzen auf dem Touchscreen später ertönt von Neros Video-App ein

Rufton, während er den Bildschirm so einrichtet, dass die Person am anderen Ende uns drei sehen kann – vorausgesetzt, sie nimmt ab.

Der Videoanruf baut sich auf.

Ein Mann sitzt auf einem Stuhl vor seiner Kamera, und sein satyrartiges Gesicht ist eine Maske amüsierter Neugierde.

Es ist Chester, das ehemalige Ratsmitglied, dessen Machenschaften mich fast von einer verrückten Nekromantin und ihren Zombies töten lassen hätten.

Dann nehme ich die ganze Szene wahr und blinzele ein paarmal.

Neben Chester sitzt ein riesiger weißer Löwe – die Art, die Siegfried und Roy in ihren Zaubershows auftauchen und verschwinden lassen haben.

»Ah.« Chester krault seinen furchterregenden Freund hinter dem Ohr wie eine Katze. »Wenn das nicht mein Lieblingspaar ist.« Ich erwarte regelrecht, dass der Löwe in Chesters Hand beißt, aber die mächtige Kreatur scheint die Aufmerksamkeit zu genießen. »Nero.« Chester grinst schelmisch. »Sasha.« Er schaut mich an. »Ich wusste nicht, dass ihr in der Phase eurer Beziehung seid, um gemeinsam ein Haustier zu halten.« Er sieht Fluffster von oben bis unten an. »Es sei denn, das ist Mittagessen?«

Dem Blick seines Herrn folgend, betrachtet der Löwe Fluffster und leckt hungrig seine Lippen.

»Ich rufe an, um ein paar Fragen zu stellen«, sagt Nero, ohne den Löwen zu beachten. »Hast du versucht,

Sasha heute persönlich oder über einen Stellvertreter zu töten?«

»Nein.« Chester sieht wirklich überrascht aus. »Das habe ich nicht.«

»Hast du deine Kraft bei ihr eingesetzt?«, fragt Nero. »Die Wahrscheinlichkeit verändert, dass jemand einen Anschlag auf ihr Leben verüben würde?«

All seine Belustigung verschwindet aus Chesters Gesicht. »Warum sollte ich so etwas tun?« Er krault abwesend das Fell des Löwen. »Ich habe euch beiden gesagt, dass, als ich diesen Nekro angeheuert habe, er nur ein Mittel zum Zweck war, um Darian zu ärgern – Sasha war nur ein Mittel zum Zweck.«

»Du hättest etwas über mich und Roxy erfahren können«, sage ich auf eine Vorahnung hin. »Das würde es zu etwas Persönlichem machen.«

»Ich lasse mich nicht mit den Spielereien meiner Tochter ein.« Ein Stück blutiges Fleisch taucht wie von Geisterhand in Chesters linker Hand auf, und er wirft es dem Löwen zu.

»Also erwartest du, dass wir glauben, dass es dir egal ist, dass sie sich Sasha unterworfen hat?« Nero verengt die Augen. »Ich möchte hören, wie du das als Satz sagst.«

»Sie hat was getan?« Chester fällt fast von seinem Stuhl. »Unterworfen, wie im Werwolf-Mumbo-Jumbo? Sie hat mir nichts davon erzählt. *Dieses kleine ...*«

»Er sagt die Wahrheit«, flüstert mir Nero ins Ohr. »Sowohl als er sagte, dass er nicht hinter dir her ist, als auch jetzt, wo er behauptet, nichts von der Unterwerfung zu wissen.«

»Großartig«, flüstere ich, ohne Nero anzusehen. Meine Augen sind an den Anblick des Löwen geschweißt, der das Stück Fleisch verschlingt. »Er weiß *jetzt* Bescheid.«

Lauter sage ich: »Du hast Neros Frage nach deinen Kräften nie beantwortet. Hast du sie bei mir benutzt?«

Neros Hände ballen sich zu Fäusten, als er erwartungsvoll auf den Bildschirm starrt.

»Das habe ich in letzter Zeit nicht getan.« Chester schaut auf sein Haustier, um Unterstützung zu erhalten, aber der Löwe ist zu beschäftigt mit dem Fressen. »Außerdem war es kein Pech, dass ich versucht habe, sie dir zu schicken. Eher das Gegenteil.«

»Eine Wahrheit, aber eine vage.« Nero lehnt sich zur Kamera. »Erkläre es.«

»Bevor ich das tue, möchte ich euch beide an den freien Willen erinnern. Ihr beide besitzt ihn.« Chester schaut von Nero zu mir – und dann flehentlich zu Nero zurück. »Meine Kräfte können das nicht außer Kraft setzen. Nichts kann das.«

»Du hältst uns hin.« Neros Augen sind jetzt fast vollständig schwarz.

»Weißt du, wie ich Darian ausspioniere?«, fragt Chester.

»Traumwandler«, sagt Nero. »Erzähl uns etwas, was wir noch nicht wissen.«

Ich möchte widersprechen und sagen, dass ich *nicht* wusste, dass Chester einen Traumwandler benutzt, aber dann merke ich, dass ich zumindest eine Vorahnung gehabt habe. Als ich Darians Erinnerungen an Matilda – Chesters Frau und Darians Geliebte – gesehen habe, hat sie von Darians Visionen vom Schicksal ihrer Tochter erfahren, indem sie einen Traumwandler benutzte, also *liegt* es nahe, anzunehmen, dass ihr Mann auch Zugang zu einem hat.

Oh, und Chesters Eingeständnis enthüllt endlich etwas, was ich nie herausgefunden hatte: wie Chester ursprünglich von Darians Plänen für mich erfahren hat.

Bei der Initiation war Felix' Theorie, dass Chester einen Spion benutzt hat, und es sieht so aus, als ob er zumindest teilweise recht hatte. Chester setzte tatsächlich eine kreative Spionagemethode ein: er erhält die Informationen direkt aus Darians eigenen Träumen.

Ich erkenne auch etwas anderes – der Traumwandler, um den es hier geht, ist wahrscheinlich Bailey Spade, alias Freda Krueger.

Zumindest arbeitet Nero mit ihr zusammen, wenn er einen braucht.

»Wusstest du, dass Darian der Grund ist, warum ich die Frau verloren habe, die ich liebe?« Die Trauer sieht auf Chesters meist fröhlichem Gesicht fehl am Platz aus.

»Ja.« Neros Stimme wird etwas weicher. »Es ist schwer, die zu verlieren, die man liebt.«

»Richtig.« Chester greift nach dem Löwen, und das

Tier leckt beruhigend seine Hand. »Das bedeutet, dass du vielleicht verstehst, warum ich das getan habe, was ich getan habe.« Er holt tief Luft und rasselt schnell heraus: »Ich habe erfahren, dass es Darians schlimmster Alptraum ist, euch beide zusammen zu sehen, also habe ich meine Kraft genutzt, um das zu erreichen.«

Neros Mund klappt ungläubig auf, und mein Gehirn fühlt sich an wie ein Computer, der versucht, sich durch null zu teilen.

Er sagte: »Das zu erreichen.«

Ich und Nero.

Zusammen.

Um Darian zu ärgern.

Ein Teil von mir weiß, dass Chester meint, dass er seine Kontrolle über die Wahrscheinlichkeiten genutzt hat, um irgendwie die Chancen zu erhöhen, dass ich Nero anstelle von Darian wähle, aber jeder andere Teil von mir findet die Idee unverständlich.

Und beunruhigend.

Und falsch.

KAPITEL NEUN

»WIE KANNST du Einfluss auf das haben, was ich für Nero fühle?«, höre ich mich wie aus der Ferne fragen.

»Das kann ich nicht.« Chester streichelt die blasse Mähne seines Löwen. »Ihr habt beide einen freien Willen. Alles, was ich getan habe, ist, sicherzustellen, dass ihr öfter als sonst aufeinandertrefft, und vielleicht unter Umständen den einen Funken entzünden könnt, sollte dieser vorhanden sein.«

Was?

Hat Nero mich deshalb dabei erwischt, wie ich seinen Safe durchwühlt habe, während er nichts als ein Handtuch trug? Oder war Nero deshalb so oft im richtigen Moment für mich da, wie damals, als ich um Roses Tod trauerte? Oder als ich …

»Du wirst deine Kraft nie wieder auf mich oder Sasha anwenden.« Die Bedrohung in Neros Stimme scheint sogar den Löwen zu erschrecken.

»Kein Problem«, sagt Chester schnell. »Nie wieder.«

Er muss die Wahrheit sagen, denn Nero öffnet seine zu Fäusten geballten Hände wieder.

Schockiert versuche ich, Neros Wut zu verarbeiten, und was sie bedeutet.

Will Nero damit sagen, dass er etwas für mich empfindet? Und wenn ja, ist die Wut ein Zeichen seiner Missbilligung dieser Gefühle? Auch wenn es Gefühle gibt, sind sie einfach das Ergebnis von Chesters Machenschaften, oder sind sie echt?

Und was ist mit mir? Würde ich nach Darian schmachten, wenn Chester nicht sein Ding gemacht hätte?

Das setzt voraus, dass ich zugebe, dass ich mich nach Nero »sehne«, was nicht der Fall ist.

Dennoch gibt es eine gewisse Anziehungskraft, um es vorsichtig auszudrücken. Außerdem muss ich noch die Tatsache verarbeiten, dass er in meiner Vision die Kugeln für mich abgefangen hat. Das bedeutet etwas.

»Ich brauche die Telefonnummern der Eltern der anderen beiden Mädchen in Roxys Clique«, höre ich Nero durch meinen Schleier sagen. »Sie könnten hinter dem Attentatsversuch stecken.«

»Das bezweifle ich stark.« Chester zieht ein Telefon heraus und beginnt, wiederholt auf den Bildschirm zu tippen. »Aber ich habe dir trotzdem ihre Nummern geschickt.«

»Gut.« Nero blickt auf sein Telefon, um sicherzustellen, dass er die Nachricht bekommen hat.

»Ist alles in Ordnung zwischen uns?«, fragt Chester vorsichtig. »Oder muss ich mir von jetzt an über die Schulter schauen?«

»Es ist nicht alles in Ordnung zwischen uns«, sagt Nero grimmig. »Wenn du weiter atmen willst, bleib mir aus den Augen.«

Er legt auf, und ich sitze fassungslos in Gedanken versunken da, als er die beiden Nummern, die ihm Chester gegeben hat, anruft und die Eltern fragt, ob sie versucht haben, mich zu töten. Sie leugnen es, und seine Macht erkennt keine Lügen – also schätze ich, dass sie alle weiterleben werden.

»Thalia?«, sagt Nero, nachdem er eine andere Nummer gewählt hat. »Wie geht es dir?«

Sein Telefon klingelt, als er eine SMS bekommt. Er liest sie, nickt und sagt dann: »Das ist gut zu hören. Ich könnte deine Hilfe gebrauchen.« Dann erzählt er ihr von den jüngsten Ereignissen und dass er sich besser fühlen würde, wenn sie wieder als meine Leibwächterin arbeiten würde.

Sie antwortet mit einer weiteren Nachricht.

»Großartig«, sagt er, nachdem er sie gelesen hat, und legt auf. Er schaut mich an und sagt: »Thalia hat heute Abend wieder Dienst, und bis dahin kommst du mit mir mit.«

»Tue ich das?«

»Ich will dich dort, wo ich dich im Auge behalten kann.« Nero steht auf. »In der Zwischenzeit lasse ich hier kugelsichere Fenster und eine besonders sichere Tür installieren.« Er blickt auf Fluffster hinunter –

der ihm leicht zunickt, was wahrscheinlich bedeutet, dass der Domovoi Neros Auftragnehmer nicht sofort töten wird. Im Rückblick grinst Nero fast unmerklich und fügt hinzu: »Denkst du nicht, dass es Zeit ist, dass du anfängst, diese hundertfünfunddreißig Stunden, die du mir schuldest, abzuarbeiten?«

»Er spricht von den Strafarbeitsstunden, die ich angesammelt habe, als ich aus seinem provisorischen Gefängnis geflohen bin, um Vlad zu retten«, erkläre ich dem verwirren Fluffster, bevor ich Nero mit einem Blick durchbohre. »Wenn ich du wäre, würde ich die Leute nicht an diesen Tag erinnern. Ich habe kaum überlebt, während du nur in deiner bequemen Limousine gesessen und feige darauf gewartet hast, dass andere die Drecksarbeit machen.«

Neros Grinsen verschwindet, und seine Nasenlöcher beben. Er sieht aus, als wäre er kurz davor, mir zu antworten, aber das tut er nicht. Stattdessen starrt er mich nur grimmig an.

Ich möchte meine Worte fast zurücknehmen – aber, warum sollte ich? Er hat tatsächlich in seiner Limousine gewartet, so wie ich es gesagt habe.

Aber andererseits hat er in meiner Vision die Kugeln für mich abgefangen.

Das ist das Gegenteil von dem, dessen ich ihn gerade beschuldigt habe.

»Los geht's«, sagt er mit emotionsloser Stimme. Ohne auf eine Antwort zu warten, verlässt er die Küche.

Ich blicke schulterzuckend zu Fluffster, bevor ich Nero folge und ihn am Aufzug einhole.

Auf dem Weg nach unten sieht Nero brütend aus und erinnert mich an Vlad.

Wie *geht* es dem Vampir?

Ich fühle mich schuldig, dass ich in letzter Zeit nicht nach ihm gesehen habe. Ich sollte das besser bald tun. Warum sollte ich es eigentlich verschieben?

Ich atme beruhigend ein, gehe in den Leerraum und konzentriere mich auf Vlad.

Die Formen, die mich umgeben, sind nicht beängstigend, aber auch nicht freundlich.

Ich wähle eine nach dem Zufallsprinzip aus, berühre sie, und die Vision beginnt.

———

ICH BIN KÖRPERLOS, wie es die Norm für Visionen ist, bei denen die Ereignisse ohne meine körperliche Anwesenheit stattfinden.

Eine riesige Faust schlägt Vlad mit der Kraft einer Abrissbirne in den Kiefer.

Nach den grundlegenden Gesetzen der Physik fliegt Vlad rückwärts, aber im letzten Moment schlägt er Salti in der Luft und landet auf seinen Füßen, wie eine Katze.

Die Menge im umliegenden Kolosseum klatscht und schreit vor Aufregung.

Unbeeindruckt vom Schlag, wischt sich Vlad einen

Tropfen Blut ab, der über seine gespaltene Lippe läuft, und rauscht nach vorne.

Sein Gegner schaut mit einer Mischung aus Ehrfurcht und Respekt auf ihn herab.

Der Typ ist riesig. So groß, dass ich ihn für einen buchstäblichen Riesen halte – eine Art der Cogniti.

Obwohl mir niemand ausdrücklich gesagt hat, dass es Riesen gibt, nehme ich an, dass das der Fall ist, nachdem ich den riesigen Kerl gesehen habe, der das Ritual mit mir durchgeführt hat.

Vlad weicht den Schlägen des Riesen aus und schlägt ihm dann in die Brust.

Der riesige Kerl wirbelt zurück.

Die Menge wird wieder wild.

———

ICH KOMME im Aufzug zur Besinnung.

Nero betrachtet mich aufmerksam.

»Ich hatte gerade eine Vision«, sage ich lieber schnell und erzähle ihm dann, was ich gesehen habe.

»Also *dahin* ist er gegangen.« Nero schüttelt missbilligend den Kopf. »Keine Sorge. Diese Kämpfe enden selten tödlich.«

»Großartig«, sage ich sarkastisch. »Selten. Was für eine Erleichterung.«

»Es ist einfach so, dass Vlad etwas Dampf ablässt«, sagt Nero. »Wir alle haben unterschiedliche Arten, mit Trauer umzugehen – und seine ist so gut wie jede andere.«

Der Aufzug kommt an, und wir steigen aus, wobei ich etwas Unhöfliches über dummes Machoverhalten murmele und Nero vorgibt, nichts zu hören.

»Setz dich nach hinten. Ich gehe nach vorne«, sagt er, als wir bei der Limousine ankommen.

Er öffnet mir die Tür, und ich steige widerwillig ein und schließe dann demonstrativ das Trennwand-Ding zwischen mir und dem Platz, an dem Nero sitzen wird.

»Ich werde nach Vlad sehen, wenn du dich dadurch besser fühlst«, sagt Nero, bevor er die Tür schließt. »Ich muss ihn sowieso zur Beerdigung einladen.«

Bevor ich die Gelegenheit habe, zu fragen, wann die Beerdigung stattfindet – ganz zu schweigen davon, warum Nero mir einen Olivenzweig hinhält –, schließt er die Tür.

Na ja. Das ist in Ordnung. Es gibt noch ein paar weitere Dinge im Leerraum, um die ich mich gerne kümmern würde, und jetzt passt es so gut wie zu jedem anderen Zeitpunkt.

Beim Wiedereintritt in den Leerraum versuche ich, eine Vision mit meiner biologischen Mutter zu bekommen, unter der Annahme, dass sie die Frau war, die ich neulich in Rasputins Erinnerungen gesehen habe – die Erinnerung mit den Turteltäubchen, nicht die mit Nero oder die mit jemandem, der meinen Vater quält.

Die Frau in dieser Erinnerung hatte blasse Schultern und einen anmutigen Rücken, der mich an eine Ballerina erinnerte, und Rasputin hatte sie unberechenbar genannt.

Das ist nicht viel, aber ich klammere mich an diese Dinge, als wären sie ihre Essenz.

Nichts passiert.

Das müssen nicht genügend Informationen sein.

Als Nächstes versuche ich, Rasputin zu erreichen.

Kein Wunder, dass das auch nicht funktioniert. Er muss meinen Rufen ausweichen.

Da ich in Beschwörungslaune bin, pinge ich als Nächstes Darian an.

Ein weiterer Fehlschlag.

Fast nachträglich erinnere ich mich an den Bannik.

Ja. Er ist es definitiv wert, nach ihm zu sehen. Es könnte noch Seherunterricht geben, den er anbieten kann.

Ich konzentriere mich auf Jaroslaws bärtige Schönheit und wie er mir half, Baba Yaga zu entkommen, obwohl er wahrscheinlich wusste, dass er einen Finger dadurch verlieren würde. Als ich seine traurigen Augen fast vor mir sehen kann, erscheint ein vertrautes Wesen vor mir im Leerraum.

Es hat funktioniert.

Das ist er.

Die jaroslawische Form pulsiert vor Aufregung, und ich habe den Eindruck, dass er nach mir greift, während ich meine eigene Verbindung herstelle.

Der Leerraum wirbelt um uns herum, während wir in die metaphysische Umarmung des anderen fallen.

# KAPITEL ZEHN

UMGEBEN von der sengenden Hitze der Banya massiere ich blasse, feminine Schultern mit Honig.

Das heißt, Jaroslaw tut dies in einer Erinnerung, nicht ich.

Die Erinnerung muss ziemlich frisch sein, da ihm oder mir ein Zeigefinger fehlt.

»Du versuchst erneut, deine Therapeutin abzulenken«, stöhnt Lucretia. »Ich will wissen, wie du dich mit der neu gefundenen Freiheit fühlst.«

Nicht in der Stimmung für eine Therapie, schiebt Jaroslaw seine Hände von ihren Schultern zu ihren Brüsten und leckt dann etwas von dem Honig ab.

Warum bekomme ich immer die erotischen Erinnerungen? Werde ich irgendwie von ihnen angezogen?

Die Banya erwärmt sich – sowohl wortwörtlich als auch im Hinblick auf das, was Lucretia und Jaroslaw tun.

»Du kannst mich beißen, wenn du willst«, flüstert der Bannik in Lucretias Ohr, als er an ihrem Hals knabbert.

Ich hatte recht. Dies ist eine sehr frische Erinnerung. Lucretia ist gerade zu einem Vampir geworden.

»Ich bin noch nicht bereit dafür«, murmelt sie, aber es gibt ein Lispeln in ihrer Sprache, das darauf hinweist, dass ihre Reißzähne verlängert sind. »Ich muss mehr über die Konsequenzen erfahren, bevor ich diesen Schritt mache.«

»Ich habe alle Konsequenzen gesehen«, sagt Jaroslaw mit schmeichelnder Stimme. »Wir sind in so ziemlich *jeder* Zukunft glücklich zusammen. Niemand kann …«

———

WIE ZUVOR IST alles um uns herum absolute Leere.

Und wie bei Darian und Rasputin steht vor mir ein Synapsen-Hologramm von Jaroslaw, mit seinem Gesicht an der unheimlichen Formeinheit, die seine Darstellung im Leerraum ist.

Ich bin auch ein Hologramm – eines, das mit der Entität verbunden ist, die ich bin, und die wiederum mit dem Bannik auf der Leerraum-Ebene verwoben ist.

»Sasha.« Er schwebt auf und ab. »Ich bin froh, dass du dich gemeldet hast. Es gibt einige Dinge, die du zuerst von mir hören solltest.« Er schaut mich aufmerksam an. »Es sei denn, Nero oder Lucretia haben es dir schon gesagt?«

»Was haben sie mir gesagt?« Obwohl meine Brust an dieser Stelle durchsichtig ist, ist das Gefühl, dass sich mein Herzschlag beschleunigt, genauso real wie in der Außenwelt.

»Der Deal, den Nero und ich gemacht haben.« Jaroslaw schaut auf seine hologrammartigen Füße herab. »Was ich tun musste, um mich von Baba Yaga zu befreien.«

Ich fange an, eine Ahnung davon zu bekommen, was er mir sagen wird, aber ich sage immer noch: »Nein. Bitte erkläre es mir.«

»Richtig.« Er schaut auf seinen fehlenden Finger, dann auf mich. »Lange bevor wir uns trafen, wusste ich dank meiner Visionen, dass wir das tun würden. Ich wusste auch, dass ich dich frei lassen musste, um eines Tages selbst frei zu sein – egal was es kosten würde. Es gab nur eine kleine Handvoll Zukünfte, in denen Baba Yaga besiegt werden würde, und du hast eine Schlüsselrolle bei so ziemlich allen von ihnen gespielt.«

Ich verschränke meine Arme und warte auf das Schlimmste. Was er bisher gesagt hat, hatte ich ziemlich genau erraten.

»Du musst mir glauben, wenn ich sage, dass das, was mit dir passiert ist, das bestmögliche Ergebnis war.« Er schwebt nach unten und steigt dann mit Mühe wieder auf. »Hätte ich mich nicht eingemischt, wäre es viel schlimmer gewesen …«

»Du hast Nero benutzt, um dich zu befreien«, rate ich.

»Er darf dafür meine Dienste als Seher nutzen.« Er streichelt seinen Bart. »Man kann davon ausgehen, dass er den besseren Part des Deals hat.«

»Verlieren wir uns nicht in Geplänkel«, sage ich. »Was hast du getan?«

»Ich habe Lucretia gebeten, Nero eine Nachricht zu überbringen.« Er weicht meinem Blick gezielt aus. »Darin skizzierte ich den Weg zu dem gewünschten Ergebnis. Dich im Kampfsport zu trainieren. Dich zu ermutigen, deine Kräfte zu nutzen. Einen gefängnisähnlichen Raum für dich zu bauen – mit einer Passwort-Tastatur – nur damit du mit der Technik, die ich dir beigebracht habe, im richtigen Moment entkommen kannst. Ich habe ihm gesagt, er solle dich nicht aufhalten, als du dich befreit hast, um Baba Yaga mit deinen Freunden anzugreifen – etwas, dem er nur zugestimmt hat, als ich ihm versichert habe, dass du die Tortur überleben würdest. Ich habe ihm sogar gesagt, wann und wo er den Heiler am Ende zu dir bringen sollte, damit du nicht unnötig leiden musst.«

Ich schwebe einen Meter tiefer hinunter, während ich voll und ganz registriere, was er gesagt hat.

Er hat Nero gesagt, dass er mich in die Zelle stecken soll?

»Was ist mit dem Angriff auf den Pier in Staten Island?«, frage ich betäubt. »Als Nero mir nicht helfen wollte, Vlad zu retten, war das alles eine abgekartete Nummer?«

»Das habe ich in meinen Visionen nicht gesehen, also habe ich ihm keine Anweisungen dazu gegeben«, sagt Jaroslaw, und sein Blick ist immer noch auf seine holographischen Füße gerichtet. »Die einzige Scharade, die er aufführte, war, dass er nicht wollte, dass du dich mit Baba Yaga anlegst. Er wusste, dass du gehen würdest, egal was er sagte oder tat.«

Mein transparenter Kopf tut weh, weil er das alles analysiert hat, aber was er sagt, passt zu den Tatsachen – warum Isis in Neros Gebäude kam, gerade als ich es verließ, um mit Baba Yaga fertigzuwerden.

Er muss sie bereit gehabt haben, mich zu heilen, bevor ich überhaupt entkommen bin.

Es hatte mich gestört, dass Nero einfach an der Schwelle zu Brighton Beach in der Limousine gesessen und auf den Tod von Baba Yaga gewartet hat, was ihn aus dem Vertrag entlassen hat. Ein Teil von mir hätte sich gewünscht, dass er den Vertrag ignoriert hätte, um mir zu helfen.

Es stellt sich gerade heraus, dass es keine Rolle spielte.

Er wusste, dass ich in Sicherheit sein würde.

Mir fallen dunklere Implikationen ein. »Hast du vorhergesehen, dass Lucretia sich in einen Vampir verwandelt?«, frage ich.

»Das war unvermeidlich«, sagt er angespannt. »Aber ja. Ich wusste es. Sie hat gesagt, dass sie mir vergibt, aber ich …«

»Was ist mit Rose?« Mein geisterhafter Körper spannt sich an. »Hast du *ihren* Tod vorausgesehen?«

»Nein«, sagt er ernst. »Ich schwöre bei allem, was heilig ist. Genau wie bei Vlad dachte ich nicht einmal daran, ihre Zukunft zu betrachten.« Er scheint so unglücklich zu sein, wie es einem Hologramm möglich ist, aber das könnte alles gespielt sein; er weiß, dass wenn ich Vlad, dem Vampir, sagen würde, dass er Rose sterben lassen hat, der ihm sein Herz herausreißen würde.

Dann merke ich, dass er vielleicht die Wahrheit sagt. Wenn er auf Vlads Zukunft geschaut hätte, hätte er gesehen, wie *er* Baba Yaga tötet, und nicht ich. Vlad hatte seinen eigenen Plan, dies zu tun, und er hätte funktioniert, abgesehen davon, dass er dabei gestorben wäre …

»Was am Ende passierte, war *wirklich* das bestmögliche Ergebnis, soweit ich das beurteilen konnte«, sagt Jaroslaw. »Es ist die einzige, die ich gesehen habe, wo deine Freundin Ariel überlebt und ein erfülltes Leben führt. Es war der einzige Weg, wie Lucretia nicht Gaius' Sklavin werden würde und …«

»Halt. Du schaffst es hervorragend, mir zu zeigen, warum die Leute Seher so sehr ablehnen.«

»Eine der wichtigsten Lektionen, die wir Seher früh lernen, ist, dass man nicht jeden retten kann, den man liebt«, sagt er weise. »Keiner von uns ist mächtig genug dafür.«

»Ich bin mit diesem Gespräch fertig. Ich will die Verbindung trennen.«

»Ich verstehe.« Er fängt an, auf die Entität zuzugehen, die er selbst ist, und sagt: »Wenn du diese Version von dir selbst zur gleichen Zeit wie ich berührst, wird unsere Vereinigung unterbrochen.«

Zu überwältigt, um den schwerkraftlosen Flug zu genießen, schwebe ich zu meinem Wesen im Leerraum und berühre es.

Er tut das Gleiche, und ich wirbele heraus.

# KAPITEL ELF

DEN REST der Limousinenfahrt plündere ich die Snackbar und verarbeite die Bissen zusammen mit den Offenbarungen des Banniks.

Als wir neben Neros Haus parken, entscheide ich, dass nichts wirklich anders ist, nachdem alles gesagt und getan wurde.

Ja, Nero ist ein manipulativer Bastard, aber das wusste ich bereits. Und offensichtlich wollte der Bannik frei sein. Kann ich ihm das wirklich vorwerfen?

Der einzige interessante Leckerbissen dabei ist, dass Nero jetzt Zugang zu einem anderen Seher hat – was bedeutet, dass er mich nicht so sehr brauchen sollte.

Aber trotzdem hat er mich mit seinem Körper beschützt.

Warum hat er das getan? Gibt es ein klitzekleines bisschen Gutes in ihm?

Die Tür öffnet sich, und ich starre meinen Chef an, als sei es das erste Mal.

»Wir sind da«, sagt er und reicht mir seine Hand.

Ich ignoriere sie und steige allein aus der Limousine.

Nero zuckt mit den Schultern und weist den Weg.

Als wir in den Aufzug steigen, überrascht er mich noch einmal. Anstatt den Knopf für den Keller zu drücken – wie er es in meiner früheren Vision tat –, bringt er uns stattdessen in den obersten Stock.

Einstmals der Sitz der Vorstandsbüros, hat die Etage derzeit nur noch ein Büro, das besetzt ist – Neros.

»Du musst eine Wahl treffen«, sagt er, als wir aus dem Aufzug steigen.

»Oh?« Ich hole ihn ein, als er neben Venessa stehen bleibt.

Nero deutet auf die beiden Büros auf beiden Seiten von ihm. »Welches willst du?«

Venessas aufgerissene Augen scheinen bereit zu sein, aus ihren Höhlen zu springen.

Ich starre auf die luxuriösen Zimmer.

»Dieses«, murmele ich nach einem Moment und zeige auf den mit Blick auf das Empire State Building.

»Bitte richte Sashas neues Büro ein«, befiehlt Nero Venessa. »Ihr Computer ist eingelagert. Der Tisch und die Stühle werden gleich geliefert.«

Ich bin mir nicht sicher, ob Nero den säuerlichen Ausdruck bemerkt, der über Venessas Gesicht fließt, aber ich schon.

Großartig. Ich kann bereits jetzt sehen, dass es Spaß machen wird, in diesem Stockwerk zu arbeiten.

*Nicht wirklich.*

Venessa eilt davon – vermutlich, um meinen Computer zu holen.

Als sie außer Hörweite ist, bemerke ich Neros Blick und sage: »Wie interessant. Du gibst dir nicht die Mühe, mich in diesem Kellergefängnis festzuhalten. Es ist fast so, als ob du das nicht mehr tun müsstest ...«

»Der Bannik hat schon gequiekt?« Nero sieht alles andere als entschuldigend aus.

»Du hättest mir sagen sollen, dass die ganze Sache ...«

»Nein. Wenn ich dir einen Hinweis gegeben hätte, was die Zukunft bringt, hättest du sie ändern können. Sag mir, dass das nicht wahr ist.«

Er hat recht. Je mehr Informationen ich über eine zukünftige Veranstaltung habe, desto einfacher ist es, sie zu ändern. Auf der anderen Seite, ohne Vorkenntnis, geschehen die Dinge genauso wie in den Visionen. Ich frage mich, was das über den freien Willen aussagt. Andererseits ...

»Ich möchte, dass du Lucretia siehst«, sagt er und reißt mich aus meinen metaphysischen Überlegungen heraus.

Ich runzele die Stirn. »Das möchte ich lieber nicht. Ich muss diese unangemessene Menge an Stunden abarbeiten, die ich dir schulde.«

»Wie wäre es dann mit einer Abmachung?« Nero beugt sich vor und lässt meinen Puls schneller werden. »Obwohl Lucretia nicht unbedingt als Arbeitszeit gelten sollte, werde ich heute eine Ausnahme machen.

Ich werde sogar jede Minute, die du mit Lucretia verbringst, als zwei Arbeitstage zählen.«

»Vervierfache es, und wir haben einen Deal.«

»Dreifach. Und das ist mein letztes Angebot.« Um seine Worte zu unterstreichen, geht er in sein Büro, ohne auf meine Antwort zu warten.

»Schön«, sage ich zu seinem Rücken. »Ich gehe.«

Ohne sich umzudrehen, macht er ein Daumen-hoch-Zeichen.

Ich gehe zu Lucretias Büro und bin nicht überrascht, dass sie bereits auf mich wartet.

Wieder einmal bin ich Neros Bauer. Vielleicht sollte ich mich einfach entspannen und ihn mit mir machen lassen, was ihm gefällt.

Lucretia räuspert sich.

Mist. Hat sie meine Gedanken mit ihren Empathiekräften gespürt?

»Scheint so, als ob dein neuer Seinszustand deinen Job nicht behindert«, sage ich anstatt eines Hallos. »Ist es irritierend, seine Patienten essen zu wollen?«

»Meine Empathiefähigkeiten sind intakt und machen mich zu einem lausigen Raubtier.« Lucretia deutet mit ihrer zarten, blassen Hand auf die Liege, und ich versuche, nicht darüber nachzudenken, was ich gesehen habe, was diese Hand in den Erinnerungen des Banniks getan hat. »Nero kann mir von vielen Spendern frisches Blut besorgen«, fährt sie fort. »Also habe ich keinen Wunsch, meine Kunden zu essen, wie du es so grob ausgedrückt hast.«

Ich lege mich auf die Liege, schnappe mir eine

Puppe in der Nähe und tue mein Bestes, um mich zu entspannen.

»So.« Lucretia senkt sich in ihren thronartigen Stuhl. »Worüber möchtest du reden?«

»Erstens, vollständige Offenlegung. Ich habe heute mit dem Bannik gesprochen und von seiner Vereinbarung mit Nero erfahren.«

»Oh.« Sie überschlägt die Beine, und ihr Gesicht ist unleserlich. »Und wie fühlst du dich dabei?«

»Als ob ich Nero in sein selbstgefälliges Gesicht schlagen will.« Ich drücke den Hals des Spielzeugs zusammen. »Vielleicht auch deinem Freund.«

Das muss ich Lucretia lassen. Ihr Gesichtsausdruck verrutscht nicht einmal für eine Sekunde bei der Erwähnung von »Freund«.

Weise sagt sie: »Ich verstehe.«

»Wirklich?«

»Du magst es, die Kontrolle zu haben.« Sie legt ihre Fingerspitzen aneinander. »Die Kontrolle über dein Schicksal. Und deine Gefühle. Und die Handlungen anderer Menschen.«

»Na und?« Ich setze mich gerader hin. »Wer mag es nicht, die Kontrolle zu haben?«

»Wir sind hier, um über dich zu reden.« Lucretia lächelt, und ich kann nicht umhin, zu bemerken, dass ihre Zähne im Moment völlig normal aussehen.

Also gut.

*Sprechen wir über mich.*

Wo soll ich anfangen? Soll ich darüber sprechen, wie ich mich gefühlt habe, als ich Bentleys verbrannten

Körper sah oder als ich Zeuge davon wurde, wie Baba Yaga von einem Drekavac getötet wurde?

Nein. Obwohl sie mehr als beunruhigend waren, haben mich diese Dinge am Ende nicht nachts wach gehalten, wie ich befürchtet hatte – das tat die Aussicht auf eine Rede in der Öffentlichkeit.

Vielleicht sollten wir über meine Prioritäten bei Gründen für Schlaflosigkeit sprechen?

Andererseits ist das Thema, das mich am meisten interessiert, das Treffen mit meinem Vater, aber das hängt mit der Karte und meinem Wunsch zusammen, auf eine Rettungsmission zu gehen – etwas, von dem ich nicht möchte, dass Nero etwas darüber erfährt, so wie er in meiner Vision reagiert hat.

»Es gibt nicht viel zu besprechen«, sage ich schließlich. »Aber ich bin bereit, hier zu sitzen, solange du mich lässt. Nero und ich haben eine Abmachung ...«

»Die Beerdigung ist in zwei Tagen.« Lucretia schaut mich aufmerksam an.

Ich starre schockiert zurück.

Ist das ein Standard-Therapeutentrick?

Die Rückseite meiner Kehle pocht, und ich reiße fast das Bein von der armen Puppe.

Ich atme tief durch und schließe die Augen.

»Es tut mir leid«, sagt Lucretia beruhigend. »Ich dachte, du wüsstest es.«

Obwohl ich von Kit bereits von der Beerdigung erfahren habe, ist der Schmerz bei der Erinnerung daran fast nicht auszuhalten. Ich lege meine Hände auf die Puppe und versuche, meine Atmung zu beruhigen. Als ich denke, dass meine Stimme ruhig sein wird, sage ich mit geschlossenen Augen: »Ich wusste es.«

»Auf jeden Fall hast du definitiv gut gelernt, dich zu beruhigen«, sagt sie. »Jetzt, da das auf dem Tisch ist … wärst du bereit, über deine Gefühle zu reden?«

Ich öffne die Augen und versuche, zur Quelle meiner Schmerzen zu gelangen, die mich innerlich erstickten. »Ich glaube, ich mache mir Sorgen um die Trauerrede«, sage ich. »Ich habe die ganze Nacht nicht geschlafen, weil ich darüber nachgegrübelt habe.«

»Ist das alles?« Lucretia betrachtet mich aufmerksam, und ihre blauen Augen sind so hypnotisierend, dass ich halb erwarte, dass sie sich in Spiegel verwandeln.

»Was gibt es sonst noch?« Ich lege die Puppe auf meinen Schoß und reibe meine kühlen Handflächen aneinander.

»Was ist mit den Schuldgefühlen?«, schlägt Lucretia sanft vor. »Ich spüre eine Menge davon. Ich denke, ich …«

»Verschwinde aus meinem Kopf.« Meine Hände verspannen sich. »Was gibt dir das Recht, derart in meine Privatsphäre einzudringen?«

Lucretias Blick wird weicher. Ihr Gesicht ist eine Maske der Geduld, während sie dort sitzt und nichts sagt.

Ich bewege die Puppe von meinem Schoß, verschränke die Arme und bereite mich darauf vor, hier zu sitzen, auch ohne zu sprechen.

Lucretias Körpersprache imitiert meine.

Ich atme einen Atemzug ein, dann noch einen.

Als ich mich ruhig genug fühle, um nicht mit etwas herauszuplatzen, was ich bereuen könnte, sage ich: »Ihr Tod war meine Schuld.«

»Aber das war er nicht«, sagt sie. »Sie stand Gaius' Ehrgeiz im Weg. Baba Yaga brachte Koschei dazu, Gaius' Drecksarbeit zu erledigen. Wie kann das alles deine Schuld sein?«

»Weil Baba Yaga *meine* Feindin war. Ich hätte voraussehen sollen, dass sie hinter Leuten her ist, die mir nahestehen.«

»Aber das war sie nicht«, sagt Lucretia. »Du weißt, dass sie Rose wegen Gaius verfolgt hat. Es hatte nichts mit dir zu tun.«

Ich atme noch einmal tief durch. »Vielleicht, aber ich hätte es trotzdem vorhersehen sollen. Ich hätte sie retten sollen. Wenn ich eine bessere Seherin gewesen wäre …«

»Und wir sind wieder bei deinem Bedürfnis, alles zu kontrollieren«, sagt Lucretia. »Selbst die besten Seher können nicht immer die beschützen, die ihnen wichtig sind.«

Ich verdrehe die Augen. »Du klingst wie dein Freund.«

»Nun, er *ist* ein Seher.«

Zur Erinnerung an Jaroslaws Natur erinnere ich mich an unsere Begegnung im Leerraum, und das Bild der mit Honig bedeckten Lucretia taucht in meinem Kopf auf.

Mist. Ich muss diese freien Assoziationen im Auge behalten – sonst könnte Lucretia mit ihrer Empathenkraft herausfinden, an was ich gerade gedacht habe.

Hoppla. Ich glaube, das hat sie. Ihre Wangen sind plötzlich rosa. Sie muss etwas gespürt haben.

*Wieder einmal.*

»Hör zu, Sasha«, sagt sie nach einer kleinen Pause. »Ich möchte dich daran erinnern, dass dies ein sicherer Ort ist. Du kannst mit mir über jeden Drang sprechen, über den du sprechen möchtest.« Sie schaut über ihre Schulter, um sicherzustellen, dass wir immer noch allein sind, und fügt hinzu: »Egal, wer diese Triebe verursacht.«

»Ich habe nicht an Nero gedacht«, sage ich schnell. »Es war Jaroslaw. Ich meine, nicht so. Als wir uns im Leerraum getroffen haben, sah ich in seine Erinnerungen, und …«

»Du hast eine Erinnerung an eine Vision gesehen, in der ihr beide intim wart?« Sie sieht mich so ruhig an, als ob sie über das Wetter spricht. »Jaroslaw hat mir davon erzählt. Er hatte sie, bevor eine von uns ihn überhaupt getroffen hat. Sobald er sich für mich entschieden hatte, hörten sie auf, aber …«

»Warte. Moment mal. Was?« Ich suche in ihrem Gesicht nach irgendwelchen Anzeichen von Humor, aber sie sieht so ernst aus wie ein Steuerberater. »Du machst keine Witze? Er hatte Visionen von uns? Von ihm und mir?«

Sie zuckt mit den Schultern. »Sexuelle Triebe sind völlig natürlich.«

»Richtig. Nur, dass Darian auch diese Visionen hatte. Mein hypothetisches zukünftiges Ich kommt wirklich in der Sehergemeinschaft herum.«

»Ich würde mir darüber keine Sorgen machen.« Sie überkreuzt die Beine. »Während ein normaler Mensch eine Fantasie haben würde, kann sie sich für einen Seher als Vision darstellen. Der Trick ist, die Absicht zu haben, mit dieser Person zusammenzukommen und weit in die Zukunft sehen zu können. Jaroslaw hat zugegeben, dass er solche Visionen hatte, in denen jede attraktive Frau zu sehen war, der er begegnet ist – bis er mich traf. Dann hatte er eine Vision von uns beiden zusammen und erkannte, dass es für ihn das Richtige war. Ich bin immer noch dabei, das in meinen Kopf zu bekommen, aber ich finde es romantisch.«

Ich denke darüber nach. Im Kern ist es ein wenig wie die Visionen, mit denen ich experimentiert habe – die, in denen ich eine Wahl treffe – sagen wir, Nero ein Geheimnis zu erzählen –, und dann eine Vision davon sehe, wie sich diese Wahl auswirkt – Nero sperrt mich in eine Zelle ohne Ausweg.

Ist es das, was Darian auch getan hat? Hat er damit experimentiert, Visionen einer Reihe von Frauen zu sehen, bis er sich in die Zukunft von uns beiden verliebt hat?

Lucretia trommelt mit ihren Fingern auf die Arme ihres Throns und erinnert mich an ihre Anwesenheit.

»Interessant«, sage ich. »Heißt das, wenn ich

entschlossen wäre, Michael Fassbender und Matthew McConaughey zu daten, könnte ich eine Vision von einem Dreier mit ihnen bekommen?«

»Wahrscheinlich nicht.« Lucretia lächelt. »Ich denke, deine Entscheidung muss mehr in der Realität verankert sein. Es würde besser funktionieren, wenn du überlegen würdest, mit jemandem zusammen zu sein, den du bereits kennst. Mit jemandem, der bereit sein könnte, mit dir zusammenzukommen. Die Frage ist: Bist du mutig genug, es zu versuchen?«

Fordert sie mich heraus, in eine Zukunft zu sehen, in der ich mich mit Nero treffe?

Wenn ja, bin ich wahrscheinlich nicht mutig genug. Oder verrückt genug.

Aber die Idee ist nicht schlecht.

Ein Teil von mir ist neugierig, was passieren würde, wenn ich so etwas mit Nero als Zielperson ausprobieren würde – und ein anderer Teil von mir fragt sich nach dieser Zukunft mit Darian, besonders im Hinblick auf Chesters Einmischung.

Und gebe ich Prominente zu schnell auf? Vielleicht sollte ich ein Ticket für Criss Angels Vegas-Show kaufen und sehen, ob das eine sexy Vision auslöst.

Kein Wunder, dass andere Seher das tun. Wenn ich diesen Weg einschlage, könnte ich mit einem ganzen Harem von hypothetischen Liebhabern enden.

Aber aus welchem Grund auch immer komme ich immer wieder auf die Idee zurück, das mit Nero zu machen.

Dummer Nero. Seit diesem Kuss geht er mir nicht mehr aus dem Kopf.

Spielt es eine Rolle, ob Chester den Kuss wahrscheinlicher gemacht hat? Der Schlüssel ist, wie ich mich dabei fühle. Aber zum Tango gehören immer zwei, und ich bezweifele, dass Nero …

Lucretia räuspert sich.

Oh, richtig. Ich habe mich wieder in peinlichen Gedanken verloren. Das scheint eine Tradition bei der Therapie zu werden.

»Mir ist gerade aufgefallen, dass du immer noch nicht die Mandatsaura hast«, sage ich, um das Thema zu wechseln.

»Oh, das.« Sie schaut auf sich selbst herab. »Nachdem sich ein Pre-Vampir in einen Vampir verwandelt hat, muss das Mandat erneut angewendet werden. Ich werde ein weiteres Ritual haben, wenn ich bereit bin. Wo wir gerade davon sprechen – ich würde mich sehr freuen, wenn du bei der Zeremonie dabei wärst. Sie ist nicht so aufregend wie beim allerersten Mal, aber …«

»Natürlich«, sage ich. »Das würde ich mir nicht entgehen lassen wollen.«

Plötzlich fällt mir auf, dass ich ein egozentrischer Idiot bin. Lucretia wurde unter Gaius' Kontrolle dazu gebracht, jemanden zu töten – und ich habe sie nicht einmal gefragt, wie sie sich fühlt.

Nun, besser spät als nie.

»Hör zu, Lucretia«, sage ich und versuche, mir den taktvollsten Weg zu überlegen, um mich heranzuarbeiten. »Wir haben viel über mich gesprochen. Können wir über dich reden?«

Ihre tiefschwarzen Augenbrauen wandern fast bis zur Mitte ihrer hellen Stirn. »Während *deiner* Therapiesitzung?«

»Wie wär's mit Mittagessen?«, schlage ich vor und aktiviere mental den *Schönredemodus der Magier.* »Ich weiß, dass du nicht im traditionellen Sinne essen musst, aber du musst trotzdem eine Pause machen – und wir können nach draußen gehen.«

Sie lächelt. »Das klingt wunderbar. Wann möchtest du gehen?«

Ich grinse. »Wie sieht es mit jetzt aus?«

———

»ES GIBT NICHT WIRKLICH VIEL zu besprechen«, sagt Lucretia, sobald wir auf einer Bank im Park sitzen, wobei ich einen Burrito esse und sie die Tauben füttert. »Ich halte mich nicht für verantwortlich für ein Leben, das Gaius mir aufgezwungen hat.«

»Das verstehe ich«, sage ich. »Aber wie war es für dich, nicht die Kontrolle über deinen Körper zu haben?«

»Schrecklich«, sagt sie leise. »Ich kann dir nicht sagen, wie froh ich bin, dass es nur für kurze Zeit war. Ich schätze, ich habe dir und deinen Freunden dafür zu danken.«

Und ihrem manipulativen Freund – aber das sage

ich nicht und entscheide mich stattdessen, zu sichereren Themen überzugehen.

Während unsere spontane Mahlzeit weitergeht, erfahre ich, dass Lucretia die großen Namen der Psychologie persönlich kannte. An einem Punkt hat sie Träume mit Freud und menschliche Bedürfnisse mit Maslow besprochen. Ich habe sogar das Gefühl, dass sie einige von ihnen beeinflusst haben könnte, aber zu bescheiden ist, um es zuzugeben.

Während ich ihr zuhöre, fällt mir auf, dass ich mich nach unserer Therapiesitzung tatsächlich besser fühle. Vielleicht hatte Nero recht, mich dazu zu zwingen.

In der Tat fühle ich mich jetzt, da ich gegessen habe, so entspannt, dass ich nicht aufhören kann zu gähnen.

Lucretia gähnt selbst und sagt dann streng: »Hör auf damit. Ich muss nicht mehr schlafen, kann aber anscheinend immer noch von einem Gähnen angesteckt werden.«

»Es tut mir leid«, sage ich und gähne noch einmal. »Warum führt Amerika nicht auch eine Siesta ein?«

»Kurzsichtigkeit«, sagt sie. Dann lächelt sie schelmisch und steht auf. »Komm mit mir. Ich habe eine Idee.«

Wir gehen den Block hinunter, bis wir den Matratzenladen erreichen.

»Sieh dir das an.« Lucretias Augen verwandeln sich in Spiegel, als sie zum Filialleiter geht und sagt: »Meine Freundin denkt darüber nach, diese Tempur-Pedic zu kaufen – aber sie will sie ausprobieren, bevor sie sie sich holt. Lassen Sie sie darauf schlafen und stellen Sie sicher, dass sie nicht gestört wird.«

Der Typ nickt und murmelt, dass es ihm ein Vergnügen wäre, mich auf der Matratze schlafen zu lassen, so lange ich will.

Lucretia geht mit mir zum fraglichen Bett und schaltet die Wärme- und Massagefunktionen ein. »Ich betrachte das als Teil deiner Therapie«, sagt sie mir. »Du brauchst den Schlaf.«

Ich lasse mich auf die Matratze fallen. »Hey, du musst mich nicht zweimal fragen.«

»Kommst du nächste Woche wieder zu mir?«, fragt sie.

»Nur wenn du zustimmst, wieder mit mir zu Mittag zu essen.« Ich schließe die Augen, als sich die Vibration und die Wärme mit meinem Lebensmittelkoma und dem Gewicht meiner schlaflosen Nacht vermischen.

»Das ist ein Deal«, sagt sie. »Bis dann.«

Sie geht weg, und ich lächele wie der Grinch. Ich werde Neros dummes *Arbeitspensum* dafür nutzen, zu schlafen.

Immer noch lächelnd, lasse ich mich vom Schlaf in die Bewusstlosigkeit ziehen.

# KAPITEL ZWÖLF

ICH WACHE mit einem Ruck im Matratzenladen auf.

In meinem übermüdeten Zustand habe ich die Schützen von vorhin völlig vergessen.

Jemand hätte mich leicht im Schlaf töten können.

Mir wird auch klar, dass ich Lucretia gar nicht erzählt habe, was heute passiert ist. Sie hätte mich wahrscheinlich an einen sichereren Ort gebracht, um ein Nickerchen zu machen, wenn ich es getan hätte.

Ich schaue auf mein Handy und falle fast vom Bett.

Es ist kurz vor 20 Uhr. Aus meiner kleinen Siesta wurde eine ganztägige Angelegenheit.

Ich springe hoch, laufe zu meinem Büro und halte kurz im Fitnessstudio an, um mir die Zähne zu putzen.

Dann schreibe ich Nero, dass ich mit der Therapie fertig bin, und fahre mit dem Aufzug in die oberste Etage.

»Das muss eine höllische Sitzung gewesen sein«, sagt Nero, als ich aus dem Aufzug steige.

»Ja«, sage ich vorsichtig. »Ich fühle mich viel besser.«

Es ist nicht nötig, dass Mr. Lügendetektor merkt, dass ich mich ausgeruht habe.

»Du siehst auch viel besser aus«, sagt Nero. »Lucretia ist ihr Gewicht in Gold wert.«

»Habe ich vorher nicht genauso gut ausgesehen?«, frage ich halb scherzhaft.

»Dein Büro ist bereit. Komm.«

Nero führt mich hinein, und ich kämpfe, um nicht auf die atemberaubende Aussicht zu starren.

»Ich lasse dir Zeit, dich einzugewöhnen«, sagt er. »Sprich mit Venessa, wenn du etwas brauchst.«

»Sicher«, sage ich. Und das werde ich – solange es kein Essen oder Trinken ist, in das sie spucken kann.

Nero geht, und ich melde mich an meinem Computer an.

Wie ich befürchtet hatte, habe ich während meiner computerlosen Inhaftierung im Keller immer wieder Arbeits-E-Mails erhalten. Ich beschäftige mich die nächsten paar Stunden mit ihnen, bis ich merke, wie spät es ist.

Ich gehe zur Tür und schaue in Neros Büro.

Er hämmert auf seiner Tastatur herum und sieht aus, als würde er heute überhaupt nicht gehen wollen.

Okay, das wird der nicht so lustige Teil daran sein, mit meinem Boss im selben Stockwerk zu arbeiten. Er wird es wissen, wenn ich komme und er merkt, wie faul ich bin.

Nicht, dass es mich interessiert.

Zumindest nicht *wirklich*.

Dann sehe ich, dass Venessa ihre Sachen einsammelt, und beschließe, dass dies ein Zeichen der Konzerngötter ist.

Ich fahre meinen Computer herunter und gehe zum Aufzug.

Venessa hat ihn bereits gerufen, also stehe ich einfach da und warte.

Sie sieht mich missbilligend an, bevor sie einen bewundernden Blick auf den fleißig arbeitenden Nero wirft.

Die Türen des Aufzugs öffnen sich.

Sie schiebt mich mit ihrer Schulter beiseite, um vor mir einzutreten.

Alter … Es ist ja nicht so, dass sie früher nach unten kommt, wenn sie zuerst in den Aufzug steigt.

Ich folge ihr hinein, drücke auf Erdgeschoss und schaue von ihr weg.

»Ich muss sagen«, murmelt sie leise vor sich hin, als sich die Türen zu schließen beginnen, »ich habe noch nie das Klischee ›sich nach oben schlafen‹ so wortwörtlich umgesetzt gesehen.«

Die Türen schieben sich zu, und der Aufzug setzt sich in Bewegung.

Ich stehe mit offenem Mund da.

Ist es das, was *alle* meine Mitarbeiter über meine Beziehung zu Nero denken, oder denkt nur sie es?

Vielleicht ist sie in Nero verknallt, und es ist die Eifersucht, die aus ihr spricht.

Oder – und ich erschaudere, als ich das denke – spricht sie aus Erfahrung? Hat *sie* irgendwann mit Nero geschlafen, um ihren Platz im obersten Stockwerk zu bekommen?

Abgesehen von den Knopfaugen ist sie attraktiv, wenn man auf blonde Plastiksexbomben steht – was ich bei Nero nicht gedacht hätte. Andererseits war es vielleicht Wunschdenken, als ich entschied, dass mein Chef auf sehr intelligente – und ebenso bescheidene – schwarzhaarige, hellhäutige Frauen steht, die gut mit Spielkarten umgehen können.

Gewaltsame Szenarien huschen durch meinen Kopf – die meisten von ihnen erinnern mich an Neros und Thalias Kampfkunsttraining, aber mit Venessas Gesicht als Boxhandschuh.

Mein Zorn wächst mit jeder Millisekunde.

Ich drehe mich um und sehe sie an. »Was hast du gerade gesagt? Sag das noch einmal. In mein Gesicht.«

Sie öffnet den Mund, um zu antworten, aber die Aufzugstüren öffnen sich, und etwas, was sie hinter mir sieht, lässt sie ihre Worte wieder hinunterschlucken.

Ich drehe mich um und bekämpfe den Drang, mir die Augen zu reiben.

Es ist Nero.

Aber wie …?

Er war in seinem Büro, als wir den Aufzug betraten, also wie kann er jetzt hier unten sein? Ist er die Treppe hinuntergerannt?

Dann bemerke ich die Dicke seiner Limbusringe, und mein Inneres erfriert.

Ich habe ihn schon einmal so gesehen – kurz vor dem Ork-Massaker.

Er starrt auf die schnell erblassende Venessa und knurrt: »Du wirst dich bei Sasha entschuldigen. *Jetzt.* Und danach bist du gefeuert.«

Heilige Scheiße. Hat er ihre leise gesprochene Beleidigung gehört, als sich die Aufzugstüren schlossen? Wie gut ist sein Gehör?

Venessa schiebt ihr Kinn nach oben, und etwas Farbe kehrt in ihre Wangen zurück. »Wenn ich sowieso gefeuert werde, warum …«

»Wenn du etwas anderes außer einer Entschuldigung sagst, wirst du nie wieder irgendwo arbeiten«, schneidet Nero ihr die Worte ab.

Ich frage mich, ob Venessa erkennt, dass dies weder eine Übertreibung noch ein Bluff ist. Als ich versucht habe, den Job zu wechseln, hat Nero sichergestellt, dass mich niemand sonst einstellen würde.

Anscheinend versteht Venessa das. »Es tut mir leid«, murmelt sie, und bevor einer von uns die miserable Entschuldigung kritisieren kann, eilt sie aus dem Gebäude, als ob ein Monster sie verfolgen würde.

Angesichts von Neros Ausdruck wäre das vielleicht eine plausible Möglichkeit gewesen.

»Es tut mir auch leid.« Nero schaut mich an, und diese gefährlichen Limbusringe schrumpfen. »Ich hoffe, du weißt, dass du dir dieses Büro verdient hast.

Du hast diesem Fonds mehr Geld eingebracht als alle anderen Analysten zusammen, und die Händler wissen es. Jeder mit einem halben Gehirn erkennt, dass diese Beförderung auf Verdienst basiert.«

Ich schätze, das ist der Tag der offenen Worte, zumindest bei mir.

Nero entschuldigt sich und lobt meine Arbeit? Und das war eine Beförderung? Ich dachte, die Bürosache wäre, damit er mich besser im Auge behalten kann.

»Ich muss noch etwas in meinem Büro erledigen«, sagt Nero und betritt den Aufzug. »Thalia wartet schon draußen auf dich.«

Die Aufzugstüren schließen sich, und ich tue mein Bestes, um mein überwältigtes Gehirn neu zu starten, damit ich aus dem Gebäude gehen kann.

Wie versprochen, steht Thalia draußen.

Obwohl ich es nicht für möglich gehalten habe, ist die Nonne jetzt noch dünner. Der Trauerprozess hat ihre Augenhöhlen vertieft, und ihre Wangenknochen sehen aus, als könnten sie Gras schneiden. Schlimmer noch, das übliche Funkeln fehlt völlig in ihrem Blick.

Irgendetwas muss zwischen ihr und dem armen Bentley gewesen sein. Warum sonst sollte sie sein Ableben derart mitnehmen?

»Wie geht es dir?«, frage ich vorsichtig.

Sie zuckt demonstrativ mit den Achseln, dreht sich dann um und geht zur illegal geparkten Limousine.

Oh, richtig. Schweigegelübde. Das hätte ich fast vergessen.

»Ich kann ein Taxi nehmen, wenn du nicht bereit bist, wieder zur Arbeit zu gehen«, sage ich, während ich ihr folge. »Wir können Nero sagen, dass du mich gefahren hast.«

Sie schüttelt den Kopf und tippt mit dem Finger gegen die Limousinentür.

»Gut«, sage ich und steige ein.

———

WIE NERO VERSPROCHEN HAT, hat meine Wohnung eine neue Tür, die dick genug aussieht, um einer Atomexplosion standzuhalten.

Allerdings ist sie nicht zu – was den ganzen Zweck zunichtemacht.

Als ich hereinkomme, schließe ich das schwere Schloss hinter mir, und bald sehe ich, warum sie sie offen gelassen haben. Es gibt einen neuen Schlüssel auf dem Schuhständer, und einen Hinweis, dass er für mich ist.

Ich stecke den Schlüssel weg, gehe hinein und finde alle im Wohnzimmer vor, wo sie einen Film schauen.

Fluffster liegt auf Kits Schoß, und die Katze auf Felix'.

»Hallo«, sage ich. »Ich bin zu Hause.«

Felix hält den Film an und schaut mich neugierig an. »Zur Abwechslung mal lange gearbeitet?«

»Schulden abarbeiten«, sage ich. »Irgendwelche Neuigkeiten zu all den Projekten?«

»Ich habe die erste Übernachtlieferung vom

Raumanzüge-Typ bekommen.« Felix krault Luzifer unter dem Kinn. »Sie ist bereits in unserem JFK-Raum.«

»Itzel, die Zwergin, ist auch da.« Kit streichelt Fluffsters Bauch. »Sie arbeitet bereits an deinem Problem.«

»Können wir mit dem Film weitermachen?«, beschwert Fluffster sich mental.

»Es tut mir leid, dass ich so eine Störung bin«, sage ich ihm und stolziere in mein Zimmer.

Hinter mir geht der Film weiter.

Na ja. Ich schlafe lieber.

Aber ich kann wieder nicht einschlafen. Zwischen meinem Super-Nickerchen und den Sorgen um die Trauerrede fühle ich mich wie ein Bankier auf Koks aus den 80er Jahren.

Also verbringe ich ein paar Stunden damit, zu proben, was ich auf der Beerdigung sagen werde, und für den Rest der Nacht lerne ich mit Hilfe meiner Kräfte Russisch.

Am Morgen bin ich ziemlich zuversichtlich, dass ich, wenn meine Wall-Street- oder illusionistische Karriere nicht klappt, immer noch Russischübersetzerin werden kann.

Mit tränenden Augen gehe ich zur Arbeit, wo mein Tag wie vor den Tagen in der Zelle abläuft. Nero bittet mich, ein paar Unternehmen zu recherchieren, und ich mache es so gut, wie ich das mit dem wenigen Schlaf, den ich hatte, kann.

Um sieben Uhr erhalte ich eine Nachricht von Felix.

*Die Zwergin und ich brauchen deine Hilfe.*

Ich sage zu, und er erklärt mir, wie man das »geheime Labor« findet.

Jason – nicht der Killer der Hockeymaske, sondern Neros Venessa-Ersatz – beobachtet mich neugierig, als ich für heute verschwinde.

Obwohl Nero selbst nicht in meine Richtung schaut, lasse ich mich nicht täuschen.

Er weiß, dass ich um 19 Uhr gehe – was für einen Hedgefonds bekanntlich früh ist.

Wem mache ich etwas vor? Nero kann mich wahrscheinlich hören, wie ich diese Gedanken denke.

»Zum JFK«, sage ich Thalia, als ich nach unten gehe. »Versuche bitte, den Verkehr zu umgehen.«

———

DEN VERKEHR ZU umgehen und JFK sind nicht kompatibel, wie immer, also danke ich den Sternen für das Buffet in Neros schicker Limousine, während ich mich die ganze Fahrt lang vollstopfe.

Als ich endlich dort ankomme, ist das geheime Labor nicht schwer zu finden. Wie Felix sagte, ist der Weg genau wie der Weg zum Drehkreuz, aber mit einer anderen Abzweigung am Ende.

Als ich den Raum betrete, bemerke ich, dass er wie alle Beschreibungen von Höhlen verrückter

Wissenschaftler zu einer zusammengefasst aussieht. Kabel und Computerteile sind überall verstreut, ebenso wie Hightech-Geräte und Elektrowerkzeuge. Die Luft riecht nach Ozon und einem schwachen Hauch von Parfum – Letzteres von jemandem, den ich noch nie zuvor gesehen habe.

Vermutlich der Zwergin.

Obwohl sie klein ist – die Spitze ihres stacheligen schwarzen Haares reicht bis unter Felix' Kinn – ist sie größer, als ich es von einem Zwerg erwarten würde. Das Seltsamste an ihr ist jedoch das Atemschutzgerät.

Sie trägt eine metallische Maske, die den unteren Teil ihres Gesichts bedeckt, und wenn sie durch sie atmet, klingt sie wie ein Miniatur-Darth-Vader.

Als sie mich beim Betrachten des Gerätes erwischt, sagt sie: »Einer der wenigen Nachteile meiner Art sind Atemwegsprobleme. Das war es, was uns anfangs dazu bewogen hat, Technologien zu erforschen.«

Obwohl ihre Stimme verzerrt ist, klingt sie vertraut. Kit benutzte diesen nasalen, überheblichen Ton, als sie die Zwergin zum ersten Mal erwähnte. Als ich darüber nachdenke, fällt mir auf, dass ich dank Kits zufälliger Formwandlung sogar das Gesicht dieser Frau ohne Maske gesehen habe.

Ja, die gleichen runden Wangen schauen heraus – und es ist wahrscheinlich sicher, anzunehmen, dass die Zwergin das gleiche schmutzige Grinsen unter der Maske zeigt.

»Sasha, das ist Itzel«, sagt Felix. »Zwerge sind nicht

besonders höflich, also dachte ich, ich stelle euch einander vor.«

Ich gehe nach vorn und strecke meine Hand aus. Die Frau sieht sie fasziniert an, hält aber ihre Hand an ihrer Seite wie ein Mysophobier.

»Im Gegensatz zu deinem Freund könntest *du* als Zwerg durchgehen«, sagt Itzel, nachdem sie mein Gesicht gründlich betrachtet hat. »Eine junge und außergewöhnlich schöne Zwergin, aber eine Zwergin.«

»Danke«, sage ich und lasse meine Hand sinken, »denke ich.«

»Zwerge werden in der Pubertät groß ... und schrumpfen, wenn sie älter werden«, wirft Felix ein. »Itzel muss ein paar Jahrhunderte alt sein – obwohl sie sich weigert, mir zu sagen, wie viele.«

»Was habe ich dir darüber gesagt, Frauen nach Gewicht und Alter zu fragen?«, murmele ich ihm leise zu. »Es sind nicht nur Zwerge, denen es an Höflichkeit mangelt.«

»Wie ich schon sagte«, fährt Felix unerschüttert fort, »kommen die sehr alten Zwerge schließlich an die Größe ihres Gartenvetters heran – und das ist einer der Gründe, warum sie nicht auf Welten mit Menschen leben können. Solche winzigen Wesen sind schwer zu erklären.«

»Unser Wachstumszyklus ist ein weiterer Grund, warum wir erfinderisch werden mussten.« Itzel geht zu einem großen, mit Büchern bedeckten Tisch und schaut Felix an. »Du weißt eine Menge über meine Art. Wie kommt das?«

»Einführung«, sagt er. »Außerdem habe ich einen von euch schon einmal getroffen, und er wollte nicht aufhören, mir zu erzählen, wie es ist, ein Zwerg zu sein. Nun, das und die Weltraumforschung.«

Ich bemerke, dass die auf dem Tisch liegenden Bücher sich auch mit der Weltraumforschung befassen, aber sage nichts dazu.

»Warum sollten wir nicht über uns selbst reden?« Itzel hebt ihr Kinn an. »Wir sind die interessantesten und mächtigsten der Cogniti. Auch die …«

»Stolzesten?«, schlägt Felix vor. »Aufgeblasensten?«

»Er ist nur verärgert, weil ich viel besser im Umgang mit Technik bin als er«, sagt Itzel verschwörerisch. »Und weil ich als Zwergin im Gegensatz zu ihm – der ein Computerpony mit einem einzigen Trick ist – viele nützliche Attribute habe.«

»Sasha, tu nicht, was ich denke, was du gleich tun wirst«, zischt Felix mich theatralisch an. »Wenn du sie fragst, was Zwerge tun können, bleiben wir eine Woche hier.«

»Sasha sieht im Gegensatz zu einigen anderen wie eine Frau mit intellektueller Neugierde aus«, sagt Itzel zu ihm und schaut dann mich an. »Wir sind immun gegen die vielen Einflüsse anderer Cogniti. Vampir-Glamour funktioniert bei uns nicht, Trickser können unser Schicksal nicht beeinflussen, und es wird gesagt, dass selbst die legendären Gedankenleser und Gedankenführer keinen Zugang zu unserem Kopf haben …«

»Gedankenleser?«, unterbreche ich. »Gedankenführer«?

»Es gibt keinen Beweis, dass es sie wirklich gibt«, sagt Felix. »Geschweige denn, dass Zwerge immun wären.«

»Oh, es gibt sie wirklich.« Sie legt ihre Nase in Falten. »Es sind zwei Rassen der Cogniti, die extrem gefährlich waren – und die einen offenen Krieg gegeneinander führten, der den Rest von uns in Gefahr brachte.« Sie legt ein Buch über Elon Musk auf die aktuelle Biographie von Neil Armstrong. »Die Torbauer schlossen sich mit uns Zwergen zusammen, um alle Leser und Führer in eine rückständige menschliche Welt zu verbannen, die sich nicht sehr von dieser hier unterscheidet, aber *ohne* ein Tor, um zurückzukehren. Und die Erinnerungen an ihre Herkunft wurden zur Sicherheit gelöscht.«

Überwältigt platze ich mit der ersten Frage heraus, die mir einfällt: »Zwerge und Torbauer haben in der Vergangenheit zusammengearbeitet?«

»Natürlich.« Sie bläht sich auf. »Sogar die Tore selbst sind eine Mischung aus den Fähigkeiten der Torbauer und der Zwergentechnologie.«

»Bei dir klingt es so, als hättest du persönlich daran gearbeitet, aber wir wissen beide, dass das nicht einmal im Entferntesten der Fall ist«, sagt Felix. Er schaut mich an und erklärt mir: »Als Dankeschön für ihre Hilfe bei der Herstellung der Drehkreuze gaben die Torbauer den Zwergen ein Otherland mit Toren, die zurück nach draußen führten, aber nicht hinein. Das bedeutet, dass jeder Zwerg, den du hier siehst – also außerhalb jener Welt –, aus irgendeinem Grund ins Exil geschickt wurde.«

»In meinem Fall waren es meine Großeltern, die ins Exil geschickt wurden«, sagt Itzel defensiv. »Die Sünden der Väter übertragen sich auf ihre Nachkommen. So oder so, die ganze alte Geschichte ist langweilig im Vergleich zur vollständigen Liste der Fähigkeiten der Zwerge.«

Felix verdreht die Augen.

»Wir sind intelligenter als jede andere Art Cogniti«, sagt sie und ignoriert Felix gezielt. »Wir verstehen schnell jede Technologie, auf die wir treffen.« Sie wedelt mit einem raketenwissenschaftlichen Lehrbuch vor sich hin und her, legt es ab und nimmt ein französisches Wörterbuch auf. »Wir haben ein Gespür für Sprachen – sowohl Computersprachen als auch gesprochene.« Sie tauscht das Wörterbuch gegen ein Programmier-Lehrbuch aus. »Aber natürlich ist es nicht unsere geistige Leistungsfähigkeit, auf die dein Freund am eifersüchtigsten ist. Es ist das hier.« Sie legt das Buch nieder und streckt ihre Arme nach vorne, als ob sie das Halten einer kleinen Kugel nachahmt.

Ein eiergroßer Blitz entweicht ihren Handflächen – wie ein Hadokenangriff im Videospiel *Street Fighter*.

Das Ding schwimmt und knistert, und der Geruch von Ozon steigt exponentiell an.

»Ist das ein Kugelblitz?«, frage ich ehrfürchtig. Ich habe über das seltene Phänomen gelesen und wollte es immer mit eigenen Augen sehen.

»Noch besser«, sagt sie. »Weil es unter meiner Kontrolle steht, kann es mich schützen und die Energiequelle für Geräte sein, sogar …«

»Ich habe dir gesagt, dass sie den ganzen Tag prahlen wird«, meldet sich Felix. »Sasha ist wegen des Tests hier, erinnerst du dich? Es war deine Idee.«

Der Kugelblitz nimmt eine scharfe Kurve und fliegt Felix direkt ins Gesicht.

Felix keucht, seine Augen weiten sich, aber das Projektil löst sich auf, kurz bevor es seine Augenbraue versengt.

»Gut.« Itzel geht zu einer Ecke, und ich merke, dass sie einer Schaufensterpuppe den grau-grünen Raumanzug übergezogen haben. »Lasst uns den Test machen.«

Sie stecken mich in den Anzug – ein Prozess, der mich unheimlich an das Umlegen einer Zwangsjacke erinnert. Der Helm kommt als Nächstes, und er riecht chemisch, wie die Verpackung meines neuen Telefons.

Ich warte geduldig, während sie alles miteinander verbinden. Der ganze Prozess dauert länger, als ich erwartet habe.

Dann nimmt Itzel ein kleines Mikrofon vom Tisch, drückt einen Knopf am Anzug und fragt: »Kannst du mich hören?«

Der Klang ist scharf und klar, als ob er über ein High-End-Surround-Soundsystem gespielt würde.

»Ja, ich kann dich hören.« Ich bewege meine Arme und Beine vorsichtig.

Langsam. Das wird eine Umstellung sein. Vorausgesetzt, es funktioniert.

»Gut«, sagt Itzel und drückt mir etwas auf den Rücken. »Ich schalte ein.«

Bevor ich fragen kann, wie das Kleidungsstück eingeschaltet werden kann, erscheint im Inneren des kugelförmigen Visiers eine digitale Anzeige, als wäre es ein Bildschirm.

Ich schätze, es *ist* ein Bildschirm. Statistiken wie Luftdruck, Gravitationskraft, Sauerstoffgehalt, Toxizität, Strahlungsmessung und Temperatur sind in meiner peripheren Sicht aufgeführt.

»Ich bin mir ziemlich sicher, dass das keine Standard-Raumanzugsfunktionalität ist.« Ich grinse. »Ich fühle mich wie Master Chief oder Samus Aran, nicht wie ein Astronaut.«

»Kosmonaut«, korrigiert Felix mich. Dann schaut er zu Itzel und erklärt: »Master Chief ist ein Held aus einem Earth-Videospiel namens *Halo*, und Samus Aran ist eine Heldin aus einem anderen Spiel namens *Metroid*.«

Ich musste die primitive Technologie, die mir zur Verfügung gestellt wurde, modifizieren, sonst wäre der Test nutzlos«, sagt Itzel zu mir und ignoriert Felix wieder absichtlich. »Diese traurige Version eines Raumfahrtprogramms auf dieser Welt ist erbärmlich rückständig – besonders wenn es darum geht, echte Menschen in den Weltraum zu schicken.«

Felix stöhnt. »Nicht schon wieder das. Können wir uns bitte auf den Test konzentrieren?«

»Richtig.« Itzel schwenkt ihre Arme und schaut mich an. »Mach das.«

Ich tue, was sie sagt.

Es folgen weitere Bewegungen und Gesten.

»Gut, jetzt gehen wir in den Drehkreuz-Raum«, sagt Itzel, und wir verlassen das Labor.

Als wir zum Drehkreuz kommen, schaue ich auf den verspiegelten Boden.

Ja. Ich sehe aus wie eine Raumfahrerin, wobei mein Gesicht vollständig von dem goldfarbenen Visier verdeckt ist.

»Der Test ist mehr als einfach«, sagt Itzel, als wir uns dem gelben Tor nähern, das wir nehmen müssen. »Sieh eine Vision von dir, wie du hineingehst, achte auf die Überwachungsgeräte und erzähle uns, was du gesehen hast, wenn die Vision vorbei ist.«

Ich erinnere mich an meine letzte Vision und erschaudere. »Hättest du nicht einen Roboter zusammenstellen können, anstatt mich ein möglicherweise traumatisches Ereignis erleben zu lassen? Ein Gerät, das reinkommt, die Messwerte aufnimmt, die du brauchst, und das dann automatisch durch das Tor zurückkommmt?«

»Die Tore lassen das nicht zu«, sagt Itzel mit offensichtlicher Enttäuschung.

Felix nickt. »Die Torbauer haben sich wahrscheinlich Sorgen gemacht, dass ein Otherland eine weltenzerstörende Bombe zu einem anderen schicken könnte, und dafür gesorgt, dass unbemannte Technologie nicht auf der anderen Seite ankommt.«

Die Idee, dass etwas durch die Tore geht und nicht herauskommt, ist beängstigend. Ich frage mich, ob es Bedingungen gibt, die auch die Cogniti verschwinden lassen würden.

»Falsch«, sagt Itzel in einem herablassenden Ton. »Du kannst jede beliebige Bombe auf einen nutzlosen Cogniti schnallen.« Sie sieht ihn von oben bis unten an. »Danach kannst du ihn reinschubsen … und, voilà, die Welt in die Luft jagen. Ich schätze, dass die Torbauer tatsächlich die menschliche Technologie oder die meiner Art fürchteten – die schon damals kurz davor standen, das Geheimnis zu lüften, ein Zwergengehirn in einen Roboterkörper zu stecken.«

»Roboterzwerge?« Ich drehe meinen behelmten Kopf zu Felix und schaue dann auf Itzel zurück. »Habe ich das richtig gehört?«

»Die Abschaffung der Biologie ist ein Meilenstein für die wahre Weltraumforschung«, sagt Itzel. »Zwerge haben eine größere Vision als der Rest der Cogniti. Ja, die Torbauer machten viele bewohnbare Welten für alle zugänglich, aber was ist mit den ganzen Universen, die diese Welten umgeben? Wir wollen nach den Sternen greifen und …«

»Der Test«, sagt Felix. »Kommen wir zur Sache, bevor die Zwergenföderation gegründet wird.« Er grinst Itzel an. »Oder ist es das Zwergenreich?«

Itzel verengt ihre großen haselnussbraunen Augen. »Erinnere mich daran, warum du hier bist?«

Felix starrt sie an. »Ich habe die Raumanzugteile.

Und hast du vergessen, wer das Backend für die Helmoberfläche zusammengesetzt hat?«

»Ich wollte dich mir nur vom Hals halten.« Sie berührt die höchste Spitze auf ihrem Kopf. »In der Zeit, in der du diesen Code geschrieben hast, habe ich …«

»Leute, bitte«, sage ich. »Diese Aufmachung ist sehr unangenehm.«

»Tut mir leid.« Itzel wendet sich demonstrativ von Felix ab.

»Gut, machen wir das«, sagt Felix. »Beginne deine Vision und versuche, dich an alle Messwerte zu erinnern.«

»Hoffentlich wirst du diesmal nicht sterben«, wirft Itzel ein. »Oder wenn du stirbst, lass uns hoffen, dass du nicht so schnell sterben wirst, dass du die Daten nicht sammeln kannst.«

»Also wollen wir, dass ich langsam sterbe?« Ich mache einen schlurfenden Schritt auf das Tor zu und gebe mein Bestes, um mich davon zu überzeugen, dass ich im Begriff bin, es wirklich zu betreten. »Das hört sich explosiv an. Allerdings, wenn mein Tod explosiv wäre – wäre das zu schnell.«

»Eigentlich, da der Anzug …«

Ich werde nie erfahren, was Felix sagen wollte, denn Itzel kneift ihm in die Schulter, und er schreit.

Ich kann mir aber vorstellen, was er sagen wollte. Der Anzug ist so feuerfest, dass selbst eine Explosion meinen Sehertod lang und schmerzhaft machen würde.

Großartig. Ich kann es kaum erwarten.

Ich beruhige meine Atmung und stürze mich dann in den Leerraum.

Die Formen, die mich umgeben, sind nicht beängstigend genug für das *schmerzhafte Todesszenario*.

Vielleicht ist der Anzug makellos?

Ermutigt strecke ich eifrig meinen ätherischen Schweif aus und beginne die Vision.

# KAPITEL DREIZEHN

ICH STEHE in dem Drehkreuz und trage einen Raumanzug.

»Puh«, sagt Felix. »Ich dachte, sie würde nie gehen.«

———

DIE VISION HÖRT AUF, und ich befinde mich wieder im wirklichen Drehkreuz.

»Und?«, fragt Itzel neugierig.

»Mach dir keine Hoffnungen.« Ich wende mich vom Tor ab. »Noch kein schmerzhafter Tod für mich. Ich habe gerade Felix hier gesehen, vor dem Tor. Ich glaube nicht, dass *du* in meiner Vision dort warst. Vielleicht …«

»Natürlich.« Itzel schlägt sich auf die Stirn. »Wenn deine Vision damit beginnen soll, dass du hier im

Drehkreuz stehst, muss ich vor Beginn des Tests gehen.«

»Wirklich?« Ich schaue auf sie herab.

»Unsere Immunität gegen die Kräfte der Cogniti erstreckt sich sogar auf deine Art«, erklärt sie mir. »Ein Seher kann keine Vision von der Zukunft eines Zwergs bekommen, also wirst du Schwierigkeiten haben, dieses Drehkreuz zu sehen, wenn ich bleibe.«

»Wow«, sage ich. »Du hast keine Witze gemacht. Zwerge *sind* eine Macht, mit der man rechnen muss.«

»Du solltest gehen, damit der Test beginnen kann«, sagt Felix zu Itzel. »Wir werden zu dir ins Labor kommen, wenn wir fertig sind.«

Sie entfernt sich langsam, und als sie fort ist, sagt Felix: »Puh. Ich dachte, sie würde nie gehen.«

So viel zu Felix' freiem Willen. Sogar seine Intonation ist die gleiche wie in der Vision, die ich gerade hatte.

Ich konzentriere mich und springe wieder in den Leerraum.

Diesmal spielen die Formen, die mich umgeben, Musik, die eine gute Partitur für einen Horrorfilm abgeben würde.

Mein Schweif zittert metaphysisch, als ich die nächstgelegene Vision berühre.

---

ICH TAUCHE in den leuchtend gelben Schimmer des Tores ein.

Die andere Seite sieht genauso aus wie das letzte Mal: wie ein großer Themenpark am Jupiter, der vor einigen tausend Jahren atomar zerstört wurde.

Ich mache einen Schritt und sage: »Das ist ein kleiner Schritt für eine Frau, aber ein riesiger Sprung für die Cogniti.«

Niemand antwortet.

Der Boden unter meinen Füßen ist wieder rissig und mit buntem Schleim bedeckt – ebenso wie die zerklüftete Hälfte links vom Riesenrad in der Ferne. Gleiches gilt für die Ruinen der anderen Achterbahnen.

Vorsichtig sauge ich den Sauerstoff des Raumanzugs ein.

Der seltsame Geruch ist wieder da, aber sonst geht es mir gut.

Die Anzeigen in meiner peripheren Ansicht drehen durch. Dieser Ort ist höllisch radioaktiv, und Luftdruck ist fast nicht vorhanden.

Als ich mich an mein Ziel erinnere, gehe ich in dessen Richtung.

Ich bin auf halbem Weg, als die Magenschmerzen beginnen.

Sie sind nicht so heftig wie damals, als ich hier in meiner Vision starb, aber ähnlich.

Ich eile zu meinem Ziel – und stolpere über einen mit Schleim bedeckten Plastikbehälter.

Es ist herzerwärmend, zu wissen, dass Müll alles überleben konnte, was auf dieser Welt passiert ist.

Ich komme mit meinem Gesicht zuerst auf dem

Boden auf und verfluche die Zukunft für ihre Bindung an bestimmte Muster.

Der Sturz schlägt mir die ganze Luft aus der Lunge, und wie in meiner vorherigen Vision explodiert der Schmerz wie ein Feuerwerk.

Ich tue mein Bestes, um die Qualen nicht die Oberhand bekommen zu lassen, und schaue mir die Werte an …

———

ICH KOMME ZURÜCK zum Drehkreuz und gehe fast durch das Tor, als mich eine Hand von hinten packt.

»Heißt das, der Test war ein Erfolg?«, fragt Felix mich.

»Nein.« Ich drehe mich zu ihm. »Der Anzug muss dringend verbessert werden.

»Warum bist du dann fast hineingegangen?« Er blickt auf das Tor hinter mir.

Ich zucke mit den Schultern. »Ich muss mich zu sehr selbst davon überzeugt haben, dass ich da reingehen muss.«

Er runzelt die Stirn. »Gut, dass ich hier war, um dich aufzuhalten. Gehen wir es Ihrer Nerd-Hoheit sagen.«

»Der Esel, der über das andere Langohr schimpft«, murmele ich, als wir anfangen zu laufen.

»Ich weiß«, sagt Itzel trocken in meinem Helm. »*Seine* Hoheit hat nämlich vergessen, dass ich alles über deinen Helm hören kann.«

»Ich wusste, dass sie es hört«, flüstert Felix defensiv, aber er beleidigt die Zwergin für den Rest unseres Rückwegs nicht.

Als wir das Labor erreichen, ziehen sie mir die Ausrüstung aus, und ich tue mein Bestes, um die verschiedenen Messwerte zu erklären, die ich während meines missglückten Abenteuers gesehen habe.

»Wenigstens hat ihr Blut diesmal nicht gekocht«, meint Itzel und schreibt etwas auf einen Notizblock vor ihr. »Wir sind nah dran, aber wir könnten genauso gut auf einem anderen Planeten sein, angesichts der technischen Einschränkungen, die ich …«

»Warte mal«, sagt Felix. »Kochendes Blut?«

»Der Druck in dieser Welt ist gering.« Itzel winkt mit ihren Notizen. »Das bewegt den Siedepunkt von Flüssigkeiten in ihrem Körper unter …«

»Wenn du erwartest, dass ich mich davon überzeugen kann, jemals wieder in dieses Tor zu gehen, solltest du vielleicht nicht weiterreden«, schalte ich mich ein.

»Angenommen, du hast etwas zu testen«, sagt Itzel. »Wie ich zu sagen versuchte, ist, dass dieser Test basierend auf diesen Messwerten eine riesige Enttäuschung ist. Ich denke, wir haben diese primitive Technologie an ihre Grenzen gebracht. Es würde von Zwergen betriebene Technologie erfordern, um in dieser Welt zu überleben.«

»Wenn wir dafür nur irgendwie einen Zwerg finden könnten«, sagt Felix sarkastisch. »Außer natürlich du meinst, dass wir einen *besseren* Zwerg brauchen?«

»Du verstehst nicht …« Itzel sieht mich an. »Diese Technologie benötigt einen Zwerg, um sie die ganze Zeit mit Energie zu versorgen.« Sie erzeugt einen weiteren Kugelblitz zwischen ihren Handflächen, schaut Felix an, als ob sie in Betracht zieht, ihn ihm ins Gesicht zu werfen, und lässt ihn dann verpuffen. »Das würde bedeuten, dass ich an eurer Expedition teilnehmen müsste, und so sehr ich es auch mag, zu forschen, habe ich große Schulden, auf deren Rückzahlung ich mich konzentrieren muss und …«

»Bitte, Itzel.« Ich trete auf sie zu. »Es ist ja nicht so, dass ich aus Spaß auf Entdeckungsreise gehe. Das ist die einzige Möglichkeit, wie ich meinen biologischen Vater treffen kann. Auf keinem anderen Weg kann ich zu ihm kommen.«

»Es tut mir leid, aber ich muss an meine Schulden denken«, sagt Itzel, nicht unfreundlich. »Kit hat mir nur genug bezahlt, um …«

»Sind deine Schulden in CC?«, mischt Felix sich ein. Als er meinen verwirrten Blick sieht, erklärt er: »So nennen sie ihr Krypto-Geld auf Gomorrha.«

»Du bist aus Gomorrha?« Ich betrachte Itzel mit frischer Neugierde.

»Ich lebe dort nicht dauerhaft, da mir das meine Macht nehmen würde, aber ich verbringe viel Zeit dort. Viele meiner Art tun das, wegen der coolen Technik.« Itzel dreht ihre Haare zu Spitzen, die vom Kopf abstehen.

»Hast du Kit dort kennengelernt?«, frage ich.

»Ja«, sagt Itzel. »Ich bin Berater in der Tranquility-Reha. Sie versuchen, Teile ihrer berühmten Traumgangtherapie mit Hilfe von Virtual Reality zu reproduzieren, und ich brauche das Geld.«

Felix geht zum Tisch, nimmt einen Stift und ein Blatt Papier und schreibt etwas auf.

»Wie wär's damit?« Er übergibt Itzel das Papier. »Wäre das genug, um uns zu helfen?«

Die Augen der Zwergin drohen herauszufallen und wegzurollen. »Oh, ja, das würde meine Schulden decken und mich mit einer guten Menge an Bargeld zurücklassen.« Sie starrt ehrfürchtig auf das Papier. »So viele Spielzeuge, die ich kaufen könnte, so viele …«

»Also haben wir eine Vereinbarung?«, fragt Felix.

»Du musst mir beweisen, dass du tatsächlich so viel CC hast.« Sie löst ihren Blick vom Papier und schaut Felix wie zum ersten Mal an.

Der bläht sich auf wie ein Pfau. »Ich kann es noch besser machen. Ich kann das Geld in einer Quanten-Hinterlegung für dich deponieren. Wie klingt das?«

Sie schaut wieder auf das Papier, dann auf jeden von uns. »Ich glaube nicht, dass du weißt, was das für mich bedeuten würde. Die Schulden …«

»Es ist uns ein Vergnügen.« Felix sieht leicht unbehaglich aus. »Wann können wir den nächsten Test machen?«

»Ich kann den Beta-Anzug morgen fertig haben«, sagt sie eifrig.

»Morgen ist kein guter Tag für Sasha, um etwas zu testen.« Felix wirft mir einen mitleidigen Blick zu. »Wir gehen zu einer Beerdigung.«

Mein Herz wird schwer. Irgendwie habe ich diese Tatsache verdrängt, und die Erinnerung erwischt mich wie ein Schlag in den Bauch.

»Komm einfach zurück, wenn du kannst.« Itzel wirft mir einen mitleidigen Blick zu. »Ich werde die zusätzliche Zeit nutzen, um meinen eigenen Anzug zu entwerfen, jetzt, wo ich mit euch mitkomme.«

»Lass mich wissen, wenn du willst, dass ich Teile aus Gomorrha mitbringen soll«, sagt Felix. »Ich bin …«

»Nein!« Sie greift nach Felix' Unterarm. »Wenn dich jemand beim Schmuggeln erwischt, wirst du befragt – und sie werden wissen, dass ich beteiligt bin. Ich kann an nichts teilnehmen, was mich aus Gomorrha verbannen könnte. Du hast nicht genug Geld dafür – ganz zu schweigen davon, dass CCs außerhalb von Gomorrha nutzlos sind.«

»Keine Teile aus Gomorrha. Verstanden.« Felix zieht seinen Arm weg und reibt die Stelle, an der sie ihn ergriffen hat.

»Wenn ihr mich nicht mehr braucht, verschwinde ich wieder«, sage ich.

»Ich bekomme das allein hin«, sagt Itzel.

»*Do svidaniya*«, sagt Felix zu mir.

Ich wiederhole seinen russischen Abschied und finde es leicht, die Worte wie er auszusprechen.

»*Ne volnujsja*«, sagt Itzel zu mir. »*Vsjo budet sdelano.*«

»Das heißt: ›Keine Sorge – alles wird erledigt werden‹«. übersetzt Felix.

»Ich weiß«, sage ich empört. Mein Russisch ist vielleicht noch nicht so gut wie seines, aber ich komme ihm mit jeder schlaflosen Nacht näher.

»Dein Russisch ist fließend«, sagt Felix widerwillig zu Itzel. »Das legendäre Talent der Zwerge für Sprachen gibt es also wirklich.«

»Es ist wahrscheinlich besser als mein Englisch«, sagt sie, immer noch auf Russisch, und nimmt dann ein Buch auf Russisch von Konstantin Ziolkowski in die Hand. »Wenn ich nicht schon Russisch sprechen würde, hätte ich es gelernt, nur um das zu lesen.«

»Jetzt gibst du nur noch an«, sagt Felix und wechselt zurück ins Englische.

Ich denke mir, dass ich mich bereits verabschiedet habe, und lasse sie streiten, während ich mich auf den Weg mache.

---

THALIA FÄHRT mich zurück in die Stadt.

Als ich nach Hause komme, bringe ich Fluffster über alles, was sich ereignet hat, auf den neuesten Stand und tauche in meine visionsgestützten Russisch-Lehrstunden ein, die darin gipfeln, dass ich ein kurzes Buch lese, das ich bei Ozon.ru, dem russischen Online-Buchladen, kaufe.

Während ich lese, muss ich kaum Worte nachschlagen. Entweder zielt dieses Buch auf die frühe

Lesestufe ab, oder ich mache noch mehr Fortschritte, als ich dachte.

Als es spät wird, versuche ich nicht einmal zu schlafen, sondern entscheide mich dafür, die Grabrede zu proben, bis ich es nicht mehr ertragen kann, und dann wechsele ich zurück zum Russischen und beginne *Krieg und Frieden* in der Originalsprache. Diesmal muss ich ein paar Worte nachschlagen – und das Gähnen wird im Laufe der Nacht zu einem echten Problem.

Gegen fünf Uhr morgens treibe ich endlich in den Schlaf, nur damit mich mein Wecker nach einem gefühlten Augenzwinkern weckt. Mein Kopf schmerzt, und meine Augen brennen, als hätte ich Sand in sie bekommen, als ich mir einen Bademantel überwerfe und für eine Katzenwäsche ins Badezimmer stolpere.

Beim Frühstück sind Felix und Kit so düster wie ich.

»Wirst du die Kamera tragen?«, fragt Fluffster Felix, als wir fast fertig sind. »Ich will Roses Beerdigung nicht verpassen, aber ich will niemanden zwingen, mich zu tragen.«

Ich brauche Neros Kräfte nicht, um zu wissen, dass mein Domovoi durch seine Nagerzähne lügt. Die Wahrheit ist, dass er seit seinem Ausflug in Baba Yagas Restaurant eigentlich nicht einmal darüber sprechen möchte, die Wohnung zu verlassen, da sie ihn fast getötet hätte, als sie sein Gedächtnis aufgefrischt hat.

»Es ist alles vorbereitet«, sagt Felix feierlich. »Ich werde das Live-Signal für dich auf den großen

Fernseher streamen, und es wird in Ultra-HD sein. Du wirst dich fühlen, als wärst du da.«

»Danke«, sagt Fluffster schüchtern. »Ich weiß das wirklich zu schätzen.«

»Nicht der Rede wert«, sagt Felix und verlässt die Küche mit dem Rest von uns auf den Fersen.

Ich gehe in mein Zimmer und kleide mich ganz in Schwarz. Als ich herauskomme, sehe ich, dass meine Freunde ebenfalls dunkle Farben tragen.

Auf dem Weg zur Limousine sprechen wir alle kaum, aber unten wartet eine große Überraschung auf uns.

Ariel.

Sie steht neben dem Haus, und selbst in ihrer Beerdigungskleidung sieht sie bereit aus, in einem Hollywood-Film zu glänzen – oder auf einen Laufsteg zu springen.

»Sasha, Felix«, ruft sie. »Ich habe euch vermisst!«

Wow. Sie sieht nicht nur besser aus, sondern klingt auch besser.

Als sie mich umarmt, lässt etwas Spannung in meiner Brust nach, und für einen Moment vergesse ich fast, was für ein Tag heute ist.

Felix hingegen errötet nach seiner Umarmung – Ariels Dekolleté hat wieder zugeschlagen.

Nachdem sie Felix losgelassen hat, geht Ariel in Richtung Thalia.

Die Nonne tritt zurück und schüttelt den Kopf. Sie hat wahrscheinlich Umarmungen und Küssen abgeschworen, als sie aufgab, zu sprechen.

»Was machst du hier?«, frage ich Ariel, nachdem sie Kit eine viel zögerlichere Umarmung gegeben hat und zurücktritt.

»Ich dachte, ich leiste euch Gesellschaft.« Sie runzelt die Stirn. »Du dachtest doch nicht, dass ich Roses Beerdigung verpassen würde, oder?«

Als Thalia sich demonstrativ ans Steuer setzt, steigen wir alle ein, und ich sage: »Ich wusste nicht, was ich denken sollte. Ich weiß nur, dass Rose es verstanden hätte, wenn du nicht aufgetaucht wärst. Sie würde wollen, dass du dich darauf konzentrierst, gesund zu werden.«

»Ich musste kommen.« Ariel setzt sich neben mich in die Limousine. »Außerdem wird der heutige Tag eine wichtige Herausforderung sein. Es werden Vampire an der Veranstaltung teilnehmen.«

»Ich bin sicher, dass du damit umgehen kannst«, sagt Felix beruhigend.

»Außerdem werden sie dir beim Abschiedsritual keine Aufmerksamkeit schenken.« Kits Gesicht sieht genauso aus wie das von Ariel, als sie das sagt. »Das Trinken oder Spenden von Vampirblut ist als feindseliger Akt definiert – und wenn jemand den Keine-Feindseligkeiten-Pakt bricht, wird die Strafe ein schneller Tod sein, den der ganze Rat durchsetzen kann.«

»Oh.« Ariel holt eine E-Zigarette aus ihrer riesigen Handtasche. »Das wusste ich nicht.« Sie steckt sich den rauchenden Apparat in den Mund, nimmt einen tiefen

Zug und atmet eine Wolke aus, die verdächtig nach Cannabis riecht.

»Wirst du gerade high?« Kit lässt sich wie Cheech aussehen, dann wie Chong.

»Es ist ärztlich verordnet.« Ariel nimmt einen weiteren Zug. »Sorgfältig zusammengestellt und von den Leuten in der Reha genehmigt. Es beruhigt mich wirklich und ist gut für meine Probleme, die nichts mit Vampiren zu tu haben.«

Felix und ich tauschen heimliche Blicke aus. Nicht nur, dass es immer leichter für sie wird, über ihre PTBS zu sprechen, sie hat die Leute in der Reha sogar um Hilfe gebeten.

Ich bin mit dieser Entwicklung zufrieden, und Pot ist nicht so stark wie einiges von dem, was Ariel vorher genommen hat.

»Apropos Therapie«, sagt sie und taucht ihre Hand wieder in ihre Handtasche. »Ich habe dir das hier gemacht.«

Sie zieht ein Paar gestrickte Handschuhe heraus und gibt sie mir.

»Was ist das denn?« Ich halte das Geschenk zwischen Daumen und Zeigefinger wie eine schmutzige Windel.

»Ich brauchte ein Hobby.« Ariel holt Stricknadeln, Garn und ein unvollendetes Paar Socken aus ihrer Handtasche.

In der anschließenden fassungslosen Stille demonstriert Ariel ihre neu erworbenen Fähigkeiten und erklärt uns die verschiedenen Strickarten, während ihre Nadeln das Garn herumwirbeln.

»Alter«, sagt Felix, als er seine Fähigkeit zum Sprechen wiedererlangt. »Ich weiß, dass die Zeit auf Gomorrha etwas schneller vergeht, aber ich wusste nicht, dass du so schnell achtzig werden würdest.«

»Hardy-har-har«, sagt Ariel, ohne von der schnellen Bewegung ihrer Finger aufzusehen. »Wusstest du, dass diese Dinger auch großartige Waffen sind?« Fast zu schnell, um sie zu verfolgen, stößt sie eine der Nadeln in Felix' ungefähre Richtung und fährt dann mit dem Stricken fort, als ob nichts passiert wäre.

»Wenn du es schon so ausdrückst, applaudiere ich dir zu deinem großartigen neuen Hobby«, sagt Felix hastig.

»Das ist sehr beruhigend.« Sie schaut zu ihm auf. »Diese Socken sind für dich, falls das nicht offensichtlich ist.«

»Es ist offensichtlich, dass sie für jemanden mit winzigen Füßen sind«, sagt Kit und sieht Felix' Schuhe mit einem Grinsen an. »Und du weißt, was sie über kleine Füße sagen …«

»Ich habe normal große Füße«, schnappt Felix. »Und überdurchschnittlich …«

»Hey Leute, ich habe eine wichtige Frage.« Ich sehe Felix und Ariel an. »Ihr zwei seid so alt, wie ich *denke*, dass ihr es seid, oder? Durch Felix' Witz ist mir aufgefallen, dass ihr vielleicht achtzig *seid*, angesichts der Langlebigkeit der Cogniti und all dem.«

Ariel grinst. »Ich bin so alt, wie du denkst.«

»Ich auch«, sagt Felix.

»Puh.« Ich fächere mir scherzhaft Luft zu. »Ich dachte es mir – so unreif wie ihr beide seid –, aber dieses Strickhobby hat mich daran zweifeln lassen.«

»Wie auch immer.« Ariel konzentriert sich wieder auf ihr Stricken. »Was gibt es Neues bei dir?«

Ich stelle sicher, dass die Trennwand zu Thalia verschlossen ist, und flüstere: »Ich habe einen Durchbruch geschafft.«

Ich erzähle Ariel von dem jüngsten Angriff im Restaurant, dann von der Karte, die zu einer Welt mit – hoffentlich – meinem biologischen Vater führt.

Ariel wendet sich an Felix. »Du musst mir einen Raumanzug machen. Ich komme mit euch mit.«

»Was ist mit deiner Therapie?«, frage ich und gebe mein Bestes, um meine Freude – und Schuldgefühle über die Freude – zu unterdrücken.

»Ich mache eine Pause«, sagt sie abwinkend. »Das klingt gefährlich, und du könntest mich brauchen.«

»Ich wollte auch Vlad fragen.« Ich nehme mir ein Bier aus der Bar der Limousine. »Bist du sicher, dass du in seiner Nähe sein kannst?«

Ariel legt ihre Nadeln weg und massiert sich die Schläfen. »Ich glaube schon. Wenn man bedenkt, wie er sich verhalten hat, als ich meinen Tiefpunkt erreichte, denke ich, dass ich problemlos in seiner Nähe sein kann.«

Mit einem Schaudern erinnere ich mich daran, dass Ariel auf den Knien gekrochen ist und sich Vlad im

Austausch für sein Blut angeboten hat. Während ich die Erinnerung beiseiteschiebe, lächele ich sie an. »Okay. Mal sehen, wie du dich fühlst, wenn du ihn und andere Vampire auf der Beerdigung siehst.«

»Ja.« Ariels Lächeln sieht gezwungen aus. »Hast du einen Trick, den du mir zeigen kannst?«

»Einen Effekt«, korrigiere ich sie.

»Richtig«, sagt sie.

Ich überprüfe meine Taschen.

Zum Glück habe ich, wie immer, mein Kartenspiel mitgebracht. Ich muss es automatisch eingesteckt haben.

Ich nehme das Spiel heraus und fange an, die Karten zu mischen. Ich möchte versuchen, etwas zu tun, was mir einmal vorgeworfen wurde – meine Seherkräfte als Modus Operandi in einer Illusion zu benutzen.

In meinem Kopf entsteht ein Plan. Zuerst werde ich mich dafür entscheiden und davon überzeugen, einen klassischen Effekt durchzuführen, bei dem ich Ariel bitten werde, jede Karte zu benennen, die sie möchte, aber anstatt tatsächlich zu fragen, werde ich eine Vision sehen, wo sie das tut.

Auf diese Weise werde ich ihre Karte kennen, bevor sie überhaupt daran denkt.

Nachdem ich das beschlossen habe, überzeuge ich mich selbst davon, den Effekt vorzuführen, und konzentriere mich darauf. Ohne viel Aufhebens lande ich im Leerraum

Ich betrachte meine Umgebung.

Wenn ich hier ein Gesicht hätte, würde es jetzt die Stirn runzeln.

Die Formen, die mein Unterbewusstsein oder was auch immer herbeigerufen hat, sind viel zu beängstigend, um etwas mit Spielkarten zu tun zu haben.

Diese werden mir eher zeigen, wie ich sterben werde.

Mist. Ich hasse es, wenn Effekte neu geplant werden müssen, aber es hilft nichts.

Trotz der Angst vor dem, was ich gleich sehen werde, greife ich nach der Form, um die Vision zu beginnen.

# KAPITEL VIERZEHN

ICH BIN KÖRPERLOS und fahre als Geist in einem fahrenden Fahrzeug.

Was auch immer diese Zukunft ist, es sieht so aus, als sei ich nicht persönlich da.

Ein Mann lädt eine Bazooka mit einer gigantischen Rakete.

Seine behandschuhten Hände sind groß – was sie sehr vertraut macht.

Mit geladener und entsicherter Waffe greift der Typ mit den Handschuhen nach dem Schiebedach des Autos und enthüllt eine ebenfalls bekannte Killerclown-Maske.

Das Schiebedach gleitet auf, und er schiebt seinen Oberkörper heraus, während ein anderer großer Clownsmasken-Typ ihn an der Taille festhält.

Er zielt sorgfältig und drückt mit seinem behandschuhten Finger den Abzug.

Ein ohrenbetäubendes Geräusch von einer

abfeuernden Bazooka ertönt, gefolgt von einer Explosion.

———

ICH BEFINDE mich wieder in meinem Körper in der Limousine und starre alle mit großen Augen an.

»Was ist los?«, fragt Ariel. »Gehört das zu dem Trick?«

Ich schnelle nach vorne, um den Knopf, zu erreichen, der die Trennwand zu Thalia bedient, und drücke ihn ungeduldig, bis das Ding so weit heruntergefahren ist, dass ich gehört werden kann.

»Dieses Auto ist kugelsicher, oder?«, schreie ich Thalia zu, sobald ich kann.

Sie nickt.

»Was ist mit panzerfaustsicher? Könnten wir einen Treffer von einer überleben?«

Thalia schüttelt nachdrücklich den Kopf, und Felix murmelt, dass Bazookas dazu bestimmt sind, Panzer auszuschalten.

»Ich hatte gerade die Vision, dass ein Mann eine Bazooka abfeuert«, sage ich. »Derselbe Typ, der auf Nero und mich im Restaurant geschossen hat. Ich bin mir ziemlich sicher, dass mit der Bazooka auf *mich* geschossen werden wird.«

»Sicherheitsgurte!«, ruft Thalia und umgreift das Lenkrad so fest, dass ihre dünnen Knöchel weiß werden.

Ich lasse mich wieder in meinen Sitz fallen und schnalle mich hektisch an.

Die anderen tun das Gleiche.

»Weiß sie, dass sie gerade ihr Schweigegelübde gebrochen hat?«, flüstert Felix mir ins Ohr. »Schon wieder?«

Der Motor der Limousine heult auf, und wir schießen nach vorne – Thalia muss das Gaspedal durchgetreten haben.

Die g-Kräfte reißen mir die Karten aus den Händen und lassen sie durch die Limousine regnen.

Die Bäume fangen an, so schnell an uns vorbeizuziehen, dass ich fast glaube, dass wir mit dieser Geschwindigkeit eine Rakete überholen könnten.

»Vor uns liegt eine Kurve«, schreit Ariel Thalia an. »Wenn du nicht langsamer wirst, werden wir von der Straße rutschen!«

Die Ader auf ihrer Stirn pulsiert, als die Nonne das Lenkrad ganz nach rechts dreht, ohne langsamer zu werden.

Ein quietschendes Geräusch ertönt, und jeder im Auto wird weiß, als wir es kaum um die Kurve schaffen.

Die nächste Stunde ist wie eine rasende Achterbahnfahrt, die mich beinahe dazu bringt, mein Frühstück zu verlieren.

Aber hey, zumindest wurden wir immer noch nicht von einer Bazooka getroffen.

Und uns verfolgt auch niemand, wenn ich genauer darüber nachdenke.

Vielleicht haben sie nicht erwartet, uns zu verfolgen? Oder wir sind weggerast, bevor sie uns einholen konnten?

Thalia scheint meinen Optimismus nicht zu teilen. Sie verlangsamt nicht einmal für einen Moment, und während sie ein weiteres stuntdriverwürdiges Manöver durchführt, denke ich, wie ironisch es wäre, von ihrem Fahrstil getötet zu werden, während wir versuchen, der Rakete, die ich gesehen habe, zu entgehen.

Eine sich selbst erfüllende Prophezeiung im klassischen Sinne sozusagen.

Schließlich fahren wir in ein eingezäuntes Gebiet, vorbei an einem Schild, das etwas sehr Bedrohliches für unbefugte Personen verspricht.

Der unbefestigte Weg wird kurz darauf zu einem schön asphaltierten, und nach wenigen Kilometern erreichen wir eine befestigte Blockade, die wie eine Mautstelle aussieht und mit blassen, sonnenbrillentragenden Typen in Schwarz bemannt ist.

»Vollstrecker«, bestätigt Kit meinen Verdacht. Sie wendet sich an Ariel und sagt: »Du solltest dich vielleicht auf dein Stricken konzentrieren.«

Die Vampire lassen uns durch, und Kit atmete theatralisch aus und sagt: »Auf keinen Fall kann uns jetzt jemand erschießen. Das hier ist Ratsterritorium.«

Thalia scheint dem zuzustimmen, denn endlich

werden wir langsamer – was mir die Möglichkeit gibt, Luft zu holen und mich auf unsere Umgebung zu konzentrieren.

Überall, wo ich hinschaue, liegen malerische Wälder und Berge, mit einem besonders großen und beeindruckenden Berg vor uns.

Als wir uns ihm nähern, sehe ich mehr Vollstrecker auf Streife. Diese Schilder um das Grundstück herum sollten sagen: »Eindringlinge werden ausgeblutet.«

Wir nehmen Fahrt auf und überqueren eine knarrende Zugbrücke.

»Ist das ein Graben?«, fragt Felix Kit, als er auf den zweifelhaften Schlamm unter der Brücke herabblickt – eine Art Flüssigkeit, die den Berg umgibt, so weit das Auge reicht.

»In der Tat.« Kit schaut in den Dreck. »Darin würdest du nicht schwimmen wollen.«

Ein Graben? Umgeben die nicht in der Regel Schlösser statt Berge? Andererseits passt es zu dem, woran ich mich beim Hauptquartier des Rates noch erinnere.

Ich bin dabei, Kit zu fragen, wo sich das Schloss versteckt, als ich es sehe.

Riesige, weit geöffnete Türen am Berghang.

Der größte Teil des Felsens im Inneren wurde ausgehöhlt, und im leeren Raum steht eine mittelalterliche Burg, die diejenige auf den Disney-Logos alt aussehen lässt.

Ariel lässt ihre Strickausrüstung sinken, um das

Gebäude mit offenem Mund zu bestaunen. »Haben das Zwerge gebaut?«

»Ich glaube, es war jemand mit der Fähigkeit, Stein zu kontrollieren – ein wenig wie die Kräfte meines Vaters mit Sand«, sagt Felix, ohne dass sich seine Augen vom Schloss abwenden.

»Ich nehme an, dass ihr beide recht habt«, sagt Kit. »Zumindest trifft das auf das Versteck des Rates in Tokio zu. Ich war dabei, als das gebaut wurde.«

Als wir den Berg betreten, starre ich auf die wunderschönen Bastionen, Türme und anderen Teile, deren genaue Terminologie ich nicht kenne. Wir parken auf dem offenen Gelände des Schlosses, das Kit als *Burghof* bezeichnet, und gehen durch das Hauptportal, das an Hogwarts erinnert.

»Ich habe gerade bemerkt, dass uns niemand die Augen verbunden hat«, sage ich, als ich mich an meine erste Reise an diesen Ort erinnere. »Ich schätze, er ist doch nicht so geheim?«

»Die Vollstrecker können manchmal übereifrig sein«, sagt Kit. »Für diesen Ort gilt die Regel, nur das Nötigste preiszugeben, aber wenn man zu einer Veranstaltung eingeladen wird, die hier stattfindet, muss man natürlich wissen, wohin man kommen soll.«

Während sie das erklärt, machen wir uns auf den Weg in einen Ballsaal, der voller Leute ist, die ich kenne. Die meisten von ihnen habe ich während meiner schicksalhaften Begegnung mit dem Rat gesehen, während andere – wie Lucretia, Nero, Pada, Darian, Chester und Isis – persönlichere

Bekanntschaften sind. Sogar der riesige Kerl, der mein Ritual durchgeführt hat, ist hier – und ohne die seltsame Maske sieht er genau wie meine Vorstellung von einem Riesen aus.

Ich schaue mich um. Das Dekor erinnert vage daran, wo die Schöne und das Biest leben könnten – glücklich bis ans Ende ihrer Tage.

»Was ist mit den Mönchen?«, fragt Felix.

Ich folge seinem Blick.

Hier und da gehen die mit Kapuzen versehenen mönchartigen Gestalten, die ich zum ersten Mal während meines Rituals getroffen habe, umher. Etwas, was ich vor dem Ritual nicht hätte bemerken können, ist, dass die Mönche eine Mandats-Aura haben – was bedeutet, dass sie irgendwie Cogniti sind.

»Die Bruderschaft.« Kit rümpft ihre kleine Nase. »Ich glaube nicht, dass sie viele Kräfte haben. Aber ihre seltsame Religion passt gut zu den Bedürfnissen der Räte, also werden sie toleriert.«

»Ja, sie haben eine ziemlich symbiotische Beziehung«, murmelt Ariel.

Ich reiße meinen Blick von den Mönchen fort und betrachte den Rest der Gäste. Wie wir sind auch alle anderen dunkel gekleidet, aber die Atmosphäre der Versammlung ist die einer Cocktailparty – ein Eindruck, der noch verstärkt wird, als ich ein paar Mönche sehe, die mit Tabletts voller Fingerfood und Getränken herumlaufen.

»Hätte ich diese Veranstaltung entworfen, wäre ich beim Schlossthema geblieben«, sage ich leise vor mich hin. »Die Champagnergläser wären Kelche, und statt Mini-Burger würde ich ein riesiges Spanferkel servieren.«

Felix und Ariel kichern, während wir weiter hineingehen.

»Wir sind früh dran.« Kit schnappt sich einen Cocktail von einem nicht weit entfernt stehenden Kellner und nimmt einen großen Schluck. »Ich werde mich unter die Leute mischen. Ich schlage vor, dass ihr dasselbe tut.«

»Warte«, sage ich. »Ist das die Totenwache? Geht sie der eigentlichen Bestattung voraus?«

»Ich glaube, sie will wissen, wann ihre Rede geplant ist.« Ariel drückt auf meine Schulter. »Sie ist kein Fan von öffentlichem Reden.«

»Richtig.« Kit lässt ihren Drink sinken und stellt ihn auf das Tablett eines vorbeikommenden Mönchs. »Das ist die Totenwache. Danach bekommt Hekima das Wort, weil er etwas Besonderes vorhat. Als Nächstes beginnt der eigentliche Abschiedsritus, mit anschließendem Lobpreisen. Wenn ...«

»Kit«, sagt eine unbekannte, sinnliche Stimme hinter mir. »Da bist du ja.«

Felix pfeift leise, als ich mich umdrehe, um den Neuankömmling zu betrachten.

Wenn jemand alle blonden prominenten Sexbomben, von Marilyn Monroe bis Pamela Anderson, nehmen und in einem Mixer mischen würde, wäre diese platinblonde Dame mit den riesigen Brüsten wahrscheinlich das Ergebnis.

Sie sieht mich mit ihren eisblauen Augen an, und ich gehe ihr aus dem Weg. Anstatt wie ein normaler Mensch zu gehen, springt sie auf Kit zu.

Kit reagiert mit überraschender Geschwindigkeit, und die Blondine verfehlt ihr Ziel.

»So ist das also?« Die leuchtend roten Lippen des Neuankömmlings sind die Mutter aller Schmollmünder. »Erst verlässt du mich, dann lädst du mich nicht zu dieser Party ein, und jetzt …«

»Hör zu, Lola«, sagt Kit. »Ich war in der Reha und …«

»Du liebst mich nicht mehr!« Die Frau – Lola – legt ihre Hand theatralisch auf ihre Stirn und verhält sich so am Boden zerstört, dass man meinen könnte, sie hätte gerade erfahren, dass alle Peroxidlieferquellen der Welt versiegt sind.

»Du weißt, dass die Dinge nicht so einfach sind«, sagt Kit und wirft einen unbehaglichen Blick in unsere Richtung.

Ariel räuspert sich. »Wir sollten uns unter die Leute mischen.«

»Ja«, fügt Felix hinzu und wird rot. »Ich möchte ein paar Leute begrüßen.«

Meine Freunde laufen in verschiedene Richtungen, also murmele ich etwas darüber, dass ich auch gehen muss, und folge Ariel.

Hinter uns wird Kits und Lolas Gespräch immer lauter.

»Ich habe von Lola gehört«, flüstert Ariel, als wir

außerhalb der Hörweite selbst übernatürlicher Ohren sind.

»Oh?« Ich hole mir ein Glas Champagner.

»Wir sind weitläufig verwandt, und meine Eltern tratschen gerne«, sagt sie. »Lola ist eine Nymphe und hat den Ruf, so vom Sex besessen zu sein, dass sie selbst unter ihrer Art berüchtigt ist.«

»Eine Nymphe?« Ich schaue zurück und sehe, dass Kit und Lola miteinander rummachen. »Wusstest du, dass das Wort ›nymphoman‹ daher kommt?«

»Es ist passend«, sagt Ariel. »Von den beiden sollte es wahrscheinlich Lola sein, die wegen Sexsucht in der Reha ist.«

»Oh Mist.« Ich ersticke fast an meinem Drink. »Diese Lola muss der ›Ermöglicher‹ sein, dem Kit aus dem Weg gehen wollte, als sie darum bat, mit uns zusammenzuziehen. Das war's dann wohl.«

»Das ist beängstigend.« Ariel macht einen großen Bogen um einen in der Nähe stehenden Vampir. »Ich hoffe, ich gebe nicht so leicht der Versuchung nach.«

Ich folge Ariels Blick und sehe Lola, wie sie Kit die riesige Treppe hinaufzieht.

»Das wirst du nicht«, sage ich zuversichtlich. »Du bist eine Soldatin, erinnerst du dich?«

Ariel richtet sich auf und wirft mir einen dankbaren Blick zu. Dann schaut sie hinter mich und sagt: »Nero«.

Ich drehe mich um und sehe, wie er seinen Kopf neigt. »Ariel. Kann ich Sasha für einen Moment bei dir ausleihen?«

»Natürlich«, sagt meine Mitbewohnerin mit übertriebener Höflichkeit. »Ich werde nachsehen, was Felix vorhat.« Damit zwinkert sie mir heimlich zu und schlendert zur anderen Seite des Raumes hinüber.

Neros blaugraue Augen betrachten mich mit der Intensität eines MRT-Gerätes. »Wie geht es dir?«

»Ich hatte schon bessere Tage«, antworte ich und widersetze mich dem irrationalen Drang, mich ihm weiter zu nähern, in der Hoffnung, eine Umarmung zu bekommen. »Ich hatte vorhin diese Vision, in der jemand versucht hat, mich mit einer Bazooka zu erschießen. Ich glaube, Thalia hat uns gerettet, aber …«

»Fang noch mal von vorne an.« Seine Nasenlöcher beben, und seine Limbusringe werden dicker. »Erzähl mir jede Kleinigkeit.«

Ich erzähle ihm, was ich gesehen habe, einschließlich der Ähnlichkeiten mit den Schützen aus dem Restaurant. »Bist du bei deinen Ermittlungen weitergekommen?«, frage ich ihn, als ich fertig bin.

»Nein«, knurrt er. »Aber wo wir gerade von meinen Nachforschungen sprechen … Worum ging es da?« Er nickt in die Richtung, aus der ich gekommen bin.

»Worum ging es wobei?« Ich folge seinem Blick und sehe keinen Hinweis darauf, wovon er sprechen könnte. »Kannst du etwas genauer sein?«

»Die Blonde.« Er deutet auf die Treppe, die Kit und Lola hinaufgegangen sind. »Sie sah nicht glücklich aus, dich zu sehen.«

»Das ist Kits … Freundin, Lola.« Ich nehme einen

großen Schluck von meinem Drink. »Ich glaube nicht, dass sie sich für mich interessiert. Es ist Kit, die sie …«

»Läuft da etwas zwischen dir und Kit?«, fragt Nero, und obwohl er versucht, die Frage locker zu stellen, werden seine Limbusringe noch dicker.

Ich verschlucke mich fast an meinem Getränk. »Nein«, sage ich, als ich mit dem Husten aufhöre. »Nicht, dass es dich etwas angehen würde …«

Bilde ich mir das ein, oder sieht er erleichtert aus? Im nächsten Moment strafft sich jedoch sein Kiefer, und er sagt grimmig: »Diese Lola könnte das Gegenteil denken, und Eifersucht kann ein starker Anreiz sein.«

»Denkst du, Lola könnte hinter den Versuchen stecken?« Ich forsche nach Anzeichen auf einen Witz, finde aber keine. »Sie war sicherlich nicht die Person hinter der Maske und den Handschuhen – zu klein. Auch wenn sie wirklich der eifersüchtige Typ ist, warum sollte sie es auf mich abgesehen haben? Sie hat genauso viel Grund, eifersüchtig auf Felix oder Ariel zu sein. Und obwohl er nicht hier ist, hatte Fluffster …«

»Du hast eine Art und Weise, Menschen zu beeindrucken«, sagt Nero und schaut wieder auf die Treppe. »Ich denke, Lola und ich müssen uns kurz unterhalten.«

»Aber sie könnten …«

Ohne auf meine Warnung zu hören, geht Nero dem wiedervereinten Paar hinterher.

Die Chancen, dass er eine leidenschaftliche Begegnung unterbricht, sind groß, aber warum sollte mich das kümmern? Nero kann so viele nackte Frauen sehen, wie er will, mit ihnen in jeder Art von …

Ich sehe Darian, der zum Ausgang geht.

Er hält demonstrativ eine Schachtel Zigaretten in der Hand und wirft einen Blick in meine Richtung.

Sobald er bemerkt, dass ich ihn entdeckt habe, beschleunigt er sein Tempo.

Wie interessant. Er hat mir keine Aufmerksamkeit geschenkt, solange Nero bei mir war.

Ohne viel darüber nachzudenken, lasse ich mich von meinen Beinen in die gleiche Richtung tragen. Ich kann immer wieder Fragen zum Thema Seher für Darian finden.

Sobald ich durch die großen Türen gehe, sehe ich ihn dort stehen und sich seine Lungen heraushusten.

»Du rauchst nicht wirklich«, sage ich auf eine Ahnung hin. »Du wolltest nur eine Ausrede, um mit mir allein zu sein, stimmt's?«

»Du fängst an, wie ein Seher zu denken«, sagt er mit seinem charakteristischen britischen Akzent, nachdem er Luft geschnappt hat. »Unser Fenster für einen unbelauschten Moment ist ziemlich klein, also muss ich schnell zur Sache kommen.«

»Warte mal«, sage ich. »Wieso bist du überhaupt hier? Hat Nero dich nicht gewarnt, dich mir zu nähern?«

»Ich bin hier, um meinen Respekt zu erweisen.« Er nickt auf düstere Art grob in Richtung der Totenwache. »Selbst Nero wäre nicht so taktlos, um mir das zu verwehren. Ich kannte Rose schon viel länger als er.«

»Ich verstehe«, sage ich vorsichtig, da ich nicht begeistert von der Idee bin, dass er Roses Beerdigung benutzt, um seine Ziele zu erreichen. »Es gab einen einfacheren Weg für dich, mit mir zu sprechen. Du hättest meine Einladung im Leerraum annehmen können.«

»Das konnte ich nicht tun.« Er zieht an dem Rest der Zigarette und bläst den Rauch aus, ohne ihn in seine Lunge gelangen zu lassen, wie ein Schauspieler oder ein Zigarrenliebhaber. »Ich brauche jedes Gramm meiner Kraft, um die Katastrophe zu verhindern, auf die du so verbissen zusteuerst.«

Ich blinzele ihn an. »Wovon redest du?«

»Ich habe euch beide da drin gesehen.« Er wirft die Zigarette auf den Boden und stampft heftig darauf. »Wirklich sehr vertraut.«

»Ich und Nero? Vertraut?«

»Ich habe dich gewarnt.« Darians grüne Augen scheinen in mein Gehirn zu starren. »Du kannst nicht ihn wählen. Der Tod durchdringt jede Zukunft, in der du das tust.«

Schon wieder diese Nummer?

Ich brauche keine Seher-Kräfte, um zu wissen, dass es zu einer Katastrophe führen würde, mich in Nero zu verlieben, aber Darian es sagen zu hören, stört mich auf einer tiefgehenden emotionalen Ebene.

Welche Entscheidungen ich auch immer treffe oder nicht treffe sollte meine sein und nichts mit Darians düsteren Prophezeiungen zu tun haben – oder mit Chesters Kräften.

Die Tür hinter mir öffnet sich knarrend.

Ich drehe mich um und starre den Neuankömmling an.

Ich habe schon von »wenn man vom Teufel spricht« gehört, aber das war »vom Teufel *denken*«.

»Du«, knirscht Darian.

»Ich.« Chester tritt hinaus und stellt sich zwischen uns. »Du siehst mich nie kommen, oder?«

# KAPITEL FÜNFZEHN

»DAS IST EIN PRIVATES GESPRÄCH«, sagt Darian, der sich schnell wieder gefangen hat.

»Oh, wie bedauerlich.« Chesters Lippen verziehen sich zu einem teuflischen Lächeln. »Wie der Zufall es wollte, habe ich zufällig den Drang verspürt, mein Ohr an die Tür zu legen, als ich sie sah. Du warst gerade dabei, Sasha in die Irre zu führen.« Er nickt mir zu. »Weitermachen.«

»Ich führe niemanden in die Irre.« Darian sieht mich an. »In jeder Zukunft, in der du Nero wählst, stirbst du. Ausnahmslos. Die einzige Zukunft, in der du lebst, ist die, wo du bei mir bist.«

»Wie romantisch und edel«, sagt Chester, jede Silbe ist voller Sarkasmus. »Du riskierst so selbstlos Neros Zorn, um Sasha das alles wissen zu lassen.« Er wendet sich an mich. »Ich fresse einen Besen, wenn da nichts für ihn drin ist. Abgesehen davon natürlich, dich als Abendbegleitung gewonnen zu haben. Wenn ich ein

Spieler wäre – und das bin ich mit Sicherheit – würde ich darauf wetten, dass die Zukunft mit euch beiden zusammen die einzige ist, in der dieses Wiesel überlebt.«

Darians Kinn fällt kurzzeitig auf seine Brust, als er versucht, meinem Blick auszuweichen, und als es ihm auffällt, schaut er mich arglos an, aber es ist zu spät. Da ich Poker als Teil meiner Kartenmagieausbildung gelernt habe, bin ich sehr vertraut mit »verräterischen Angewohnheiten«, und ich denke, ich habe gerade Darians entdeckt.

»Also stimmt es«, sage ich und mache mir nicht die Mühe, meine Enttäuschung zu verbergen. »Es ging nie um Liebe. Du versuchst, deine eigene Haut zu retten.«

Darian öffnet den Mund, um etwas zu sagen, und schließt ihn dann wieder.

»Hast du Probleme, sie zu manipulieren, wenn ich hier bin?«, flötet Chester. Er wendet sich an mich und sagt: »Normalerweise scannt er jede Zukunft nach der Reaktion eines Menschen auf das, was er sagen könnte, und optimiert dann seine Worte entsprechend. Das ist der wahre Grund, warum er deine Leerraum-Einladungen ablehnt; er kann nicht vorhersehen, was du dort sagen könntest.«

Darians Pokerface verrät ihn noch einmal – was bedeutet, dass er *in die Zukunft geschaut hat*, um die besten Worte für mich zu finden, so wie ich die Kombination zu Neros Safe neulich gefunden habe.

»Warum bist du hier?«, frage ich Chester. »Sag mir

nicht, dass es darum geht, meine Interessen zu wahren.«

»Gute Frage«, sagt Darian, und während er versucht, mich mit seinen tiefgrünen Augen zu hypnotisieren, kommt er einen Schritt näher und dringt in meinen persönlichen Nahbereich ein.

Der Geruch von Bergamotte trifft meine Nasenlöcher, und als ich auf seine Lippen starre, kann ich nicht anders, als mich zu fragen, wie sie wäre, diese Zukunft, die er so unbedingt will.

»Sie ist immun gegen deine Reize«, sagt Chester erfreut zu ihm. »Nero ist besser …«

»Halt die Klappe.« Darians Hände ballen sich zu Fäusten, während er sich umdreht und einen bedrohlichen Schritt in Richtung Chester macht.

»Nur zu.« Chester dreht ihm die Wange hin. »Brich den Keine-Feindseligkeiten-Pakt. Beende deine erbärmliche Existenz hier und jetzt.«

Darian hört mit einer klaren Willensanstrengung auf.

»Ich warte immer noch auf deine Antwort«, erinnere ich Chester.

Er reibt sich nachdenklich das Kinn und vermittelt mir den Eindruck, dass auch er versucht, genau das Richtige zu sagen, damit ich den Ball aufnehmen kann.

Der Ausdruck »einen Deal mit dem Teufel machen« geht mir wie eine kaputte Schallplatte, die rückwärts abgespielt wird, immer wieder durch dem Kopf.

»Ehrlich gesagt, bin ich einfach glücklich, ihn zu ärgern«, sagt er nach einem Moment. »Aber du hast recht. Ich habe auch noch meine eigenen Absichten. Ich möchte, dass du mir einen Gefallen tust.«

»Welche Art von Gefallen?«, frage ich vorsichtig, da ich mich an Baba Yaga erinnere.

»Sasha, tu es nicht. Hilf ihm bei nichts.« Darian sieht mich flehentlich an. »Er hat versucht, dich zu töten, während ich nichts anderes getan habe, als auf dich aufzupassen.«

Offensichtlich hat das Nichtvorhersehen meiner möglichen Antworten Darian dazu gebracht, einen großen Fehler zu machen. Ich hasse die Vorstellung, bewacht zu werden. Es bedeutet, dass Darian sich in mein Leben einmischen kann, wann immer er etwas nicht mag, was ich gleich tun werde – wie zum Beispiel meinen Vater zu retten.

»Jetzt, Darian«, sagt Chester und dreht ihm erneut seine Wange hin. »Entweder du schlägst mich – oder du gehst, damit wir etwas Privatsphäre haben.«

Darian schlägt ihn nicht, entfernt sich aber auch nicht.

»Du solltest dich vielleicht beeilen«, sagt Chester, und sein Grinsen erstreckt sich von Ohr zu Ohr. »Ich habe das Gefühl, dass Nero gleich das Glück haben wird, herauszukommen und zu sehen, dass du mit Sasha redest.«

Mit zusammengebissenen Zähnen stürmt Darian zurück ins Schloss und knallt die Tür hinter sich zu.

Chester wartet ein paar Sekunden und öffnet dann die Tür – wahrscheinlich, um sicherzustellen, dass

Darian uns nicht belauscht, so wie er selbst es getan hat.

»So.« Er blickt mich an. »Ich möchte meine Tochter am Leben erhalten.«

»Was?« Ist das ein seltsamer Witz? Er scheint der Typ zu sein, der solche macht.

»Du warst dabei, als Nero mir gesagt hat, dass sie sich dir unterworfen hat«, sagt Chester. »Lass uns keine Spielchen spielen.«

»Das tue ich nicht.« Ich massiere mir den Nasenrücken. »Ich weiß einfach nicht, wovon du redest.«

»Du hast jetzt die Macht, Roxy dazu zu bringen, deine Kämpfe für dich zu kämpfen.« Chester sieht untypisch ernst aus. »Und du bist ein Problemmagnet. Es wäre nur eine Frage der Zeit, bis du sie töten würdest.«

Endlich beginne ich zu verstehen. Roxy hat sich mir *unterworfen*, aber bis er es mir einfach erklärt hat, wusste ich nicht, was das bedeutet.

Soll sie meine Schlachten schlagen? Ein Teenager? Ein Teenager, der mich hasst? Das würde ich nie zulassen – aber das braucht er ja nicht zu wissen.

»Nun gut«, sage ich und imitiere seine Art, zu sprechen. »Das ist eine große Bitte.« Ich ahme die Art nach, wie er sich sein Kinn reibt. »Ich schätze, ich könnte so nett sein, aber ich will im Gegenzug etwas Gleichwertiges.«

Chesters Mund spannt sich an. »Gut. Wie lauten deine Bedingungen?«

»Ich will etwas über deine Macht lernen«, sage ich, auch wenn ich in Wirklichkeit sagen *will*: »Ich will lernen, wie man deine Macht vereitelt.«

»Bildung.« Seine braunen Augen strahlen fröhlich, und ich frage mich, ob er erwartet hat, mehr als nur das zu geben. »Solange wir das vor Nero geheim halten, kann ich dir alles beibringen, was du willst.« Er streckt demonstrativ seine Hand aus.

»Und du wirst einen Kampf für mich führen«, sage ich geradeheraus, anstatt seine Hand zu schütteln. »Das heißt, wenn ich dich brauche.«

»Was?« Er lässt seine Hand sinken.

»Das ist ein Schnäppchen, und du weißt es«, sage ich und fühle mich selbstbewusster. »Roxy würde so viele Kämpfe kämpfen, wie ich will, aber du schuldest mir nur einen.«

»Ich bin viel mächtiger als meine Tochter«, sagt er. »Ich war im Rat ...«

»Deshalb bitte ich dich nur einmal um deine Hilfe.«

Er schaut mich aufmerksam an, dann entspannt er sich leicht. »Du verhandelst hart. Einverstanden.« Er streckt seine Hand wieder zu mir aus.

Ich umschließe seine babyglatte Hand mit dem festen Griff, den ich für Interviews geübt habe, und schüttele sie.

»Wenn es dir nichts ausmacht, würde ich das alles gerne später schriftlich festhalten«, sagt Chester, als wir beide loslassen.

»Ich habe gehört, dass schriftliche Cogniti-Verträge

unkündbar sind«, sage ich vorsichtig. »Wie funktioniert das?«

»Verträge stützen sich auf die Magie des Mandats.« Er nickt jeder unserer Auren zu. »Wenn du sie brichst, hast du die gleichen lustigen Effekte, wie wenn du das Mandat brichst.«

Das klingt ziemlich verbindlich. Ich werde nie vergessen, dass Ariel aus jeder Öffnung blutete, als sie lediglich *versuchte*, meinem vorritualen Ich von der Existenz der Cogniti zu erzählen.

»In Ordnung«, sage ich, »aber ich hoffe, du kannst mir wenigstens ein wenig über deine Kräfte erzählen, bevor der schriftliche Vertrag geschlossen ist.«

»Das kann ich«, sagt er. »Obwohl der Großteil der Lektionen warten muss, bis Bert und ich nächste Woche von unserer Safari zurückkehren.«

»Safari?« Ich ziehe eine Augenbraue in die Höhe. »Bert?«

»In Afrika.« Chester rollt mit den Augen. »Was Bertie betrifft, den hast du bereits getroffen. Er liebt seine …«

»Du meinst den Löwen?« Ich starre ihn an, als ob der Löwe jeden Moment auf mich losgehen könnte.

»Kennst du noch andere Berts?«

»Okay. Also nimmst du deinen *Lieblingslöwen* mit auf eine Safari in Afrika?«

»Ich weiß. Ich verwöhne ihn zu sehr.« Chester grinst. »Du hast ihn doch gesehen. Wer kann zu ihm schon Nein sagen?«

»Wie fährt man überhaupt mit einem Löwen nach

Afrika? Logistisch gesehen, meine ich. Gehst du mit ihm an der Leine durch die Otherlands oder …«

»Bertie mag keine Leinen und kann nicht durch Tore gehen«, sagt Chester. »Er reist an meiner Seite. Wir fliegen in der ersten Klasse. Einen Platz für mich, und einen Platz für Bert.«

»Dein Löwe fliegt einfach in einem Flugzeug?«

»Und geht im Flughafen herum, ohne dass es jemand merkt.« Er grinst wieder. »Sieht so aus, als wäre es Zeit für die erste Lektion. Siehst du, ich kann es so einrichten, dass durch einen glücklichen Zufall kein einziger Mensch in Berts Richtung schauen wird, wenn wir gehen oder wenn er auf seinem Platz sitzt. Solange er sich benimmt – was ich ihm beigebracht habe –, wird er so gut wie unsichtbar sein.«

»Wow.« Ich reibe mir den Nacken. »Du hast eine wirklich coole Kraft.«

»Das habe ich. Und hier ist noch eine weitere Demonstration.« Er greift in seine Tasche und zieht ein Kartenspiel heraus.

Zuerst reagiere ich nicht, aber dann fällt es mir auf: Abgesehen von Magiern ist es nicht normal, dass Menschen Kartensätze einfach so in ihren Taschen herumtragen.

»Ich hatte Glück, die in meiner Tasche zu haben, falls ich sie brauche«, erklärt Chester lässig. »Hier.« Er gibt mir das Spiel. »Mische bitte.«

Ich mische die Karten mit der ganzen Fertigkeit eines Kartenhais, während Chester meine Hände mit seinem Blick verbrennt.

»Jetzt fächere sie auf«, sagt er, als ich fertig bin.

Ich breite die Karten aus und keuche.

Das Kartenspiel ist in neuer Reihenfolge geordnet, vom König bis zum Ass, wobei jede Farbe getrennt ist, als ob die Karten seit ihrem ursprünglichen Druck nie gemischt wurden.

»Es gibt 52 faktorielle Permutationen von Reihenfolgen bei gemischten Kartenspielen«, murmele ich. »Die Chancen, die Karten tatsächlich in diese Reihenfolge zu bringen, sind …«

»Das Gleiche wie bei jeder anderen zufällig aussehenden Reihenfolge von Karten«, sagt Chester. »Und so kann meine Macht ein Ergebnis beeinflussen, das ich mir wünsche – vorausgesetzt, ich konzentriere mich darauf und werde nicht abgelenkt durch …«

Die Tür hinter ihm öffnet sich, und ein Mönch, der zeremonielle Gewänder über seinem Unterarm und zwei Masken in seinen Händen trägt, tritt heraus.

»Ah.« Chester ergreift das kükengelbe Gewand und die Maske mit einem psychotischen Grinsen, das mich an den Joker erinnert. »Es ist so weit.«

Ich nehme das lilafarbene Gewand und die Maske, die eine blinde Frau mit einem Auge auf der Stirn darstellt.

Der Mönch nickt und geht zurück in das Gebäude. Chester beginnt, ihm zu folgen.

»Warte.« Ich fische mein Handy heraus, erstelle einen neuen Kontakt mit Chester als Namen und gebe ihm das Gerät. »Gib deine Nummer ein, damit wir den Unterricht organisieren können.«

Er tippt die Ziffern ein, gibt mir das Handy zurück und legt die Maske und das Gewand um.

Ich tue dasselbe.

Als wir hereinkommen, sieht der Raum bereit für eine *Eyes-Wide-Shut*-Orgie aus.

»Warum sind die Masken einiger Leute so langweilig?«, flüstere ich Chester zu, als wir eine Reihe von Cogniti in grauen Roben und unscheinbaren Masken passieren.

»Einige haben nicht die Art von Kräften, für die sich jemand die Mühe gemacht hat, spezielle Masken herzustellen«, antwortet er. »Und andere – wie dein Mentor – wollen einfach verbergen, was ihre Kräfte sind.«

Ich versuche, Nero zu finden, um Chesters Worte bestätigt zu sehen, aber in dieser maskierten Menge jemanden erkennen zu wollen ist ein sinnloses Unterfangen.

Alle starren auf die Bühne auf der Vorderseite des Raums, und ich schließe mich ihnen an.

Ein unmaskierter Dr. Hekima steht da und trägt ein rotes Gewand, das ihn wie einen Kardinal aussehen lässt.

Er sieht düster aus, als er auf die Rückseite des Raums starrt.

Wir folgen seinem Blick und sehen vier Mönche, die sich der Bühne nähern und etwas tragen. Obwohl ein großer Mann vor mir meine Sicht blockiert, weiß ich, was das Objekt ist, bevor sie es auf eine Steinplatte legen.

Ein baseballgroßer Knoten verschließt meinen Hals, als ich zur Seite trete, um eine bessere Sicht zu bekommen.

Ein aufwendiger Sarg aus poliertem Rotholz steht vor mir.

Feuchtigkeit trübt meinen Blick, und Schmerzen breiten sich in meiner Brust aus, während ich über die bittere Endgültigkeit dieses Moments nachdenke.

In diesem Sarg befindet sich die Leiche von …

Hinter uns bricht ein gewaltiger Lärm aus.

Als ich im Begriff bin, mich zu umzudrehen, erkenne ich zwei Dinge, die beide mit meinen Visionen zusammenhängen.

Erstens: Diesen Sarg zu sehen war identisch mit meiner Trauerfeier-Vision von neulich, einschließlich meiner Gedanken.

Und zweitens: Das Geräusch könnte das einer explodierenden Bazooka-Rakete sein.

# KAPITEL SECHZEHN

ANSTELLE EINER RAKETE SEHE ICH, wie die alten, Hogwarts-ähnlichen Türen in Stücke brechen, und erkenne, dass die Ursache dieser Zerstörung viel tödlicher ist.

Es ist Vlad.

Er steht mit geballten Fäusten und einem wilden Ausdruck auf dem Gesicht in den Trümmern. Er sieht bereit aus, zu töten und Dinge in Stücke zu reißen. Andererseits wäre ich auch nicht überrascht, wenn er auf die Knie fallen und zu schluchzen anfangen würde.

Ein Mönch, der eine schwarze Robe und eine Maske mit Reißzähnen umklammert, eilt tapfer nach vorne, aber als er den Blick auf Vlads Gesicht sieht, wirft er ihm einfach die Kleidung zu.

Die Objekte fallen unbemerkt neben die Füße des Vampirs.

»Vlad.« Dr. Hekimas Stimme hallt durch den Raum, als ob er in ein High-End-Mikrofon sprechen würde.

»Ich freue mich, dass du gekommen bist. Die meisten der Worte, die Rose hinterlassen hat, sind für dich.«

Bei der Erwähnung ihres Namens sieht Vlad aus, als wäre er geschlagen worden.

»Ich werde fortfahren, wenn du bereit bist«, sagt Hekima. »Lass dir Zeit.«

Ohne ein Wort zu sagen, beugt sich Vlad nach unten, um die Maske und das Kleidungsstück aufzunehmen. Er bewegt sich, als ob alles eine Tonne wiegt, zieht sich an und versteckt sein Gesicht, bevor er Hekima zunickt.

»Wie viele von euch wissen, hat Rose einen Willen und ein Testament hinterlassen, zu dem auch das gehört«, kündigt Hekima an. »Sie wollte, dass ich dir ihre letzten Worte vorlese – aber sie wollte, dass ich diese Worte mit meiner Macht überbringe.« Er hält inne – ich schätze, um den Gedanken wirken zu lassen. »Jeder, der nicht will, dass ich meine Kräfte für ihn einsetze, hebe bitte jetzt die Hand, um mich die Worte von Rose nur sprechen zu hören.«

Keine einzige Hand geht nach oben.

»So sei es«, sagt Hekima und hebt seine Arme wie ein Symphonie-Dirigent dramatisch in die Höhe. Pulsierende rote Energie strömt von seinen Fingern in die Köpfe aller, und im nächsten Moment steht eine viel jüngere Rose auf der Bühne und trägt ein schönes Sommerkleid. Ihr Make-up ist makellos, ihr Schmuck perfekt, und sie strahlt Gesundheit und Vitalität aus.

Sie muss Hekima gebeten haben, die Uhr um ein paar Jahrzehnte zurückzudrehen.

»Hallo, meine Lieben«, sagt die Illusion von Rose mit einer schmerzhaft vertrauten fröhlichen Stimme. »Wenn ihr das hört, muss ich gegangen sein.« Entschlossen geht sie mit einem Mona-Lisa-Lächeln, das ihren Mund umspielt, zum vorderen Rand der Bühne. »Ich hatte ein schönes Leben. Ein erfülltes Leben.« Sie hält ganz am Rande an und schaut sich im Raum um, bis sie Blickkontakt mit allen hatte. »Ich schätze jeden Einzelnen von euch.« Ihr Blick schweift nach hinten in den Raum, wo Vlad unbeweglich dasteht, als ob er in Stein verwandelt worden wäre.

»Vlad, meine Liebe«, sagt sie sanft. »Ich kann mir nicht einmal vorstellen, wie du dich fühlen musst, aber ich bin sicher, dass das schwer für dich ist.« Sie seufzt. »Wir wussten immer, dass dieser Moment kommen würde, aber ich weiß, dass es das nicht einfacher macht. Ich weiß nicht, was ich getan hätte, wenn ich dich zuerst verloren hätte.« Zwei fette Tränen rollen über jede ihrer geröteten Wangen. »Du musst etwas für mich tun, meine Liebe. Ich möchte, dass du nicht zu lange trauerst. Ich möchte, dass du weitermachst. Du musst …«

Vlad heult, wie ein verwundeter Löwe. Übernatürlich schnell bewegt er sich zur Bühne und geht durch die Illusion von Rose hindurch, als wäre sie aus Rauch.

Weder sie noch der durch die Illusion verborgene Hekima sind Vlads Ziel, wie es scheint. Stattdessen hat er es auf den Sarg abgesehen.

Er öffnet den Deckel und sieht hinein, während alle

Zuschauer, die die Luft angehalten hatten, weiteratmen.

Er beugt sich nach unten, hebt seine Maske an und gibt Rose einen Abschiedskuss.

Der ständig wachsende Klumpen in meiner Kehle macht es schwierig, zu atmen, und meine Wimperntusche ist durch all die Tränen nur eine ferne Erinnerung.

Eine Hand drückt auf meine Schulter. Trotz der unscheinbaren Maske weiß ich, dass dies Nero ist, und ich begrüße seine beruhigende Berührung.

Vlad schließt den Sarg, springt von der Bühne und geht zu den kaputten Türen.

Ich schätze, er hat genug von der Beerdigung, und ich kann es ihm nicht verübeln.

Als er den Ausgang erreicht, hält er zögernd an, dreht sich dann um und starrt mit leerem Blick auf die Bühne.

Dann fallen seine Schultern nach unten, und er setzt sich auf den Boden.

Instinktiv setze ich mich auch hin.

Nero und die anderen Leute neben mir tun das Gleiche, und bald sitzt der ganze Raum.

Die Illusion von Rose scheint sich über den Anblick der sitzenden Cogniti zu freuen. Sie geht zur Mitte der Bühne und sagt: »Wenn ich zales noch einmal machen könnte, würde ich wieder dich wählen.« Ihre blauen Augen sind hell und intensiv, als sie Vlad anblickt. »Was ist mit dir?«, fragt sie. »Hättest du mich lieber *nicht* geliebt?«

Alle Köpfe drehen sich zu Vlad.

»Wenn du die Uhr zurückdrehen könntest«, fährt Rose fort, »würdest du jemanden wählen, der nicht eines Tages diese Rede schreiben müsste?«

Vlad schüttelt den Kopf so heftig, dass ich überrascht bin, dass er seine Maske aufbehält.

Ich drehe mich zu Rose um und sehe, wie sie selig lächelt. »Da haben wir es also«, sagt sie. »Ratsmitglied Albina, es ist Zeit für mich, mich wieder der Natur anzuschließen.«

Sie tritt zur Seite, als eine weißgekleidete Person aufsteht und auf die Bühne geht.

Sie – ich nehme an, es ist eine Frau – trägt eine Maske, die aussieht wie die Kinderzeichnung einer Sonne, wobei sich die Sonnenstrahlen in alle Richtungen ausbreiten.

Die Gestalt geht bedächtig, hält neben dem Sarg an und zeigt mit beiden Händen auf ihn.

Weiße Energie strömt aus ihren Händen in den Sarg, und sobald die Verbindung hergestellt ist, scheinen sich der Sarg und sein Inhalt mit einem blendenden Blitz aufzulösen.

Als seine Arbeit getan ist, verlässt das Ratsmitglied die Bühne.

»Vielen Dank«, sagt Rose, und die Illusion von ihr verflüchtigt sich auf dieselbe Weise wie der Sarg und hinterlässt nur Hekima, der ein Blatt Papier hält.

»Es ist Zeit für einige von uns, ein paar Worte zu sagen«, sagt er und schaut mir in die Augen. »Sasha, bitte komm auf die Bühne.«

Mein Herz rutscht mir in die Hose, und ich kann keinen Muskel bewegen.

Die Menge um mich herum beginnt, bedrohlich zu murmeln.

Nero drückt erneut meine Schulter, aber dieses kleine bisschen Beruhigung reicht nicht aus, um die schreckliche Realität dessen, was passieren wird, auszublenden.

Hier sind Hunderte von Menschen, und ich muss vor ihnen sprechen.

# KAPITEL SIEBZEHN

»ICH KANN DEINEN PLATZ EINNEHMEN«, flüstert mir Nero ins Ohr, und sein warmer Atem weht über meinen Hals.

Ich schüttele betäubt den Kopf und bin über mich selbst schockiert, da ich langsam aufstehe.

Das ist richtig. Ich habe das schon einmal erfolgreich gemacht, als ich dem Rat gegenüberstand.

Ich bin damals nicht ohnmächtig geworden, und ich sollte auch jetzt nicht ohnmächtig werden.

Ich ignoriere das donnernde Schlagen meines Herzens und schleppe mich auf die Bühne.

Die Menge unter mir scheint sich vertausendfacht zu haben.

Ich schaue Hekima an, um zu sehen, ob er sich über mich lustig macht, aber er hat nur einen freundlichen Ausdruck auf dem Gesicht.

Ich schaue zurück auf die Menge.

Sahen diese Masken schon immer so finster aus?

»Du kannst das«, murmelt Hekima, als er an mir vorbeigeht, um die Bühne zu verlassen. »Ich weiß, dass du das kannst.«

In der vierten Reihe sehe ich eine blasse Frau, die ihre Maske mit den Fangzähnen anhebt.

Es ist Lucretia. Sie saugt Luft in ihre Wangen, dann zieht sie einen übertriebenen Schmollmund, um die Luft herauszulassen.

Hat sie einen Anfall?

Nein. Sie atmet pantomimisch.

Ich mache einen tiefen Atemzug und atme langsam wieder aus – so wie es Lucretia mich gelehrt hat, nachdem ich auf einer solchen Bühne ohnmächtig geworden bin.

»Das ist für Rose«, erinnere ich mich mit dem nächsten Atemzug. »Tu einfach so, als wäre das eine große Zaubershow – und sie sind das Publikum.«

Mein Rücken richtet sich auf.

»Danke, dass ihr zu diesem Abschiedsritus gekommen seid«, sage ich und bin beeindruckt, wie gut meine Stimme durch den Raum hallt. »Ich kenne niemanden, der diese Ehre mehr verdient hätte als Rose.«

Einige der maskierten Menschen nicken zustimmend, und ich fahre fort. »Ihr kennt sie vielleicht als mächtige Hexe, aber sie war so viel mehr als das.« Während ich die Freundlichkeit und Großzügigkeit von Rose beschreibe, staune ich über die geprobten Worte, die aus meinem Mund kommen.

Ich mache das tatsächlich. Ich halte die Trauerrede, ohne ohnmächtig zu werden.

Wow.

Wenn ich in der Öffentlichkeit sprechen kann, während ich völlig unausgeschlafen, von Trauer überwältigt und besorgt über eine Rakete bin, die jeden Moment in den Raum fliegen könnte, kann ich wahrscheinlich die Angst, öffentlich zu sprechen, von meiner Liste der Phobien streichen.

Ich halte problemlos den Rest der Rede und beende sie mit einem atemlosen: »Also, wie ihr sehen könnt, war Rose nicht nur eine Freundin. Sie gehörte zur Familie.«

Ein paar Leute beginnen zu klatschen, und der Rest der Menge schließt sich ihnen an.

Hekima kommt zurück auf die Bühne, um den nächsten Sprecher anzukündigen, während ich zu meinem Platz vor Nero zurückkehre und mich dankbar auf den Boden setze.

»Gut gemacht«, flüstert Nero und beugt sich nach vorn. »Ich bin stolz auf dich.«

Wenn er noch mehr sagt, dann kann ich es nicht hören.

Der Adrenalinabfall, kombiniert mit meinem Schlafentzug, überrollt mich wie ein Truck.

»Wenigstens habe ich es nicht auf der Bühne getan«, denke ich mir, bevor ich wie eine ohnmächtige Ziege zusammenbreche.

# KAPITEL ACHTZEHN

ICH WACHE aus einem unpassenden Traum mit Nero auf. Ich war nackt auf dem Schreibtisch in meinem neuen Büro, und er massierte mich mit Öl, während er über die Börse sprach und …

Moment mal, was ist mit dem lauten Geräusch? Ist das Motorengebrüll?

Ich öffne die Augen und schaue mich hektisch um.

Ich bin mit riesigen Kopfhörern an einen Sitz neben Nero geschnallt.

Natürlich.

Ich bin in Neros Hubschrauber.

Versucht er, mich wieder im Stil von *Fifty Shades of Grey* zu beeindrucken?

Während ich meinen Chef anschaue, drücke ich die Kommunikationstaste an meinem Headset und frage: »Was ist passiert? Wie bin ich hierhergekommen?«

»Du bist ohnmächtig geworden«, sagt Nero, ohne sich von der atemberaubenden Aussicht auf den New

Yorker Hafen unter uns abzuwenden. »Isis war in der Nähe, also bat ich sie, dich in einen Erholungsschlaf zu versetzen.«

Ich untersuche mich.

Okay, also fühle ich mich besser, aber etwas an dem, was er sagt, stört mich.

»Wie bin ich in dieses Ding gekommen?«, frage ich und spreche meinen bösen Verdacht offen aus. »Hast du mich vor allen Beerdigungsgästen herausgetragen?«

Ich frage mich auch, ob ich den sexy Traum bekommen habe, weil er mich in seinen Armen gehalten hat, aber *diese* Frage spreche ich nicht laut aus.

»Wäre es dir lieber gewesen, wenn ich dich an den Füßen herausgezerrt hätte wie einen Sack?« Nero dreht sich für eine Sekunde in meine Richtung, und ich sehe einen Hauch von Belustigung in seinen Augen. »Das kann ich beim nächsten Mal machen, wenn du darauf bestehst.«

»Wo sind meine Freunde?« Ich schaue hinter uns und sehe niemanden. »Sind sie noch auf der Beerdigung?«

»Thalia fährt sie zurück.« Er fummelt an dem Gerät, von dem ich glaube, dass es *Collective* genannt wird – eines der primären Kontrollgeräte, das für den Auftrieb zuständig ist.

»Das ist gut.« Ich kann nicht anders, als einen Blick auf die Freiheitsstatue in der Ferne zu werfen. »Sie sind wahrscheinlich sicherer, wenn sie ohne mich fahren.«

Nero murmelt etwas, aber ohne den Knopf zu drücken, damit ich es mitanhören kann.

»Wie war dein Gespräch mit Lola?«, frage ich. »War sie …«

»Sie sagte, sie hätte dich heute zum ersten Mal getroffen.« Nero bewegt den Steuerknüppel vor seinem Sitz. »Das war's mit dieser Theorie.«

»Irgendwelche anderen Spuren?« Ich schaue mir das einzige nahegelegene Stück Land auf Staten Island an und entdecke in der Ferne einen kleinen schwarzen Van.

Ich könnte schwören, dass eine winzige Person aus dem Van ragt und etwas hält.

Ich keuche, als eine Welle von Angst in mich eindringt.

Mit einem zitternden Finger drücke ich die Sprechtaste, als Nero sagt: »Noch keine Spuren, aber …«

»Ausweichen!«, schreie ich und greife nach der Steuerung.

Das muss ich meinem Boss lassen.

Ohne zu fragen, warum oder wie, hantiert er an den Bedienelementen, bevor ich sie erreichen kann.

Der Hubschrauber schießt zur Seite.

Eine Bazooka-Rakete rauscht am vorderen Fenster vorbei.

Das ist es, wovor mich meine Vision gewarnt hatte. Und es ist viel schlimmer als das, was ich ursprünglich befürchtet hatte – beim Fahren in einer Limousine getroffen zu werden.

Eine weitere Welle der Angst trifft mich, als Nero gerade wieder heftig an der Steuerung zieht.

Mein Blick fällt auf das Seitenfenster, und ich sehe eine andere Rakete, die direkt auf uns zukommt.

# KAPITEL NEUNZEHN

»NOCH EINE!«, schreie ich Nero an, obwohl er bereits reagiert und jedes Überwachungsgerät um uns herum durchdreht.

Wir weichen aus, aber nicht rechtzeitig.

Die Rakete explodiert mit einem Geräusch von berstendem Metall, und unser Hubschrauber gerät außer Kontrolle.

# KAPITEL ZWANZIG

»WIR STÜRZEN AB«, knurrt Nero, während wir im Zickzack durch den Himmel fliegen.

Ich schaue auf die sich drehende Welt und das immer näher kommende Wasser unten und versuche, mein Herz wieder in meine Brust zurückzuschlucken.

Nero löst seinen Sicherheitsgurt.

Das Gebrüll der Propeller klingt ungesund – der Haupt- oder Heckrotor muss beschädigt worden sein.

Nero reißt mir mein Headset herunter und schnallt mich ab, als wäre ich eine Puppe.

»Planst du zu springen?«, schreie ich über das Gebrüll hinweg. »Besteht nicht die Gefahr, dass wir den Heckrotor treffen?«

Er antwortet nicht. Er muss mich wegen der alptraumhaften Geräuschkulisse nicht gehört haben.

Ich bete zu den Hubschraubergöttern, dass der Heckrotor die Quelle dieses schrecklichen Lärms ist –

oder dass mein Wissen über Sprünge aus einem Hubschrauber falsch ist.

Nero öffnet die Tür.

Der Hafen unter uns scheint sich so schnell zu nähern, dass man meinen könnte, wir würden auf einer Rakete auf ihn zufliegen.

Dann schubst Nero mich hinaus.

Ohne Fallschirm.

# KAPITEL EINUNDZWANZIG

ALS ICH IM freien Fall bin, schreie ich, wie ich es seit der Zeit nicht mehr getan habe, als ich heiser wurde, nachdem ich versehentlich eine Spinne geschluckt hatte.

Mit einem unmenschlich ruhigen Gesichtsausdruck gleitet Nero wie ein erfahrener Fallschirmspringer hinter mir.

Bevor ich blinzeln kann, hat er mich in eine enge Umarmung genommen.

Ich werfe einen mutigen Blick über seine Schulter und wünschte, dass ich es nicht getan hätte. Das Hafenwasser ist ein Hochhaus entfernt.

Ich schaue erneut nach oben und wünschte auch dieses Mal, dass ich das nicht getan hätte. Eine weitere Rakete trifft den Rest des armen Hubschraubers, der in Metall- und Glasscherben explodiert.

»Halt dich fest«, ruft Nero, als sein Rücken auf das Wasser trifft.

Der Aufprall schlägt mir den ganzen Atem aus der Lunge, und ich sehe helle Lichtblitze.

Dann umgibt mich das kalte Wasser, und mein Bewusstsein schwindet.

# KAPITEL ZWEIUNDZWANZIG

ICH KOMME ZUR BESINNUNG, als Nero sich von der Mund-zu-Mund-Beatmung zurückzieht.

Zumindest hoffe ich, dass er das getan hat – bis heute schien er nie der Typ Mann zu sein, der sich einen Kuss von einer halbtoten Frau erschleicht.

Nein. Es muss von Mund zu Mund gewesen sein. Meine Lungen brennen, als ob ich Salzwasser eingeatmet hätte – und genau das habe ich wahrscheinlich auch getan.

Dennoch, obwohl ich kalt und nass bin, fühle ich mich überraschend lebendig für jemanden, der gerade ohne Fallschirm geflogen ist.

Hat mich Neros Umarmung beschützt? Was ist mit ihm? Dieser Aufprall hätte jeden verletzt …

»Isis ist auf dem Weg«, sagt Nero beruhigend.

Ich erhole mich ausreichend, um die Sorge in seinem Gesicht zu bemerken, und warme

Schmetterlinge in meinem Bauch verbannen etwas von meinem Unbehagen.

Ich drehe meinen Kopf und schaue mich um.

Wir sind am Pier – genau dort, wo ich vor nicht allzu langer Zeit fast ertrunken wäre.

Hey, noch ein Ertrinken, und das nächste ist gratis.

Ich versuche, mich aufzurichten, und Nero schiebt seinen kräftigen Arm unter meine Achseln und hilft mir.

»Ich denke, es geht mir gut«, sage ich, als er sich vorsichtig zurückzieht und ich es schaffe, aufrecht stehen zu bleiben. »Nichts tut besonders weh.«

Nero schaut mich skeptisch an. »Du könntest unter Schock stehen. Etwas könnte gebrochen sein, und du merkst es nicht.«

Ich zucke mit den Schultern und schaue auf das Wasser. Überall schwimmen Teile des Hubschraubers.

»Geht es *dir* gut?«, frage ich und drehe mich um, um ihn anzusehen.

Es dämmert mir, dass Nero mich gerettet hat. Wieder einmal.

Er war bereit, sich für mich seinen Rücken auf dem Wasser zu brechen.

»Es wird alles gut«, sagt er abwinkend und steht auf. »Der Sturz war nicht so schlimm, wie er wahrscheinlich schien, als das ganze Adrenalin durch deinen Körper geströmt ist.«

*Genauuuuu.* Ein normaler Mensch hätte das locker überlebt – und nachher schneit es am Äquator.

Welche Art von Cogniti Nero auch immer ist, er muss extrem belastbar sein.

Ich denke nicht weiter über das Mysterium, wer oder was mein Chef ist, nach und fahre fort, mich umzuschauen. Die Menschen im Battery Park starren auf die Überreste des Hubschraubers.

Das ist nicht gerade ideal. Ein paar der Gaffer machen sogar Fotos.

»Es wird unmöglich sein, das ganz zu vertuschen«, sagt Nero, der meinem Blick gefolgt ist. »Es wird zum Stadtgespräch werden, aber vielleicht ist das gar nicht schlecht. Vielleicht helfen uns die Menschen, herauszufinden, wer dahintersteckt.«

Er holt sein Handy hervor und streicht für einen Moment über den Bildschirm. Das Ding muss wasserdicht sein, merke ich, als er das Gerät einsteckt und mich in seinen typischen Griff nimmt, als wolle er die Braut über die Schwelle tragen.

Ich überlege, ob ich empört reagieren sollte, als er losgeht, aber ich entscheide mich dagegen. Ich genieße heimlich die Nähe und die Wärme, die sich in meinem Körper ausbreitet. Als Nero nach einer Minute keine Anzeichen einer Verlangsamung zeigt, frage ich stattdessen: »Wohin gehen wir?«

»Zum Auto.« Er nickt einem silbernen Toyota Camry zu, der am Bordstein hält.

Nero macht größere Schritte und erreicht das Auto in Rekordgeschwindigkeit.

»Ist sie betrunken?«, fragt der Fahrer, als Nero mich hineinlegt. »Wenn sie kotzt …«

Nero holt ein nasses Bündel Geld aus seiner Tasche und gibt es dem stirnrunzelnden Kerl. »Bring uns schnell zur angegebenen Adresse, und ich verdopple das.«

Der Fahrer sieht verwirrt das Geld an.

»Hör auf, Zeit zu verschwenden, oder ich werfe dich aus diesem Auto und fahre es selbst«, knurrt Nero.

Der Fahrer beschließt weise, das zu tun, was der furchterregende Mann verlangt, und wir rasen so schnell vorwärts, dass wir fast ein paar Fußgänger überfahren.

Die Klimaanlage im Auto lässt mich zittern, und Nero schlingt seinen Arm wieder um mich und zieht mich an seinen unglaublich warmen Körper. Hat er einen Ofen unter seiner Haut?

»Schalt die Klimaanlage aus«, fährt er den Fahrer an, und der Mann gehorcht sofort.

Mein Zittern lässt nach, nur um durch ein ebenso beunruhigendes Gefühl ersetzt zu werden – die Art, die es schwierig macht, ruhig zu atmen.

»Irgendwelche Schmerzen?«, murmelt Nero und blickt auf mich herab. »Ich habe Morphium bei mir, wenn du es brauchst, bevor Isis ankommt.«

»Nein.« Ich schiebe mich widerwillig weg. »Es geht mir besser. Weder Isis noch Medikamente sollten notwendig sein.«

»Bist du sicher?« Er schaut mich von oben bis unten an, und ein Stirnrunzeln legt seine harten Gesichtszüge in Falten.

»Positiv«, sage ich und möchte mich selbst schlagen, weil ich versucht war, diesen besorgten Mund aus irgendeinem unseligen Grund zu küssen.

Als wir neben Neros Gebäude parken, wirft mein Chef mehr Geld zu unserem Fahrer, nimmt mich dann hoch – natürlich – und trägt mich zu seinem Penthouse.

Als er den Aufzug betritt, bemerke ich, dass ich mich genug erholt habe, um die Nähe seines muskulösen Körpers *wirklich* zu spüren.

Ich darf nicht darauf eingehen.

Um unangemessene Gedanken zu verbannen, atme ich tief durch, als wir den Aufzug verlassen.

Nein, das hat es noch schlimmer gemacht. Ich kann fast die köstliche Würze seines Parfums schmecken.

Er trägt mich in die Küche und setzt mich vorsichtig auf einen Stuhl, wobei seine Bewegungen so sanft sind, dass man meinen könnte, ich sei zerbrechlich.

Ich bekomme ein Déjà-vu, als er mir dann einen Salat und Kartoffeln mit Pilzen macht – genau wie beim letzten Mal, als ich hier und verzweifelt war.

Er gibt mir sogar wieder Tee – Kamille mit Zitronenmelisse.

Als ich anfange, das Essen zu verschlingen, geht er für einen Augenblick fort – zweifellos, um wieder den Whirlpool anzumachen.

Als er zurückkommt, habe ich meine Gabel weggelegt, und mein Bauch fühlt sich an, als würde er gleich explodieren.

»Bist du sicher, dass du keine Schmerzmittel willst?« Seine Augen scheinen wieder direkt in mich hineinzusehen, mit den außer Kontrolle geratenen Limbusringen.

»Es geht mir gut«, sage ich – und es geht mir gut. Mein derzeitiges Unwohlsein hat nichts mit dem Sturz aus dem Hubschrauber zu tun, sondern vollständig mit dem Mann, der mich verwöhnt. »Keine Medikamente.«

»Wie du willst. Jetzt komm aus den nassen Klamotten heraus.« Er greift nach mir.

Lebendige Bilder von Nero, der meine Kleidung auszieht, schleichen sich in meinen Kopf, aber das ist nicht der Grund, warum er nach mir greift.

Eigentlich ist der wahre Grund fast genauso schlimm.

Er nimmt mich noch einmal hoch und trägt mich in das spaähnliche Hauptbadezimmer.

Ich hatte recht.

Er hat Kerzen aufgestellt und ein Bad für mich eingelassen, genau wie beim letzten Mal.

Die Bilder in meinem Kopf entwickeln sich vom Ausziehen meiner Kleidung zum Ausziehen *unserer* Kleidung und wandern zu uns nackt in der Wanne weiter …

Nero stellt mich vorsichtig hin, und als er sieht, dass ich mich allein auf den Beinen halten kann, zeigt er auf den riesigen Haufen Handtücher und sagt: »Du kannst die nehmen, wenn du fertig bist.«

Dann geht er zu einem Wäscheschrank und

durchsucht ihn für ein paar Sekunden. »Und zieh diese an.« Er legt Kleidung für mich auf die Rückseite der Wanne.

Ich schaue sie durch.

Es sind eine Yogahose und ein Sport-BH, die ungefähr meine Größe haben. Wem mache ich eigentlich etwas vor? Ich wette, sie passen mir perfekt – Nero hat bereits bewiesen, dass er meine Maße kennt.

»Was ist mit dir?« Ich berühre sein durchnässtes Hemd und fühle, wie sein Herz gegen seine Brust schlägt. »Du bist so nass wie ich.«

Seine Nasenlöcher beben, als er mein Handgelenk ergreift, um mich wegzuziehen. »Ich gehe in eines meiner sieben anderen Badezimmer«, sagt er rau.

Ich war seit dem Ende des zweiten *Matrix-Films*, den ich mit Felix gesehen habe, nicht mehr so enttäuscht. Die Nahtoderfahrung muss mein Gehirn durcheinandergebracht haben, weil ich nicht will, dass Nero geht.

Er vergrößert weiter den Abstand zu mir. »Hat dein Handy überlebt?«, fragt er mich.

Blinzelnd fische ich das Ding aus meiner Tasche und schaue nach. Im Gegensatz zu meinem Gehirn funktioniert das Telefon so, wie es sollte.

»Es ist alles in Ordnung«, murmele ich. »Wasserfest hat sein Versprechen gehalten.«

»Ruf mich an, sobald du dich umgezogen hast.« Nero dreht sich um, um zu gehen.

Wäre es verrückt, ihn zu bitten, zu bleiben?

Bevor ich mich entscheiden kann, geht er hinaus und schlägt die Tür hinter sich zu.

Seufzend ziehe ich mich aus und steige in das brodelnde Wasser – das sich kochend heiß anfühlt.

Nach einer Minute merke ich, dass das Wasser nicht heiß war – ich war eiskalt.

Als ich auftaue, kann ich nicht aufhören, an Nero zu denken.

Obwohl ich zögere, dies zu tun, ist es nur rational, einige alte Vorstellungen über den Mann neu zu bewerten, beginnend mit der Annahme, dass er sich nicht für mich interessiert. Dafür habe ich viele Indizien, obwohl ich am häufigsten alle guten Taten von ihm als »er beschützt mich nur, weil er mich als seinen privaten Seher braucht« abtue.

Ist das wirklich so?

Er hat jetzt Zugang zum Bannik, der auch ein Seher ist.

Doch trotz der Tatsache, dass ich kein einzigartiges Einhorn mehr bin, was die Seherfähigkeiten angeht, verhält sich Nero mir gegenüber beschützender denn je.

Eigentlich ist das eine Untertreibung.

Es gibt »beschützend« und es gibt »sein Leben nicht nur einmal, sondern zweimal für mich riskieren«.

Ich unterdrücke ein ungebetenes Gähnen und zwinge mich, es zuzugeben: Wenn Taten lauter sprechen als Worte, zeigt mir Nero, dass er Gefühle für mich hat.

Oder ist das Wunschdenken?

Er könnte nur seine Pflichten als Mentor oder seinen Vertrag mit Rasputin erfüllen.

Vielleicht wünsche ich mir, dass er Gefühle für mich hat, weil *ich* angefangen habe, welche für ihn zu entwickeln?

Ich erhöhe die Intensität der Massagefunktion der Wanne und lasse meine Gedanken zu Überlegungen abschweifen, ob und wie etwas zwischen uns beiden funktionieren könnte.

Er sah mich erwachsen werden – aber das ist kein totales K.-o.-Kriterium. Ich meine, ich habe Daniel Radcliffe in den *Harry-Potter*-Filmen aufwachsen sehen, und ich finde ihn als Erwachsenen süß. Außerdem ist es nicht so, dass Nero mich tatsächlich aufgezogen hat; ich habe ihn erst in meinen Zwanzigern getroffen. Und er *sieht* dank dieser Cogniti-Supergene definitiv nicht alt aus.

Er ist auch mein Mentor – aber na und? Ich habe niemanden sagen hören, dass Mentor-Mentee-Beziehungen missbilligt werden.

Dass er mein Chef ist, ist ein größeres Hindernis, aber auch kein unüberwindbares. Schließlich sind Arbeitsbeziehungen sehr verbreitet, und wenn andere Menschen es schaffen, warum können es dann nicht zwei Menschen, die so klug sind wie wir beide? Außerdem kann ich immer einen anderen Job bekommen – vorausgesetzt, er hindert mich nicht daran – oder …

Ich gähne laut.

Wie beim letzten Mal, als ich diese Wanne benutzt habe, verschwört sich das Lebensmittelkoma mit der angenehmen Wärme des Wassers, um mich superschläfrig zu machen.

Ich muss dagegen ankämpfen.

Als ich das letzte Mal so eingeschlafen bin, bin ich nackt in einem Bett aufgewacht – und es war offensichtlich Nero, der mich dorthin gebracht hatte.

Ich gähne so stark, dass meine Kiefergelenke schmerzen.

Ich schätze, das kleine Nickerchen, das Isis mir verschafft hat, hat mein Schlafdefizit nicht besonders verringert. Oh, und ich merke auch, dass das Adrenalin aus meinem Körper verschwindet.

Trotzdem kann ich mich nicht dazu bringen, auszusteigen. Die Wärme ist so schön, und die Außenluft ist so kalt. Bestimmt kann ich noch eine Minute wach bleiben.

Ich schließe meine superschweren Augenlider für eine Sekunde.

Gleich werde ich sie wieder öffnen und aus der Wanne steigen …

———

ICH WACHE AUF, als ich eine Bewegung spüre.

Ich bin trocken und schrumpelig. Mist. Bin ich doch in der Wanne eingeschlafen?

Ich öffne die Augen, und bestätige damit meine

Vermutung, dass ich tatsächlich nicht mehr in der Wanne bin.

Nein.

Ich bin wieder einmal in Neros mächtigen Armen.

Und – Überraschung – ich bin nackt … und nur noch einen Zentimeter von einem kuscheligen Bett entfernt, was das Ganze irgendwie noch schlimmer macht.

Er lässt mich auf die Laken sinken, und ich bemerke, dass er auch nicht viel anhat – nur ein Handtuch.

Die Limbusringe in seinen Augen – und etwas unter dem Handtuch – sind außer Kontrolle.

Ich erinnere mich an das letzte Mal, als er ein Handtuch trug, an die Pracht, die zum Vorschein kam, als es auf den Boden fiel, und an den Kuss, der folgte.

Meine Hand greift wie von selbst nach dem Handtuch.

Wie von einem bösartigen Dämon besessen ziehe ich daran.

# KAPITEL DREIUNDZWANZIG

MEIN ATEM BLEIBT mir im Hals stecken.

Heiliger Springstab, der ist *riesig*.

Eine Erinnerung an etwas, was ich in halbschlafender Trance gehört habe, taucht in meinem Kopf auf. Als Nero mich genau so ins Bett gelegt hat, und Isis angedeutet hat, dass ich geheilt werden müsste, wenn etwas zwischen uns passieren würde. Hat sie *das* gemeint? Wenn ja, dann ist sie ein Weichei.

Ich kann damit umgehen.

Ich meine, ich bin mir ziemlich sicher. Es ist schon eine Weile her, dass ich mit irgendetwas umgegangen bin.

Nero scheint das heruntergefallene Handtuch nicht zu bemerken. Seine Augen sind zu sehr damit beschäftigt, über meinen Körper zu streifen.

Ich schiebe mich hoch.

Er beugt sich hinunter.

Unsere Lippen berühren sich.

Eine schmelzende Hitze wandert durch meinen Körper, als seine Arme sich um mich legen und der Kuss heißer und rauer wird. Wir verschlingen uns gegenseitig, unsere Atemzüge vermischen sich, unsere Zungen verwirren sich in einem fast gewalttätigen Tanz. Meine Hände fahren über seinen breiten Rücken, und ich spüre die unglaubliche Wärme der Muskeln, die sich unter seiner Haut bewegen, während er mich in das Bett drückt.

Stöhnend wickele ich mein Bein um seine Hüften, ziehe mich näher an ihn, und mit einem animalischen Knurren zieht er sich von mir zurück.

Mit hämmerndem Herzen starre ich ihn an.

»Was ist los?«, frage ich mit geschwollenen Lippen und schaue auf mich selbst herab.

Ich sehe keine erkennbaren neuen Deformationen oder Pusteln, von denen er abgeschreckt sein könnte, und blicke auf ihn zurück.

Zweifellos sieht er immer noch *sehr* glücklich aus, mich zu sehen, also was ist los?

Er folgt meinem Blick und nimmt mit Höchstgeschwindigkeit das Handtuch in der Millisekunde auf, die ich brauche, um zu blinzeln.

»Das darf nicht passieren.« Er tut sein Bestes, um das winzig aussehende Handtuch um seine Hüften zu wickeln, während er sich abwendet.

Ich ergreife die Decke und ziehe sie an mein Kinn. »Warum nicht?«

Die Muskeln in seinem Rücken verspannen sich, als er innehält, um über seine Schulter zu schauen. »Ich will dir nicht wehtun.«

Meint er physisch à la Isis oder etwas anderes?

»Mir wie wehtun?«, platze ich heraus. »Weil ich damit umgehen kann …«

»Nein. Das kannst du nicht«, knurrt er. »Du verstehst nicht, wovon du redest.«

Ich balle meine Fäuste über der Decke und kämpfe gegen den Drang an, herauszuspringen, um auf sein Handtuch zu schlagen.

Oder zu treten.

Bevor ich die Chance habe, eines von beidem zu tun, marschiert er aus dem Raum und reißt dabei fast die Tür aus den Scharnieren.

Als hätte ich ein Bad in einem polaren Eisloch genommen, springe ich auf die Füße und stampfe ins Badezimmer.

»Arschloch«, murmele ich leise vor mich hin, während ich mich anziehe. »Für wie toll hält er sich?«

Niemand antwortet – obwohl ich hoffe, dass er hier ein Aufnahmegerät hat, damit er die Flut von Obszönitäten aus meinem Mund hören kann.

In den nächsten zwei Minuten stelle ich Rekorde für Fluchen, Anziehen und wie schnell man eine riesige Wohnung durchqueren kann an.

Ein ebenfalls angezogener Nero versperrt die Haustür, als ich gerade gehen will.

»Geh weg«, knurre ich.

»Jemand versucht, einen von uns zu töten«, sagt er,

und sein Gesicht ist so unlesbar, dass er genauso gut eine dieser Masken aus dem Ritual tragen könnte. »Oder hast du das vergessen?«

»Richtig.« Ich komme näher. »Und wenn sie versuchen, *dich* zu töten, bin ich in unnötiger Gefahr, wenn ich hierbleibe.«

Ein Hauch von Gefühl durchbricht die Maske. »Die Limousine ist nicht …«

»Ich kann eine Taxifahrt überleben.« Ich starre ihn an. »Es könnte sogar zu meinem Besten sein, etwas von *dir* nicht zu benutzen.«

»Diese Limousine gehört einer Sicherheitsfirma, die …«

»Ich nehme die Limousine, wenn sie verfügbar ist. Aber das ist sie nicht, also nehme ich ein Taxi.«

Er bewegt sich keinen Zentimeter.

Mit aus Frustration zusammengebissenen Zähnen balle ich meine Hand, um sie in sein Kinn zu schlagen.

Er packt mein Handgelenk, bevor mein Schlag treffen kann. »Ohne Handschuhe wirst du dich mehr verletzen als mich«, informiert er mich kühl.

Schnaubend ziehe ich an meinem eingefangenen Handgelenk, aber er lässt nicht los. »Ich kann nicht hierbleiben«, zische ich.

Er bewegt sich immer noch nicht und lässt auch mein Handgelenk nicht los.

Angespornt von Frustration, kommt mir eine Idee, und ich fange an, langsam zu atmen, während ich mich darauf vorbereite, sie auszuführen.

Die mentale Anstrengung ist auf Augenhöhe mit

dem, was ich in einem Kampf tue, aber endlich schaffe ich es.

Ich erreiche den Leerraum.

# KAPITEL VIERUNDZWANZIG

ICH SCHWEBE zwischen den Formen und genieße es, mich für einige Augenblicke nicht mit Nero beschäftigen zu müssen.

Dann mache ich mit meinem Plan weiter – nämlich eine Vision von mir selbst sicher in meiner Wohnung zu bekommen.

Aber wie?

Das Verweilen auf der Essenz der Wohnung trägt keine Früchte.

Aber was ist, wenn ich mich nur auf eine Person konzentriere, die immer zu Hause ist? Die Zukunft von Menschen zu sehen hat bisher ziemlich gut funktioniert.

Also versuche ich, Fluffsters Essenz zu beschwören.

Ich denke an seine Freundlichkeit, seine Sparsamkeit und vor allem an sein extrem flauschiges Fell.

Eine Reihe von abgerundeten Pyramiden tauchen

auf und spielen Musik, so dass man meinen könnte, sie seien auf Zoloft.

Gut.

Metaphysisch reibe ich meine ätherischen Schweife aneinander und berühre die nächstgelegene Form.

———

»IHR SAGT ALSO, dass Hekima eine wandelnde und sprechende Illusion von Rose geschaffen hat?«, sagt Fluffster mit unverhohlenem Neid. »Alles, was ich auf Felix' Mitschnitt gesehen habe, war, dass er von einem Blatt abgelesen hat.«

Ich fühle, wie sich mein Herz bei der Erinnerung schmerzhaft zusammenzieht. »Klingt, als könnten Illusionisten ihre Tricks nicht über weite Strecken machen«, sage ich.

Fluffsters Ohren hängen herab. Er muss erkannt haben, dass das Thema mich berührt. »Was ist passiert, nachdem Nero dich aus dem Raum getragen hat?«, fragt er.

Ich seufze und beginne eine stark angepasste, jugendfreie Version *dieser* Geschichte und beende sie mit dem riesigen Streit, den ich mit Nero hatte, um ihn dazu zu bringen, mich mit einem Taxi nach Hause fahren zu lassen.

———

ZURÜCK IN NEROS FLUR schaue ich auf seine Hand an

meinem Handgelenk und ziehe noch einmal – erfolglos.

»Ich hatte gerade eine Vision«, knirsche ich hervor. »In dieser Vision ging es mir gut, als ich nach Hause kam.« Ich hebe mein Kinn an. »In dieser Version der Zukunft werden wir einen großen Streit haben, und ich werde dich *zwingen*, mich gehen zu lassen.«

Nero sieht mich verwirrt an und lässt mich endlich los.

»Du weißt, dass ich die Wahrheit sage.« Ich sehe ihm direkt in diese hypnotisierenden Augen. »Warum noch *mehr* Dinge, die wir bereuen werden?«

»Du lügst nicht.« Er geht teilweise aus meinem Weg. »Aber ich kann nicht glauben, dass ich dich ohne die Bestätigung der Vision gehen lassen hätte.«

Ich dränge mich an ihm vorbei und ignoriere den ziemlich heißen Einfluss, den seine Nähe auf mich hat. »Vielleicht unterschätzt du meine Überzeugungskraft«, sage ich, als ich gehe.

Was auch immer er darauf antwortet, ich höre es nicht, weil ich die Tür vor seiner Nase zuschlage.

Als ich das Taxi rufe, wirbeln mir eine Million Gedanken durch den Kopf.

Wie hätte ich auch nur für eine Sekunde denken können, dass Nero und ich alles andere als Chef und Untergebene sein könnten? Haben mich die Hormone völlig verrückt gemacht?

Als ich jedoch im Taxi bin, merke ich etwas Bewusstseinsveränderndes – und Beunruhigendes.

Wenn ich annehme, dass der hypothetische Kampf

mit Nero, den ich in meiner Vision gesehen habe, länger als ein paar Sekunden gedauert hat – was eine gültige Annahme ist –, dann habe ich *dieses* Taxi viel früher gerufen als das hypothetische Taxi in dieser Version der Zukunft.

Das bedeutet, dass ich keine Zusicherung habe, dass dieses Taxi mich sicher nach Hause bringen wird.

# KAPITEL FÜNFUNDZWANZIG

MEIN HERZ SCHLÄGT während der gesamten Taxifahrt, die sich ewig hinzieht.

Großartig. Ich habe Angst, es sei denn, ich bin in einer kugelsicheren Limousine. Jetzt ist es amtlich. Nero hat mich angesteckt.

Mein Telefon klingelt.

Es ist eine Nachricht von Nero.

*Sag mir Bescheid, sobald du zu Hause bist.*

Ich schätze, er hat dasselbe erkannt wie ich – oder er vermisst es einfach, mich herumzukommandieren.

Niemand hat versucht, mich zu töten, als wir vor meinem Haus halten, was mich erleichtert und doch perverserweise enttäuscht.

Es ist nicht nur Nero, der mich nicht will; anscheinend trifft dasselbe inzwischen sogar auf die Möchtegern-Attentäter zu.

Angenommen, sie waren überhaupt hinter mir her.

Doch als ich die neue kugelsichere Wohnungstür erreiche, atme ich erleichtert aus.

Nachdem ich eingetreten bin, nehme ich mein Telefon heraus und schicke Nero eine knappe Antwort.

»Sasha«, sagt Fluffster aufgeregt in meinem Kopf. »Wo sind Felix und der Rest der Gang?«

Ich erkläre ihm, dass ich die Beerdigung früher verlassen habe und dass sie mit der Limousine auf dem Weg nach Hause sind, und dann fahren wir fort, ein ähnliches Gespräch zu führen wie das, das ich in meiner Vision gesehen habe.

»Du solltest dich ausruhen«, schlägt Fluffster vor, nachdem ich ihm alles erzählt habe.

»Gute Idee.« Ich gehe in mein Zimmer und schließe die Tür ab.

Es folgt eine Begegnung mit Copperfield, meinem *Massagegerät*, und später mache ich ein Nickerchen.

---

ALS ICH AUFWACHE, sind Felix und Ariel zurück, wie das laute Gespräch im Wohnzimmer zeigt.

Als ich hereinkomme, sitzt Fluffster auf Ariels Schoß – und die Katze auf Felix'.

»Wo ist Kit?«, frage ich.

Felix wird rot, dann zuckt er mit den Schultern. »Bei Lola?«

»Apropos wiedervereinigte Liebhaber ...« Ariel wackelt lüstern mit den Augenbrauen. »Was ist passiert, nachdem dein Ritter in Hedgefonds-Rüstung dich aus der bösen Burg herausgetragen hat?«

Ich erschaudere und erzähle ihnen die gleiche jugendfreie Version der Ereignisse, die ich Fluffster erzählt habe. Es ist offensichtlich, dass Ariel erkennt, dass an der Geschichte mehr dran ist, aber sie drängt mich nicht vor den anderen.

»Ich habe von Itzel gehört«, sagt Felix, als ich fertig bin. »Sie will so schnell wie möglich einen weiteren Test machen.«

»Wie wäre es mit mir?«, schlage ich vor. »Ich muss nur einen Happen essen, und dann sollte ich wieder fit für Selbstmordeinsätze sein.«

Wir gehen alle in die Küche, um etwas zu essen. Als wir fast fertig sind, merke ich, dass es ein Problem gibt. »Thalia arbeitet für Nero, und ich will nicht, dass er von der Reise in die Otherlands erfährt«, erkläre ich ihnen.

»Wir können uns rausschleichen«, schlägt Felix vor.

»Oder du kannst ihr die Wahrheit sagen«, sagt Ariel. »Ich muss zurück in die Reha, und du wirst mich dorthin begleiten. Du hast erwähnt, dass sie wegen ihres Gelübdes nicht in die Otherlands gehen kann, also wird sie uns nicht nach Gomorrha begleiten.« Sie malt in der Luft Anführungszeichen um die letzten paar Worte.

»Das ist hinterhältig«, sage ich mit fast mütterlichem Stolz. »An dem Tag, an dem wir es ernst meinen, werden wir ihr sagen, dass wir dich in der Reha besuchen wollen. Das läge auch recht nahe an der

Wahrheit, vorausgesetzt, du bist noch bereit, dich uns anzuschließen, was du natürlich keinesfalls tun musst.«

»Ich komme mit«, sagt sie fest. »Besonders jetzt, wo es nicht so aussieht, als würde Vlad sich euch anschießen.«

Ich runzele die Stirn. Ich wollte Vlad eigentlich fragen, ob er mitkommt, aber so, wie er auf der Beerdigung drauf war, glaube ich nicht, dass er für die Reise bereit wäre – weder jetzt noch in absehbarer Zeit.

Kit könnte auch ausfallen – wegen Lola.

»Falls du dir nicht sicher bist«, sage ich, »kannst du deine Meinung jederzeit ändern.«

»Werde ich nicht«, sagt Ariel und beginnt, in der Küche aufzuräumen.

»Wir gehen besser«, sagt Felix, nachdem wir alle Ariel beim Aufräumen geholfen haben.

»Seid aber vorsichtig«, sagt Fluffster mental mit einem mürrischen Unterton.

»Okay, Mom«, sagen Ariel und ich unisono, dann kichere ich.

---

»ITZEL, das ist Ariel. Ariel, das ist Itzel«, sagt Felix, als wir das Labor betreten und die Zwergin uns aufgeregt an der Tür begrüßt.

»Du kommst mir bekannt vor«, sagt Itzel in ihrer Darth-Vader-Manier und schaut Ariel von Kopf bis

Fuß an. »Bist du eine Virtual-Reality-Schauspielerin aus Gomorrha?«

»Nein.« Ariel lächelt ein hollywoodwürdiges Lächeln. »Zumindest noch nicht.«

»Ich verstehe«, sagt Itzel, offensichtlich enttäuscht. »Ich versuche, besser darin zu werden, Gesichter von Nicht-Zwergen zu unterscheiden. Als ich nach Gomorrha kam, sahen für mich alle menschlich aussehenden Cogniti gleich aus.«

»Rassistin«, sagt Felix und lässt es wie ein Niesen klingen.

Itzel gibt kein Zeichen, dass sie ihn gehört hat.

»Du sagtest, du hilfst in der Reha-Einrichtung aus«, sagt Felix, als klar ist, dass sein Kommentar ignoriert wurde. »Vielleicht hast du Ariel dort gesehen?«

»Das kann gut sein.« Itzel kann ihre Augen nicht von Ariels perfekten Gesichtszügen lösen. »Selbst wenn ich dich nur kurz gesehen hätte, du hast die Art von Aussehen, an die man sich erinnert.«

»Danke.« Ariels Lächeln ist spurlos verschwunden.

»Alter«, zische ich Felix ins Ohr. »Der Reha-Kram ist eine Art private Angelegenheit von Ariel. Du kannst nicht jedem davon erzählen …«

»Können wir die Anzüge sehen?«, fragt Felix Itzel mit übertriebener Aufregung.

»Den Anzug«, sagt sie. »Singular. Wenn der Test ein Erfolg wird, werde ich an mehr arbeiten.«

Wir folgen ihr zu dem fraglichen Anzug.

Als wir ihn sehen, pfeift Felix, Ariel keucht, und sogar ich – und ich denke, dass ich schwerer zu beeindrucken bin als die meisten anderen – betrachte Itzels Kunstwerk mit einer gesunden Mischung aus Ehrfurcht und Respekt.

Wenn jemand ein Halloween-Kostüm entwirft und sich nicht zwischen Kosmonaut und Iron Man entscheiden kann, könnte dies das Ergebnis sein. Der Eindruck wird hauptsächlich von der Rückseite des Geräts erzeugt, wo Itzel ihren Kugelblitz in einem flaschenartigen Gerät gefangen hat, das im ganzen Anzug knistert und Energie ausstrahlt.

Es gibt weitere Spielereien rund um das Gerät, aber das zusätzliche Gewicht dürfte kein Problem sein, denn Itzel hat auch hydraulische Servos – oder wie auch immer sie genannt werden – an den Gelenken des Geräts hinzugefügt, wodurch es aussieht wie etwas, wofür das Militär viel Geld bezahlen würde.

»Das soll es leichter machen, schwere Gegenstände zu heben und zu gehen«, erklärt Itzel, als sie bemerkt, dass ich auf das Exoskelett starre.

»Es sieht so aus, als hätte Batman den Anzug getragen, als er gegen Superman kämpfte.« Ariel scheint so aufgeregt wie bei einem meiner magischen Auftritte.

Felix löst seinen Blick vom Raumanzug, um Ariel anzustarren. »Du machst Witze, oder? Wenn überhaupt, dann ist es wie Mark I., der allererste Anzug, den Iron Man bauen lassen hat. Zweifellos war Batmans Outfit stark inspiriert von …«

»Es spielt keine Rolle, wie es aussieht«, sage ich, und weil ich weiß, dass wir, wenn Ariel in ihren

Batman-Abwehrmodus geht, eine Weile hierbleiben könnten. »Das Wichtige ist, dass ich nicht sterbe, während ich ihn trage.«

Die Erinnerung an die gefährliche Reise scheint alle aus den Comic-Welten herauszuholen.

»Lass uns dich vorbereiten«, sagt Itzel und macht die Vorderseite des Anzugs fertig.

Ich lasse mich von ihr anziehen, und trotz aller Extras fühlt sich der Anzug immer noch wie eine Zwangsjacke an.

»Versuch, deine Hand zu heben«, sagt Itzel, als ich ganz in ihm bin.

Ich tue, was sie sagt. Die Motoren wirbeln, die Gelenke knarren – und meine Hand hebt sich viel zu schnell und einfach für die Mühe, die ich mir gebe.

Bevor mich jemand auffordert, mache ich einen Schritt.

Wie bei der Armbewegung machen die von Itzel in den Anzug eingebetteten Motoren meinen Schritt unnatürlich leicht und einfach. Deshalb walze ich wie ein hyperaktives Kind nach einem Beutel kokaingetränkter Süßigkeiten durch das Labor.

»Das die ganze Zeit zu tragen würde mich faul machen«, sage ich, als ich aufhöre. »Aber ich finde es fantastisch.«

»Jetzt, wo du dich eingelebt hast, bringen wir dich zum Tor«, sagt Itzel und strahlt vor Stolz. »Ich bleibe hier, um deine Kräfte nicht zu beeinträchtigen.«

Ariel und Felix bringen mich zum Tor im Drehkreuz.

Ich stelle mich ihm und gebe mein Bestes, um in den erforderlichen psychischen Zustand zu gelangen. Aber da ich weiß, was das letzte Mal passiert ist, wird es zu einem schwierigen Projekt, mich davon zu überzeugen, in diesen höllischen Ort eintreten zu wollen.

Es dauert eine gute halbe Stunde, bis ich in den Leerraum komme.

Hm.

Die Visionen, die mich umgeben, fühlen sich sicher an.

Entweder habe ich mein Ziel verfehlt, mich selbst davon zu überzeugen, durch das Tor zu gehen, oder ich sterbe nicht in diesem neuen und verbesserten Anzug.

Ich zucke metaphysisch mit meinen nicht existenten Schultern, berühre die Form, die am verlockendsten aussieht, und bereite mich auf das Schlimmste vor.

# KAPITEL SECHSUNDZWANZIG

MEINE SCHRITTE SIND SO LEICHT wie die eines Astronauten auf dem Mond, als ich in den leuchtend gelben Schimmer des Tores stolziere.

Als ich auf die andere Seite komme, ist die postapokalyptische Landschaft dieselbe – ein zerstörter Themenpark.

»Hier kommt noch ein kleiner Schritt für eine Frau«, kann ich mir nicht verkneifen zu sagen, während ich vorwärts gehe.

Niemand antwortet.

Der Boden unter meinen Füßen ist wieder mit Schleim bedeckt.

Die Vorrichtung um mich herum leuchtet schwach mit der gleichen Energie wie der von Itzels Kugelblitz. Ich schätze, sie erzeugt eine Art Kraftfeld um mich herum – was ermutigend ist.

Ich atme Raumanzugluft ein.

Diesmal kein seltsamer Geruch.

Ich atme beim Gehen aus. Schritt für Schritt scheint es mir gut zu gehen.

Die Statistiken in meinem Blickfeld verhalten sich so, wie sie sollten: Die Außenseite ist immer noch giftig und radioaktiv, aber es gibt keine Penetration – Itzels Wortwahl, nicht meine.

Zu begierig für jemanden, der erst kürzlich gefallen und an fast genau dieser Stelle gestorben ist, eile ich zu dem Tor, das mein Ziel ist … und schaffe den ganzen Weg, ohne Bauchschmerzen zu bekommen oder gar außer Atem zu geraten.

»Großartig«, sage ich laut. »Mal sehen, ob ich das überlebe, was hinter Tor Nummer zwei wartet.«

Ich betrete aufgeregt das nächste Tor.

---

»ES HAT FUNKTIONIERT«, sage ich, sobald ich mich neben meinen Freunden wiederfinde. »Ich habe es problemlos geschafft.«

Sie – und Itzel durch das Headset – überschütten mich mit Fragen. Ich beschreibe geduldig die Geschwindigkeit meines Gehens, die Umgebungswerte und sogar meine Stimmung beim Gehen.

»Was ist mit dem nächsten Otherland?«, fragt Felix, als es eine Pause im Verhör gibt. »Was hast du da gesehen?«

»Die Vision war zu Ende«, sage ich. »Also habe ich keine Ahnung.«

»Kannst du es noch einmal versuchen?«, fragt Itzel in meinem Headset. »Obwohl ich den Anzug ziemlich vielseitig gemacht habe, wäre es trotzdem schön, sicher zu sein, dass er die nächste Umgebung überstehen kann.«

Sie hat recht, also versuche ich das Ganze noch einmal und finde es diesmal viel einfacher, mich selbst davon zu überzeugen, in *das Tor* zu gehen.

Im Leerraum angekommen, treffe ich auf fast identische, sicher wirkende Formen wie beim letzten Mal, was gut ist.

Ich zoome heraus, um sicherzugehen, dass ich eine längere Sicht habe, aber nicht so lange, um meinen wöchentlichen Vorrat an Sehersaft in einem Zug aufzubrauchen.

Das Joggen durch die giftige Ödnis ist diesmal genauso sicher wie das letzte Mal, aber die Sicht stoppt an der gleichen Stelle wie beim letzten Mal, als ich das nächste Tor betrete.

»Vielleicht ist es schwer, eine Vision zu haben, die zu viele Universen umfasst?«, fragt Ariel, nachdem ich es ihr gesagt habe.

»Angenommen, die Otherlands *sind* Universen«, murmelt Itzel leise vor sich hin. »Soweit wir wissen, könnten es Planeten in einem sehr großen Universum sein.«

»Und was jetzt?«, frage ich, als wir anfangen, zurück ins Labor zu gehen. »Wann können wir diese Reise antreten?«

»Nun«, sagt Itzel, »wenn wir den Test als Erfolg

betrachten – was ich glaube –, dann kann ich in ein paar Tagen oder so mehr Anzüge machen.«

»Kannst du sie schneller herstellen?«, fragt Felix.

»Ich arbeite nicht gut unter Stress und Druck«, sagt Itzel. »Und wenn es um die Anzüge geht, willst du nicht, dass ich es überstürze, vertrau mir.«

»Einverstanden, keine Eile«, sage ich. »Bitte mach noch einen zusätzlichen Anzug für meinen Vater. Wenn wir ihn retten, wird er ihn brauchen, um mit uns zurückzukommen.«

»Natürlich«, sagt Itzel. »Wie klingt Samstagmorgen? Würde dir das passen?«

»Samstag passt mir gut«, sagt Ariel, als wir das Labor betreten. »In der Reha ist am Wochenende sowieso nicht viel los.«

Ich ziehe meinen Helm aus und sage: »Wenn wir bis zum Wochenende warten müssen, kann es dann später Sonntagnachmittag sein? Dann könnte ich diese Woche noch an der Einführung teilnehmen.«

»Das passt mir hervorragend«, meint Felix, ohne mir oder Ariel in die Augen zu sehen. »Ich bin Samstag mit Maya zum Mittagessen verabredet, und ich würde ihr nur sehr ungern absagen.«

Ich schäle mich aus dem Anzug und werfe einen Blick auf die grinsende Ariel. Sie ist offensichtlich kurz davor, Witze über die Jungfräulichkeit zu machen, entweder auf Mayas oder auf Felix' Kosten.

Auch Felix muss das erkannt haben, denn er wirft Ariel präventiv einen bösen Blick zu. »Wir bringen dich besser zur Reha«, sagt er. »Falls Thalia Nero etwas über unseren heutigen Ausflug verrät und er Sasha deswegen befragt, kann sie seinen Lügendetektortest bestehen.«

»Meine Hinterhältigkeit färbt eindeutig auf euch ab.« Ich grinse. »Gehen wir.«

———

DIE REISE durch Gomorrha ist genauso faszinierend wie jedes andere Mal.

Es ist Tag, so dass der feuer- und brimmsteinähnliche Nebel nicht am Himmel zu sehen ist, aber die weitläufige und unendliche Metropole ist genauso fantastisch wie in der Nacht.

Vielleicht noch mehr.

Das Gefühl, in einem lebenden und atmenden Cyberpunk-Film zu sein, überkommt mich, als wir in dem selbstfahrenden futuristischen Auto unterwegs sind. Allerdings sind es nicht nur die ausgefallenen Technologien und die futuristische Kleidung, sondern auch die Bewohner von Gomorrha, die aus einer Vielzahl von Formen, Größen und Farben von Cogniti bestehen.

Wenn Hollywood-Regisseure durch die Tore reisen könnten, würden sie hier Filme wie *Ghost in the Shell* und *Blade Runner* drehen – obwohl sie wohl mehr menschlich aussehende Statisten einstellen müssten.

»Danke, dass du mich mitgenommen hast«, sagt Ariel und reißt mich aus dem Gaffermodus. »Ich weiß, es war, um Nero zu täuschen, aber es ist trotzdem schön.«

»Nicht nur, um Nero zu täuschen«, sagt Felix. »Das ist ein Bonus.«

»Wir können dich am Sonntag abholen.« Ich drücke beruhigend ihre Schulter.

»Nein«, sagt sie. »Besser, ich treffe euch im Labor.« Sie schaut sich in der Lobby der Reha-Einrichtung um. »Wir wissen nicht, wie lange dein Ausflug, um deinen Vater zu holen, dauern wird, aber wenn wir Glück haben, könnte es so lange dauern wie die Reise hierher. Dann würden Thalia und Nero nichts mitbekommen.«

»Da Felix die dumme Limousine nicht überallhin mitnehmen muss, kann er dich abholen, während ich bei der Einführung bin«, sage ich. »Ich treffe euch beide danach im Labor.«

»Das ist eine tolle Idee«, sagt Felix. »Lass uns das machen.«

Ariel sieht auch glücklich aus, also umarmen und verabschieden wir uns.

Während ich auf unserer Rückreise auf alle Wunder von Gomorrha starre, beschließe ich, dass Hollywood hier auch Filme wie *Das fünfte Element* drehen könnte. Es würde nicht so viel Make-up erfordern, um Elfen, Zwerge, Orks und dergleichen wie Außerirdische aussehen zu lassen, da sie es sowieso schon sind.

Ich bin von allem so fasziniert, dass ich ein wenig enttäuscht bin, als wir den Wolkenkratzer mit dem Drehkreuz oben erreichen. Aber ich muss zurück. Wir wollen nicht, dass Thalia – und damit Nero – misstrauisch wird.

Als wir zur Erde zurückkehren, bringen wir Itzel über den endgültigen Plan auf den neuesten Stand und lassen uns von Thalia nach Hause fahren.

Dann informieren wir Fluffster beim Abendessen über alles.

»Gehst du morgen zur Arbeit?«, fragt er, als wir aufräumen. »Ich wette, Nero wird das von dir erwarten.«

»Ich will nicht, aber ich werde es tun.« Ich sortiere einen Teller mit so viel Kraft in die Geschirrspülmaschine ein, dass er fast zerbricht. »Ich will ihm keine Ausreden geben, um unsere Sonntagspläne zu stören.«

»Das ist klug.« Fluffster bläht seinen Schwanz auf. »Also, wie wäre es, wenn wir uns *Der Brillantenarm* ansehen? Das ist eine alte sowjetische Komödie, die lustig ist, auch wenn man die Handlung wie immer vorhersehen kann. Am wichtigsten ist, dass dein Russisch jetzt gut genug ist, um sie zu verstehen.«

---

AM NÄCHSTEN MORGEN lässt Thalia mich nicht einfach am Eingang des Gebäudes aussteigen, sondern fährt die Limousine auf den Parkplatz.

»Hat er dich gebeten, mich zu meinem Schreibtisch zu begleiten?«, frage ich und schaue sie misstrauisch an.

Sie schüttelt den Kopf, und ein Lächeln spielt auf ihren dünnen Lippen, als sie ihr Telefon herausnimmt und tippt:

*Nero will, dass wir dein Kampftraining wieder aufnehmen.*

Ich erschaudere.

Das muss sie bemerkt haben, denn sie tippt:

*Falls du unkooperativ bist, soll ich dich mit doppelter Anrechnung des Arbeitspensums locken, hat er mir gesagt.*

Sie zwinkert mir zu und schreibt:

*Ich tue gerne so, als wärst du unkooperativ, wenn du willst.*

»Danke.« Ich grinse sie breit an. »Ich weiß das wirklich zu schätzen.«

Mein Schritt ist beinahe federnd, als wir bei der Matte in der Turnhalle ankommen.

Thalia beginnt das Training weniger brutal als sonst, aber dann verstärkt sie es weiter, bis ich wie ein Hyperhidrosekranker in einem Football-Maskottchenanzug schwitze.

In einer Banya.

In der Hölle.

Dennoch stört mich das heutige Training wegen seiner therapeutischen Wirkung nicht. Ich fantasiere jedes Mal davon, Nero zu schlagen, wenn ich Thalias Handschuhe treffe. Außerdem … je länger das Training dauert, desto länger muss ich mich ihm nicht stellen.

Als der Boden durch meinen Schweiß eine Rutschgefahr darstellt, meint Thalia, dass es reicht.

Ich dusche und ziehe mich um, aber anstatt in mein

Büro zu gehen, schaue ich in der Cafeteria vorbei, um etwas zu essen.

Dann, als ich es nicht mehr aufschieben kann, gehe ich in den obersten Stock.

Obwohl ich *weiß*, dass er gehört hat, wie sich die Aufzugstüren öffneten – und vielleicht auch meinen hektischen Herzschlag –, schaut Nero nicht von seinem Computer auf.

Natürlich.

Er tut so, als hätte sich nichts geändert.

Wie reif.

Als ich zu meinem Büro gehe, schaut Jason – der Venessa-Ersatz – auf und schenkt mir ein freundliches Lächeln.

Ich überlege kurz, mit ihm zu flirten, um zu sehen, ob das Nero dazu bringen würde, mich zu bemerken, aber entscheide mich dagegen. Wenn mein Flirten Nero auch nur ein wenig eifersüchtig machen würde, könnte Jason gefeuert werden. Oder in einem wirklich extremen Szenario muss ich vielleicht noch einmal duschen, um Jasons zerfetzte Eingeweide von mir zu entfernen – und das wäre nicht ideal.

Wenn ich zu oft dusche, wird meine Haut viel zu trocken.

Eine E-Mail von Nero wartet in meinem Posteingang.

Ich starre ihn durch die Glaswand, die unsere Büros trennt, an, aber er schaut nicht auf.

Ich luge auf den Bildschirm und lese die E-Mail.

Nero will, dass ich ein paar Aktien recherchiere.

Gut.

Ich tue das, bis der Computerbildschirm vor meinen Augen verschwimmt und mein Magen grummelt. Dann schicke ich Nero meine Ergebnisse per E-Mail und überprüfe, ob er dadurch aufschaut.

Nein.

Nun, zumindest können wir so tun, als würde er mich nicht früher gehen sehen.

Ich fahre meinen Computer herunter und gehe mit einem selbstbewussten Schritt nach draußen.

Ich benutze das Konzept der Spiegelung aus meiner Trickkiste, als ich einen Blick auf Neros Büro über die reflektierende Tür des Aufzugs werfe.

Er sieht immer noch nicht in meine Richtung.

Jason hingegen betrachtet mich mit einer Bewunderung, die für die Arbeit unangemessen ist.

Das könnte auch der Grund dafür sein, dass er nicht mehr hier ist, als ich am nächsten Morgen hereinkomme.

An seiner Stelle sitzt die netteste alte Dame, die ich je gesehen habe.

»Es ist schön, dich kennenzulernen, Barb.« Ich schüttele ihre faltige Hand. »Ich hoffe, es gefällt dir hier.« Ich schaue Nero pointiert an, aber seine Nase ist wieder einmal auf seinen Bildschirm gerichtet.

Als ich an meinen Schreibtisch komme, finde ich in meinem Posteingang wie erwartet eine E-Mail mit der Bitte um weitere Aktienanalysen.

Nachdem ich von der Arbeit müde geworden bin, gehe ich in den Leerraum und schaue nach Vlad. Ich finde ihn immer noch kämpfend auf diesem Platz in der Arena.

Wenn er in ein paar Monaten immer noch dabei ist, muss ich einen Weg finden, ihm zu helfen, auf eine weniger gewalttätige Weise zu trauern.

Irgendwie.

Ich fahre mit der Recherche von Aktien fort, und nutze dann meine Visionen, um auf Kit zuzugreifen – und bedauere es sofort.

Es gibt *einen Blick darauf werfen*, und dann gibt es das, was ich gesehen habe.

Als ich die Vision verlasse, räuspere ich mich und blicke mit ertapptem Gesichtsausdruck auf Barb und Nero. Ich fühle mich wie der Typ, der beim Pornoschauen bei der Arbeit erwischt wird.

Anscheinend werden Kit und Lola in naher Zukunft eine geile Zeit in der Badewanne haben. Kit wird nicht nur einen, sondern vier Tentakel-ähnliche Phallusse hervorbringen, und Lola wird die kreativsten Anwendungen für jeden von ihnen finden.

Arme Kit. Sie wird eindeutig wieder in der Reha landen, wenn das so weitergeht. Ich wünschte, ich könnte ihr helfen, aber ich wüsste nicht einmal, wo ich anfangen sollte.

Für den Rest des Tages benehme ich mich wie ein perfekter Mitarbeiter und bleibe sogar lange.

Nero schaut weder auf, als ich gehe, noch als ich am nächsten Morgen wiederkomme.

Der Rest der Arbeitswoche vergeht ereignislos, bis

ich am Freitag um 16.59 Uhr, als ich gerade dabei bin, zu gehen, eine E-Mail von Nero erhalte.

*Ich möchte, dass du die beigefügte Liste der Aktien für meine Montagmorgen-Konferenz recherchierst.*

»Im Ernst?«, schreie ich und starre ihn durch die Glaswand an.

Er schaut wie immer auf seinen Monitor.

»Ist dir klar, dass du verlangst, dass ich am Wochenende arbeite?«, sage ich laut.

Warum tut er mir das an? Gibt es wirklich eine Konferenz, oder will er mich am Wochenende im Auge behalten? Oder – und das ist beängstigend – hat er Wind von meinen Wochenendplänen bekommen und versucht, sie auf diese Weise zu vereiteln?

Könnte Kit über die Karte geplaudert haben? Hat Nero wieder Überwachungsgeräte in mein Leben gebracht?

Nein. Wenn er es wüsste, würde er mich in den Keller sperren, anstatt subtil vorzugehen.

Vielleicht.

Eine weitere E-Mail erreicht meinen Posteingang.

*Tue das für mich, und ich werde den Rest des Arbeitspensums, das du mir von der anderen Woche schuldest, tilgen.*

Ich murmele Flüche vor mich hin, als ich die Liste der Aktien öffne.

Das wird etwa eineinhalb Tage Arbeit sein – was nicht so schlecht für die gottlose Anzahl von Stunden ist, die ich ihm noch *schulde.*

*Okay. Ich bin dabei, Boss,* schreibe ich zurück.

Dann benachrichtige ich Felix, dass ich heute spät nach Hause komme und beschließe, eine Nacht durchzuarbeiten, um sicherzustellen, dass mein Sonntag frei bleibt.

Ein paar Aktien später, gegen 19 Uhr, bietet Barb an, mir ein Abendessen zu besorgen – ein Angebot, das ich dankbar annehme.

Nachdem sie das Essen geholt hat, schaut sie mich und Nero an, schüttelt missbilligend den Kopf und macht Feierabend.

Ich esse die frittierten Leckereien, die sie für mich besorgt hat und arbeite unermüdlich an den Aktien.

Um Mitternacht fange ich an zu denken, dass Nero heute auch nicht nach Hause geht.

Am Morgen weiß ich es ganz sicher.

Arbeitet er freitags immer die ganze Nacht oder war dies ein besonderer Anlass?

Zum Frühstück mache ich eine Pause und hole mir genug Espresso, um zwei Zebras, eine Giraffe und ein Pferd zu töten, und arbeite dann mit trüben Augen und einem säuerlichen Gefühl im Magen weiter.

Ich kann nicht anders, als zu bemerken, dass Nero keine Pause macht, um zu essen – es sei denn, er hat sich heimlich so etwas wie einen Energieriegel reingeschoben, als ich nicht hingesehen habe.

Am Samstagmittag bin ich endlich fertig. Ich schicke die Ergebnisse meiner Recherchen per E-Mail an Nero und bereite mich darauf vor, nach Hause zu gehen, um ohnmächtig zu werden.

Eine weitere E-Mail kommt in meinem Posteingang an, als ich aufstehe.

Ich habe fast Angst, hinzuschauen, aber tue es trotzdem.

*Komm in mein Büro,* steht im Betreff der E-Mail. Meine Herzfrequenz steigt an, und ich lese die eigentliche Nachricht.

*Wir müssen reden.*

# KAPITEL SIEBENUNDZWANZIG



Dieser schreckliche Gedanke kreist durch meinen Kopf, immer und immer wieder.

Wenn ich ihn sehe, wird er mir die Informationen vorhalten und mich dann in der Kellerzelle einschließen, bis die Kobe-Kühe nach Hause kommen, um ihr Bier zu trinken und ihre Massagen zu genießen.

Ich atme tief durch, dann noch einmal.

Als ich ruhiger bin, merke ich, dass ich eine Möglichkeit habe, zu wissen, was er will, ohne tatsächlich in sein Büro zu gehen.

Natürlich.

Ich kann eine Vision davon haben, was passieren wird, wenn ich gehe.

Wenn er wirklich beabsichtigt, mich einzusperren, kann ich versuchen, davonzulaufen – aber wie das ausgehen wird, kann sich jeder denken. Selbst wenn ich es bis zum Aufzug schaffe, kann er den Trick anwenden, bereits unten zu sein, wie an dem Tag, an dem er Venessa gefeuert hat.

Ich schließe die Augen und suche den Leerraum auf.

Dass ich erfolgreich bin, ist ein Beweis dafür, wie gut ich in diesem Prozess werde. Fast mühelos schwebe ich im nächsten Moment zwischen den Formen.

Und die Formen um mich herum sind hauptsächlich beängstigend, was seltsam ist. Plant Nero, meine Füße abzuschneiden, anstatt mich nur in einer Zelle einzusperren?

Aus krankhafter Neugierde strecke ich mich nach der unheimlichste Form aus und falle in eine Vision.

---

ALS ICH ZU Neros Büro gehe, erinnere ich mich an die altehrwürdige Piraten-Tradition, die Opfer zu zwingen, *über die Planke zu gehen.*

Als ich hereinkomme, schaut Nero zuerst nicht einmal auf.

Als er schließlich den Kopf hebt, zeigen seine blaugrauen Augen keinen Hauch von Emotion.

Ich *weiß*, dass alles, was er gleich sagen wird, schlechte Nachrichten sind. Es gibt keinen Zweifel mehr daran.

Die Zeit scheint sich zu verlangsamen.

Er sagt: »Das wird nicht geschehen.«

Ich taumele zurück. Er weiß es. Irgendwie hat er es herausgefunden. Er wird mich davon abhalten.

»Nicht noch einmal«, beendet er seinen Satz.

Warte.

Was?

Er sagte *noch einmal*.

Aber das bedeutet, dass ich das alles falsch verstanden habe.

Er redet *nicht* über meinen Sonntagsausflug. Hier muss es um unsere Begegnung in seiner Wohnung gehen.

Obwohl ich erleichtert sein sollte, trifft mich diese Erkenntnis wie ein Schlag – und ich weiß nicht, warum.

Weil er recht hat.

Wir sollten *das* nicht noch einmal machen.

Aber wenn ich das wirklich glaube, warum fühlt sich meine Brust dann so hohl an?

»Ist das alles?«, zwinge ich mich zu sagen, und ich bin stolz darauf, wie ruhig ich die Frage stelle.

Nero nickt. Er sieht aus, als wolle er gleich etwas anderes sagen, als sein Blick auf etwas hinter mir fällt.

Ich drehe mich rechtzeitig um, um eine Frau aus dem Aufzug steigen zu sehen.

Sie trägt eine UPS-Uniform, die nicht anders ist als die, die ich einmal für einen Effekt gestohlen habe.

Es ist keine Überraschung, dass sie ein großes Paket dabeihat. Jemand hat sie eindeutig für eine Samstagslieferung bezahlt.

Sie winkt uns zu und kommt auf uns zu.

»Hast du etwas bestellt?«, fragt Nero mich mit vor Sorge gerunzelter Stirn.

»Nein.« Ich blicke mit großen Augen auf ihn zurück. »Hast du?«

»Duck dich!«, schreit Nero und springt auf.

Ich habe nicht einmal die Chance, seinem Befehl zu folgen. In einem Moment stehe ich, im nächsten liege ich unter Neros muskulösem Körper auf dem Boden.

Bevor ich seinen Duft einatmen oder verarbeiten kann, wie ich über seine Nähe denke, explodiert das Paket.

Zumindest nehme ich an, dass das passiert, als mein Universum mit einem ohrenbetäubenden Knall auseinanderbricht und brennende Schmerzen meinen ganzen Körper umhüllen.

# KAPITEL ACHTUNDZWANZIG

ICH KOMME aus der Vision zurück und befinde mich wieder in meinem Büro.

Ich sprinte zur Tür.

»Ich hatte eine Vision!«, schreie ich aus vollem Hals. »Eine UPS-Frau wird gleich aus unserem Aufzug kommen und uns in die Luft jagen.«

Nero springt auf. Wie ich vermutet hatte, kann er mich leicht durch die Glaswände hören, und seine Wahrsagerei muss ihn erkennen lassen, dass es sich nicht um einen perversen Trick handelt, um *das Gespräch* zu vermeiden.

»Zum Fenster«, knurrt er mich so bösartig an, dass ich nicht anders kann, als zu gehorchen.

Bevor ich mich umdrehe, sehe ich ihn etwas aus der Ecke seines Büros holen und es sich wie einen Rucksack um die Schultern legen.

Ich renne so schnell ich kann zum Fenster, und ich

höre das Geräusch von Glas, das in Neros Weg zerbricht.

Als ich am Fenster ankomme, schaue ich zurück.

Nero bewegt sich zu schnell, als dass ich ihn mit bloßem Auge verfolgen könnte, aber wenn man all die winzigen Glasscherben zwischen seinem Büro und dem Aufzug betrachtet, hat er sich nicht die Mühe gemacht, irgendwelche Türen zu öffnen.

Bevor ich blinzeln kann, erreicht er sein Ziel.

Seine Hände werden krallenartig, als er die Aufzugstüren halb einschneidet, halb packt.

Mit weit aufgerissenen Augen sehe ich, wie seine Finger in das Metall greifen, als sei es Lehm, und die Türen in ein funktionsunfähiges Durcheinander verwandeln.

Okay, also werden sich die Türen nicht öffnen. Wird das ausreichen, um die Explosion einzudämmen?

Ich bin kein Sprengstoffexperte, aber ich habe starke Zweifel.

Dann fliegt Nero mit der gleichen verschwommenen Geschwindigkeit auf mich zu.

Ich schlucke, als Nero mich in eine stählerne Umarmung nimmt und hinter mir durch das Fenster schlägt.

Glasscherben regnen hinunter, als ich eine Ahnung davon bekomme, was er vorhat.

Um meine schlimmsten Ängste zu bestätigen, umfasst er mich fester und springt aus dem Fenster.

## KAPITEL NEUNUNDZWANZIG

FÜR EINE SEKUNDE sind wir im freien Fall. Dann reißt Nero an seinem Rucksack, der sich öffnet und in einen schwarzen Fallschirm verwandelt.

Steht er auf Basejumping – oder hat er sich nach dem Hubschrauberunfall entschieden, besser immer einen Fallschirm mit sich herumzutragen?

Der Windwiderstand verlangsamt unseren Abstieg sofort, und schließlich geht die Bombe hoch.

Der Knall vibriert durch meine inneren Organe und zerstört mein Trommelfell.

Glas-, Metall- und Betonscherben regnen auf uns herab, und ich bete, dass sie nicht durch den Stoff schneiden.

»Der Aufzug hat einen Teil des Aufpralls absorbiert«, haucht mir Nero ins Ohr. »Ich habe dich. Es wird alles gut werden.«

Seine beruhigenden Worte tun wenig, um mein Zittern zu unterdrücken.

Obwohl es meine Fantasie sein mag, höre ich ihn auch leise vor sich hin murmeln: »Wenn ich sie finde, wird derjenige, der dahintersteckt, sich wünschen, nie geboren worden zu sein.«

Wir landen auf einem gelben Taxi, mitten auf der Straße.

Erschrockene New Yorker sehen uns an, als ob wir Außerirdische wären, die im Begriff sind, die Anführer der Menschheit aufzusuchen.

Eine Limousine hupt und überfährt fast ein paar der verblüfften Leute, bevor sie durchgelassen wird.

Nero schnallt sich den Fallschirm ab und schiebt mich in die Limousine.

Ich lasse mich von ihm hineinsetzen und sage nichts, als er den Sicherheitsgurt über meine Brust legt.

»Sie steht unter Schock«, sagt er ernst zu Thalia. »Bring sie nach Hause. Ich werde die Schadensbegrenzung übernehmen.«

»Warte«, sage ich und suche verzweifelt nach dem Anschein von Vernunft. »Es gibt da etwas, das ich dir sagen wollte. Etwas Wichtiges.«

Nero sieht mich mit unverhohlener Überraschung an, und seine Limbusringe sind außer Kontrolle.

»Was bei dir zu Hause passiert ist, darf nie wieder passieren«, sage ich. »Wir müssen die Dinge in Zukunft professioneller handhaben.«

So. Das ist es, was er in meiner Vision wollte, aber es ist weniger verheerend, wenn ich es selbst sage.

Zumindest in der Theorie.

In der Praxis bedauere ich die Worte, als sie meinen Mund verlassen.

Er sieht aus, als hätte ich ihn gerade geschlagen.

Nein, das muss der Schock der Explosion sein. Es ist unmöglich, dass Nero durch meine Ablehnung verletzt sein würde – nicht, wenn er im Begriff gewesen war, mir dasselbe anzutun.

»Wenn es das ist, was du wirklich willst«, murmelt er.

Thalia räuspert sich.

»Fahr«, sagt Nero ihr, und der Chef kehrt mit Nachdruck in seine Stimme zurück. »Schick mir eine Nachricht, sobald sie sicher zu Hause ist.«

Thalia tut, was ihr gesagt wird, und ich brauche die ganze Fahrt nach Hause, um meine abgehackte Atmung auszugleichen.

Als ich die Wohnung betrete, begrüßen mich Felix, Fluffster und Maya an der Tür mit unterschiedlich großer Sorge auf ihren Gesichtern.

Warte, *Maya*? Oh, ja, Felix hat etwas über ein Mittagessen erwähnt.

Sie ist hier, weil sie ein Date haben.

»Erzähl uns alles«, sagt Fluffster, als Felix und Maya mich zum Küchentisch schieben und ein paar Leckerbissen auf meinen Teller legen.

Ich erzähle meine Geschichte, bei der ich für Maya weiter ausholen muss.

»Wenn Nero ein Stück der Bombe bekommen kann, kann ich vielleicht mit meiner Psychometrie sagen, zu wem sie gehört«, sagt Maya, als ich fertig bin.

Ich schenke ihr ein müdes Lächeln. »Das wäre toll. Ich danke dir.«

»Ich bin nicht mehr gegen diese Reise in die Otherlands«, sagt Fluffster in meinem Kopf. »Bei all diesen Aktivitäten bist du vielleicht sogar sicherer weit *weg* von der Erde.«

»Ich stimme dir zu«, sagt Felix. »Wenn wir Glück haben, wird Nero, bis wir zurückkommen, denjenigen gefunden und vernichtet haben, der versucht, dich zu töten.«

»Es tut mir leid, dass ich dein romantisches Essen ruiniert habe.« Ich untersuche bedauernd die Pilz-Julienne und das Kartoffelpüree mit Sauce – Felix' mutiger Versuch, das Herz von Maya über ihren Magen zu erobern. »Ich lasse euch jetzt wieder in Ruhe«

»Oh nein, bitte. Wir sind nur froh, dass es dir gut geht.« Maya legt eine kleine Hand auf meinen Unterarm.

»Ja, rede keinen Unsinn«, sagt Felix.

»Ich brauche sowieso etwas Schlaf«, sage ich und gähne auffällig. »Schlaflose Nacht, Lebensmittelkoma, Adrenalinschock und so weiter.«

Sie führen mich zu meinem Zimmer und machen Aufhebens um mich, bis ich alle hinausschmeiße – mit Ausnahme von Fluffster.

Ich umarme meinen flauschigen Domovoi an meiner Brust und falle in den tiefsten und traumlosesten Schlaf meines Lebens.

———

»SASHA«, sagt eine bekannte Stimme in meinem Kopf. »Du wirst die Einführung verpassen.«

Ich öffne erst ein Auge, dann das andere.

Als ich auf die Uhr schaue, sehe ich, dass die Stimme in meinem Kopf recht hat.

Wenn ich jetzt nicht aufstehe, werde ich es nicht rechtzeitig zum Unterricht schaffen.

»Felix hat die Reste von gestern aufgewärmt«, fährt Fluffster, der Besitzer der Stimme in meinem Kopf, fort. »Beeil dich, in die Küche zu kommen.«

Ich beeile mich mit meiner »Morgen«-Routine und verschlinge das Essen, während Felix und Maya amüsiert zuschauen.

Hat sie hier übernachtet? Nein, kann nicht sein. Sie hat Eltern, die so etwas nicht zulassen würden, und sie trägt nicht die gleiche Kleidung. Sie muss wiedergekommen sein, und ich habe einfach alles verschlafen.

Dennoch verbringen diese beiden immer mehr Zeit miteinander – was bedeutet, dass Felix und ich vielleicht darüber reden müssen, was ich mit ihm machen würde, wenn er ihr winziges Herz bricht. Und vielleicht ein Gespräch mit Maya über Felix' Herz.

Thalia wartet unten. Nicht zum ersten Mal frage ich mich, ob sie im Auto schläft. Das wäre möglich. Ein hartes, karges Leben ist das Hobby der Nonne.

Die Fahrt zur Einführung ist ereignislos, und als Maya und ich das Klassenzimmer betreten, tut die

Werwolf-Clique so, als würde ich nicht existieren – was wahrscheinlich das Beste ist.

»Du wirst Maya fortan in Ruhe lassen«, flüstere ich und hoffe, dass sie es hören können.

Ohne Blickkontakt herzustellen, nicken sie alle.

Wow.

Ich könnte mich an diese unglaubliche Macht gewöhnen. Es gibt so viele Dinge, die ich von ihnen verlangen könnte, wie das Tragen von schäbigen Outfits oder das Nicht-Rasieren ihrer Beine für ein paar Jahre.

Andererseits habe ich eine Vereinbarung mit Chester getroffen, seine Tochter in Ruhe zu lassen, also muss ich es wohl tun.

Nun, eigentlich habe ich nur gesagt, dass ich sie nicht zum Kämpfen zwingen würde.

Dr. Hekima tritt ein, und alle verstummen.

»Die heutige Vorlesung ist ein Favorit der Studenten«, kündigt er mit einem Lächeln an. »Ich nenne sie ›Fantastische Tierwesen der Otherlands‹, weil wir über die vielfältige Fauna sprechen, die man hinter den Toren findet.«

»Urheberrechtsverletzung?«, flüstere ich Maya zu.

»Aber sicher«, flüstert sie zurück.

Dr. Hekima räuspert sich und wirft uns einen strengen Blick zu.

Ich lasse meinen Blick auf den Schreibtisch fallen, und Hekima sagt: »Zuerst möchte ich, dass ihr versteht, dass mein Ziel für heute darin besteht, eure Vorstellungskraft anzuregen und euren Horizont zu erweitern.« Ich schaue auf und sehe, wie er im Raum auf und ab geht. »Es ist unmöglich, die Anzahl der Kreaturen zu ergründen, die man in den Otherlands findet.« Er bleibt stehen und schaut uns mit strahlenden Augen an. »Tatsächlich könnte ich wahrscheinlich ein paar Jahrhunderte in diesem Raum verbringen, nur um über die Millionen von Tieren, Bakterien und Pflanzen zu sprechen, von denen ihr noch nie gehört habt, obwohl sie in dieser Welt heimisch sind. Da wir nicht so viel Zeit haben, möchte ich nur ein paar Kreaturen erwähnen, die dieser Welt außergewöhnlich fremd erscheinen würden, und einige erwähnen, die interessant sind, weil sie in der menschlichen Mythologie vorkommen – zweifellos wegen der Geschichten, die von den Cogniti erzählt wurden, bevor es das Mandat gab.«

Er hebt die Hände und lässt pulsierende rote Energie auf uns strömen.

Das Klassenzimmer verschwindet, und wir stehen in einem Blumenfeld, das so bunt wie ein Regenbogen ist.

In der Mitte des Feldes steht ein majestätisches kuhähnliches Wesen, das sich auf den zweiten Blick als so seltsam entpuppt, dass die ganze Klasse gemeinsam nach Luft schnappt.

Unzählige Beine, ein Kopf ohne Augen und Ohren, ein Mantel in wechselnden Farben, Tentakel – die Kreatur sieht aus wie etwas, was nur Spezialeffekte oder ein schlechter LSD-Trip hervorbringen sollten.

»Sie werden Moofts genannt und sind die

intelligentesten Pflanzenfresser, denen unsere Art je begegnet ist«, sagt Hekimas körperlose Stimme. »Der Grund, warum ich sie euch zeige, ist, weil ich euch warnen will.« Er erscheint in der Nähe eines Mooft und schaut alle mit einem traurigen Gesichtsausdruck an. »Diese Kreaturen waren auf Gomorrha verbreitet, bevor unsere Art kam, um dort die riesige Stadt zu bauen – und jetzt stehen Moofts kurz vor dem Aussterben, da sie sich als eng mit ihrem Lebensraum verbunden erwiesen haben.«

Er geht auf die Kreatur zu und zeigt auf ihre bunten, mit Fell bedeckten Tentakel. »Dieses Fell ist nicht Teil der Moofts«, erklärt er. »Es ist eigentlich eine andere Kreatur namens Looft.«

Als ich mich dem sanften Riesen nähere, sehe ich, dass das, worauf Hekima hinweist, in der Tat ein eigenständiges Wesen ist, das wie ein verschwommenes Armband aussieht – und es gibt unzählige ähnliche Kreaturen, die jedes der Beine und Tentakel bedecken.

»Die Farbänderungen, die ihr seht, sind auf die Loofts zurückzuführen«, erklärt Hekima. »Sie können die Stimmung ihres Gastgebers erkennen und sie anzeigen – ein Verhalten, das den Moofts hilft, sich zu sozialisieren. Wie ihre Wirte sind dies die intelligentesten Symbionten, von denen ich je gehört habe, und weil ihr Schicksal die Fortsetzung derselben Lektion ist: mit abnehmenden Mooft-Populationen verschwinden die Loofts mit ihnen.«

Ich habe nie bemerkt, dass Dr. Hekima ein

Umweltschützer war, aber das scheint doch der Fall zu sein. Und wenn ich mir die wunderbaren Kreaturen ansehe, kann ich selbst nicht anders, als zu hoffen, dass sie nicht aussterben werden.

»Ich weiß, dass ihr noch nie darüber nachgedacht habt«, sagt Dr. Hekima streng, »aber ihr solltet wissen, dass wir Cogniti nicht besser als Menschen sind, wenn es um Verbrechen gegen die Natur geht.« Er zeigt auf die friedlichen Moofts. »Behaltet das im Hinterkopf, wenn ihr denkt, dass wir das überlegenere Volk sind – oder anderer eugenischer Unsinn.«

Wir sind wieder im Klassenzimmer, und ich weiß nicht, wie es den anderen geht, aber ich fühle mich gleichermaßen gedemütigt und deprimiert.

»Aber verzweifelt nicht«, fährt Dr. Hekima nach einer theatralischen Pause fort. »Einige Arten gibt es in mehr als einer Welt – und bevor ihr fragt: niemand weiß, warum das so ist.«

Er beschießt uns wieder mit seiner Macht, und das Klassenzimmer wird durch eine Waldwiese ersetzt … mit einem zwanzig Fuß großen Tyrannosaurus Rex, der sich mit Hunger in den Knopfaugen über uns beugt.

Obwohl ich weiß, dass das eine Illusion ist, möchte ich schreiend davonlaufen. Ich wusste das vorher nicht von mir, aber ich habe ernsthaft Angst, von einem Dinosaurier gefressen zu werden. Gut zu wissen. Wenn jemand den Jurassic Park wirklich baut, gehe ich definitiv nicht dorthin.

»Es gibt Welten, in denen solche Kreaturen wie

diese herumstreunen«, sagt Hekima. »Und Welten, in denen auch diese leben.« Er verwandelt die Landschaft in einen schneebedeckten Hügel mit einer Herde riesiger Mammuts.

Er zeigt uns weitere auf der Erde ausgestorbene Kreaturen und sagt, dass er persönlich zwar keine anderen Orte kennt, an denen Moofts existieren, sie aber irgendwo da draußen sein könnten.

»Kommen wir nun wie versprochen zu einigen der legendären Kreaturen«, sagt er und zeigt uns einen mir bekannten Riesenvogel. »Das ist ein Roc.« Er verwandelt die Umgebung wieder in etwas, was zunächst wie eine Herde grasender Pferde aussieht – aber wenn man genauer hinsieht, merkt man, dass sie alle ein riesiges Horn in der Mitte ihrer Stirn haben.

»Einhörner«, erklärt Hekima. »Und ihr habt bereits einen Drekavac getroffen«, sagt er, als er uns die alptraumhafte Kreatur zeigt.

Er entfernt das abscheuliche Ding, verwandelt die Landschaft in etwas, was an die feurigen Tiefen der Hölle erinnert, und zeigt auf einen Vogel, der aussieht, als wäre er aus reinem Feuer gemacht. »Nun ist dieser Vogel in vielen menschlichen Mythen zu finden und trägt verschiedene Namen wie Phönix, Feuervogel, Garuda, Simorgh, Paskunji, Anka, Me byi Karmo, Zhu Que und hō-ō.«

Wir kehren ins Klassenzimmer zurück.

»Die Legende vom Phönix lehrt uns die Notwendigkeit des Mandats«, sagt Hekima düster. »Ohne das Mandat konnte unsere Art offensichtlich nicht anders, als jedem Menschen, den sie traf, von den Kreaturen der Otherlands zu erzählen.«

Um seinen Punkt zu unterstreichen, zeigt er uns weitere Märchenwesen, von riesenkalmarähnlichen Kraken bis hin zu Tierhybriden wie dem Greif.

»Das wäre alles für heute«, sagt er, als wir uns wieder im Klassenzimmer befinden. »Hat jemand Fragen?«

Ich hebe die Hand.

»Ja, Sasha«, sagt Hekima und schaut auf seine Uhr.

»Haben all diese Kreaturen die gleiche grundlegende Biochemie wie wir?«, frage ich. »Tragen sie ihre genetischen Informationen zum Beispiel in der DNA?«

»Bei den Kreaturen, die wir studieren konnten, haben wir festgestellt, dass sie es tun«, sagt Hekima. »Aber wenn es um so etwas wie den Feuervogel geht, ist deine Vermutung so gut wie meine.«

Ich hebe wieder die Hand.

Er blickt auf seine Uhr und schaut mich bedauernd an. »Ich fürchte, das wird alles für heute sein«, sagt er. »Warum hebst du dir deine Frage nicht für das nächste Mal auf?«

Ohne auf meine Antwort zu warten, läuft er zur Tür.

Die Teenager um mich herum springen auf und stürmen ihm jubelnd hinterher – alle, außer Maya.

»Lügen«, sage ich zu ihr, als sie ihre Tasche nimmt. »Nächstes Mal habe ich eine Million weitere Fragen, und er wird es genauso eilig haben wie heute.«

»Du musst dich entspannen«, sagt Maya und wirft sich ihre Tasche über die Schulter. »Es ist, als ob du hier bist, um zu lernen oder so – das lässt den Rest von uns schlecht aussehen.«

Ich lache, als wir aus dem Gebäude gehen.

»Wir fahren Maya nach Hause und dann zum Flughafen JFK«, sage ich Thalia, als wir in die Limousine steigen. Die Nonne fängt an, etwas auf ihrem Handy zu tippen, also füge ich vorbeugend hinzu: »Ich will nach Gomorrha, um Ariel zu besuchen.«

Obwohl meine Stimme ruhig klingt, sind meine Muskeln angespannt.

Wenn Thalia meine Lüge durchschaut, wird sie sie an Nero weitergeben, und ich kann mich von unserer epischen Suche verabschieden.

THALIA LEGT ihr Handy weg und beginnt, zu fahren.

Wir setzen Maya ab und nehmen dann den Highway.

Puh. Wir fahren zum Flughafen, nicht zu Neros Versteck.

Ich genieße die Snacks aus der Limousinenbar und zwinge mich dazu, mich zu entspannen.

Dann, als Zugabe, überprüfe ich die Zukunft – und sehe mich selbst auf das Labor im JFK zugehen. Beim Verlassen des Leerraums atme ich erleichtert aus. Die Vision bedeutet, dass ich es definitiv bis dorthin schaffe. Dennoch entspanne ich mich erst dann ganz, als ich das Labor wirklich betrete und sehe, wie Felix, Ariel und Itzel bereits ihre Anzüge tragen.

Zumindest nehme ich an, dass sie das sind – mit den geschlossenen Visieren ist alles, was ich sehen kann, mein eigenes Spiegelbild in der reflektierenden goldenen Schicht.

Der Höhe nach zu urteilen, muss der Anzug, der schwarz gestrichen wurde, Ariel sein – zweifellos dient die Farbe dazu, um ihn eher wie etwas aussehen zu lassen, was Batman tragen würde.

Eine weitere große Person hebt das Visier an, und Felix' Gesicht kommt zum Vorschein. »Sie kann dich durch das Visier nicht hören«, sagt er zum schwarzen Anzug. »Warte, bis sie ihren Helm aufgesetzt hat.«

»Ich bin die Einzige, die so sprechen kann«, sagt die Person mit dem kleineren Anzug mit Itzels Stimme. »Ich habe Lautsprecher auf der Rückseite meines Anzugs.«

»Das passt.« Felix verdreht die Augen.

»Lass deine Waffe neben der deiner Freundin«, sagt Itzel und nickt zum Schreibtisch. »Das Kraftfeld, das meine Macht um den Anzug erzeugt, könnte das Schießpulver in den Kugeln entzünden, und das willst du nicht.«

Ich lasse meine Waffe nur ungern neben der liegen, die sich bereits auf dem Schreibtisch befindet. Irgendwie bin ich nicht überrascht, dass Ariel eine Waffe an einen Ort namens Tranquility gebracht hat. Überraschend ist, dass sie diesen Ausflug nicht abgeblasen hat, als sie erfuhr, dass sie Schatz zurücklassen muss.

»Seid ihr bereit, zu gehen?«, frage ich sie, als ich anfange, mich anzuziehen. »Habt ihr die Karte auswendig gelernt? Habt ihr gegessen und das Badezimmer benutzt? Habt ihr gut geschlafen? Hast du mit deinem Psychiater gesprochen, Ariel? Habt …«

»Wir sind bereit«, sagt Felix mit einem Augenrollen.

»Ich bin ganz aufgeregt«, sagt Ariel in meinem Helm, sobald ich ihn aufgesetzt habe. »Reha kann langweilig sein.«

Felix legt sein Visier wieder ab und murmelt: »Du willst mir sagen, dass Stricken nicht aufregend genug ist?«

»Hoffen wir, dass es auf dieser Reise nicht zu viel Aufregung gibt«, sage ich.

»Ganz meiner Meinung«, sagt Itzel, während sie eine Art Diagnose an meinem Anzug durchführt – was dazu führt, dass der Anzeigebereich meines Visiers wie bei einem Neustart des PCs ein- und ausblendet.

»Los geht's«, sagt sie, als die Anzeige des Visiers wieder normal ist.

»Warte mal«, sage ich. »Ich will sichergehen, dass wir den zusätzlichen Anzug nicht vergessen haben.«

Itzel geht auf Felix zu und macht vor seinem Visier einen Kreis in der Luft.

»Ja, ich bin offensichtlich das Maultier«, meckert er und dreht sich um.

Auf seinem Rücken befindet sich eine rucksackartige Vorrichtung, die viel größer ist als die, die der Rest von uns trägt, und daran ist ein Helm befestigt, der Felix aussehen lässt, als käme ein zusätzlicher Kopf aus seinem Rücken.

»Du wirst das Gewicht nicht einmal spüren«, sagt Itzel und geht zur Tür. »Keiner von uns wird das tun.«

»Was, wenn wir essen müssen?«, frage ich, als wir zum Drehkreuz gehen. »Hast du Proviant dabei?«

»Die Röhre links ist Essen, die rechte ist Wasser«, sagt Itzel, als wir das Drehkreuz betreten.

Ich suche pflichtbewusst nach dem, wovon sie spricht, und versuche, beides zu probieren.

Sofort ziehe ich eine Grimasse. »Igitt. Es schmeckt, als hätte jemand Hustensaft aus Holzspänen und Kreide gemacht.«

»Vielleicht, aber es wird dich am Leben erhalten.« Itzel steuert auf das schicksalhafte gelbe Tor zu. »Wir gehen ja nicht picknicken.«

»Warte mal kurz«, sagt Ariel. »Was machen wir, wenn wir in diesem Ding auf die Toilette müssen?«

»Ich habe ein fortschrittliches Recyclingsystem in den Anzug eingebaut, damit keine Feuchtigkeit oder Nährstoffe verlorengehen«, sagt Itzel. »Einfach …«

»Doppeltes Igitt«, sage ich und will nicht einmal darüber nachdenken.

»Ja«, sagt Felix. »Ich denke, ich sterbe lieber vor Durst und Hunger, bevor ich diesen offensichtlich überdesignten Anzug voll ausschöpfe.«

»Nun, wir wissen, dass es eine bewohnbare Welt da draußen geben wird, wo ihr Vater ist«, sagt Itzel weise. »Die Zimperlichen können bis dahin hungrig, durstig und mit platzenden Blasen und Eingeweiden warten.«

Sie hält neben dem Tor an, und allesamt verstummen wir.

Das war es.

Wir sind dabei, hineinzugehen, diesmal wirklich.

»Ladies first.« Felix zeigt galant auf die plasmaähnliche Oberfläche.

»Angsthase«, sagt Ariel und tritt selbstbewusst ein.

Ich zucke mit den Schultern und gehe ihr nach.

Auf der anderen Seite sieht alles genau so aus, wie es in meiner Vision war.

»Deprimierend«, sagt Ariel. »Erinnert mich an Six Flags in New Jersey, aber nach einem Atomkrieg.«

»Deine Worte werden dem hier nicht gerecht«, sagt Itzel, als sie auftaucht. »Ich wette, es waren Menschen, die das verursacht haben – oder, wenn es Cogniti waren, wette ich, dass es keine Zwerge auf dieser Welt gab.«

»Verdammt«, sagt Felix, als er endlich auftaucht. »Lasst uns sofort von hier verschwinden.«

Da wir das genauso sehen, gehen wir alle zügig über den schleimbedeckten Boden, bis wir das nächste Tor erreichen, und diesmal melde ich mich freiwillig, um als Erste zu gehen – diese ganze Reise ist ja schließlich meine Idee gewesen.

Ich steige vorsichtig im nächsten Otherland aus und schaue mich um.

Ich blinzele zweimal und schaue mich noch einmal um.

Dann schaue ich nach oben, bis sich mein Hals verkrampft.

Dann wieder herum.

»Siehst du, was ich sehe?«, frage ich Ariel, sobald sie auftaucht. »Ich will nur sichergehen, dass Itzels

Techniker es nicht versäumt haben, ein Halluzinogen aus der Außenluft zu filtern.«

»Ich sehe, wie der Horizont nach oben und nicht nach unten geneigt ist«, sagt Ariel in einem ehrfürchtigen Flüstern. »Wenn es nicht das ist, was du siehst, ist mein Trip seltsamer als deiner.«

»Wow«, sagt Felix und schließt sich uns an. »Ich glaube, wir sind auf einer Art Ringwelt.«

Ich weiß, wovon er redet. Statt eines Planeten müssen wir uns auf einer eheringähnlichen Struktur befinden, die sich um einen Stern schlingt – und wir stehen auf der Innenseite des Rings. Das würde die Aufwärtsneigung des Horizonts erklären.

Ich blinzele, als ich mich auf den Stern konzentriere, der dunkler als die Sonne ist, und um den die Struktur kreist.

Definitiv nicht mehr in Kansas.

»Der Ring muss sich drehen.« Felix springt auf und ab. »Durch Zentrifugalkräfte, um die künstliche Schwerkraft hier zu erzeugen.«

Ich springe auch.

Obwohl der Anzug es schwer zu beurteilen macht, denke ich, dass die künstliche Schwerkraft der der Erde ähnlich sein muss, denn der Sprung erfordert etwa so viel Mühe wie damals, als wir unter JFK waren.

Itzel kommt als Nächste aus dem Tor, und wir können sie aufgeregt ausatmen hören, während sie alles aufnimmt. »Das sieht aus wie Zwergentechnik«, flüstert sie. »Hätte ich gewusst, dass ich das sehen würde, hätte ich mich euch kostenlos angeschlossen.«

»Ist das die Welt, die die Torbauer deiner Art gegeben haben?«, fragt Felix. »Ich dachte, es gäbe keine Tore, die zu ihr führen.«

»Nein«, sagt Itzel. »Ich glaube, diese hier wurde danach gebaut, von vertriebenen Zwergen wie mir.«

»Es erinnert mich an die Raumstationen am Ende von *Interstellar*«, sagt Ariel. »Nur größer.«

»Eher wie die Halos in den *Halo*-Videospielen«, sagt Felix und ist immer noch beeindruckt. »Ich dachte, die wären unmöglich stabil zu halten. Wer auch immer die gebaut hat …«

»Zwerge«, sagt Itzel.

»Du weißt nicht mit Sicherheit, dass es Zwerge waren«, sagt Felix.

»Ich wollte nicht …«

»Schau«, zischt Ariel ihn an. »Sie redet nicht von den Erbauern dieses Ortes. Sie bezieht sich auf unsere Begleitung.«

Sowohl Felix als auch ich reißen unsere Blicke vom Himmel fort und erkennen, dass Itzel in der Tat nicht über die Zwerge gesprochen hat, die diese Sache erschaffen haben könnten oder auch nicht.

Sie hat auf eine beunruhigende Tatsache hingewiesen: Wir sind von bewaffneten Zwergen umgeben.

## KAPITEL EINUNDDREISSIG

ZUMINDEST NEHME ICH AN, dass dies Zwerge sind – sie haben ähnliche Gesichtszüge wie Itzel. Keiner trägt Atemmasken, alle sind männlich und alle versuchen, gefährlich auszusehen – was ihnen bewundernswert erfolgreich gelingt.

Außerdem halten sie seltsam aussehende Speere anstelle von etwas Angemessenerem für eine angeblich derart technologisch überlegene Art – wie Ionenstrahlkanonen. Ihre Kleidung besteht aus winzigen Lendentüchern aus einem glänzendem Material, und sie tragen Kriegsbemalung.

Der Kleinste und damit wahrscheinlich der Älteste des Zwergenstammes schreit etwas in einer Sprache, die für meine Ohren völlig fremd klingt, und gestikuliert wütend mit seinem Speer.

»Es ist ein Sammelsurium von Sprachen«, sagt Itzel. »Ich glaube, er sagte so etwas wie: ›Ihr dürft nicht weitergehen.‹«

Ariel macht einen Schritt nach vorne. »Sag Gandalf, er soll den Stock weglegen, sonst wird vielleicht jemand verletzt.«

Der kleine Zwerg stürmt mit seinem Speer auf Ariel zu und stoppt einen Zentimeter vor ihrer Brust.

»Wenn er deinen Anzug durchbohrt, wirst du die Rückreise nicht überleben«, warnt Itzel. Sie legt eine Hand auf Ariels Schulter und sagt etwas über den externen Lautsprecher.

Zu hören, wie sie spricht, beunruhigt den Stamm mehr als Ariels bedrohliches Verhalten, und sie ziehen den Kreis um uns herum enger, mit zu uns gewandten Speeren.

Der Kleine schreit etwas, und die Zwerge halten inne.

»Entweder sagte er: ›Tu dem bösen Biest nicht weh‹ oder ›Ruinier die leckere Biene nicht.‹« Itzel steht mir gegenüber, aber alles, was ich sehen kann, ist die Spiegelung meines Visiers in ihrem.

»Kannst du sie fragen, was sie wollen?«, fragt Felix.

»Ich denke, das ist offensichtlich«, antwortet Itzel. »Sie wollen, dass wir mit ihnen kommen.«

Sie hat recht. Der Stamm treibt uns zur Mitte des Drehkreuzes, und sobald wir anfangen zu laufen, scheinen sie weniger scharf darauf zu sein, Kebabs aus uns zu machen.

»Wo sind sie hergekommen?«, frage ich etwas verspätet.

»Ich glaube, sie haben sich hinter den Toren versteckt«, sagt Ariel. »Wo wir gerade davon sprechen ... ist das nicht das Tor, zu dem wir müssen?«

Es stimmt. Wie der Zufall es will, passieren wir das Tor, das wir brauchen, aber wir könnten genauso gut auf der anderen Seite dieser Welt sein. Es gibt keine Möglichkeit, dass wir es zu ihm schaffen, ohne unsere Anzüge und vielleicht auch einige innere Organe zu ruinieren.

»Ich schätze, dass diese Zwerge irgendwie wild geworden sind«, sagt Itzel.

»Was hat sie verraten?«, fragt Felix sarkastisch. »Waren es die Speere oder die mangelnde Körperpflege?«

Wir gehen an einer Schlucht vorbei, und beide verstummen bei dem Anblick der beeindruckenden Jagd, die dort stattfindet.

Eine riesige Herde von Mammuts stampft eine Grasnarbe hinunter, und eine kleine Gruppe von Zwergen in Kleidung, die identisch mit der unserer Entführer ist, jagt die armen Kreaturen an den Rand einer künstlichen Klippe.

Die Mammuts erkennen ihren Fehler zu spät, und ein paar von ihnen fallen von der Klippe.

Der Rest der Mammutherde dreht sich um und stampft in einem panischen Galopp auf die Zwerge zu.

Die Jäger zerstreuen sich. Die gefallenen Kreaturen müssen das sein, was sie wollten.

Der kleine Anführer unserer Entführer schreit etwas.

»Er sagte: ›beweg dich‹«, übersetzt Itzel.

»Das hätten wir uns auch denken können«, meckert Felix.

»Dann geh schneller«, sagt Itzel. »Ich denke, er hat auch vorgeschlagen, dass sie einen von uns töten könnten, um den anderen zu zeigen, dass er es ernst meint.«

Itzels Motivationsrede lässt uns für eine Weile in ein zügiges Joggen fallen – und dank der Hilfe des Anzugs fühle ich nicht einmal einen Bruchteil der Müdigkeit, die ich angesichts der Entfernung, die wir zurücklegen müssen, empfinden sollte.

»Diese Zwerge scheinen keine Konditionsprobleme zu haben«, sage ich, als wir an einer Herde grasender Bisons vorbeigehen, die sich das Feld mit den Mooft-Kreaturen teilt, von denen ich gerade in der Einführung erfahren habe.

»Die Luft draußen scheint künstlich mit zusätzlichem Sauerstoff versetzt worden zu sein«, sagt Itzel. »Hast du dir deine Werte nicht angesehen?«

»Ich war zu sehr damit beschäftigt, mir Sorgen ums Überleben zu machen«, sage ich ihr. »Und das bin ich immer noch.«

Als ich mir die fraglichen Messwerte ansehe, stelle ich fest, dass die Luftzusammensetzung hier tatsächlich sauerstoffreich ist. Heißt das, dass die Dinge auf dieser Welt brennbarer sind?

»Was glaubst du, was hier passiert ist?«, fragt Felix, als unsere Entführer uns zwingen, einen hohen Hügel hinaufzusteigen. »Warum etwas so Majestätisches bauen und wild werden?«

»Vielleicht haben es nicht alle von ihnen getan«, sagt Itzel. »Diese Struktur ist millionenmal größer als die Oberfläche eurer Erde. Es könnte Millionen von Kulturen und Zivilisationen hier draußen geben, von denen einige ganz anders sein können als diese Wilden.«

»Wow.« Mein Kopf dreht sich bei dem Ausmaß dessen, was Itzel sagt. »Wenn du recht hast, ist das verrückt. Oder könnte es sein, dass die meisten der intelligenten Leute ins All gingen und die dummen hier zurückließen?«

»Oder vielleicht sind das die Nachkommen eines naturverbundenen Kultes«, sagt Ariel.

»Das scheint unwahrscheinlich«, sagt Itzel. »Aber vielleicht hast du die richtige Idee.« Sie kratzt sich die Oberseite ihres Helmes. »Vielleicht hat sich der Rest der Zwerge künstliche Körper geschaffen, und diese Kerle sind die Nachkommen derjenigen, die sich weigerten, sich dieser Verwandlung zu unterziehen?«

Niemand antwortet, weil wir endlich die Aussicht vom Hügel aus sehen können, und sie gefällt uns nicht.

Nicht das kleinste bisschen.

Es gibt kilometerlange Metallkäfige mit einer riesigen Auswahl an Tieren und Cogniti im Inneren.

Ich sehe Orks, Elfen und eine Tonne anderer Arten, die ich bisher nur auf Gomorrha gesehen habe. Zu ihnen gesellen sich die meisten Kreaturen, die Hekima in unserer Einführung abgedeckt hat, einige Arten, von denen ich noch nie gehört habe, und eine Reihe von Erdarten wie Bison und Elefant.

»Ich frage mich, ob diese Ringwelt so etwas wie eine Arche Noah für die Otherlands sein soll«, flüstert Felix. »Irgendwo in dieser Weite könnte jede Kreatur und jeder Cogniti-Typ sein.«

»Und was ist das dann, ein Zoo?«, fragt Ariel, als sie den Ort betrachtet.

Ich sage nichts, aber ich bezweifele, dass dies ein Zoo ist.

Jeder Mensch und jedes Tier befindet sich in einem individuellen Käfig, und sie alle sehen viel unglücklicher aus, als es Zoobewohner normalerweise tun.

»Ich fürchte, die Wahrheit ist viel schlimmer«, sagt Itzel, und ihre Stimme ist hohl. »Schau dort, am Rand der Zelle auf der linken Seite.«

Ich sehe es sofort, und mein Inneres verknotet sich vor Angst und Ekel.

Der Körper eines Ork-Weibchens brät auf einem Stock über einem riesigen Haufen Kohle, und ein Haufen wilder Zwerge kaut auf Brocken des Fleisches der armen Frau.

»Das ist ein Fleischlager«, sagt Felix, und ich kann seine Stimme über meinem panischen Herzschlag kaum hören. »Sie planen, uns zu fressen.«

# KAPITEL ZWEIUNDDREISSIG

ICH BEKÄMPFE DEN DRANG, mich zu übergeben und gleichzeitig ohnmächtig werden zu wollen. »Wie wäre es, wenn wir sie hier und jetzt bekämpfen? Ich würde lieber ein Loch in meinem Anzug haben, als ein Abendessen zu werden.«

»Das Loch im Anzug ist das beste Szenario«, sagt Itzel trocken. »Wahrscheinlicher ist, dass sie uns tödlich aufspießen und wir sowieso als Abendessen enden.«

»Trotzdem«, sagt Ariel und klingt so abgestoßen, wie ich mich fühle, »ich würde lieber kämpfen.«

»Gewalt ist vielleicht nicht notwendig«, sagt Itzel. »Die Käfige sehen aus wie Hightech, was bedeutet, dass sie gehackt werden können.«

»Moment mal«, sagt Felix mit zitteriger Stimme. »Wenn du mit Hightech die Technologie der Leute meinst, die diese Ringwelt gebaut haben, was lässt dich glauben, dass sie gehackt werden kann?«

Ich bin beeindruckt, dass er überhaupt in der Lage ist, zusammenhängend zu sprechen.

Oder dass irgendjemand von uns das ist.

»Ich schätze, die Zwergenbauer hätten sich nicht die Mühe gemacht, diese Käfige zu bauen«, sagt Itzel. »Das muss eine andere Zivilisation gewesen sein.«

Sie distanziert sich eindeutig von dem, was wir gesehen haben, indem sie sich überanalytisch gibt.

»Schätzt du?«, sagt Felix mit untypischer Scheußlichkeit in seiner Stimme. »Das ist einfach großartig. Ich wollte schon immer mein Leben riskieren, basierend auf der Vermutung einer *Zwergin*.«

Ich möchte Felix daran erinnern, wie aufgeregt er war, als er gehört hat, dass er mit einem Zwerg arbeiten würde, aber entscheide mich dagegen, da es nur seine unerklärliche Abneigung gegen Itzel hervorheben würde.

»Was hat es damit zu tun, dass ich eine Zwergin bin?« Itzels Stimme wird aggressiv. »Du riskierst dein Leben noch mehr, wenn du kämpfst.«

»Kann Sasha nicht in die Zukunft schauen und uns sagen, ob wir den Kampf gewinnen würden?«, fragt Ariel.

»All die *Zwerge* werden es vermasseln«, sagt Felix und schaut Itzel gezielt an.

Natürlich. Deshalb habe ich keine Vision von mir selbst gesehen, wie ich in diese Welt eintrete – die Anwesenheit der Zwerge hatte meine Kräfte blockiert.

»Ich glaube, Itzel hat recht«, sage ich. »Aber ich denke, wir sollten darüber abstimmen.«

»Ich stimme dafür, dass wir kämpfen«, sagt Ariel.

»Schön«, sagt Felix widerstrebend. »Versuchen wir es mit dem Hacken.«

»Du bist die entscheidende Stimme«, sagt Itzel zu mir. »Ich stimme offensichtlich für meine Idee.«

»Ich stimme für das Hacken«, sage ich nach einem Moment des Überlegens.

Ich bin immer für die hinterhältige Lösung, wenn es eine gibt.

»So sei es«, sagt Ariel. »Aber kommt nicht weinend zu mir, wenn sie euch fressen.«

Wir gehen weiter, und als wir dem riesigen Fleischgefängnis näher kommen, sieht es so aus, als hätte Itzel recht gehabt.

Die Käfige scheinen mit hochentwickelter Elektronik betrieben zu werden – so hoch, dass ich mich frage, ob diese Zwerge vielleicht weniger wild sind, als sie zu sein scheinen.

Es stellt sich heraus, dass sie so wild *sind*, wie sie zu sein scheinen.

Eine Zwergin, die wie eine Schamanin gekleidet ist, sieht uns aus der Ferne und beginnt neben einem der leeren Käfige zu tanzen.

»Das Ding, das sie als Stab hält, sieht aus wie ein Gerät, um die Türen zu öffnen«, sagt Itzel.

Ja.

Am Ende der Zeremonie berührt die halbnackte Schamanin mit dem Stab das bildschirmartige Schloss, und die Tür öffnet sich.

Während unsere Entführer uns dort hinschleppen,

wiederholt die Schamanin das gleiche Ritual mit einem Käfig für jeden von uns.

»Du hackst uns besser aus diesem Ort raus«, sage ich zu Itzel, als ich in meinen Käfig gestoßen werde. »Wenn sie mich fressen, komme ich als Geist zurück, um dich zu verfolgen.«

»Sie werden mich auch fressen«, sagt Itzel. »Also wirst du mich nicht lange verfolgen können.«

»Sie werden *dich* vielleicht nicht fressen«, sagt Felix. »Sobald sie dir den Anzug ausgezogen haben, sehen sie vielleicht, dass du eine Zwergin bist – und wir haben keine Beweise, dass sie Kannibalen sind.«

»Haben wir nicht?«, fragt Ariel. »Was ist mit dem Käfig auf zwei Uhr von dir aus gesehen?«

Sie hat recht.

Es gibt einen erbärmlich aussehenden nackten Zwerg in dem betreffenden Käfig – was bedeutet, dass es sich entweder um kannibalistische Zwerge handelt oder sie denselben Ort auch als Gefängnis benutzen.

Mit einem weiteren Lied und Tanz sperrt uns die Schamanin ein und geht mit den Zwergen, die uns gefangen genommen haben, fort.

Ich gehe in meinem kleinen Käfig hin und her und sehe, dass Ariel und Felix dasselbe tun.

Ein riesiger Ork-Mann in einer nahegelegenen Zelle schaut uns an und sagt etwas in einer unbekannten Sprache.

Itzel antwortet ihm in derselben Sprache, und sie führen ein langes Gespräch.

»Er sagt, dass sie den Rest seiner Familie gegessen

haben«, sagt Itzel, und ich erschaudere, da ich mich an den Anblick des Ork-Weibchens erinnere, das vor ein paar Minuten verspeist wurde. »Es klingt, als wäre er hier geboren und genauso wild wie die Zwerge, nur dass seine Art weit weg von diesem Ort lebt. Alles, was er will, ist, sich an unseren Entführern zu rächen. Darin scheint er genau wie die Orks zu sein, die ich auf Gomorrha getroffen habe – es geht ihnen nur um Familie und Rachefeldzüge.«

»Ich kann es dem Kerl nicht verübeln«, sage ich. »Wenn jemand meine Familie töten würde – ganz zu schweigen davon, sie essen würde –, wäre ich sicher auch von Rache besessen.«

»Konzentrieren wir uns auf die Flucht«, sagt Ariel. »Ich denke, die bösen Jungs sind jetzt weit genug weg, um es zu versuchen.«

Itzel nickt, geht zum Schloss und fummelt eine Weile daran herum. »Ich sehe keine Möglichkeit, das zu tun, ohne meine Handschuhe auszuziehen«, sagt sie.

»Die Luft draußen könnte speziell für deine Art entwickelt worden sein«, sagt Felix. »Außerdem … würdest du nicht lieber Mikroben riskieren, als in den Magensäften der anderen Zwerge zu landen?«

Mit Widerwillen zieht Itzel die Handschuhe aus und wartet einen Moment.

»Ich schätze, es geht mir gut«, sagt sie. »Ich werde es versuchen.«

Sie greift nach dem Schloss und bearbeitet es für eine Weile.

Eine lange Weile.

»Ich bin viel besser im Erschaffen als im Umgang mit den Kreationen anderer«, murmelt sie schließlich frustriert. »Vielleicht, wenn …«

»Mist«, sagt Ariel. »Wir sind dabei, Gesellschaft zu bekommen.«

Ich schaue in die Richtung, in die Ariels Helm gedreht ist, und sehe eine bekannte Gruppe von Zwergen.

»Das sind diejenigen, die diese arme Ork-Frau gegessen haben«, flüstere ich, als sie näher kommen.

Die Zwerge betrachten die Bewohner der nahegelegenen Käfige mit den gleichen Gesichtsausdrücken, die ich auf den Gesichtern der Menschen an den All-you-can-eat-Buffets in Vegas gesehen habe.

»Das ist ein Scherz, oder?«, sagt Ariel.

»Nein, ich glaube, das ist echt«, sagt Felix mit zittriger Stimme. »Ich bin mir ziemlich sicher, dass sie ihre nächste Mahlzeit wählen.«

# KAPITEL DREIUNDDREISSIG

DIE ZWERGE GEHEN zu dem Käfig mit dem rachsüchtigen Ork und scheinen es zu genießen, wie er vergeblich versucht, sie durch die Gitterstäbe anzugreifen.

Als sie es satthaben, ihn zu beobachten, richten sie ihre Blicke auf mich.

Oh nein. Wenn sie in der Stimmung für etwas Exotisches sind, könnte ich mit dem Anzug auf der Speisekarte landen.

»Beeil dich«, zische ich Itzel zu. »Warum brauchst du so lange?«

»Ich habe es dir schon einmal gesagt«, antwortet sie, und ihre Hände zittern. »Ich habe Schwierigkeiten, unter Stress zu arbeiten.«

Stöhnend zieht Felix seine Handschuhe aus und macht sich ebenfalls an dem Mechanismus zu schaffen.

»Siliziumchips«, murmelt er nach der längsten Minute meines Lebens. »Vielleicht, wenn ich …«

Ich höre den Rest nicht, weil sich meine Aufmerksamkeit zwischen den Zwergen außerhalb meines Käfigs und dem Bogen der magischen Energie, der von Felix' Finger bis zum Schloss reicht, aufteile.

Das Schloss gibt ein quietschendes Geräusch von sich, und Felix' Käfig öffnet sich.

»Jetzt den Ork«, sagt Ariel angespannt.

»Oder besser noch alle Käfige auf einmal«, sage ich.

Mehr Energie strömt von Felix' Fingern, und das Schloss im Käfig des Orks schimmert – ebenso wie das Schloss in meinem und allen anderen der benachbarten Käfige.

»Schicke niemals einen Zwerg, um den Job eines Technomanten zu erledigen«, sagt Felix triumphierend, als sich alle Käfige gleichzeitig öffnen.

Der befreite Ork springt auf den nächsten Zwerg zu und zerreißt ihn.

Ariel tritt aus ihrem Käfig, schnappt sich einen anderen Zwerg und wirft ihn auf den Rest.

Der Anzug muss ihre ohnehin schon erstaunliche Kraft sehr verstärken, denn der Zwerg erwischt seine Mannschaft wie ein Rammbock und verursacht Schmerzensschreie und schwere Verletzungen.

Ich sehe einen Haufen bewaffneter Zwerge, die auf uns zusteuern. »Lauft!«, rufe ich.

Meine Freunde lassen sich das nicht zweimal sagen, und wir alle klettern auf den Hügel, von dem wir kamen.

Ich höre alptraumhafte Schreie hinter uns, und als ich einen Blick zurückwerfe, sehe ich viele ehemalige

Gefangene, die ihre Frustration an den zwergenhaften Feinschmeckern auslassen.

Während wir weiterrennen, übernimmt Ariel die Führung, und Itzel und Felix bleiben mir auf den Fersen.

Durch den Anzug kann ich viel schneller laufen, als ich es ohne könnte, und als wir die Spitze des Hügels erreichen, drehe ich mich noch einmal um – und wünschte fast, ich hätte es nicht getan.

Eine ganze Gruppe von speertragenden Zwergen ist hinter uns – obwohl unklar ist, ob sie uns verfolgen oder ihrem wütenden Essensvorrat entkommen.

»Haltet auf das Gras zu!«, schreie ich und zeige auf die hüfthohen Gewächse am Fuße des Hügels. »Unsere Anzüge sind angetrieben, ihre Beine nicht.«

Alle folgen meinem Vorschlag, und wir laufen bereits durch das Gras, bevor unsere Verfolger vom Berg kommen.

Als wir fast aus dem Busch heraus sind, huscht ein Speer an meiner Schulter vorbei.

»Mist«, keuche ich. »Sie werden sauer.«

Ein weiterer Speer durchbohrt fast Ariels Fuß, und ein weiterer trifft Felix fast in den Rücken, wo er nicht nur einen, sondern zwei Anzüge ruiniert hätte.

»Itzel«, belle ich, »schieß deinen Blitz auf das Gras.«

Itzel, die ihre Handschuhe immer noch nicht wieder angezogen hat, dreht sich um und macht, was ich sage. »Dafür werde ich nicht gut genug bezahlt«, sagt sie immer wieder wie ein Mantra leise vor sich hin.

Der bloße Anblick von Itzels Projektil scheint unsere Verfolger zum Stillstand zu bringen – das heißt, bis der Plasmaball auf das Gras trifft und die sauerstoffreiche Luft der Cellulose ihm hilft, sich wie Treibstoff zu entzünden.

»Felix, schau nicht zurück«, sage ich, als die ersten Schreie von brennenden Zwergen uns erreichen.

»Warum haben diese Zwerge nicht mit dem gleichen Kugelblitz auf uns geschossen?«, fragt Ariel zwischen keuchenden Atemzügen. »Nicht, dass ich mich beschweren will, auf keinen Fall.«

»Ihre Eltern scheinen ihnen weder das noch etwas anderes beigebracht zu haben«, sagt Itzel traurig. »Alles Teil dieser schrecklichen Degeneration.«

»Warum verschieben wir diese Diskussionen nicht, bis wir aus diesem Höllenloch raus sind?«, schlägt Felix vor. Dann murmelt er eine Reihe russischer Flüche, bevor er angespannt sagt: »Noch mehr verrückte Zwerge vor uns.«

Ariel flucht ebenfalls und übersetzt unwissentlich das, was Felix gerade gesagt hat.

Mindestens hundert bewaffnete Kerle strömen einen Hügel hinunter und schreien aus vollem Herzen.

»Wir können es schaffen«, sage ich atemlos. »Folgt mir.«

Ich gehe bis ans Limit und drücke so viel Geschwindigkeit wie möglich aus den Motoren meines Anzuges und meinen eigenen Muskeln.

Wir rasen am Fuße des Hügels vorbei und lassen die neue Gruppe hinter uns, aber sie jagen uns hinterher.

Ein Speer fliegt auf Ariel zu.

Sie schnappt ihn sich aus der Luft und wirft ihn zurück.

Das Projektil geht direkt durch einen Zwerg hindurch und spießt auch den nächsten auf.

Wow.

Zweiter Punkt für Ariels Superstärke in Kombination mit dem Anzug.

Die Zwerge müssen ebenso beeindruckt sein von dem, was passiert ist, denn sie werden langsamer – was uns ein Zeitfenster öffnet, zum Tor zu rasen und hineinzuspringen, während eine weitere Runde Speere in unsere Richtung fliegt.

# KAPITEL VIERUNDDREISSIG

WIR SPRINGEN auf der anderen Seite heraus und laufen weiter. Alles, was ich anfangs registriere, ist, dass das Gras unter meinen Füßen grün ist und der Himmel einen gelben Farbton hat.

Dann sehe ich ein violettes Tor – unser Ziel – in der Ferne und merke, dass dieses Drehkreuz riesig ist, mit weit auseinanderliegenden Toren. Glücklicherweise lässt mich jeder Schritt durch die Luft fliegen, als hätte sich die übliche Unterstützung des Anzugs verdoppelt.

»Schwächere Schwerkraft hier«, sagt Felix, der neben mir riesige Sprünge macht.

»Halt die Klappe und lauf weiter zum Tor«, sagt Ariel. »Zwerge sind Cogniti, und deshalb genauso in der Lage, die Tore zu durchqueren, wie jeder von uns.«

»Aber sie sind uns nicht gefolgt«, sagt Itzel und schaut über ihre Schulter. »Ich frage mich, warum.«

Ich werde langsamer und schaue mich um.

Das Drehkreuz scheint sich auf einer riesigen Wiese zu befinden, die von einem üppigen Wald umgeben ist.

Felix, Ariel und Itzel bleiben stehen.

»Siehst du, was ich sehe?«, fragt Ariel, und ihr Helm schwenkt nach rechts.

Ich bleibe ebenfalls stehen und folge ihrem Blick.

Kein Wunder, dass die Zwerge uns nicht hierher gefolgt sind.

Auf uns kommt eine Kreatur von der Größe eines Lastwagens zu, deren Dutzende von Beinen wie Bürsten bei einer Autowäsche hin und her schlurfen.

# KAPITEL FÜNFUNDDREISSIG

»IST DAS EIN ...«, beginnt Felix mit einer entsetzten Stimme.

»Riesiger Tausendfüßler, ja«, sagt Ariel und klingt erstickt. »Und ich will nicht einmal wissen, wie die Spinnen hier aussehen.«

»Du könntest es gleich herausfinden«, sage ich und starre auf eine bienenähnliche Kreatur von der Größe eines Hubschraubers, die gerade auf einem riesigen Netz zwischen zwei toten Bäumen gelandet ist.

»Wir sollten weitergehen«, sagt Felix, als der Tausendfüßler an Fahrt aufnimmt. »Er kommt direkt auf uns zu.«

In diesem Moment erscheint eine ganze Horde von Rieseninsekten aus dem Wald, darunter eine Spinne von der Größe von Shelob – diejenige, die in *Der Herr der* Ringe fast Frodo gefressen hätte.

Itzel murmelt leise etwas Unverständliches über das

Quadratwürfelgesetz vor sich hin, aber ich achte nicht darauf, denn dann erreicht mich das Kreischen.

Oder genauer gesagt erreicht es meine Knochen.

Der tiefe Klang vibriert durch mich hindurch und erschüttert jede Zelle in meinem Körper.

Die Beine des Tausendfüßlers verschwimmen vor Geschwindigkeit, und eine Biene schlägt verzweifelt mit den Flügeln und versucht vergeblich, dem klebrigen Netz zu entkommen.

Und dann fühle ich, wie der Boden bebt.

Ist das ein Erdbeben? Ein Vulkanausbruch?

Nein.

Es ist das, wovor all diese Kreaturen fliehen.

»Springt!«, schreit Ariel, und ich merke, dass der Tausendfüßler fast bei uns ist.

Wir springen in die Luft, und die intelligente Schwerkraft arbeitet mit dem Anzugassistenten zusammen, um uns einen Sprung zu ermöglichen, der Super-Mario-würdig ist.

Der Tausendfüßler saust an uns vorbei, bevor wir wieder landen.

Als Einheit stehen wir der fliehenden Horde von Insekten gegenüber, und ich sehe, wovor sie weglaufen.

Es ist ein riesiger Dinosaurier.

Die Kreatur hat leicht die Größe von Godzilla, sieht aber eher wie eine Mischung aus einem T-Rex und einem Strauß aus.

Während wir unter fassungslosem Schock zusehen, zerfetzt er beiläufig eine wohnmobilgroße Ameise in kleine Stücke, schnappt sich dann ein paar

Riesenfliegen aus der Luft und verschlingt sie, ohne sich überhaupt die Mühe zu machen, zu kauen.

Dann richten sich seine radioteleskopgroßen Augen auf uns.

»Es muss glänzende Dinge mögen«, sagt Felix, und seine Stimme zittert. »Das, oder etwas anderes an uns sieht appetitlich aus.«

Wie in Übereinstimmung mit seinen Worten, bewegt sich das Monster in unsere Richtung.

# KAPITEL SECHSUNDDREISSIG

»DAFÜR WERDE ich wirklich nicht gut genug bezahlt«, sagt Itzel panisch, als sie weiter auf das violette Tor zusteuert.

Felix, Ariel und ich folgen ihr und machen mit jedem Schritt riesige Sprünge.

Ich übernehme die Führung, während der Boden mit jeder Sekunde heftiger zittert.

Als ich einen Steinwurf vom Tor entfernt bin, schreit jeder etwas Unverständliches in meinem Helm.

Instinktiv ducke ich mich, und die riesige Klaue, die nach mir greift, geht durch das violette Tor.

Ein Teil der Klaue verschwindet, abgeschnitten von der plasmaähnlichen Oberfläche des Tores.

Richtig. Die Tore lassen diese Art von Kreatur nicht in andere Welten reisen – ein cleveres Designmerkmal im Namen der Torbauer.

Der Schmerzensschrei des Monsters ist so laut, dass die Luft mich näher an das Tor drückt – und ich springe hinein, als ein Blutstrom aus der abgetrennten Kralle in meinen Weg spritzt.

Meine blutbefleckten Freunde landen auf der anderen Seite des Tores neben mir, und wir halten alle inne und keuchen erleichtert, während wir uns umsehen.

Wir stehen auf einem Fleck felsigen Bodens zwischen Pfützen aus kochender gelber Flüssigkeit, mit Schlieren von Grün und Orange an den Seiten. Sie erinnern mich an Säurebecken in einem Geothermiepark – außer, dass dieser Park sich so weit erstreckt, wie das Auge reicht.

Der Himmel darüber ist dunkelgrau, als ob ein Sturm aufziehen würde, und die Luft scheint einen rosa Farbton zu haben.

Ich gehe einen Schritt zum nächsten Tor und fühle mich ein wenig benommen.

»Halte den Atem an und beeil dich«, sagt Itzel und springt über eine Pfütze, während sie zu rennen beginnt. »Ich weiß nicht, ob das Feld, das ich um diese Anzüge herum erzeugt habe, der exotischen Mischung von Giftstoffen auf dieser Welt standhalten kann.«

Ich starte auch in einen Sprint und tue mein Bestes, um nicht aus Panik tief ein- und auszuatmen.

Als wir das Zieltor erreichen, springen wir gemeinsam hinein.

# KAPITEL SIEBENUNDDREISSIG

ES IST Nacht auf der Welt, in der wir landen, und das schwache Licht von vier Monden unterschiedlicher Größe beleuchtet eine flache, weißliche Oberfläche. Es sieht aus wie eine Salzwüste, wobei die Kristalle leicht im Mondlicht schimmern.

»Was jetzt?«, fragt Itzel.

Felix wendet sich ihr zu. »Kannst du ein Stück weggehen? Sasha könnte dann eine Vision davon bekommen, was in unserer nahen Zukunft passiert und …«

»Nein«, sagt Ariel streng. »Das ist zu gefährlich. Wir bleiben zusammen.«

»Du willst auch nicht, dass ich gehe«, sagt Itzel. »Diese Anzüge könnten jeden Moment meine Leistungssteigerung brauchen.«

Der hellste der vier Monde verdunkelt sich für eine Sekunde und erregt meine Aufmerksamkeit.

»Siehst du das?«, ich zeige auf den Himmel. »Bitte sag mir, dass das eine Wolke ist.«

Bevor meine Freunde antworten können, sehe ich, dass es sich *nicht* um eine Wolke handelt.

Entweder haben die Toxine aus der Vorwelt starke halluzinogene Nebenwirkungen, oder ich schaue auf Tentakel.

Ein unmöglich großes, geisterhaftes, tintenfischartiges Ding schwebt am Himmel.

»Ich hoffe, dass das nicht der Typ von Cogniti ist, der die Lovecraft-Monster inspiriert hat«, sagt Felix zitternd.

»Ich fürchte schon.« Ariels Stimme passt zu seiner. »Es sieht aus wie Cthulhu.«

»Lauft«, sage ich und lasse meinen Worten Taten folgen, während das Salz unter meinen Füßen knirscht. »Unser Tor ist nur …«

Und dann trifft der mentale Angriff – ich habe kein besseres Wort dafür – mein Gehirn.

# KAPITEL ACHTUNDDREISSIG

DAS DENKEN WIRD UNMÖGLICH, und ich bleibe stehen und schwanke auf meinen Füßen.

Das schreckliche Geräusch erinnert mich daran, wie Fluffster Harper, den Sukkubus, der Felix und mich töten wollte, in Gedanken anschrie. Wie damals klingt es nach Death Metal, der rückwärts und in Zeitlupe gespielt wird – nur einezillionmal intensiver.

Ich fühle mich unbedeutend. Wie eine Amöbe, die einem wütenden Elefanten gegenübersteht.

Ich kämpfe gegen den Wunsch an, hinzufallen und mich zu einem kleinen Ball zusammenzurollen, balle stattdessen die Fäuste und mache einen Schritt nach vorne.

»Ich kann das nicht tun.« Itzels Stimme klingt nicht wie ihre eigene. »Ich bin am Ende. Geht. Rettet euch.«

Wow. Der mentale Angriff trifft die Zwergin – ein Wesen, das gegen Bezirzen und dergleichen immun ist. Welche Chance haben unsere ungeschützten Köpfe?

»Halt die Klappe«, knirscht Felix und greift nach Itzels Arm. »Denk einfach daran, ein Gerät zu bauen oder mehr Geld zu bekommen, und geh weiter.«

Er schleppt Itzel Schritt für Schritt mit sich, und sie gehen durch das Tor.

Schwach spüre ich, wie meine Seherintuition einen fernen Alarm auslöst – genau als die Intensität des mentalen Angriffs exponentiell zunimmt.

Meine Beine geben unter dem Ansturm nach, und ich merke, dass es das war.

Was auch immer das Ding am Himmel will, es ist im Begriff, es mir anzutun.

»Oh nein, das wirst du nicht«, schreit Ariel und tritt kräftig in die Gesäßregion meines Anzugs.

Während ich in das Tor fliege, höre ich sie sagen: »Wir sehen uns auf der anderen Seite.«

Ich bereite mich darauf vor, auf Erdboden zu landen, aber stattdessen schwimme ich in einer Flüssigkeit, und meine Füße finden Halt auf etwas Festem.

Das muss ein Ozeanboden oder der Boden eines Meeres sein, denn alles außerhalb des schwachen Glühens meines Anzugs ist stockdunkel.

Das Einzige, was ich erkennen kann, sind Itzel und Felix – dank der Beleuchtung ihrer Anzüge und dem leuchtenden Plasmator hinter mir.

»Wo ist Ariel?«, fragt Felix, und sein Helm schwenkt von Seite zu Seite.

»Sie sollte jeden Moment hier sein«, sage ich.

Aber die Sekunden vergehen, ohne dass Ariel erscheint.

»Verdammt«, sage ich und mache einen ungeschickten Schritt auf das Tor zu. »Ich gehe zurück zu ihr.«

## KAPITEL NEUNUNDDREISSIG

ICH ÜBERQUERE DAS Tor zurück in die Welt der Himmelskreatur und sehe, dass Ariel vom Tor weggeht und auf ein wolkenkratzergroßes Tentakel zusteuert.

Ich ignoriere meine Seherangst mit aller Kraft, packe Ariel an ihrem Arm und ziehe sie zurück.

Sie kämpft nicht gegen mich an, aber der verheerende mentale Angriff explodiert wieder in meinem Kopf – und ich bin mir nicht sicher, ob ich ihn ertragen kann.

Auf eine Eingebung hin beiße ich mir auf die Zunge.

Der Schmerz hält das mentale Schreien lange genug in Schach, damit ich Ariel einen weiteren Schritt in Richtung Tor ziehen kann.

Aber bei dem nächsten Schritt finde ich es schwieriger. Das Schreien wird immer lauter, und ich habe das Gefühl, dass mein Gehirn im Begriff ist, zu explodieren.

Wenn ich diesen Kampf verliere, werden Ariel und ich Händchen halten, während wir direkt in den Mund dieses Dings springen – und es ist fast eine Gewissheit, dass ich verlieren werde, bevor ich das Tor erreiche.

Plötzlich höre ich eine Reihe von mehrsprachigen Flüchen in meinem Helm und fühle, wie die Hand von jemandem meinen Arm greift.

Ich packe Ariel und lasse mich in das Tor ziehen.

Während ich meinen Verstand in den wässrigen Tiefen der neuen Welt wiederherstelle, lässt Felix meinen Arm los. »Geht es dir gut?«, fragt er.

»Ja«, lüge ich.

»Ich war weggetreten«, sagt Ariel mit schläfriger Stimme. »Das Letzte, woran ich mich erinnere, ist, Sasha in das Tor getreten zu haben.«

»Diese Kreatur muss in deinen Kopf eingedrungen sein«, sagt Itzel. Leise fügt sie hinzu: »Ich bekomme *nicht einmal annähernd* genug Geld dafür.«

Felix schaut der Zwergin ins Gesicht. »Werden unsere Anzüge mit dem ganzen Wasser funktionieren?«

»Der Druck ist tolerierbar, und ich spüre keine Toxizität draußen«, sagt Itzel. »Wir sollten uns trotzdem beeilen. Ich habe unsere Sauerstofftanks nicht so konstruiert, dass sie sich selbst über Wasser versorgen.«

Das muss sie uns nicht zweimal sagen. Wir gehen dorthin, wo das Tor gemäß der Karte sein sollte. Wir können es aber in der Dunkelheit nicht sehen.

Die Bewegung unter Wasser ist extrem langsam

und nervenaufreibend, und mein Verstand beschwört riesige Haie und Unterwasser-Seemonster.

Zu meiner Verteidigung: Nachdem ich ein Tentakelmonster am Himmel gesehen habe, ist es durchaus vernünftig, eines in diesem Wasser zu erwarten.

Wir haben weniger als zwanzig Schritte zurückgelegt, als ich eine Wolke aus winzigen Lichtern sehe, die auf uns zukommt.

Mist.

Ich musste uns einfach mit meiner Fantasie verhexen, nicht wahr?

»Ich nehme an, jeder erinnert sich an die Szene aus *Findet Nemo*«, sagt Felix und wird schneller. »Ich bezweifle, dass uns gefallen wird, woran diese hübschen Lichter hängen.«

»Ich habe keine Ahnung, wovon du redest«, sagt Itzel, aber wie der Rest von uns verdoppelt sie ihre ungeschickten Schritte.

Die Lichter rücken näher.

»Ich hasse es, wenn Felix recht hat«, sagt Itzel und schlägt gegen ein Licht, das versucht, sie anzugreifen.

Was auch immer sie geschlagen hat, muss verletzt worden sein – denn das Licht fällt auf den Boden.

Ein Licht schwimmt in meine Richtung, und ich schlage mit meiner Faust auf die Kreatur, während ich einen Blick auf sie erhasche.

Sie sieht so aus, als ob sie von Hollywoods Horrorfilm-CGI-Experten auf Acid entworfen wurde. Ihre Zähne scheinen Warzen zu haben, und die Warzen scheinen Zähne zu haben. Etwas so Hässliches kann nur in diesen lichtlosen Tiefen existieren. Wenn sich die Männchen und Weibchen dieser Fische jemals bei Tageslicht sehen würden, würden sie sich weigern, sich zu vermehren.

Ein weiteres Monster schwimmt auf meinen Helm zu.

Mit der Bewegung, die Thalia in mich eingehämmert hat, schlage ich das Ding in das, was ich großzügig sein Gesicht nennen würde.

Etwas bricht, und das kaputte Ding sinkt nach unten.

Der Tod ihrer Brüder macht den anderen Monstrositäten keine Angst. Wie Haie, die Blut riechen, schwimmen sie wie in einem Blutrausch auf uns zu.

Ich schlage, boxe und trete, und alle anderen auch.

Der Meeresboden um uns herum beginnt durch die ganzen Lichter, die auf ihm verstreut sind, wie der Nachthimmel auszusehen.

Meine Arme schmerzen vom Schlagen, als wir endlich den Schimmer des Tores erkennen.

Wir verdoppeln unsere Bemühungen, die Monster abzuwehren, und als es eine Flaute in ihrem Angriff gibt, rasen wir in das Tor.

# KAPITEL VIERZIG

AUF DER ANDEREN Seite gibt es kein Wasser, und es ist hell – so hell, dass mich selbst mit dem Visier der plötzliche Wechsel kurzzeitig blendet.

Als sich meine Augen anpassen, sehe ich, dass unsere Umgebung wie das Innere eines aktiven Vulkans aussieht – nur, dass sogar der Himmel in Flammen steht.

Ist dies die Heimatwelt des Feuervogels oder die Inspiration für die Beschreibung von feurigen Höllen?

Was auch immer die Antwort ist, ich beginne zu laufen, und meine Freunde auch.

»Wir müssen uns schneller bewegen, sonst riskieren wir, in Flammen aufzugehen«, keucht Itzel und übernimmt die Führung.

Ariel und ich überholen sie und springen genau in dem Moment in das nächste Tor, als meine Haut zu brennen beginnt.

Felix und Itzel schließen sich uns einen Moment später an, wobei Itzel sich selbst dafür beschimpft, jemals zugestimmt zu haben, uns zu helfen, und Felix wie ein Hund in den Helm keucht.

Während ich nach Luft schnappe, schaue ich mich vorsichtig um. Dies ist die letzte Welt, bevor wir unser Ziel erreichen, also könnte es mit unserem Glück die gefährlichste sein.

Ohne eine unmittelbare Gefahr zu erkennen, beginne ich zu laufen.

Unsere surreale Umgebung kommt mir seltsam vertraut vor.

Es gibt einen silbernen Bergrücken in der Ferne, der dem Grand Canyon ähnelt, und von dem ich schwören könnte, dass ich ihn schon einmal gesehen habe —was auch auf die außerirdischen Sternformationen am Himmel zutrifft. Gleiches gilt für die sieben unterschiedlich schattierten Monde.

Als ich die prächtige Aurora borealis sehe, macht es endlich klick. »Nero hat ein Gemälde von diesem Ort in seinem Büro hängen«, sage ich und gehe schneller, während ich zu unserem Ziel, dem blauen Tor, vordringe.

»Er war eindeutig hier«, sagt Felix, der im gleichen Tempo geht. »Was nicht verwunderlich ist, wenn man bedenkt, dass es seine Karte ist, der wir gefolgt sind.«

»Heißt das, dass es eine sichere Welt ist?«, fragt Itzel und übernimmt wieder die Führung. »Ich meine, würde jemand anhalten, um eine Landschaft zu malen, wenn sie es nicht wäre?«

»Nero könnte«, sagt Ariel. »Soweit wir wissen, kann er durch die Welten wandern, die wir gerade passiert haben, ohne ins Schwitzen zu kommen. Vielleicht sogar die feurige.«

»Richtig.« Felix wird langsamer und schaut in meine Richtung. »Nero kann das vielleicht, aber was ist mit Rasputin? Hat er auch einen Weltraum …«

Der Rest von dem, was Felix sagt, geht in einem dröhnenden Gebrüll unter, das jede meiner Haarwurzeln erschüttert.

Wir beginnen zu laufen.

Bilder von riesigen Bären-Dinosaurier-Hybriden huschen durch meinen Kopf, aber als ich einen panischen Blick über meine Schulter werfe, sehe ich etwas Vogelartiges im Licht der Aurora.

Was auch immer es ist, es ist massiv, und es verfolgt uns.

Ich laufe schneller.

Das Brüllen fühlt sich näher an.

Ich bringe den Anzug und meine Muskeln mal wieder an ihre Grenzen.

Als wir nur noch einige Meter vom blauen Tor entfernt sind, erschüttert das Gebrüll erneut den Boden – und obwohl es meine adrenalingeladene Fantasie sein könnte, könnte ich schwören, dass menschliche Worte in den Klang eingebettet sind.

Ariel springt in das Tor, und Itzel und Felix folgen ihr.

Ich bin dabei, ihnen zu folgen, als ich spüre, wie

meine Seherintuition zuschlägt. Wie ferngesteuert gehe ich in den Leerraum.

———

ALS ICH OHNE KÖRPER SCHWEBE, gratuliere ich mir selbst dafür, unter solchen extremen Umständen in den Leerraum gelangt zu sein.

Als ich mich metaphorisch umsehe, bin ich nicht überrascht davon, dass ich von Formen umgeben bin, die Musik ausstrahlen, die einem Halloween-Soundtrack würdig ist.

Nicht gut.

Etwas wirklich Schreckliches muss passieren, noch schlimmer als Kannibalenzwerge oder der Dinosaurier à la Godzilla, denn damals habe ich keine Warnungen erhalten.

Nein, Moment. Das könnte Itzels Schuld sein. Ihre Natur beeinflusst meine Kräfte. Und da sie dieses Otherland verlassen hat, haben meine Kräfte endlich die Chance, mir zu helfen.

Wenn ich genauer darüber nachdenke, habe ich auch in der Welt der Tintenfische eine schwache Warnung gespürt. Es ist nur so, dass der mentale Angriff, mit dem mich das Monster getroffen hat, es unmöglich machte, in den Leerraum zu gelangen.

In Ordnung. Die gute Nachricht ist, dass es diesmal geklappt hat.

Ich frage mich, um was es sich handelt, was mich

verfolgt. Noch ein riesiger Dinosaurier, wie ein Pterodaktylus, aber viel größer? Oder ist dies der legendäre Roc – der Vogel, in den sich Kit auf Buyan verwandelt hat und den Hekima uns bei der letzten Einführung gezeigt hat?

Eigentlich, da Vögel die Nachkommen von Dinosauriern sind, laufen diese beiden Optionen ziemlich genau auf das Gleiche hinaus.

Fast.

Auf jeden Fall ist das vielleicht die Gefahr, vor der mich meine Visionen warnen.

Ich untersuche die fraglichen Formen und komme nicht umhin, zu bemerken, wie unnatürlich homogen sie alle sind. So ähnlich wie damals, als ich versuchte, Neros Safe mit meinen Kräften zu knacken.

Wenn ich recht habe, könnte meine beste Chance darin bestehen, all diese Visionen genau wie an jenem Tag auf einmal zu sehen, und zu hoffen, dass eine die Informationen enthält, die ich brauche, um mich zu retten.

Entschlossen greife ich nach allem auf einmal und bereite mich auf einen Haufen von Visionen in Folge vor.

———

EINE KRALLE REISST von hinten meinen Anzug auf, durchdringt mich und tritt vorne mit einer Blutfontäne aus.

Es geht so schnell, dass ich nicht einmal die Chance habe, mich umzudrehen und zu sehen, was es war. Ich erlebe einfach eine weitere Mutter aller Schmerzen in meiner Brust, höre das Knirschen von zersplitternden Knochen, und dann hört mein zerrissenes Herz auf zu schlagen, als ich auf der Stelle sterbe.

———

ICH KIPPE meinen Körper einen Zentimeter nach links – und diesmal, als eine Kralle in mich eindringt, fühle ich den schrecklichen Schmerz für eine Sekunde länger, bevor ich sterbe.

———

ICH DREHE meinen Körper noch weiter nach links.

Die Kralle zerreißt immer noch den Anzug. Die Belohnung für meine Bemühungen sind noch mehr Schmerzen.

———

HUNDERTE FAST IDENTISCHER VISIONEN FOLGEN, und die einzigen Variablen sind, wie weit ich mich nach links bewege, wie stark der Schmerz ist und wie schnell mein Tod eintritt.

Dann folgen weitere Visionen, die alle identisch mit dem ersten Rutsch sind, mit nur einem Unterschied – ich versuche diesmal, nach rechts auszuweichen, aber mit demselben Ergebnis.

———

ICH FALLE auf den Boden und rolle ein paar Zentimeter nach rechts, dann ein paar nach links. Eine Kralle dringt in den Boden ein, verfehlt aber meinen Oberkörper um einen guten Zentimeter.

Das Brüllen klingt diesmal wütend, aber ich ignoriere es und verdrehe meinen Körper noch einmal, bevor ich aufspringe und erfolgreich in das Tor laufe …

———

ICH ERLEBE HUNDERT VISIONEN, in denen ich auf den Boden falle, aber die falsche Anzahl von Zentimetern nach rechts oder links rolle –jedes Mal mit einem tödlichen Ergebnis.

———

ICH ZIEHE mich von der Pforte zurück und treffe direkt auf eine Kralle, die mir den Rücken aufreißt.

Es gibt einen brennenden Schmerz in meiner Brust, dann Schwärze.

———

ICH BIN WIEDER außerhalb des Leerraums in meinem

Körper – zumindest sagt mir meine Intuition, dass ich es bin.

Mein immer noch schlagendes Herz wummert gegen meine Brust, während ich mich darauf vorbereite, die einzige Reihe von Bewegungen auszuführen, die mich retten könnte.

# KAPITEL EINUNDVIERZIG

ICH FALLE auf den Boden und bete, dass ich genau die richtige Anzahl von Zentimetern nach rechts rolle.

Als ich feststelle, dass ich noch am Leben bin, rolle ich ein paar Zentimeter nach links – wieder in der Hoffnung, dass es genau die richtige Anzahl von Zentimetern ist.

Die Kralle durchdringt den Boden einen halben Zentimeter neben meinem Oberkörper.

Ja!

Das wütende Gebrüll ist Musik in meinen Ohren, als ich meinen Körper drehe und auf meine Füße springe.

Triumphierend laufe ich in das Tor – und knalle gegen Ariels Rücken.

»Ich bin am Leben«, murmele ich, immer und immer wieder. »Leute, ich bin am Leben.«

»Ich bezweifle, dass das lange so sein wird.« Ariel

tritt zur Seite, damit ich sehen kann, wo wir sind. »Wir sollten vielleicht zurückgehen.«

Mein Atem stockt, während ich mich umsehe.

Sie hat recht.

Wenn wir hierbleiben, sind wir erledigt.

# KAPITEL ZWEIUNDVIERZIG

TROTZ DER TÖDLICHEN GEFAHR, der wir ausgesetzt sind, ist unsere Umgebung wunderschön – vor allem die fliegende Insel, die der Mittelpunkt der Wolken ist. Zweifellos unterstützt von starken Magnetfeldern – oder Magie –, würde sich der schwebende Felsbrocken im Film *Avatar* wie zu Hause fühlen, besonders wenn man das mittelalterliche Schloss, das sich auf seiner Oberfläche befindet, ignoriert.

Das Schloss sieht aus, als sei es von demselben Architekten entworfen worden, der auch das entworfen hat, in dem sich der NYC Council trifft, nur auf Wolkenkratzergröße vergrößert und purpurrot gestrichen.

Oh, und wo wir gerade von dieser Farbe sprechen ... es gibt einen roten Fluss, der von der schwimmenden Insel auf den Boden fließt. Er sieht buchstäblich wie fließendes Blut aus, aber ich hoffe, dass es nur eisenreiches Regenwasser ist.

Der Boden, auf dem wir alle stehen, hat auch eine rötliche Färbung. Zumindest nehme ich an, dass es der Boden ist. Soweit ich weiß, stehe ich auf einer schwimmenden Insel, die sich bis zu jedem Horizont erstreckt.

»Starrst du auf unsere Umgebung?«, fragt Ariel streng. »Wir müssen uns entscheiden: Gehen wir zurück zum Tor oder nicht?«

Ihre Worte bringen mich wieder in unsere brenzlige Situation zurück: eine Armee, die uns von allen Seiten umgibt.

Ich sehe Bogenschützen und Schwertkämpfer unter ihnen, aber die Mehrheit sieht aus wie die Mönche, die für den Rat arbeiten – nur, dass diese Jungs Holzstäbe halten.

Jeder einzelne Mann starrt uns mit kriegerischer Grausamkeit an, aber ich hoffe immer noch, dass sie uns keinen Schaden zufügen wollen. Diese rosige Hoffnung zerplatzt einen Moment später.

Die Bogenschützen schießen eine Wolke aus Pfeilen in unsere Richtung.

Wir beginnen zu laufen, und die Pfeile knallen auf den Boden hinter uns, wobei sie unsere Anzüge nur um Haaresbreite verpassen.

»Ich glaube, sie treiben uns vom Tor weg«, keucht Felix, während er langsamer wird.

»Das ist in Ordnung.« Ich schlucke mein Herz wieder in meine Brust zurück. »Wir sollten nicht zurückgehen. Das Ding in der letzten Welt ist schlimmer als diese Horde.«

»Ich sage, wir greifen die Mönche an«, meint Ariel und übernimmt die Führung. »Die Bogenschützen könnten zögern, zu schießen, wenn wir in der Nähe ihrer Waffenbrüder sind. Wir könnten uns zu einem anderen Tor kämpfen, in eine andere Welt springen und uns dort neu formieren.«

»Das könnte funktionieren«, sagt Felix unsicher. »Ich meine, wie viel Schaden kann jemand mit diesen Stöcken anrichten?«

Das muss den Ausschlag für Ariel geben, denn sie wird schneller und geht direkt zu den tausend Mönchen, die uns vom nächsten Tor trennen.

»Warte, lasst uns das weiter analysieren«, sagt Itzel, aber es ist zu spät.

Ariel stürmt mit einem kräftigen Schrei voran, den nur wir in unseren Helmen hören können.

»Das war's«, sage ich und folge Ariel, die in das Meer der Mönche wie eine Bowlingkugel in eine Reihe von Kegeln einschlägt.

Vier Mönche werden sofort zu Boden gerissen. Ein anderer Mönch versucht, Ariel mit seinem Stab zu schlagen, aber sie fängt ihn in der Mitte des Schwungs ab und zerquetscht ihn mit der Hand zu Holzspänen.

Als er sieht, was mit seiner Waffe passiert ist, zieht sich der Mönch zurück – aber nicht schnell genug. Ariel tritt ihn, und er fliegt in die anderen und wirft sie um.

»Die Schwertkerle sind auf dem Weg zu jedem nahegelegenen Tor«, beschwert sich Itzel. »Wir brauchen einen neuen Plan.«

Ich ignoriere die Zwergin, wähle einen Mönch nach dem Zufallsprinzip aus und schlage ihm ins Gesicht.

Der Mönch fällt wie ein Sack Reis um.

Verdammt, ich liebe den Schub, den der Anzug mir gibt. Außerdem sollte Nero Thalia besser eine große Gehaltserhöhung für das ganze Kampftraining geben.

Ein Stab knallt von hinten auf meinen Helm – aber er irritiert nur meine Ohren durch das Geräusch des Aufpralls.

Dieser Kampf ist vielleicht nicht so hoffnungslos, wie ich befürchtet hatte.

Ein anderer Stab wird mir in die Schulter gerammt, was wehtut und meine Erwartungen zurück auf den Boden der Tatsachen bringt.

Felix schreit etwas, und als ich mich umdrehe, sehe ich, wie er zwei Mönche zu Boden wirft.

Sogar Itzel kämpft jetzt. Sie packt einen Mönch an seinem Stab, reißt ihn ihm aus den Händen und schlägt ihm damit auf den Kopf.

Ich trete einen Mönch, schlage einen anderen, atme dann tief ein und rassele heraus: »Itzel, ich nehme an, die Anzüge können uns nicht vor einem Pfeil oder einem Schwerthieb schützen, oder?«

»Das ist richtig«, schnaubt die Zwergin. »Das können sie nicht.«

Dass wir dann ein Problem haben, merke ich, als ein Stab auf meinen Rücken knallt.

Nach Luft schnappend, schlage ich den verantwortlichen Kerl, weiche dann einem Angriff des

Stabs auf meinen Knöchel aus, nur um zwei Sekunden später auf das Schienbein getroffen zu werden.

Definitiv ein Problem.

Plötzlich bläst jemand ein Horn, und die Mönche vor uns zerstreuen sich, als ob sie der Verstärkung Platz machen wollten.

Ich frage mich, warum sie sich die Mühe machen. Sie sind wahrscheinlich Minuten davon entfernt, uns mit ihren Stäben zu Tode zu schlagen, und das setzt voraus, dass die Bogenschützen und die Schwertkämpfer nicht müde werden, passiv zuzusehen und uns stattdessen in Kebabs verwandeln.

Zu meiner Überraschung kommt ein einzelner Mann auf uns zu. Er ist auch wie ein Mönch gekleidet, aber er ist größer und viel blasser als die anderen. Seine Gewänder sind ausgefallener, und er geht mit der Autorität eines Kardinals – so nenne ich ihn auch in meinem Kopf.

Er bleibt uns gegenüber stehen, sagt etwas in einer Fremdsprache und schaut uns erwartungsvoll an.

»Klingt nach Hebräisch«, sagt Itzel. »Aber nicht eines, das heutzutage gesprochen wird. Der H-Klang ist kehliger, wie auf Arabisch und Maltesisch, und …«

»Danke für den Sprachunterricht«, sagt Felix. »Wie wäre es, wenn du uns verrätst, was er gesagt hat?«

»Ich glaube, es war ›Hört auf meine Worte, ihr falschen Götter aus der Hölle‹«, sagt Itzel. »Oder so etwas in dieser Richtung.«

Wir alle sehen den Mönch an, um ihm zu zeigen,

dass wir zuhören, und Itzel sagt sogar etwas in einer ähnlichen Sprache über ihren externen Lautsprecher.

Alle außer dem großen Mönch treten zurück.

Der Kardinal hebt seine Arme theatralisch in den Himmel und sagt etwas anderes.

»Der einzige wahre Gott ist Lilith«, übersetzt Itzel. »Gesegnet sei ihr Name.«

»Lilith?«, sagt Ariel. »Warum kommt mir das bekannt vor?«

»Sie wurde während der Einführung erwähnt«, sage ich und zerbreche mir den Kopf nach den Details.

»Oh ja«, sagt Ariel.

»Richtig«, sagt Felix. »Sie ist eine mächtige Frau unter den Cogniti, die einst in dem Otherland, bekannt als Erde, lebte«, sagt er in einer tollen Nachahmung von Hekimas Stimme. »Sie hat eine Welt übernommen, um die Menschen dort zu zwingen, sie als Göttin anzubeten, und hat auf diese Weise ihre Kräfte mehr gesteigert als …«

»Das war's«, sage ich. »Außerdem, wenn ich mich recht erinnere, hat sie seltene doppelte Mächte – sie ist ein Vampir und eine Wahrscheinlichkeitsmanipulatorin, glaube ich.«

»Da gab es auch den Teil, dass sie eine eifersüchtige Göttin ist«, sagt Felix. »Das könnte das Begrüßungskomitee an den Toren erklären. Ich bezweifle, dass sie es mag, wenn andere Cogniti hier auftauchen.«

Der Kardinal schreit uns noch etwas anderes zu,

während ich die Armee mit einer neuen Wertschätzung betrachte.

Ja. Diese Äußerungen lassen sich durch religiösen Fanatismus erklären – und das reduziert unsere ohnehin schon schlechten Überlebenschancen auf null, wenn wir weiterkämpfen.

»Folgt meinem Beispiel«, sage ich zu den anderen.

Ich falle auf die Knie, hebe meine Arme in Richtung der fliegenden Burg und schüttele sie mit dem, was, wie ich hoffe, wie religiöse Leidenschaft aussieht.

Junge, ich wünschte, Itzel wäre nicht hier, damit ich meine Kräfte nutzen könnte, um zu sehen, wie sich das entwickeln wird.

Obwohl sie sich nicht so begeistert bewegen, wie ich es vortäusche, mimen meine Freunde meine Bewegungen nach, während sie sich die ganze Zeit über in ihren Helmen beschweren.

Der Kardinal stoppt seine Tirade und schaut uns mit unverhohlener Neugier an – ebenso wie die Soldaten und die Mönche.

»Itzel«, zische ich. »Sag ihm, dass wir auf einer Pilgerfahrt hierhergekommen sind, um die mächtige Göttin Lilith zu ehren, die die einzige wahre Gottheit ist.« Ich bin froh, dass das Visier meinen Gesichtsausdruck vor dem Kardinal verbirgt. Ich kann ein bösartiges Grinsen nicht unterdrücken, als ich in den Flow meiner Scharade gerate. »*Sie* wurde von uns, den falschen Göttern, als *die* Göttin anerkannt, und obwohl wir nicht würdig sind, würden wir sie gerne mit unseren unwürdigen Augen sehen, bevor wir in die Hölle zurückgeschickt werden, damit wir uns in der Herrlichkeit ihres Lichts sonnen können.«

»Damit wir mit *ihr* reden können, anstatt mit ihren fanatischen Anhängern«, fügt Felix trocken hinzu.

»Übersetze nicht den Teil von Felix«, sage ich, nur für alle Fälle. »Aber das ist der Plan, ja.«

»Ich bin mir nicht sicher, ob das ein so großartiger Plan ist«, sagt Ariel, aber Itzel muss ihn mehr mögen als unseren vorherigen Plan, bis zum Tod zu kämpfen, denn sie beginnt, meine Worte zu übersetzen.

Angesichts des Gesichtsausdrucks des Kardinals könnte mein Plan tatsächlich funktionieren, zumindest Teil eins – ihn zum Zuhören zu bewegen.

Sehr pompös sagt der Kardinal etwas zu uns.

»Ihr müsst gefesselt sein«, übersetzt Itzel. »Wie die Bestien, die ihr seid.«

»Das gefällt mir wirklich nicht«, sagt Ariel.

»Das gibt uns zumindest eine Chance«, sagt Itzel. »Ein einziges Loch durch einen Pfeil oder ein Schnitt mit dem Schwert würde bedeuten, dass wir nicht zurückkehren können. Lilith ist eine der Cogniti. Hoffentlich erinnert sie sich daran, dass sie nicht wirklich eine Göttin ist, und wird uns zumindest ausreden lassen. Vielleicht können wir irgendwie zu ihr durchdringen.«

Der Kardinal schreit seine Diener an, und vier Mönche mit Seilen treten aus der Menge hervor. Sie bedeuten uns, die Hände hinter unseren Rücken zu legen, und ich melde mich freiwillig als Erste.

Als er anfängt, meine Handgelenke zu fesseln, spanne ich mich an und frage mich, ob das ein schwerer Fehler war.

Die anderen werden als Nächstes gefesselt; dann bellt der Kardinal ein paar Befehle und geht den Weg zurück, auf dem er gekommen ist.

Die Mönche führen uns durch die Menge, und als sie es tun, muss auch Ariel die Sinnlosigkeit unseres Kampfes von eben erkennen.

Es gibt buchstäblich Tausende von Soldaten hier – und hinter der Armee knien unzählige Menschen und verehren zweifellos Lilith.

Wir fahren weiter zu der schwimmenden Insel, und in der Nähe des Ufers des hoffentlich nicht buchstäblichen Flusses aus Blut entdecke ich etwas, was Hekima uns gerade erst bei der Einführung gezeigt hatte: riesige Rocs.

War es das, was mich in der letzten Welt angegriffen hat? Obwohl sie riesig sind, wirken diese Vögel nicht annähernd groß genug. Dann kreischt einer der Vögel laut, und ich bin mir sicher, dass er nicht der Täter war.

Das Gebrüll, das ich gehört habe, war völlig anders als das hier.

»Die Vögel haben Sättel, wie Pferde«, sagt Felix vorsichtig.

»Siehst du eine Leiter zum Schloss?«, fragt Itzel ihn sarkastisch. »Oder hast du erwartet, einen Aufzug zu nehmen?«

Sie zanken sich, während die Mönche uns auf die Sättel setzen und einer hinter jedem von uns aufsteigt.

Mit dem Rauschen riesiger Flügel heben wir ab.

Wow.

Trotz unseres Gefangenenstatus kann ich nicht anders, als auf unsere Umgebung zu starren.

Ich hatte vorhin den richtigen Eindruck. Was wie der Boden aussah, entpuppt sich als eine schwimmende Insel, die viel größer ist als unser Ziel. Sie scheint auch eine Art Pilgerziel für die Bürger dieser Welt zu sein, denn der gesamte Raum, der nicht von der Armee eingenommen wird, wird von den knienden Menschen bedeckt, deren Hände zur roten Burg ausgestreckt sind.

Der Magier in mir ist beeindruckt von dem Ausmaß von Liliths Schauspiel. Sie ist keine Göttin. Sie ist nur ein Vampir wie Vlad und ein Trickser wie Chester, aber sie konnte ein ganzes Otherland von ihrer Göttlichkeit überzeugen.

Andererseits könnte ich als Magierin die gleiche Leistung auch ohne meine Seherfähigkeiten vollbringen – vorausgesetzt, ich wäre nicht die Säule der Moral und Ethik, die ich bin. In einer weniger technologisch hoch entwickelten Gesellschaft wie dieser wäre es besonders einfach.

Als wir uns den Wolken nähern, träume ich davon, gefälschte Wunder aller Art zu vollbringen, um alle von meiner Göttlichkeit zu überzeugen: vom Teleportieren von Tigern von einem Ort zum anderen, bis zum

Halbieren der Menschen und dem Beweis, dass es ihnen gut geht.

Ja. Wenn ich David Copperfield und Criss Angels Repertoires aufführen und einige echte Prognosen einbringen könnte, würde ich im Handumdrehen als Göttin verehrt werden.

Aber so lustig das auch sein mag, ich würde so etwas nicht tun. Wahrscheinlich, weil ich leider kein Soziopath bin.

Ich werde in die Realität des Fluges zurückgeworfen, als wir auf Turbulenzen treffen – obwohl die auch durch eine der Körperfunktionen des Vogels verursacht worden sein könnten … hoffentlich ein Niesen.

Es gibt einige Wolken um uns herum, aber sie haben Lücken, die es mir ermöglichen, in die Ferne zu sehen. Ich sehe weitere schwimmende Inseln, einen rot gefärbten Ozean, der von großen Holzschiffen durchfahren wird, und eine riesige Stadt, die so aussieht, wie ich mir immer Camelot vorgestellt habe.

Als wir höher kommen, werden die Wolken weniger durchsichtig, was mich zwingt, meine Aufmerksamkeit auf unsere unmittelbare Umgebung zu richten.

Es gibt Dutzende von Menschen, die auf den Vögeln fliegen. Einige von ihnen sind Soldaten in Rüstungen, andere sind Mönche in weniger fantasievoller Kleidung.

»Was wäre der Sammelbegriff für eine Gruppe von Roc-Vögeln?«, fragt Felix. »Eine Brut?«

»Das ist was für Hühner«, sagt Itzel. »Ich denke, man sollte sie eine Kolonie nennen, wie Pinguine, oder eine Schoof, wie Gänse.«

»Eine Gruppe Rebhühner wird als Kette bezeichnet«, meint Ariel. »Fragt mich nicht, woher ich das weiß.«

»Wie wäre es mit Schwarm oder Schar, wie bei Krähen?«, mische ich mich ein. »Oder eine Herde, wie bei Straußen? Wäre das nicht passender, wenn man die Größe der Rocs betrachtet?«

»Wenn es hier nur ums Angeben geht, nennt man eine Gruppe von Feldlerchen einen Trupp«, rattert Itzel hervor. »Die Gesamtheit aller jungen Fasane ist ein Gesperre.« Sie atmet ein und fügt hinzu: »Eine Gruppe auffliegender Fasane dagegen ist ein Bukett, und ….«

»Bitte hört auf«, sagt Felix. »Lasst uns einfach so tun, als ob Rocs keine sozialen Vögel wären und sich nie zusammentun, weshalb sich niemand die Mühe gemacht hat, eine Gruppe von ihnen etwas anderes als ›einen Haufen Rocs‹ zu nennen.«

Da wir bereits landen, widersetze ich mich dem Drang, darauf hinzuweisen, dass wir dabei sind, auf einen anderen »Haufen Rocs« zu treffen.

Als die Mönche uns vom Rücken der Vögel reißen, erinnern wir uns an unser ungewisses Schicksal, und das Geplänkel hört auf.

Unsere Entführer leiten uns durch das Schloss, und die Seltsamkeit und Opulenz des Dekors nimmt uns allen den Atem.

Zuerst werden wir in eine botanische Gartenschau von etwas geführt, was wie fleischfressende Pflanzen aussieht.

Die nächste Halle ist eindeutig als Zoo gedacht. Sie ist voll von räuberischen Kreaturen: einige von der Erde, einige, die Hekima erwähnt hat, und die meisten habe ich noch nie zuvor gesehen.

Es folgt eine Kunstgalerie mit Gemälden, Fresken und Statuen, die blutige Schlachten und Opfer darstellen.

»Wovon ist sie die Göttin? Krieg? Blut? Tod?«, fragt Felix, als wir den nächsten Raum betreten – einen mit einer so riesigen Auswahl an mumifizierten Überresten von Menschen und Kreaturen, dass die Leute von der Ausstellung *Körperwelten* sich vielleicht aus Eifersucht töten und mumifizieren könnten.

»Lasst uns einfach hoffen, dass sie alle Cogniti gleichermaßen hasst«, meckert Ariel. »Wenn sie einen Nekromanten im Personal hat, gebe ich hier und jetzt auf.«

Ich bin ganz ihrer Meinung. Wenn wir Beatrice in *diesem* Raum bekämpft hätten, hätten wir mit Sicherheit verloren.

Die Mönche halten neben massiven, raumhohen Türen aus rötlichem Metall.

Zwei Kardinäle – jeder anscheinend ein Klon des anderen – stehen auf jeder Seite. Sie winken die Mönche weg. Dann öffnen sie mit maximalem Pomp die Türen und bedeuten uns, hineinzugehen.

Von innen ertönen Schreie vor Schmerzen oder extremer Ekstase.

Ich bereite mich psychisch darauf vor, einer blutrünstigen Göttin gegenüberzutreten, und gehe hinein.

# KAPITEL DREIUNDVIERZIG

WIE DIE MEISTEN im Schloss hat auch dieser kinogroße Raum Wände aus rotem Stein, die aussehen, als würden sie Blut schwitzen. Ich schätze, wenn es eine Königsburg wäre, wäre das der Thronsaal. Für mich sieht es jedoch wie Christian Greys *Red Room of Pain* auf Steroiden aus – dank all der Peitschen, Stöcke, Ketten und Kreuze mit nackten Menschen an ihnen.

Wunderschöne nackte Menschen.

Ebenso schön sind die wenigen Männer und Frauen, die die verschiedenen Werkzeuge aneinander anwenden. Das Gleiche gilt für die große Mehrheit, die im Gebetsstil kniet. Einige tragen knappe Kleidung, und andere überhaupt nichts. Wie als eine Person richten sich ihre Augen auf uns, und das ist der Moment, in dem ich *sie* sehe.

Das heißt, vorausgesetzt, dass sie eine Frau ist. Meine Augen nehmen ein Wesen von solcher

Schönheit wahr, dass der Anblick mein Gehirn mit Lust und Schmerz überlastet.

Das Wort *göttlich* wirbelt durch meinen Kopf, und ich habe Schwierigkeiten, sie anzusehen, ohne dem Wunsch nachzugeben, auf die Knie zu fallen, wie der Rest der spärlich bekleideten Gläubigen.

Wenn ich all die Emotionen, die ich jemals erlebt habe, während ich auf ein bewegliches Gemälde oder ein wunderschönes Tier geschaut oder einen postkartenartigen Blick auf die Natur geworfen habe, nehme und sie zu einem Moment zusammenfasse, könnte das annähernd das sein, was das Wesen vor mir mich fühlen lässt.

»Wie?«, flüstert Felix voller ehrfurchtsvoller Faszination. »Ist sie *wirklich* eine Göttin?«

Niemand antwortet. Wir beobachten, wie ein großer Mann zu Lilith hinaufgeht, sich hinkniet, seinen Kopf zur Seite neigt und seinen Hals freilegt.

Sie beugt sich vor, beißt in seinen Hals, und irgendwie hat selbst dieser brutale Akt eine jenseitige Schönheit.

Der Typ stöhnt laut vor Lust auf und bricht dann auf dem Boden zusammen.

»Der süchtige Teil in mir nimmt sie nicht als Vampir wahr«, sagt Ariel, und ihre Stimme klingt abwesend. »Normalerweise würde ich schon an meinen Schuss denken.«

Ich mache mir eine gedankliche Notiz, um Ariel so weit wie möglich vom Blut der Pseudogöttin fernzuhalten.

Lilith schaut endlich in unsere Richtung und beginnt, vom Boden hochzuschweben.

Ich wünschte, meine Handgelenke wären nicht gefesselt oder das Visier heruntergelassen, denn ich will mir die Augen reiben.

»Siehst du auch, was ich sehe?« Ariel klingt so überwältigt, wie ich mich fühle.

»Wenn du meinst, etwas zu sehen, was aussieht wie ein fliegender Engel, dann ja«, antwortet Felix mit erstickter Stimme.

»Nein, eher wie eine Fruchtbarkeitsgöttin«, sagt Ariel. »Oder eine …«

Ich blende sie aus und bin nicht in der Lage, meine Augen von dem majestätischen fliegenden Wesen zu trennen.

Es gibt weder Drähte, die ich sehen kann, noch eine andere Methode, um ihre der Schwerkraft trotzende Leistung zu erklären. Wenn ich mit dem Fehlen von Drähten recht habe, wird der Magier in mir von dieser Wendung der Ereignisse extrem enttäuscht sein. Das wäre, als würde man herausfinden, dass der Zauberer von Oz wirklich ein Zauberer war und kein Mann hinter einem Vorhang.

»Sie ist nur ein mächtiger Vampir«, sagt Itzel, ohne Ehrfurcht in ihrer Stimme. »Sie können alle bezirzen, ihre Macht ist nur stärker.«

»Also fliegt sie nicht?«, frage ich und erinnere mich, dass Zwerge immun gegen Dinge wie Bezirzen sind. »Wir sehen das einfach nur?«

»Nein, sie *fliegt*«, sagt Itzel. »Einige der ältesten und

mächtigsten Vampire können diese Macht erlangen, und dieser hier hat Macht im Überfluss.« Itzel schaut zu der sich nähernden Kreatur auf. »Sie sieht einfach nicht aus wie ein Engel oder eine Göttin, oder was auch immer du siehst. Alles, was *ich* sehe, ist eine für ihre Art typische Blässe, pechschwarze Haare und ein symmetrisches Gesicht. Ihr einziges Unterscheidungsmerkmal ist ein Tattoo auf ihrer rechten Schläfe. Das, das wie eine Klammer auf einem Pluszeichen aussieht. Sie muss sich wirklich für Mathematik interessieren.«

Eine Klammer auf einem Pluszeichen? Das klingt nach den Anfängen eines Emoji.

Ich bemühe mich, zu sehen, wovon Itzel spricht, aber ich scheiterte auf der ganzen Linie. Alles, was ich sehen kann, ist ein vager Umriss, der Heiligkeit ausstrahlt – aus Mangel an einen besseren Begriff.

Lilith beginnt zu sprechen, und die Geräusche, die sie produziert, tun meinen Ohren das an, was ihr Blick meinen Augen antut. Ich will nicht, dass sie jemals aufhört zu reden. Sie klingt wie eine himmlische Harfe, die all meine Lieblingsmusik spielt.

Der Drang, auf die Knie zu fallen und sie anzubeten, verstärkt sich. Ich versteife meine Beinmuskulatur und erinnere mich daran, dass es sich hier nur um Bezirzen handelt.

»Sie verlangt, zu erfahren, was und wer wir sind«, informiert uns Itzel.

»Lass mich eine gute Geschichte erfinden«, sage ich und wünsche mir, dass ich tatsächlich einen Plan hätte.

Aber wenn es darum geht, eine Göttin zu täuschen, habe ich die beste Chance von uns vieren. »Zuerst sag ihr, dass wir alle Zwerge sind, nicht nur du.«

Itzel sagt etwas, und der himmlische Klang wiederholt sich.

»Sie sagte, dass sie mit meiner Art vertraut ist und froh ist, dass uns die Hände hinter dem Rücken gefesselt sind«, sagt Itzel. »Sie verlangt auch, zu erfahren, ob ich andere Sprachen spreche, denn, ich zitiere: ›Wir wollen die göttliche Sprache nicht mit deinen ketzerischen Delirien verunreinigen.‹«

»Schau, ob sie Russisch oder Englisch spricht«, schlage ich vor. »Sie hat irgendwann einmal auf der Erde gelebt, also stehen die Chancen dafür gut.«

Itzel übersetzt.

»Ich spreche beides«, antwortet Lilith in seltsam akzentuiertem Englisch, und die Kraft ihrer göttlichen Stimme wirkt sich jetzt noch stärker auf mich aus, da ich verstehen kann, was sie sagt. »Aber ich werde so sprechen, wie es die Chancen minimiert, dass wir belauscht und verstanden werden.«

Mein Puls springt vor Aufregung in die Höhe.

Sie ist besorgt darüber, von jemandem, der Russisch spricht, belauscht und verstanden zu werden. Könnte es sein, dass sie sich Sorgen macht, dass mein Vater dieses Gespräch in einer Vision sieht? Andererseits … Ist sie nicht eine Wahrscheinlichkeitsmanipulatorin und damit in der Lage, sich vor Sehervisionen zu schützen? Es sei denn, sie denkt, dass wir als Zwerge ihre Macht stören. Aber das hätte Auswirkungen in beide Richtungen und würde Rasputins Vision ebenso unmöglich machen – aber vielleicht weiß sie nur von dem Effekt, den Zwerge auf ihre Macht haben, nicht von dem auf andere.

»Ich glaube, sie will eine andere Sprache sprechen, damit ihre Gläubigen unser Gespräch nicht verstehen«, sagt Felix. »Oh, und sag ihr, dass ihr Englisch toll ist.«

Itzel tut, was Felix vorschlägt, bevor ich sie daran erinnern kann, dass ich diejenige bin, die das Gespräch führen sollte – mit Itzel als Mund natürlich, da sie die Einzige von uns mit einem externen Lautsprecher ist.

»Schmeicheleien bringen dich nicht weiter, Zwerg«, sagt Lilith. »Erkläre, warum du gekommen bist, bevor ich dich zermalme.«

»Sag ihr, dass wir vier mit außergewöhnlich schlimmen Atemwegsproblemen geboren wurden, sogar für Zwerge«, sage ich schnell. »Sag ihr, dass es so schlimm ist, dass wir, wenn wir diese Anzüge ausziehen würden, in Sekundenschnelle ersticken würden.« Ich stelle pantomimisch dar, wie ich mir an den Hals greife. »Dann sag ihr, dass wir auf der Suche nach einer Welt mit genug Sauerstoff sind, damit wir ohne diese klobigen Anzüge weiterleben können.«

Itzel gibt meine Worte ziemlich gut weiter. Sie könnte noch eine gute Lügnerin werden.

Während sie das tut, überlege ich mir einen Namen für mich, den ich Lilith nennen kann. Ich möchte meine wahre Identität nicht preisgeben, da ich mit Rasputin verbunden bin, der vielleicht Liliths Gefangener ist. Ich bin versucht, Criss Angel zu sagen, aber das klingt zu männlich, und mein Anzug hat einige Kurven. Vielleicht, wenn ich den Namen umdrehe?

»Klingt Angel Criss wie der Name eines Mädchens?«, frage ich meine Freunde. Dann trifft es mich, und bevor sie antworten, grinse ich und sage: »Egal. Ich habe ihn. Ich werde Angelina sein. Wie Angelina Jolie.«

»Dann bin ich Brad Pitt«, sagt Felix.

»Das könnte dir so passen.« Ariel lacht. »Du bist mehr ein Billy Bob Thornton – vorausgesetzt, wir lassen deiner Fantasie, mit Sasha ein Paar zu bilden, freien Lauf, was selbst in diesen Anzügen schwer zu glauben sein wird.«

»Lass ihn Brad sein«, sage ich großzügig. »Außerdem bezweifle ich, dass mich mit diesem Visier jemand fragen würde, ob ich mit ihm ausgehe.«

»In diesem Fall bin ich Jennifer Aniston«, sagt Ariel. »Sie hat schließlich griechische Vorfahren. Wir können alle so tun, als wären wir Brads Zwergenharem.«

»Ich dachte, Zwerge sind monogam?«, sagt Felix.

»Ich bin mir sicher, Ariel hat mit dem Harem einen Witz gemacht«, sage ich. »Und selbst wenn nicht, Itzel, bitte gib nur weiter, was *ich* sage.«

»Apropos, wir brauchen noch einen Namen für Itzel«, sagt Ariel.

»Gwyneth Paltrow«, schlägt Felix vor.

Als Ariel und ich kichern, sagt er defensiv: »Sie und Brad haben sich nach dem Film *Sieben* gedatet, also dachte ich, es würde zum Thema passen.«

»Schön«, sage ich und mache mir eine weitere Notiz, um ihn bei passender Gelegenheit mit seinem enzyklopädischen Wissen über Promi-Pärchen zu ärgern. »Itzel, bitte stell uns vor, wenn du fertig bist. Nenn ihr aber nicht die Nachnamen. Falls sie in den letzten Jahrzehnten tatsächlich auf der Erde war, könnte sie es merken.«

Itzel beendet schließlich ihre Erklärungen.

»Wie tragisch«, sagt Lilith, obwohl sie nicht im Geringsten mitfühlend klingt.

»Ja«, antwortet Itzel. »Das ist es. Das ist übrigens Angelina.« Sie zeigt auf mich. »Das ist Brad.« Sie zeigt auf Felix. »Das hier ist Jennifer«, sie zeigt auf Ariel, »und ich bin Gwyneth, die Leiterin dieser Expedition.«

»Eher die Einzige mit einem externen Lautsprecher«, meckert Felix leise.

»Also, Gwyneth«, sagt Lilith und schmeckt scheinbar den Namen. »Hat Tartarus dich geschickt?«

»Wer?«, fragt Itzel, und ich erinnere mich, dass ich diesen Namen während der Einführungsveranstaltung in der letzten Woche gehört habe. Ich erkläre es den anderen kurz, und Felix bestätigt, dass er auch von ihm gehört hat.

Wie ich war er entsetzt über das, was von der Welt übrig geblieben war, die Tartarus zuletzt regiert hat.

»Ich habe bis heute noch nie von Tartarus gehört«, sagt Itzel zu Lilith. »Niemand hat uns geschickt.«

»Ist das so?«, fragt Lilith. »Nun, sag mir, würdest du wirklich sterben, wenn wir dich aus diesen Zwergen-Vorrichtungen herausnehmen würden?«

»Ja, und zwar schnell«, antwortet Itzel, bevor ich ihr vorgeben kann, was sie sagen soll. »Also bitte nicht.«

»Oh, ich will nicht, dass du schnell stirbst.« Obwohl die Worte immer noch nach schöner Musik klingen, entdecke ich einen Unterton von Bosheit, der mir einen Schauder über den Rücken jagt. »Obwohl ich vermute, dass du die Wahrheit sagst, kann ich dich nicht gehen lassen, ohne sicher zu sein, dass du die Wahrheit sagst. Ihr könntet Spione von Tartarus oder einer meiner anderen Feinde sein.« Sie schwebt näher an uns heran. »Ich bin mir sicher, dass meine Folterer eine Form der Befragung entwickeln können, die deine Kleidung intakt lässt.«

Wir alle weichen zurück und stoßen direkt auf eine Gruppe von Schwertkämpfern, die aus dem Nichts erschienen zu sein scheinen. Auf Befehl von Lilith beginnen sie, uns aus dem Raum zu treiben.

»Ich werde euch in naher Zukunft zum Abendessen hierher zurückbringen lassen«, sagt Lilith in unserem Rücken. »Es ist schon eine Weile her, dass ich Zwergenblut geschmeckt habe.«

# KAPITEL VIERUNDVIERZIG

WIR SIND STUMM VOR ENTSETZEN, als die Schwertkämpfer uns irgendwo hinschleppen, da wir die Bedrohung von Lilith, die Hannibal Lecter würdig wäre, verarbeiten müssen.

»Gebt euer Bestes, um euch an den Weg zu erinnern, den sie uns entlangführen«, sage ich allen, vor allem, um ihre Gedanken von der bevorstehenden Folter und dem Ausbluten abzulenken.

Sie murmeln zustimmend und grübeln dann weiter – was verständlich ist.

Ein paar Minuten später gleitet Ariel zwischen mich und Felix, und ich sehe, wie sie sich mit ihren Fesseln ausdehnt.

Als Magierin bin ich Expertin darin, zu wissen, was eine Gruppe von Menschen sehen kann oder nicht; in unserem Sprachgebrauch nennt man das Bewusstsein für die Winkel. Meine Fingerfertigkeit und andere geheime Manöver sind normalerweise winkelsicher –

aber Ariels aktuelle Bemühungen sind weit davon entfernt.

Ich decke ihre Winkel ab, indem ich nach rechts gehe und meine Haltung leicht anpasse.

Den Wachen entgehen Ariels Bemühungen.

»Mist«, sagt sie frustriert und gibt den Versuch, sich zu befreien, auf. »Ich kann dieses dumme Seil nicht zerreißen.«

»Selbst wenn du dich befreit hättest, hätten sie immer noch die Schwerter«, sagt Itzel.

»Also, was sollen wir tun? Wehrlos in unser Verderben gehen?« Sie schaut auf die nächste Wache, dann auf die daneben. »Ich denke, ich werde sie mit gefesselten Händen hinter meinem Rücken angreifen. Wenn ich dem einen eine Kopfnuss gebe und den anderen mit meiner Schulter ramme ...«

»Dann wird der Rest dich in Stücke hacken«, sagt Itzel.

»Das könnte noch ein besseres Schicksal sein als das, was Lilith für uns auf Lager hat«, antwortet Ariel.

»Wie wäre es, wenn wir Selbstmordmissionen auf den Zeitpunkt verschieben, wenn wir wirklich verzweifelt sind?«, melde ich mich zu Wort.

»Denkst du nicht, dass wir bereits verzweifelt sind?«, fragen Felix und Ariel fast unisono.

»Sagen wir einfach, wir kennen noch nicht alle Variablen«, sage ich. »Zum Beispiel wissen wir nicht, ob sie weniger Wachen benutzen, wenn sie einen von uns zur Folter bringen. Das könnte Ariels Chancen erhöhen, nach der Kopfnuss und dem Rammen mit der Schulter zu überleben.«

»Oh«, sagt Ariel enttäuscht. »Ich dachte, du hättest eine Vision oder so.«

»Sie kann wegen Itzel keine Vision bekommen«, sagt Felix vorwurfsvoll.

»Das ist nicht wahr«, sagt Itzel defensiv. »Ich sollte nur einen Einfluss auf Sashas Visionen haben, die *mich* einbeziehen.«

»Und du bist bei uns, also beziehen dich alle unsere Zukünfte mit ein. Vielleicht sollten wir dich loswerden«, sagt Felix. »Wie wäre es, wenn *du* die Wachen angreifst und zum Wohle der Gruppe getötet wirst?«

Itzel geht so weit weg von Felix, wie es unsere aktuelle Situation erlaubt. »Meine Natur hält Sasha nicht davon ab, eine Zukunft zu sehen, in der sie *dich*, Ariel, oder sie selbst foltern, vorausgesetzt, ich bin nicht da, wenn der Folterer es tut«, sagt sie schlichtweg.

»Ja, so verlockend es für mich auch ist, Folter in einer Vision zu erleben, werde ich das auf einen anderen Zeitpunkt verschieben«, sage ich und unterdrücke einen Schauer. »Aber Itzel hat ein gutes Argument. Ich hatte keine Zeit, kreativer über meine Visionen nachzudenken. Vielleicht könnte ich mir die Zukunft desjenigen ansehen, der unsere Zelle bewacht oder so. Vielleicht betrügt er seine Frau, und ich könnte das als Erpressung gebrauchen. Oder er verehrt einen anderen Gott als Lilith, und das könnten wir gegen ihn benutzen.«

Ich wünschte, ich könnte so optimistisch sein, wie ich mich vor meinen Freunden anhöre.

»Gut«, sagt Ariel. »Ich werde niemanden angreifen, aber ich habe das Gefühl, dass ich das bereuen werde, wenn ich mich in einer mit Stacheln gefüllten eisernen Jungfrau wiederfinde.«

»Die würden sie nicht benutzen«, sagt Felix. »Es würde den Anzug zerstören. So etwas wie eine Streckbank würde besser funktionieren. Wenn sie es langsam machen, sollte der Anzug nicht an den Gelenken reißen – auch wenn unsere Gelenke vielleicht …«

»Oder sie könnten den Helm in ein Feuer halten«, sagt Itzel mit viel zu viel Begeisterung in der Stimme. »Oder …«

»Wie wäre es, wenn wir unsere Vorstellungen *nicht* auf mögliche Folterungen konzentrieren und alle Gehirnzyklen aufsparen, um stattdessen Fluchtideen zu erarbeiten«, werfe ich streng ein.

Alle schweigen. Hoffentlich halten sie, wie ich, die Augen offen nach guten Gelegenheiten und schmieden Fluchtpläne.

Und hoffentlich hat jemand dabei mehr Erfolg als ich.

Als wir eine Wendeltreppe erreichen und anfangen, sie nach oben zu steigen, gehe ich das Gespräch mit Lilith in meinem Kopf nochmals durch und frage mich, ob es der richtige Weg war, vorzugeben, Zwerge zu sein – oder es in Itzels Fall zuzugeben. Wenn Lilith nicht denken würde, dass wir es sind, hätte sie vielleicht versucht, uns zu bezirzen, um ihr zu sagen, ob wir von Tartarus geschickt wurden. Mit dem richtigen Coaching von mir hätte Itzel vielleicht vortäuschen können, unter Liliths Einfluss zu stehen. Aber so, wie die Dinge stehen, werden wir uns mit der Art von schmerzhaften Befragungen auseinandersetzen müssen, die ich in den Erinnerungen meines Vaters gesehen habe, oder noch schlimmeren.

Andererseits, wenn Lilith die Antworten bekommt, nach denen sie sucht, wird sie uns als Abendessen vertilgen, also ist die Verzögerung vielleicht eine gute Sache.

Im Einklang mit meinen dunklen Gedanken wird unsere Umgebung mit jedem Schritt feuchter und düsterer. Je höher wir gehen, desto mehr erinnert die Innenarchitektur an die Kerker, die speziell für die Inquisition gebaut wurden.

Schließlich halten wir in einer Etage an, die besonders rattenverseucht aussieht.

Die Wachen führen uns an einer winzigen höhlenartigen Zelle mit rostigen Stäben und einem riesigen Schloss vorbei. Darin sehe ich einen Schatten einer Person, die den traurigsten Obdachlosen in New York wie ein gesundes und erfolgreiches Individuum erscheinen lässt.

»Oh nein«, flüstert Ariel. »Ist es das, was in ein paar Wochen aus uns werden wird?«

»Wahrscheinlich nicht«, sage ich. »Ich bezweifle, dass Lilith uns in diesem Fall als appetitlich empfinden würde.«

Leise setzen wir unseren Weg fort, und während wir an einer Zelle nach der anderen vorbeigehen, bilde ich mir ein, dass ich schmutzige Körper und Fäulnis rieche – obwohl es angesichts der Fähigkeit des Anzugs, die Außenluft zu filtern, eine Illusion sein muss.

Als wir um die Ecke gehen, sehe ich zwei kräftige Wachen, die einen großen, schlaffen Mann in eine der Zellen werfen.

Er ist sauberer als die anderen Gefangenen, die wir gesehen haben, und sein winziges Zimmer ist im Vergleich zu den anderen Zellen eine Luxussuite. Es gibt einen Eimer, ein Bett, ein kleines Bücherregal, einen Tisch und sogar ein Fenster.

Die Wachen werfen ihn auf das Bett, so dass das Licht durch das Fenster auf sein Gesicht fällt.

Ich keuche und erkenne ihn von unserem Gespräch im Leerraum wieder.

Es ist Grigori Rasputin.

Mein Vater.

## KAPITEL FÜNFUNDVIERZIG

MEIN HERZ SCHLÄGT WILD, und ich will aufstehen und schreien, dass ich es bin, Sasha, dass ich seinetwegen gekommen bin, aber ich unterdrücke den selbstmörderischen Impuls. Stattdessen überprüfe ich meine Winkel und bewege dann meinen Körper so, dass keine der Wachen sehen kann, wie ich mit meiner behandschuhten Hand meinem Vater zuwinke.

Er hat zwei blaue Augen, und sein Gesicht ist geschwollen, so dass es schwer zu sagen ist, ob er mein schönheitswettbewerbsreifes Manöver gesehen hat oder nicht.

In der Hoffnung, dass es der Fall war, neige ich meinen Körper noch einmal, um eine weitere Geste zu verdecken: Mit meinem ausgestreckten Daumen und meinem kleinen Finger deute ich ein Telefonat an.

Ich glaube, er hebt den Kopf, aber das könnte ich mir auch nur einbilden.

Selbst wenn er gesehen hat, was ich getan habe,

habe ich keine Ahnung, ob er es verstanden hat. Hatten sie während der Herrschaft des Zaren überhaupt Telefone in Russland?

Die Wachen treiben uns weiter den Flur entlang und hindern mich an weiteren Gesten. Wir gehen ein paar Meter und halten neben einer Zelle von der Größe eines Schranks in einer typischen Manhattaner Einzimmerwohnung an.

Der Mann ganz links öffnet das Metallschloss, und seine Kollegen schieben uns hinein.

Nachdem sie die Tür abgeschlossen haben, entfernen sich alle Wachen bis auf eine, und ich schaue mich um.

Es gibt kein Fenster, keine Betten und nicht einmal einen Eimer als Badezimmer. Der Ort fühlt sich an, als würde er von allen früheren Bewohnern, die darin starben – wahrscheinlich an Unterernährung oder Infektionen –, heimgesucht werden

»Lass mich raten.« Felix neigt seinen Helm zu Itzel. »*Dafür* wirst du nicht gut genug bezahlt.«

Itzel ignoriert ihn und tut ihr Bestes, um nervös im Raum hin und her zu gehen – was schwer ist, wenn man bedenkt, wie eng wir hier zusammengepfercht sind.

Auch die Wache geht hin und her – und hat angesichts der Länge des Korridors mehr Glück dabei.

Ich konzentriere mich und erreiche den Leerraum mit Leichtigkeit.

Die Formen, die mich umgeben, spielen unheimliche Musik, aber ich ignoriere das, um zu sehen, ob sich meine heimlichen Zeichen für Rasputin ausgezahlt haben.

Ich denke an die Essenz meines Vaters, wie ich es das letzte Mal getan habe, aber nichts passiert.

Mist.

Er ist nicht im Leerraum. Vielleicht hat er meine Geste nicht gesehen? Oder ist er vielleicht machtlos oder nach den Schlägen, die er wegstecken musste, schwer verletzt?

Um nicht verrückt zu werden, beschließe ich, zu sehen, was die Visionen sind, die mich umgeben. Zu meinem Entsetzen sehe ich, wie Ariel brutal mit Holzstäben geschlagen wird, die ihr die Knochen brechen, ohne den Raumanzug zu beschädigen.

Die Folter scheint in einer Art Ruine stattzufinden, mit zerbrochenen roten Steinen, die überall aufgeschichtet sind und einem mit Ruß bedeckten Boden. Gab es hier kürzlich ein Erdbeben?

Kann es auf einer schwimmenden Insel Erdbeben geben?

Als die schreckliche Vision endet, gehe ich sofort wieder in den Leerraum zurück.

Diesmal umgibt mich ein anderer Satz von Formen. Sie sehen ähnlich genug aus wie die, die ich gerade gesehen habe, so dass ich kaum einen Zweifel daran habe, dass sie zeigen, wie meine Freunde gefoltert werden.

Nein, danke. Eine hat gereicht, was die zusätzliche Motivation zur Flucht anbelangt.

Was ich brauche, ist, herauszufinden, wann sie zu

uns kommen werden – und es gibt Bonuspunkte, wenn ich herausfinden kann, warum der Folterraum so beschädigt wurde. Aber als ich versuche, darauf zuzugreifen, scheitere ich kläglich. Itzels Natur schlägt wieder zu.

Ich ändere meine Taktik und tue mein Bestes, um etwas über die Zukunft unseres Wachmanns zu erfahren.

Das schlägt auch fehl – wahrscheinlich, weil ich mehr über seine Essenz wissen muss. Alternativ könnte Lilith mit ihren Wahrscheinlichkeitsmanipulationskräften die Wache vor Sehervisionen schützen, weil sie weiß, dass der Mann Rasputin bewacht.

Apropos mein Vater ... Ich versuche, ihn zu erreichen, und scheitere erneut.

Als ich den Leerraum verlasse, bitte ich Itzel, den Wachmann anzusprechen, um zu sehen, ob wir etwas über ihn erfahren können, was meinem Sehvermögen helfen würde.

Sie versucht es – aber der Typ ignoriert sie so komplett, dass ich mich frage, ob er vielleicht taub ist.

Etwa eine Stunde vergeht, und eine neue Wache taucht auf.

Vielleicht habe ich mehr Glück dabei, etwas über *diesen* Kerl herauszufinden?

Das habe ich nicht, und Itzel schafft es auch nicht, von ihm Antworten zu bekommen.

Frustriert kehre ich in den Leerraum zurück und versuche erneut, Kontakt mit Rasputin aufzunehmen. Er hatte jetzt eine Stunde Zeit, um sich zu erholen, und wenn er meine Geste gesehen hat, sollte er meine Einladung annehmen.

Sobald ich diesen neuen Versuch unternehme, taucht ein bekanntes Wesen vor mir im Leerraum auf.

Es ist Rasputin, und er pulsiert vor Vorfreude.

Wir nehmen uns in das Leerraum-Äquivalent einer Umarmung.

Die Verbindung rastet ein, und wir beginnen, zu verschmelzen.

Ich atme einen metaphysischen Atemzug ein und bereite mich darauf vor, die Erinnerungen meines Vaters zu erleben.

# KAPITEL SECHSUNDVIERZIG

ICH SCHWEBE IM LEERRAUM.

Moment mal. Wurde ich aus meiner Verbindung mit Rasputin rausgeworfen, zurück in …?

Nein.

Das *ist* seine Erinnerung.

Es ist einfach so, dass die Erinnerung davon handelt, den Leerraum aufzusuchen.

Tatsächlich werde ich mir der Gedanken meines Vaters bewusst, und es fühlt sich wie ein Trip an, weil er an *mich* denkt … Eine drei Jahre und elf Monate alte Version von mir, die seiner offensichtlich voreingenommenen Ansicht nach *der klügste, schönste, perfekteste kleine Engel aller Zeiten – Vergangenheit und Zukunft –* ist.

Ich schaue genau hin und bemerke etwas sehr Interessantes. Mein Vater benutzt den Leerraum etwas anders, als ich es bis jetzt getan habe. Zumindest ist es nicht *nur* die Essenz der jungen Sasha, auf die er sich konzentriert, sondern auch seine Gefühle für sie. Gefühle, die mich schockieren, da er das kleine Ich eindeutig sehr liebt. Seine Liebe ist so stark, dass ich nicht verstehe, wie er derselbe Mann sein kann, der mich an einem Flughafen zurückgelassen und mich von Fremden großziehen lassen hat.

Seine Konzentration zahlt sich aus, und Formen von Visionen umgeben ihn.

Er scheint diese Formen nicht zu mögen, weil er mental flucht. »Wieder die gleichen«, denkt er wütend. »Jede Zukunft ist gleich.«

Er überlegt, ob er die Visionen überhaupt sehen soll, aber dann beschließt er, es zu tun.

Er betrachtet die nahezu identischen Formen sehr genau.

Im Gegensatz zu mir helfen ihm seine Instinkte bei der Wahl der nützlichsten der Formen – oder zumindest glaubt er, dass dies der Fall ist. Andererseits, woher weiß ich, dass das Gleiche nicht auch bei mir so ist? Vielleicht bekomme ich tatsächlich die nützlichste, die von einer nebulösen Intuition bestimmt wird, wenn ich zufällig eine auswähle?

Er greift nach einer Reihe von Formen, die sich leicht voneinander zu unterscheiden scheinen. Er beabsichtigt eindeutig, mehrere zusammenhängende Visionen zu sehen.

Die erste Vision beginnt.

Rasputin ist körperlos in einem Raum aus weißem Marmor.

Eine sechsjährige Version von mir ist in diesem

Raum, und Tränen strömen über ihr Gesicht. Sie ist nackt und hält einen Dolch, der in ihrer kleinen Hand wie ein Schwert aussieht.

Ebenfalls nackt ist die Frau, die vor den Füßen der kleinen Sasha gefesselt ist. Sie ist geknebelt, aber was von ihrem Gesicht zu sehen ist, ist sehr hübsch – und verängstigt.

»Bitte zwing mich nicht, das noch einmal zu tun«, fleht die kleine Sasha auf Russisch zur Decke. Dann wiederholt sie die Worte auf Englisch.

Niemand antwortet.

Sasha schluchzt, ihre dünnen Schultern hängen herab, und sie beugt sich über die Frau auf dem Boden.

Die Augen des Opfers weiten sich vor Entsetzen, und sie kämpft stärker gegen ihre Fesseln an.

»Ich muss«, sagt Sasha zu der Frau, fast flehentlich. »Wenn ich es nicht tue, wirst du leiden.« Ihr Gesicht verdreht sich in einer so unnatürlichen Trauer für ein Kind, dass ich sie umarmen und sie irgendwie aus diesem schrecklichen Raum entführen möchte.

Die Frau auf dem Boden versucht, sich von dem kleinen Mädchen zu lösen, aber ihre Fesseln erlauben es nicht.

Sasha beugt sich über sie und schiebt sanft ihr verfilztes Haar beiseite, wobei sie den weißen Hals darunter freilegt.

Tief einatmend, schneidet das Kind, das ich bin, ihn mit dem Dolch auf.

Die Waffe versinkt in der Kehle der Frau, und Blut sprudelt aus der klaffenden Wunde.

Der Körper der Frau erschlafft.

Sashas vereinzelte Tränen verwandeln sich in einen Strom, der sich der purpurroten Pfütze zu ihren Füßen anschließt.

Sie kniet sich neben der Frau hin.

Die Vision wird unterbrochen, und eine andere beginnt.

Sie ist fast identisch mit der ersten, außer dass Sasha diesmal etwas älter aussieht und sie einen jungen Mann umbringt.

In der dritten Vision tötet sie ein Kind in ihrem Alter.

Im vierten ist die Sasha in der Vision noch älter, und sie wirkt nicht so emotional verstört, nachdem sie die schreckliche Tat begangen hat.

In den folgenden Visionen tötet sie ihre Opfer fast roboterhaft …

Die Visionen hören auf, und Rasputin und ich befinden uns auf einer Wiese, die wie eine Wiese an einem Seeufer aussieht.

»Nein.« Rasputin zittert fast vor Wut. »Ich werde nicht zulassen, dass mein Engel ein Dämon wird.«

Bevor ich herausfinden kann, wo wir sind, sind wir wieder in seinem Leerraum.

Er denkt darüber nach, wie man es verhindern kann. In jeder Zukunft, in der er das kleine Ich nimmt und wegrennt, werden wir erwischt, und das Unvermeidliche geschieht immer noch.

Er kommt wieder auf eine Idee zurück, die er vorher schon einmal hatte, aber verworfen hat.

Sie ist schrecklich, aber er sieht keine andere Wahl.

Was, wenn er sich selbst aus der Gleichung herausnimmt?

Was, wenn er sie jemand anderem gibt, um sie zu erziehen?

Er denkt noch einmal an meine Essenz, aber diesmal bleibt er bei der Idee, die er gerade hatte, und er stellt sich vor, wie ich gewachsen bin.

Eine Reihe von Formen umgeben ihn, alle sehr unterschiedlich.

Er greift nach einer, aber ich weiß bereits, was er sehen wird. Ich – so, wie ich jetzt bin – werde von Mom und Dad auf der modernen Erde aufgezogen. Eine viel glücklichere Zukunft als die des Kindersoldaten und Serienmörders in seinen Visionen.

Bevor ich sehe, ob ich richtig liege, hat die Erinnerung einen Kurzschluss, und ich befinde mich in einer vakuumähnlichen Schwärze vor dem Synapsenhologramm meines Vaters.

# KAPITEL SIEBENUNDVIERZIG

DIESE FLÜCHTIGE VERSION meines Vaters sieht etwas besser aus als sein wirkliches Selbst. Seine Augen und sein Gesicht sind noch geschwollen, aber seine Haltung ist weniger geschwächt.

»Was hast du getan?«, fragt er rasend schnell auf Russisch. »Warum solltest du an diesen tödlichen Ort kommen?« Er schwimmt nach unten. »Du bist so stur wie deine Mutter – und du kannst mich nicht einmal verstehen. Alles meine Schuld. Wenn ich dich bei einer russischen Familie gelassen hätte, hättest du nicht vergessen, wie man unsere Muttersprache spricht. Vielleicht, wenn …«

»Ich habe mein Russisch aufgefrischt, seit wir das letzte Mal gesprochen haben«, antworte ich, und meine Worte sind stockend und langsam, während ich all das Wissen, das ich in mein Gehirn gestopft habe, nutze. »Ich bin gekommen, um dich zu retten. Ich musste es tun.«

Er starrt mich schockiert an, dann beginnt er wieder zu sprechen, diesmal langsamer und jedes Wort betonend. »Es war ein schwerer Fehler, hierherzukommen. Ich habe nicht genug Kraft für ein langes Gespräch, aber du hast einen Fehler gemacht.« Er reibt frustriert seine Schläfen. »Ich kann nicht glauben, dass ich deine Ankunft nicht vorausgesehen habe. Ich hätte es eine Woche lang vermieden, meine Energie zu benutzen, wenn ich es gewusst hätte. Meine Visionen helfen mir, meiner schrecklichen Lage vorübergehend zu entkommen, aber …«

»Hör auf, dich selbst zu geißeln.« Ich schwebe näher an ihn heran und lächele. »Deine Kraft zu nutzen, um dich besser zu fühlen, ist unter diesen Umständen verständlich. Außerdem begleitet mich ein … wie sagt man das?« Ich suche nach dem russischen Wort für *Zwerg*, finde es aber nicht und sage es einfach auf Englisch.

Seine Augen leuchten, und er sagt ein Wort, das sehr nach *Zwerge* klingt.

»Ja, das ist es«, sage ich. »Deshalb hast du meine Ankunft nicht vorausgesehen.«

Er schüttelt den Kopf. »Es ist nicht nur das. Lilith hat mein Schicksal für mich längst unsichtbar gemacht, und deins wurde kürzlich zu chaotisch, um mit ihm Schritt zu halten. Ich hätte es trotzdem versuchen sollen. Wenn es eine Möglichkeit gegeben hätte, das zu sehen …«

»Es spielt keine Rolle. Ich bin jetzt hier, und ich will dir helfen.«

»Das kannst du nicht. Ich wünschte, ich hätte deine Einladung angenommen, als du mich gerufen hast. Vielleicht hätte ich …«

»Also *hast* du mich ignoriert?« Ich kann nichts gegen meinen anklagenden Tonfall tun.

»Ich hatte Angst, dass ich schwach werden und dich bitten würde, zu kommen«, murmelt er. »Oder dass es für dich schwieriger wäre, meine Notlage zu ignorieren, wenn du mich kennenlernen würdest.« Er sackt nach unten. »Es scheint, als wäre sowieso alles umsonst gewesen. Du bist *hierher*gekommen, an den letzten Ort, an dem du sein solltest.«

»Ach, bitte.« Ich gleite ein paar Meter nach unten. »Du wirst seit fast zwanzig Jahren gefoltert. Hast du wirklich gedacht, dass ich zulassen würde, dass das so weitergeht?«

»Es ist weniger als ein Jahr her, seit ich dich am Flughafen zurückgelassen habe.« Er steigt auf mein Niveau auf. »Die Zeit hier vergeht fast zwanzigmal langsamer als auf der Erde, also ist es länger für dich.«

Ich sehe ihn verwirrt an und frage mich, ob mein Russisch mich im Stich lässt.

Zwanzig Jahre meines Lebens sind aus seiner Sicht in weniger als einem Jahr passiert?

Das ist verrückt.

Das bedeutet, dass in der Stunde, in der ich auf die Wachablösung gewartet habe, ein ganzer Tag auf der Erde vergangen ist. Das …

»Wir haben nicht viel Zeit«, sagt Rasputin ernst.

»Erzähl mir, wie du hierhergekommen bist, von dem Zwerg, und warum du diese seltsame Kleidung trägst.«

Ich informiere ihn so schnell wie möglich über alles.

»Es ist gut, dass Lilith weder dein Gesicht gesehen hat noch deinen Namen kennt«, sagt er, als ich fertig bin. »Sie ist extrem nachtragend und würde dir bis an die äußersten Grenzen der Otherlands folgen, wenn sie sich von dir beleidigt fühlen würde.«

»Ich nehme an, wenn ich fliehen würde, würde sie es als Beleidigung auffassen?«, frage ich.

»In der Tat«, sagt er grimmig. »Deshalb ist es wichtig, dass sie nichts von deinem Haar oder Blut bekommt. Als Vampirin könnte sie diese Dinge benutzen, um dich zu finden.«

»Nun, dank meines Talents, zu lügen, denkt sie, dass wir ohne die Anzüge sterben würden«, sage ich stolz.

»Schnelles Denken und so großartig in der Täuschung«, murmelt Rasputin leise vor sich hin. »So sehr wie …« Er hört abrupt auf.

»Du wolltest sagen: ›Deine Mutter‹, nicht wahr?«, sage ich. »Wer war sie? Wo ist sie? Wie kommt es, dass …?«

Er zuckt zusammen. »Du musst verstehen, dass ich nicht wusste, wer sie ist, als wir uns trafen.« Er sieht mich flehend an. »Ich war nur ein Narr, verliebt und überfordert.« Er schüttelt den Kopf. »Aber zumindest war nicht alles schlecht. Sieh dich nur an.« Er betrachtet mich mit väterlichem Stolz. »Ich wünschte, ich hätte die Chance, dich einmal ohne diesen Anzug in der realen Welt zu sehen.«

»Du wirst mich so oft ohne den Anzug sehen können, dass du mich satthaben wirst«, erwidere ich. »Wir kommen zusammen hier raus, du und ich.«

»Nein.« Er gleitet nach unten. »Wenn du die Chance hast, zu fliehen, musst du ohne mich gehen. Lilith hat meine Haare, damit sie mich verfolgen kann.«

»Na und? Wir werden sie ihr wegnehmen«, sage ich mit einem Selbstvertrauen, von dem ich mir wünsche, dass ich es fühlen würde. »Weißt du, wo sie es aufbewahrt?«

»Ja, aber es vernichten zu wollen wird die Flucht noch unwahrscheinlicher machen ...«

»Genug«, sage ich. »Wenn ich eine Vogelstimme mache, möchte ich, dass du eine Ablenkung erschaffst.«

»Was?«, fragt er, und bevor ich antworten kann, bricht unser Leerraumgespräch ab, und ich befinde mich wieder in meiner Zelle.

# KAPITEL ACHTUNDVIERZIG

»ZWANZIGMAL LANGSAMER?«, sagt Ariel ungläubig, nachdem ich meine Freunde über die Dinge, die ich im Leerraum erfahren habe, auf den neuesten Stand gebracht habe. »Das ist ein ziemlich drastischer Zeitunterschied.«

»Mein neuer Kunde wird nicht glücklich sein.« Felix sieht bedrückt aus. »Ich hätte Montag freinehmen sollen. Vielleicht auch Dienstag.«

»Ja.« Itzels Stimme ist voller Sarkasmus. »Wenn Sasha dich das nächste Mal bittet, irgendwohin zu gehen, stelle sicher, dass du deinen Zeitplan für den Rest deines Lebens geklärt hast – was kurz sein könnte. Oh, und füge viele Nullen zu dem hinzu, was sie dir anbietet, nicht, dass du lange genug lebst, um das Geld auszugeben, sondern …«

»Sie bezahlt dich nicht«, sagt Felix. »Das tue *ich*.«
Ich ignoriere den Rest ihres Hin und Hers, weil

etwas, was Felix gesagt hat, eine wichtige Erkenntnis gebracht hat.

Wenn der Zeitunterschied tatsächlich so ist, wie Rasputin gesagt hat, ist es bereits Montagnachmittag auf der Erde.

Nero hat mich auf der Arbeit erwartet.

Inzwischen wird er bereits Thalia angerufen haben, und sie wird ihm gesagt haben, dass wir Ariel zurück in die Reha bringen – was bedeutet, dass wir schon längst zurück sein sollten.

Ich schließe die Augen, konzentriere mich und betrete nahtlos wieder den Leerraum.

Gut.

Es hätte meine Macht und nicht die von Rasputin sein können, die ausgegangen ist. Ich schätze, ich kann Itzel für meine zusätzlichen Reserven danken. Und sie wird meine Versuche diesmal nicht vereiteln, denn es ist nicht die Zukunft von Itzel, die ich sehen möchte.

Es ist Neros.

Ich beschwöre die Essenz meines Chefs, so gut ich kann, und überlege sogar, ob ich meine Emotionen dazugeben sollte – so wie Rasputin es tat, als er die Zukunft der kleinen Sasha sehen wollte.

Das Problem bei der Verwendung meiner Gefühle für Nero ist, dass ich sie nur sehr schwer analysieren kann. Ich war bereit, auf unsere gegenseitige Anziehungskraft zu reagieren, aber dann ging er weiter und kam mit der Nummer: »Du kannst mit mir nicht umgehen«.

Glücklicherweise brauche ich nicht

herauszufinden, was ich von Nero halte, damit dies funktioniert – eine Reihe von Formen umgibt mich, basierend auf dem, was ich bisher getan habe.

Wenn ich ein Herz an diesem Ort hätte, würde es jetzt gerade hämmern.

Ich kann sagen, dass diese Visionen schrecklich sein werden. Aber gerade Nero kann doch nichts Schlimmes passieren, oder?

Stimmt's?

Es gibt nur einen Weg, das herauszufinden. Mit einem weiteren Trick von Rasputin lasse ich mich von meiner Intuition bei der Wahl der Form leiten und falle in die Vision.

---

ICH BIN KÖRPERLOS – das heißt, ich bin nicht dort, wo das passieren wird.

Meine Umgebung kommt mir jedoch bekannt vor.

Die fliegende Insel am Himmel beherbergt die rote Burg, in der ich mich gerade befinde. Der Blutfluss ist hier, ebenso wie die Armee von Soldaten und Mönchen, die die Tore bewacht.

Eine männliche Gestalt tritt aus dem Tor, durch das wir heute früh gekommen sind.

Ich erkenne sie sofort.

Es ist Nero.

Ein völlig nackter Nero. Bin ich eingeschlafen? Ist das einer meiner unangemessenen Träume?

Nein. Das ist eine Vision. Irgendwie muss Nero

herausgefunden haben, dass ich der Karte von seinem Safe zu Rasputins Standort gefolgt bin. Ich schätze, er hat unterwegs seine Kleidung verloren. Vielleicht hatte er einen Raumanzug getragen, um durch diese unbewohnbaren Welten zu kommen, und hat ihn einfach abgelegt?

Ein paar Soldaten und Mönche bemerken Nero und greifen an.

Nero blickt so finster, als ob sein Fonds Geld verliert, bewegt sich so schnell, dass er verschwimmt und verwandelt jeden in seiner unmittelbaren Umgebung in ein Pappmaché aus Blut, Knochen und Fleischfetzen.

Obwohl ich gesehen habe, wie er das mit den Orks getan hat, macht es den Anblick nicht weniger verstörend.

Sobald seine unmittelbaren Feinde zerstört sind, nimmt Nero einen tiefen Atemzug, und ein blendender Energieschub strömt aus seinem Körper.

Nero ist weg.

Nun, nicht weg.

Er wurde durch etwas ersetzt, das in mir den Wunsch weckt, dass ich jetzt Augen hätte – denn dann könnte ich ihnen nicht glauben.

Eine schrecklich majestätische, eidechsenartige Kreatur steht der Armee gegenüber. Sie hat ein Gebiss voller schwertförmiger Zähne, Klauen, die auf einem Bulldozer zu groß aussehen würden, und schuppige Flügel, die einen riesigen Jumbojet tragen könnten.

Wenn ich nicht wüsste, dass es Fabelwesen gibt,

wäre meine erste Vermutung ein Dinosaurier – eine Art fliegender T-Rex, nur größer und tödlicher.

Aber ich habe seit meiner Einführung in die Welt der Cogniti genug gesehen, um dieses Wesen bei seinem richtigen Namen zu nennen.

Es ist ein Drache.

# KAPITEL NEUNUNDVIERZIG

DIE GANZE ZEIT habe ich mich gefragt, was Neros Natur ist, und er erweist sich als ein verdammter Drache?

Es sei denn, dieser Drache hat ihn gefressen.

Nein. Diese Klauen erinnern mich daran, wie Neros Hände manchmal aussehen, wenn er tötet. Außerdem kann man diese Augen nicht verwechseln – vorausgesetzt, man ignoriert ihre derzeitige enorme Größe. Sie sind das gleiche Blaugrau wie immer, mit unnatürlich – oder vielleicht ganz natürlich für seine Art – dicken Limbusringen.

*Ein Drache.*

Ich dachte, nichts würde mich mehr überraschen, wenn mir eine neue mythologische Kreatur um die Ohren gehauen wird, aber ein Drache?

Und Nero ist einer.

Wir haben uns geküsst. Wir haben fast viel mehr als das getan.

Moment mal. Hat er deshalb gesagt, dass ich nicht mit ihm fertigwerde? Macht seine Drachennatur die Intimität besonders rau oder so? Wenn das wahr ist, wäre das ein berechtigtes Anliegen.

Dann fällt mir etwas anderes ein.

Als wir darüber gesprochen haben, wer versuchen könnte, uns zu töten, erwähnte Nero, dass es sich um jemanden *seiner* Art handeln könnte. Kein Wunder, dass er dachte, dass Masken zu tragen und Waffen zu benutzen unter ihrem Niveau wäre.

Ich habe keine Chance, weiter darüber zu sinnieren, weil der Drache sein massives Maul öffnet und ein dröhnendes Gebrüll hören lässt.

Es gibt etwas unheimlich Bekanntes an der Art und Weise, wie der Klang meine inneren Organe vibrieren lässt – eine besonders beeindruckende Leistung, weil ich derzeit keine Organe habe.

Dann macht es klick.

Es war weder ein Bären-Dinosaurier-Hybrid noch ein riesiger Vogel, der uns in der Welt jagte, kurz bevor wir diese hier erreicht haben.

Auch das muss ein Drache gewesen sein.

Außerdem, wie beim letzten Mal, als ich das Brüllen hörte, könnte ich schwören, dass ich menschliche Worte heraushöre.

»Gib sie mir – oder stirb«, scheint das Brüllen zu sagen.

Die menschliche Armee ist komplett erblasst, und die Flanken der Armee ergreifen die Flucht – zusammen mit allen Anbetern von Lilith.

Ich denke, wenn sie verstehen würden, was Nero will, würden sie mich ihm geben, aber so wie es ist, haben sie keine andere Wahl, als ihre armseligen Waffen zu erheben.

Die Bogenschützen agieren unisono und beschießen Nero mit einer riesigen Wolke aus Pfeilen.

Die scharfen Geschosse prallen von Neros Schuppen ab, als wären sie eine Panzerrüstung. Nicht ein einziges hinterlässt einen Kratzer.

Mit einem weiteren, viel wütenderen Gebrüll fliegt Nero nach oben und schlägt mit seiner massiven Klaue auf die nächste Gruppe von Mönchen.

Was von den Mönchen übrig ist, sieht aus, als wäre es in einer Küchenmaschine gelandet .

Trotz allem, was gerade passiert ist, wirft eine tapfere Gruppe von Soldaten Speere auf Nero.

Genau wie die Pfeile vor ihnen, zerkratzen die Speerspitzen nicht eine einzige Schuppe.

Sie scheinen Nero jedoch zu verärgern.

Mit lautem Gebrüll stürzt er sich nach unten und landet in der Mitte der Gruppe. Seine Krallen zerkleinern die Soldaten zu Babynahrung für Kannibalen.

Einige Schwertkämpfer beschließen, Neros Landung zu nutzen, um ihn anzugreifen, und fuchteln mit ihren Schwertern.

Seine Klauen bewegen sich zu schnell, als dass ich ihnen folgen könnte, und töten brutal jeden einzelnen Mann.

Mehr Soldaten schwärmen aus, um die Gefallenen

zu ersetzen, woraufhin Nero von ihren selbstmörderischen Tendenzen gelangweilt ist und mit einem einzigen Schlag seiner massiven Flügel in die Luft abhebt.

Er brüllt mit neuer Grausamkeit, und seine Augen verengen sich, während ihre Limbusringe dicker werden. Dann dehnt sich seine Brust aus, während er genug Luft einatmet, um ein großes Kino zu füllen.

Ist er im Begriff zu …?

Ja, ist er.

Ein Feuerstrom entweicht seinem Mund. Er ist zielgerichtet wie ein Flammenwerfer, aber mit der ganzen Intensität eines kleinen Vulkans.

Das Fleisch brutzelt, und Hunderte von Männern schreien gleichzeitig.

Nero fliegt und gleitet mit weit geöffnetem Maul über die entmutigte Armee. Das Feuer bedeckt den Boden wie Napalm und lässt Rüstungen, Knochen und Steine schmelzen und brennen.

Zufrieden mit den Schäden bei den Bodentruppen, dreht der Drache seinen massiven Kopf in Richtung der schwimmenden Insel – gerade rechtzeitig, um eine Gruppe von Soldaten zu sehen, die auf wilden Rocs reiten. Sowohl die Reiter als auch die Riesenvögel sind schwer gepanzert und haben lange Lanzen, die an einem speziellen Halter an der Schulter des Vogels befestigt sind – als ob sie im Begriff wären, Luftturniere zu veranstalten.

Nero wirbelt in der Luft herum und spuckt dann Feuer auf seine Angreifer.

Ein riesiger Teil der Mannschaft bricht in Flammen aus, aber einige zerstreuen sich.

Nero betrachtet die Gestalten um sich herum, schaut dann nach unten und entdeckt einen großen Vogel und seinen Reiter, die versuchen, zum Boden zu fliehen.

Nero fährt seine Krallen aus und stürzt sich mit einer Geschwindigkeit hinunter, um die ein Falke ihn beneiden würde.

Der Vogel schreit, als Neros Krallen sich in sein Fleisch bohren, und der Reiter schreit, als dieselben Krallen in seine Rüstung eindringen, als ob sie aus Alufolie wäre.

Die Überlebenden laufen mit gezogenen Lanzen auf Nero zu.

Eine Lanze streift seinen Oberschenkel. Eine anderer trifft auf seine Schulter.

Das nächste Brüllen des Drachen klingt so, als hätte es einen schmerzhaften Unterton. Haben sie ihm tatsächlich wehgetan?

Dann schlägt Neros stacheliger Schwanz auf das unbedeckte Gesicht seines linken Angreifers und drückt seinen Schädel in den Helm. Der Schwanz trifft dann auf den äußersten rechten Angreifer – und genau gleichzeitig zermalmen Neros Zähne einen weiteren, während seine Krallen ebenfalls zwei zerfetzen.

Wie durch einen Fleischwolf gedrehte Brocken von Vögeln und Menschen regnen auf den verbrannten Boden herab. Es überrascht mich nicht, dass die verbleibenden Roc-Reiter die Nerven verlieren und zu fliehen versuchen.

Nero hat jedoch etwas anderes mit ihnen vor. Er jagt und zerstört jeden Einzelnen von ihnen, bevor er höher zur Burg fliegt.

»Gib sie auf«, scheint das Brüllen zu sagen, als er auf den Fuß der Burg zuhält.

Niemand kommt heraus, um sie zu verteidigen oder anderweitig auf die Forderung zu reagieren.

Nero kratzt wütend an der Wand des Schlosses und reißt – zu meinem Entsetzen – einen zimmergroßen Brocken weg.

Der Rest des Gebäudes erzittert, als sei es von einem Erdbeben getroffen worden.

Ist das mit dem Raum passiert, in dem ich Ariels Folter vorausgesehen habe? Wenn ja, muss ich Liliths Prioritäten in Frage stellen. Ich würde zuerst das Schloss wiederaufbauen und Gefangene später foltern.

Nero schnüffelt an dem Stück Burg, das er hält, und wirft es dann zu Boden.

Hat er nach mir geschnüffelt?

Als die zerstörten roten Felsen herunterregnen, sehe ich mindestens hundert Soldaten in den Trümmern, die alle aus vollen Lungen schreien.

Flügel schlagen in der Luft, als Nero nach oben fliegt und sich umschaut. Er setzt sich auf einen der Türme, lässt sich nach unten fallen und reißt ihn dabei ab. Er schnüffelt auch an diesen Steinen, wirft sie dann weg und sucht nach einem anderen Stück, um es abzutrennen.

Eine kleine Figur schwebt aus dem Schloss.

Es ist Lilith, und sie hält etwas in der Hand – so etwas wie einen Schwertgriff, aber ohne Schwert.

»Du übertrittst die Grenze, Eidechse«, sagt sie auf Russisch mit ihrer himmlischen Stimme. »Hast du vergessen, was ich mit deiner Art vereinbart habe? Du hältst dich von meiner Welt fern, und ich mich von deiner.«

Es gibt also eine ganze Welt voller Drachen? Es muss diejenige sein, wo ich fast von einem getötet wurde.

Neros Antwortbrüllen ist so intensiv, dass es Lilith einen Meter zurücktreibt.

Unerschrocken schwebt sie wieder nach vorne.

Nero schlägt mit dem Schwanz auf sie ein, verfehlt sie aber. Er versucht, sie zu kratzen – aber er verfehlt sie wieder.

Ist sie so schnell beim Ausweichen, oder nutzt sie ihre Kräfte? Ich meine, sie *ist* eine Wahrscheinlichkeitsmanipulatorin. Kann das genutzt werden, um die Chance auf einen Treffer zu reduzieren? Wenn ja, wird der Kampf gegen einen mächtigen Trickser wie sie eine große Herausforderung sein, selbst für Nero in Drachenform.

Der Hals des Drachen verrenkt sich, als er versucht, Lilith mit seinen Zähnen in zwei Hälften zu zerbeißen – aber er verfehlt ihren Körper erneut.

»Temperamentvoll«, sagt Lilith und streckt ihre freie Hand am Himmel über Nero aus.

Tausend Vögel verschiedener Arten schwärmen aus

einer Wolke mit ohrenbetäubendem Kreischen auf Nero zu.

Gehört das zu ihrer Wahrscheinlichkeitsmanipulationsmacht? Ich nehme an, es gab kaum eine Chance, dass sich die Vögel in dieser Wolke verstecken konnten, und eine noch geringere Chance, dass sie einen Drachen angreifen würden.

Nero schlägt ein paar Vögel weg, aber sie bedecken ihn schnell vom Kopf bis zum Schwanz. Obwohl sie im Vergleich für ihn so klein sind wie Moskitos für mich, ist die schiere Anzahl überwältigend.

Wenn mich so viele Moskitos bedecken würden, bin ich mir ziemlich sicher, dass ich ausgesaugt werden würde.

Mit einem weiteren Gebrüll dreht sich Nero an Ort und Stelle und lässt die Vögel in alle Richtungen fliegen. Sofort fliegen sie wieder auf ihn zurück.

Er saugt Luft ein und speit Feuer auf die Vögel.

Als sie in Flammen aufgehen, richtet Nero seinen Feueratem auf Lilith.

Sie schafft es irgendwie, unter den Flammen hindurchzutauchen, ohne versengt zu werden.

Der Drache senkt seinen Kopf und schießt einen neuen Feuerstrahl auf sie, aber sie fliegt direkt darüber.

Offensichtlich wütend, stürmt Nero auf die Pseudogöttin zu, aber bevor er sie erreichen kann, verdunkelt sich die gleiche Wolke, aus der die Vögel kamen, und erzeugt einen Blitz, der Nero genau auf die Schnauze trifft.

Ich schätze, es gibt immer eine Chance auf Blitze,

wenn es Wolken gibt, also könnte das wieder Liliths Macht gewesen sein.

Nero sieht einen Moment lang fassungslos aus, erholt sich aber schnell und setzt seinen Ansturm fort.

Felsbrockengroße Hagelkörner schlagen auf Neros Kopf, als er Lilith näher kommt.

Ich hätte nicht gedacht, dass Hagelkörner jemals so groß werden können, aber ich schätze, es ist wahrscheinlicher, als dass beispielsweise ein Comic-Amboss oder ein Honda Civic vom Himmel fallen.

Nero ignoriert die Eiseinschläge, stürzt sich nach vorne und schnappt wieder mit seinen Zähnen nach Lilith – und verfehlt sie.

Bevor er seinen Kopf von der winzigen Figur wegziehen kann, schlägt sie ihm auf die Schnauze.

Zu meinem Schrecken führt der Aufprall dazu, dass der riesige Drache ein Dutzend Meter weit zurückfliegt. Er schüttelt den Kopf, als ob er ihn freibekommen wollte, und benutzt dann seine Flügel, um den Rückstoß zu verlangsamen und wieder in die Offensive zu gehen.

Mit unerschütterlichem Selbstvertrauen fliegt Lilith auf ihn zu, ohne sich darum zu kümmern, dass sie sich damit in Reichweite seiner tödlichen Krallen begibt.

Nero schlägt nach ihr, und seine Bewegungen sind zu schnell, um sie zu verfolgen, aber er verfehlt sie immer wieder.

Er brüllt vor Frustration und verstärkt seine Bemühungen.

Als Reaktion darauf überschüttet sie ihn erneut mit

Blitz und Hagel, aber er ignoriert es. Irgendwie muss er sie treffen, weil Lilith auf einen der Türme zurückgeworfen wird.

Also gibt es doch eine Grenze ihrer Macht. Sie könnte zu viel von ihren Kräften verbraucht haben, indem sie das Wetter manipuliert hat, und so gehen die Chancen schließlich nicht zu ihren Gunsten aus.

Sie schlägt in den Turm ein, und er explodiert in Stücke.

Nun mal langsam. Hätte das jemand überleben können? Sogar jemand mit der Macht des Glücks?

Als ob sie auf meine Frage antworten würde, schwebt Lilith aus dem Schutt, offensichtlich unverletzt.

»Was willst du, Eidechse?« Sie staubt ihre Kleidung ab. »Aus Respekt vor dem Eidechsenkönig tue ich mein Bestes, um dich nicht zu töten, aber …«

Das muss das Falsche gewesen sein, denn Nero stürmt mit neuer Entschlossenheit nach vorne und landet einen erneuten Treffer, der zwar ein weiteres Stück der Burgmauer zerstört, sie aber trotzdem nicht verletzt.

»Ist das etwas Persönliches?«, fragt sie und fliegt aus den Trümmern hoch. »Weil du wissen musst, dass ich noch nie jemanden von deiner Art getötet habe.«

Nero scheint das egal zu sein, weil er weiterhin angreift.

»Brauchst du vielleicht einen Seher?«, schreit sie, nachdem sie sich erneut abgestaubt hat und einer weiteren Serie von tödlichen Angriffen ausgewichen ist. »Wenn du hinter Rasputin her bist … Er ist nicht so gut, wie die Legenden dich glauben lassen wollen. Sicherlich ist er es nicht wert, für ihn zu sterben.«

Neros Schwanz schafft es, sie in die Brust zu schlagen, und sie fliegt rückwärts – aber erholt sich, bevor sie gegen etwas prallt.

»Ich kann Nostradamus bitten, sich Zeit für dich zu nehmen. Er ist viel, viel mächtiger«, sagt sie und fliegt wieder auf Nero zu. »Du würdest mir dadurch einen Gefallen schulden, aber er ist es wert.«

Offensichtlich unbeeindruckt von diesem Angebot, greift Nero sie mit neuer Intensität an und schafft es, sie mit seinem Schwanz so hart zu treffen, dass sie in einen hohen Turm der Burg kracht – der ebenfalls einstürzt.

»Das fängt an, mir auf die Nerven zu gehen«, sagt sie und drückt etwas auf dem Schwertgriff, den sie die ganze Zeit gehalten hat.

Eine Klinge erscheint – eine lange, blaue Klinge aus schimmerndem Plasma, die mich an das erinnert, woraus die Tore gemacht werden – und die Lichtschwerter aus *Star Wars*.

»Verschwinde!« Lilith schwenkt das Schwert mit einem lauten Rauschen in weiten Bögen. »Letzte Chance.«

Neros Augen verengen sich zu Schlitzen. Er muss diese Waffe kennen.

Ich wünschte, ich hätte einen Mund, um ihm zu sagen, dass er gehen soll. Ich sollte in der Lage sein, herauszufinden, wie ich irgendwie allein entkommen kann. Und selbst wenn ich nicht entkommen kann, gibt es keinen Grund dafür, dass wir beide auf dieser Welt sterben.

Aber er weicht nicht. Stattdessen fliegt er näher an sie heran, und sein Schwanz schlägt mit der Geschwindigkeit einer wütenden Kobra auf ihre schwertschwingende Hand.

Sie weicht seinem Angriff aus und schneidet gleichzeitig ein Stück seines Schwanzes ab.

Das schuppige Stück Fleisch fällt auf den Boden, und aus der Wunde fließt Blut.

Nero brüllt wütend auf und lenkt einen dicken Feuerstrom auf Lilith.

Sie taucht unter den Flammen hindurch und fliegt weiter in einem fallschirmsprungähnlichen freien Fall. Sie hält ein paar Meter über dem Boden an – direkt unter Nero und dem Blutstrom, der aus seinem Schwanz strömt. Sie fängt etwas von der roten Flüssigkeit auf, gleitet fort und macht eine Show daraus, sie in ihrem Mund zu schwenken.

»Ein schreckliches Bouquet«, kommentiert sie, nachdem sie sie heruntergeschluckt hat. »Tanninhaltig, rau, mit einem Hauch von Essig ...«

Nero gefällt der Kommentar zu seiner Blutverkostung offensichtlich nicht. Er taucht ab, und seine Klauen zielen auf ihre schwertschwingende Hand.

Zwei Dinge passieren fast zur gleichen Zeit.

Eine von Neros Krallen verfängt sich in Liliths Unterarm, und ihr Schwert durchbohrt seine Schulter.

Das Plasmaschwert versinkt in der eigentlich undurchdringlichen Drachenhaut wie ein heißes Messer in Butter. Dann reißt Lilith es heraus, und eine Blutfontäne sprudelt aus Neros Schulter.

Lilith umgreift ihre eigene Verletzung mit der linken Hand und landet auf dem Boden.

Nero knurrt wie tausend verwundete Bären und stürzt sich mit unglaublicher Geschwindigkeit nach unten, wobei er die Klaue seiner unverletzten Seite ausgestreckt hält.

Seine Kralle erwischt diesmal ihre Schulter, aber ihr Schwert durchbohrt Neros Brust.

Ich wünschte, ich könnte schreien oder ihm irgendwie helfen, aber ohne Körper kann ich nur hilflos zusehen.

Neros Krallen kommen auf dem Boden auf.

Sie zieht das Schwert heraus.

Das Blut ist jetzt wie ein Fluss. Es überdeckt alles – einschließlich Lilith.

Nero umfasst seine schreckliche Wunde mit einer Klaue, aber es ist, als würde man versuchen, einen ganzen See mit einem Schwamm aufzusaugen.

Lilith – deren eigene Schulter- und Unterarmwunden sich bereits schließen – fliegt hoch und schneidet Neros rechten Flügel ab.

Ich kann es nicht ertragen, das weiter zu verfolgen, aber ich habe keine Ahnung, wie ich aufhören soll.

Vor Schmerz brüllend, bricht der Drache zusammen, und der Aufprall seines Sturzes erschüttert die Insel wie ein Mini-Erdbeben.

Lilith springt mit ausgestrecktem Schwert auf seinen Rücken.

Die Plasmaklinge tritt in Neros Rücken ein.

Lilith zieht sie heraus und rennt auf seinem Rücken zu seinem Kopf.

*Nein. Bitte nicht.*

Nero versucht, sie mit dem Schwanz zu schlagen, aber sie weicht ihm auf dem Weg zu seinem riesigen Hals aus.

Die Zeit scheint sich zu verlangsamen.

Das schimmernde Schwert hält in einem weiten Bogen auf den mächtigen Hals des Drachen zu.

*Wenn ich einen Mund hätte, würde er vor Entsetzen offen stehen.*

Die Klinge schneidet durch den Hals, und Neros Kopf fällt auf den Boden.

Feuer und Blut explodieren aus der Wunde wie ein blutiger Vulkan, und der massive Körper des Drachen erschlafft.

Lilith deaktiviert ihre Klinge, springt auf den Boden und schaut auf den jetzt toten Drachen. »Was für eine Verschwendung«, sagt sie mit ihrer himmlischen Stimme.

# KAPITEL FÜNFZIG

ICH BEUGE mich nach vorne und ringe um Luft, während Tränen über mein Gesicht strömen.

Ich möchte sie von meinen Wangen wischen, aber meine Hände sind hinter meinem Rücken gefesselt – und selbst wenn sie es nicht wären, wäre der Helm im Weg.

»Was ist passiert?«, fragt Ariel. »Sasha, geht es dir gut?«

Mein Hyperventilieren beruhigt sich so weit, dass ich erkennen kann, dass ich wieder in meinem Körper bin und dass das, was ich gesehen habe, eine Vision war. Das bedeutet, dass *diese* Zukunft nicht geschehen muss. Vielleicht kann Lilith noch irgendwie gestoppt werden. Obwohl sie so mächtig ist und …

»Im Ernst, Sasha«, meldet sich Felix und klingt besorgt. »Was ist los?«

Ich atme zitternd ein und versuche, Worte zu

finden. »Nero ist ein Drache«, stoße ich schließlich hervor. »Und ... er wird sterben.«

In der anschließenden Stille erzähle ich ihnen von meinen schlimmen Erlebnissen im Leerraum und tue mein Bestes, um meine Panik im Zaum zu halten. Als ich zur Hälfte mit meiner Geschichte fertig bin, habe ich mich genug beruhigt, um ein Auge auf den Wachmann zu werfen, der im Flur hin und her läuft, damit ich seine Schritte zählen und seine Bewegungsmuster aufnehmen kann.

»Also *das* ist Nero«, murmelt Felix, als ich fertig bin. »Das erklärt seine supertiefe Stimme und das Augen-Ding, plus die Krallen. Oh, und seine Fähigkeit, Lügen zu erkennen.«

»Wie das?«, frage ich automatisch, auch wenn sich mein Verstand weiterdreht und nach Lösungen für unsere unmögliche Situation sucht.

»Als ich klein war, hat mir mein Opa Märchen über Drachen erzählt«, sagt er. »In diesen Geschichten spielten Drachen gerne eine Variante des Spiels *Wahrheit oder Pflicht*. Sie würden diejenigen fressen, die sich für die Wahrheit entscheiden, aber dann lügen – und sie würden auch diejenigen fressen, die nicht in der Lage sind, die oft unmöglichen Pflichten zu erfüllen. Ich dachte, mein Opa hätte diese Geschichten als Gleichnis erfunden, dass man die Wahrheit sagen muss, aber ...«

»Richtig. Das erklärt auch, warum Nero gerne so viel Geld verdient«, sagt Ariel. »Selbst in menschlichen Legenden mögen Drachen Schätze.«

»Du hast recht«, sagt Felix aufgeregt. »Ich wette, reich zu werden macht ihn sogar mächtiger. Das ist verdammt clever und wie ein Schlupfloch im Mandat, wenn ich recht habe.«

Könnte das stimmen?

Als Nero mich das erste Mal in der Kellerzelle eingesperrt hatte, hatte ich ihn damit konfrontiert, wie sinnlos es ist, reicher zu werden, wenn man bereits stinkreich ist.

»Es geht nicht um Reichtum«, hatte er geantwortet. »Es geht um Macht, und Macht ist Überleben.«

Ich hatte nicht verstanden, was er meinte, aber im Kontext eines Drachen, der seinen Schatz hortet, ergibt das mehr Sinn. Einen großen Nettowert zu haben *ist* wie auf einem Haufen Gold zu sitzen.

Zu schade, dass Neros reiche Drachenmacht nicht ausreicht, um mit Lilith fertigzuwerden, die ihre Kräfte erweitert, indem sie eine ganze Welt glauben lässt, dass sie eine Göttin des Glücks oder des Blutes oder was auch immer ist.

Oder, genauer gesagt, es *wird nicht genug* sein – Zukunftsform.

»Wann glaubst du, kommt er hierher?«, fragt Itzel. »Hast du einen Plan?«

Anstatt zu antworten, beobachte ich weiterhin die Wache und zähle die Sekunden, die wir in seinem Sichtfeld sind.

Zu viele Sekunden für meinen Geschmack.

Vielleicht warte ich bis zur nächsten Schicht? Der

nächste Typ könnte langsamer gehen – oder sich einfach irgendwo hinsetzen, wo er uns nicht sieht.

Nein.

Wenn ich diese Vision nicht gesehen hätte, wäre ich vielleicht vorsichtiger, aber so, wie sie ist, muss ich Felix' russischem Lieblingsspruch folgen: »Wer nichts riskiert, trinkt nie Champagner.«

»Bleib hier«, sage ich zu Felix und positioniere ihn in der Nähe der Gitterstäbe der Zelle.

»Warum?«, fragt er.

»Weil ich es gesagt habe und du nichts Besseres zu tun hast«, murmele ich, während ich Ariel dazu bringe, sich neben ihn zu stellen. Die Angst um Nero ist wie ein Lebewesen in meinem Magen, aber ich weigere mich, ihr nachzugeben.

Jetzt ist es an der Zeit zu handeln, nicht auszuflippen.

»Itzel, du stehst hier.« Ich stelle die Zwergin neben die Wand gegenüber von den anderen und warte darauf, dass der Wachmann in unsere Richtung kommt.

Zu meiner großen Erleichterung stellt die Wache die neue Art und Weise, wie wir alle dastehen, nicht in Frage. Wenn ich er wäre, hätte ich das auf jeden Fall getan.

Im Kopf zähle ich die Sekunden, stecke meinen Kopf zwischen Itzel und die Wand und sage eindringlich: »Lehne dich zurück.«

Itzel tut, was ich sage, und klemmt meinen Helm zwischen ihrem Hintern und der Wand ein.

Ausatmend, um meine Nerven zu beruhigen, drehe ich meinen Körper, bis ich höre, wie der Öffnungsmechanismus des Helmes aufklickt.

»Du hast immer noch deine Hände auf dem Rücken«, sagt Itzel. »Wie …«

»Achte nur darauf, dass der Helm nicht fällt«, sagt Felix. »Ich glaube, ich verstehe, was sie damit vorhat.«

Itzel hält den Helm weiter mit ihrem Hintern fest, und ich ziehe vorsichtig meinen Kopf heraus.

Das Gefängnis riecht ziemlich genau so, wie ich es mir vorgestellt hatte – wie eine Mischung aus Leichenschauhaus und Kanalisation.

Ich ignoriere meinen Würgereflex und entspanne alle meine Muskeln.

Dank der Tatsache, dass ich mich angespannt habe, als das Seil um mich gebunden wurde, schafft das Entspannen jetzt den erhofften Spielraum.

Ich hatte recht, als ich diesen Raumanzug mit einer Zwangsjacke verglich. Ausgehend von dieser Erfahrung manipuliere ich das Spiel in Richtung meiner linken Schulter und schäle mich aus dem Anzug, als ob ich einen Effekt ausführen würde.

Mein Herz schlägt wie auf der Bühne vor Tausenden von Menschen, aber ich befreie mich in rekordverdächtigen drei Sekunden.

Dann nehme ich den Helm hinter Itzels Hintern weg und lege ihn sanft auf den Boden, bevor ich die Fesseln der Zwergin aufknote.

Der Wächter kehrt zurück, und ich erstarre an Ort und Stelle und benutze die strategisch platzierten

Körper von Ariel und Felix, um mich aus seinem Sichtfeld herauszuhalten.

Er geht weg, und ich binde Ariel und Felix los. Ich lasse sie dann mit den Händen auf dem Rücken zum Flur schauen, damit die Wache nicht sieht, dass sie jetzt frei sind.

Als Nächstes ziehe ich die Dietriche heraus, die so aussehen, als seien sie ein normales Zungenpiercing, aber gehe wegen der Anzahl der Schritte der Wache, die ich mitzähle, nicht in die Nähe des Schlosses der Zellentür.

Der Wächter kommt genau dann an der Zelle vorbei, als ich denke, dass er es tun wird.

Ich halte den Atem an. Wenn er Ariels und Felix' neue Haltung verdächtig findet, kann er immer noch Alarm schlagen.

Aber das tut er nicht.

Als er weggeht, schiebe ich meine Freunde zur Seite und untersuche das Schloss.

Es ist so, wie ich befürchtet habe.

Ich kann dieses Ding auf keinen Fall knacken, bevor der Wachmann zurückkommt.

Es gibt noch etwas anderes, was ich versuchen kann, aber es ist riskant.

Ich zuckte bei meinem eigenen Spiegelbild in Felix' Helm zusammen, lege meine Hände an meinen Mund und erzeuge eine Vogelstimme.

Ich tue mein Bestes, um einen Roc nachzuahmen, und dämpfe das Geräusch, um die Illusion zu erzeugen, dass es von draußen kommt.

Die Schultern meiner Freunde spannen sich in ihren Anzügen an, und ich kann mir ihre fragenden Gesichtsausdrücke vorstellen.

Es gibt keine Möglichkeit, dass ich sie beruhigen kann, also versuche ich es auch nicht. Mein Vater muss jetzt das tun, um das ich ihn gebeten habe, aber ich habe keine Ahnung, ob er verstanden hat, was ich gesagt habe, bevor wir uns im Leerraum getrennt haben. Und wenn er mich gehört hat, weiß er dann, wie er …?

Etwas klirrt in der Ferne. Es klingt, als hätte jemand einen Tisch umgeworfen.

Erleichtert atme ich aus, als ich die Wache weglaufen höre, die nachsehen will, was das Geräusch zu bedeuten hat.

Rasputin hat es geschafft.

Das ist meine Chance.

Ich greife das Schloss mit den Dietrichen an, als ob das Leben von allen davon abhängen würde – und das könnte auch der Fall sein.

Das Schloss ist rostig und hat ein ungewöhnliches Design, aber das hätte Houdini nicht aufgehalten. Ein paar graue Haare später knacke ich es also endlich und atme den Atem aus, den ich angehalten hatte.

»Erinnerst du dich daran, dass du ein paar Leute aufmischen wolltest?«, flüstere ich Ariel zu. »Jetzt bekommst du die Gelegenheit dazu. Versuche, nicht zu viel Lärm zu machen.«

Dann zeige ich auf die Tür, und Ariel reibt ihre Hände bedrohlich, als sie hinausgeht.

Ich folge ihr zu Rasputins Zelle.

Der Wachmann steht in der Zelle, neben einem umgestürzten Tisch. Er hebt die Faust, um meinen Vater zu schlagen.

Ariel stürmt hinein. Sie greift mit der rechten Hand nach der Faust der Wache und legt ihre linke Armbeuge um seine Kehle.

Der Kerl sackt in Ariels übermenschlichem Griff zusammen, während die Knochen in seiner Faust mit einem Knirschen brechen.

Ariel wirft ihr Opfer zur Seite und lässt mich durchgehen, damit Rasputin mich sehen kann.

Er springt auf die Füße, und seine Augen streifen gierig über mein Gesicht.

»Sasha«, flüstert er, bevor seine Stimme versagt … und in diesem Moment erschüttert ein Gebrüll die Wände der Burg zusammen mit meinen inneren Organen.

Ein sehr vertrautes Drachengebrüll, das zu sagen scheint: »Gib sie mir – oder stirb.«

# KAPITEL EINUNDFÜNFZIG

»WIR MÜSSEN HIER raus und Nero retten«, sage ich eindringlich, da mich erneut die Angst überkommt.

»Deine Maske und dein Kostüm.« Rasputin zeigt auf meinen Kopf, dann auf Ariels Helm. »Du musst sie wieder anziehen, damit …«

»Er hat recht«, sagt Itzel über ihren externen Lautsprecher. »Du brauchst deinen Anzug für unseren Rückweg.« Leise fügt sie hinzu: »Angenommen, wir schaffen es tatsächlich aus dieser Welt heraus, was ich bezweifle.«

»Richtig.« Ich packe Felix' Schulter und drehe ihn, damit Rasputin seinen Rücken sehen kann. »Ich gehe und ziehe meinen an, und du deinen.«

Rasputin sieht mich verwirrt an, aber dann merkt er, dass Felix einen Ersatzanzug wie einen Rucksack bei sich hat.

Als mein Vater anfängt, seine Sachen

zusammenzusammeln, laufe ich zurück zu unserer alten Zelle und ziehe meinen eigenen Anzug an.

»Ich bin Felix, und das sind Ariel und Itzel«, höre ich meinen Freund auf Russisch über die Sprechanlage des Anzugs sagen, sobald ich meinen Helm wieder aufgesetzt habe. »Sollen wir dich Rasputin, Grigori, Grigori Yefimovich oder Sashas Vater nennen?«

»Da ihr Sashas Freunde seid, nennt mich bitte Grisha«, antwortet mein Vater. »Und danke für …«

Ein Brüllen von außen unterbricht ihn.

»Keine Zeit für Höflichkeiten«, sage ich knapp. »Das ist Nero da draußen, und er braucht unsere Hilfe.«

»Nero«, sagt Rasputin und spricht den Namen mit einem starken russischen Akzent aus. »Er ist durch den Vertrag nicht daran gebunden, das zu tun. Warum ist er hier?«

»Ich glaube, er ist gekommen, um mich zu retten«, sage ich. »Es ist eine lange Geschichte.«

»Itzel, kannst du mir übersetzen, was alle sagen?«, sagt Ariel in einem verärgerten Tonfall. »Und kann mir bitte jemand sagen, warum ich die einzige Person bin, die kein Russisch spricht?«

Als ich zu ihnen zurücksehe, kann ich mir fast die Teile meiner Vision vorstellen, in denen die Bogenschützen und die Speerträger Nero angreifen.

Wie als Bestätigung erschüttert ein weiteres wütendes Brüllen alles um mich herum – und bringt meine inneren Organe sogar durch den Anzug hindurch zum Vibrieren.

»Wenn du in Eile bist, kann ich mich dir nicht anschließen«, sagt Rasputin, als er mich sieht. »Sie hat mein Haar. Mit mir wegzulaufen wäre sinnlos. Ich würde sie direkt zu dir zurückführen.«

»Du hast gesagt, du weißt, wo sie es aufbewahrt«, sage ich. »Bring uns dorthin. Schnell.«

Er nickt und schlurft aus dem Raum – offensichtlich nicht gewöhnt an die Bewegungssteigerung, die der Anzug bietet.

Ariel holt ihn ein, und der Rest von uns folgt ihm.

Wir gehen um die Ecke.

Vier verängstigt aussehende Wachen starren aus dem Fenster.

Unter dem Deckmantel eines weiteren Brüllens springt Ariel zu den Wachen und schlägt sie nieder, bevor sie wissen, wie ihnen geschieht.

Vom Fenster aus ist nicht viel zu sehen, aber wir hören Hunderte von Männern, die unisono schreien.

»Nero hat gerade Feuer gespuckt«, erkläre ich, während sich mein Magen zusammenzieht. »Wir müssen uns beeilen.«

Wir erreichen die Treppe, laufen hektisch hinunter, und die Anzüge ermöglichen es uns, mehrere Stufen auf einmal zu nehmen.

Ariel lacht freudlos auf, während sie neben mir herläuft. »Als sie uns hierherbrachten, war mein erster Gedanke: ›Großartig. Ich werde eine Jungfrau sein, die in einem Turm eingesperrt ist. Alles, was fehlt, ist ein Drache.‹«

Die Geräusche von Neros napalmartigem Atem übertönen alle Antworten.

Ariel wird schneller, um vor uns zu rennen, und ein Stockwerk tiefer trifft sie auf eine verwirrte Wache.

Der Mann wehrt sich nicht sehr, als Ariel ihn an den Schultern packt und ihn kurzerhand die Treppe hinunterwirft.

Als wir das Erdgeschoss erreichen, höre ich die Schreie von verwundeten Rocs.

Nero muss gegen die Staffel der fliegenden Soldaten kämpfen – was bedeutet, dass uns die Zeit davonläuft.

»Hier durch.« Mein Vater läuft einen schmalen Korridor hinunter, der nur von Fackeln beleuchtet wird.

Fünf mit Schwertern bewaffnete Soldaten versperren uns den Weg, und ich fluche leise vor mich hin.

Ariel springt nach vorn, und ich folge ihr.

Sie tritt dem ersten Wächter das Schwert aus der Hand, wobei sie ihm das Handgelenk bricht, und schlägt dann einem anderen Wächter ins Gesicht. Die drei anderen Wachen ignorieren die Schreie ihrer Kollegen, während sie Ariel umzingeln – was ein Fehler von demjenigen ist, der mir den Rücken zukehrt.

Mit einem gut geübten Zug und all meiner vom Anzug verstärkten Kraft schlage ich dem Soldaten auf den Hinterkopf. Er bricht zusammen.

Ariel weicht zwei Schwertern aus, die auf sie

gerichtet sind, packt die beiden verbliebenen Männer an den Hinterköpfen und schlägt sie an der Stirn zusammen.

Die Köpfe explodieren wie überreife Melonen.

»Nun, der Flur ist sauber.« Felix hört sich an, als stünde er kurz davor, in Ohnmacht zu fallen. »Das sind gute Nachrichten.«

Rasputin läuft voraus, wobei er über die Leichen springt, und bleibt neben einem schrankartigen Raum stehen, den die Soldaten bewacht haben müssen. Er öffnet die Tür und schlüpft schnell hinein.

Draußen hört sich das nächste Drachengebrüll an, als hätte der Drache Schmerzen.

Ich bekämpfe die Versuchung, meine Handschuhe auszuziehen, damit ich meine Nägel kauen kann. Stattdessen eile ich meinem Vater hinterher – nur um mit ihm zusammenzustoßen, als er aus dem Schrank kommt und etwas hält, was aussieht wie ein Haarballen, den ein Jaguar hochgewürgt hat.

Mein erster Gedanke sind Schamhaare, aber dann merke ich, dass es sein Bart sein muss.

»Ich habe die Haare«, sagt er und hält sie triumphierend hoch. Er rennt zur nächsten Fackel und wirft seine ekelhafte Trophäe in die Flamme. »Endlich bin ich frei.«

Der Haarball verbrennt sofort, und ich kann mir vorstellen, wie er riecht. Glücklicherweise ist der Anzug luftdicht.

»Juhu«, sagt Itzel. »Jetzt müssen wir nur noch einen Weg finden, um von einer schwimmenden Insel zu kommen, während ein Drache versucht, alle und jeden zu töten, einschließlich einer Göttin. Sollte ein Kinderspiel werden.«

»Diesen Weg zum Ausgang«, sagt Rasputin und ignoriert die Zwergin, während wir uns alle beeilen, ihm zu folgen, genau als das nächste Brüllen ertönt.

Mist. Dieses Gebrüll scheint die Worte »Gib sie auf« zu enthalten. Je nachdem, wo wir uns in der Burg befinden, könnten wir in Gefahr sein.

Nun, in einer noch größeren Gefahr.

Eine ganz bestimmte Art von Gefahr, um genau zu sein.

»Hey, Itzel«, sage ich und versuche, die Panik aus meiner Stimme zu halten. »Eine rein hypothetische Frage ... kann mich jemand riechen, wenn ich in diesem Anzug eingeschlossen bin?«

Itzel antwortet nicht, weil wir eine große Halle betreten und uns etwa hundert Soldaten gegenüberstehen – alle bis an die Zähne bewaffnet.

Sie sehen durch das, was draußen passiert, verängstigt aus, aber als sie uns sehen – einen Feind, der *kein* Drache ist –, ziehen sie bedrohlich ihre Schwerter aus der Scheide.

# KAPITEL ZWEIUNDFÜNFZIG

»VERDAMMT.« ICH KÜMMERE mich schnell um die Raumaufteilung.

Obwohl ich nichts sehe, was wir zu unserem Vorteil nutzen können, nagt etwas an mir. Ich gebe mein Bestes, durch das, was ich in meiner Vision gesehen habe, herauszufinden, wo im Schloss wir uns befinden.

»Es gibt keine Möglichkeit, sie alle zu töten, ohne zumindest unsere Anzüge durchbohren zu lassen«, sagt Itzel. »Wie …«

»Auf den Boden«, schreie ich, als es mir endlich einfällt. „Geht runter und rutscht zurück. Bewegt euch!«

Ich lasse meinen Worten Taten folgen, lege mich auf den Steinboden und beginne, auf dem Bauch rückwärts zu kriechen.

Zu meiner Erleichterung tun mein Vater und die anderen das Gleiche.

Ich kann mir nicht einmal vorstellen, was die

Soldaten von unserem seltsamen Verhalten halten müssen. Andererseits stehen sie kurz davor …

Ich werde taub, als ein weltuntergangsartiges Knirschen ertönt, als Krallen auf Stein einen Steinschlag auslösen.

Wäre dies ein Erdbeben, wäre es eine Zehn auf der Richterskala.

Menschen schreien, und der feste Stein zerfällt in Stücke.

Felsbrocken fallen auf meinen Rücken, aber keiner ist groß genug, um mir oder meiner Crew zu schaden.

Ich schaue mir die Halle an, aus der wir gerade geflohen sind. An ihrer Stelle befindet sich jetzt ein klaffendes Loch. In dieser Öffnung sehe ich, wie der riesige Drache an dem Stück der Burg schnüffelt, die er hält, und es dann zu Boden wirft.

»Wir können jetzt aufstehen«, sage ich und folge meiner eigenen Anweisung trotz meiner zitternden Knie. »Das nächste Stück Burg, das er herausreißt, wird ein Turm sein, also sollten wir sicher sein … vorausgesetzt, es gibt einen anderen Weg zum Ausgang.« Ich strecke meine Hand aus, um meinem Vater hochzuhelfen.

»Den gibt es«, sagt er, während er meine Hand ergreift, und sobald er steht, führt er uns durch einen spiralförmigen Korridor.

Wir stürmen in eine neue Halle – und treffen auf ein Dutzend mit Stäben bewaffneter Mönche. Im Vergleich zu allen, die wir bisher getroffen haben, und unter den gegebenen Umständen, sind sie überrraschend entspannt.

Verdammt, sie sehen sogar ruhig aus, als Ariel nach vorne springt, sich den größten packt und ihn wie einen Baseball gegen die Wand wirft.

»Zweifellos hält ihr Glaube sie so zen«, grummelt Felix, als er dem ihm nächstgelegenen Mönch ins Gesicht schlägt. »Lilith hat diesen Leuten eine Menge angetan, das ist sicher.«

Ein Mönch schlägt mir mit seinem Stab auf den Solarplexus, und ich krümme mich. Mein Vater schreit einen russischen Fluch und schlägt dem Mann in den Kiefer, woraufhin dieser bewusstlos zusammenbricht.

Ich atme rechtzeitig ein, um einen anderen Mönch zu sehen, der seinen Stab anhebt, um Rasputin im Nacken zu treffen, also trete ich gegen sein Schienbein und breche ihm dank meiner verstärkten Kräfte durch den Anzug das Bein.

Er schreit auf, aber ich schlage ihm ins Gesicht, und er verliert das Bewusstsein.

»Macht euch bereit«, warne ich alle, als ich schätze, dass die Burg gleich wieder erzittern wird.

Nichts passiert.

Ich schlage einen weiteren Mönch. Dann noch einen.

Schließlich kommt das Erdbeben. Nero muss den Turm abgerissen haben – was bedeutet, dass Lilith im Begriff ist, sich Nero persönlich zu stellen.

Das Beben wirft ein paar Mönche von ihren Füßen, und wir fünf nutzen ihre Position aus, um sie auszuschalten, bevor sie wieder aufstehen können. Dann werden wir mühelos mit ihren noch stehenden Brüdern fertig.

»Grisha, wie weit zum Ausgang?«, frage ich meinen Vater, als wir anfangen zu laufen.

»Ein paar Minuten«, antwortet er. »Könntest du mich auch Papa nennen?«

»Ich glaube nicht, dass wir ein paar Minuten Zeit haben«, knirsche ich, und strapaziere meine Beinmuskeln, da die Nero-Todesuhr in meinem Kopf lauter tickt.

»Du übertrittst die Grenze, Eidechse«, dröhnt Liliths himmlische Stimme draußen. »Hast du vergessen, was ich mit deiner Art vereinbart habe? Du hältst dich von meiner Welt fern, und ich mich von deiner.«

Kälte durchdringt mich bis in die Knochen, und ich laufe schneller. Rasputin folgt dicht dahinter, mit allen anderen auf den Fersen.

»Hier entlang«, keucht mein Vater über ein weiteres Brüllen hinweg.

Der Kardinal, der Teil unseres Begrüßungskomitees war, und ein paar Dutzend weitere Mönche stellen sich uns in den Weg.

»Temperamentvoll«, sagt Lilith draußen, und ich erinnere mich daran, dass sie kurz davor ist, Nero mit Vögeln, Hagel und Blitzen zu bombardieren.

»Keine Zeit, um gegen sie alle zu kämpfen. Helft mir, durch sie hindurchzupflügen«, schreie ich und springe auf den Kardinal zu.

Mit der gleichen Pomphaftigkeit wie zuvor sagt der Kardinal etwas mit theatralisch ausgestreckten Händen zu mir.

»Wir sind auf der Seite der Gerechtigkeit«, übersetzt Itzel atemlos. »Bestien wie ihr können nicht ...«

Meine Faust schlägt dem Kardinal mit großer Freude auf den Kiefer und stoppt seine Tirade.

Er fällt wie ein Müllsack zu Boden, und ich springe über ihn hinweg und schlage einen anderen Mönch, der mir im Weg ist.

»Erlaub mir«, sagt Ariel, als sie an mir vorbeikommt. Sie hat ihren Kopf nach unten gebeugt und schneidet sich mit der Leichtigkeit eines NFL-Spielers, der durch unterernährte Kindergärtner läuft, einen Weg durch die Mönche.

Ich folge ihr, schlage gelegentlich Mönche und weiche ihren Stäben aus. Bald laufen wir mit wütenden Mönchen auf den Fersen den Korridor hinunter.

Sie können mit unserer entsprechend erhöhten Geschwindigkeit nicht mithalten, und schon bald lassen wir die Verfolger weit hinter uns.

Donner dröhnt draußen. Wir haben fast keine Zeit mehr.

Nero brüllt vor Frustration, und irgendwo im Schloss explodiert ein Turm.

»Hier durch«, sagt mein Vater und biegt links in einen anderen Gang ein.

»Was willst du, Eidechse?«, wiederholt Lilith. »Aus

Respekt vor dem Eidechsenkönig tue ich mein Bestes, dich nicht zu töten, aber …«

Eine Burgmauer bricht in der Ferne.

»Ist das etwas Persönliches?«, fragt Lilith, als wir um die Ecke gehen. »Weil du wissen musst, dass ich noch nie jemanden von deiner Art getötet habe.«

»Nur noch ein bisschen weiter«, hechelt Rasputin und wird schneller.

»Brauchst du vielleicht einen Seher?«, fragt Lilith. »Wenn du hinter Rasputin her bist … Er ist nicht so gut, wie die Legenden dich glauben machen wollen. Sicherlich ist er es nicht wert, für ihn zu sterben.«

»Also weiß sie nicht, dass er wegen Sasha gekommen ist«, murmelt Rasputin leise. »Das ist gut.«

»Ich kann Nostradamus bitten, sich Zeit für dich zu nehmen. Er ist viel, viel mächtiger«, sagt Lilith. »Du würdest mir dadurch einen Gefallen schulden, aber er ist es wert.«

»Meint sie *diesen* Nostradamus?« Felix klingt so außer Atem wie eine überhitzte Bulldogge. »Derjenige, der Hitler vorhergesagt hat und …«

»Er ist niemand, den du oder Nero jemals treffen wollt«, sagt Rasputin zwischen zwei schweren Atemzügen. »Seine Prognosen haben viel Kummer verursacht.«

Ich beteilige mich nicht an dem Gespräch, weil ich meine Kraft sparen will.

Wir sprinten durch die Ausstellung mit den fleischfressenden Pflanzen, durch die wir schon einmal gegangen sind, in die große Halle mit den Ausgangstüren auf der anderen Seite.

»Das fängt an, mir auf die Nerven zu gehen«, sagt Lilith.

Oh nein.

In diesem Moment aktivierte sie ihr tödliches torartiges Schwert.

»Ariel, schnapp dir Itzel und bleibe bei mir«, keuche ich, während ich nach vorne schieße. »Wir haben fast keine Zeit mehr.«

Der Klang unserer vom Anzug umhüllten Füße auf den Steinringen hallt durch die große Halle, während ich meine Beine bis an ihre Grenzen bringe. Ariel überholt mich einen Atemzug später, wobei sie Itzel über ihre Schulter geworfen hat wie der Weihnachtsmann seinen Sack.

Mit ihrer freien Schulter knallt sich Ariel an die großen Türen und zerschmettert sie dabei.

Ich bin jetzt ein paar Meter vom Ausgang entfernt und kann Nero und Lilith am Himmel sehen.

»Verschwinde!«, sagt Lilith, während sie das tödliche Schwert in weiten Bögen schwenkt. »Letzte Chance.«

# KAPITEL DREIUNDFÜNFZIG

»ARIEL, halte Itzel in Liliths Richtung!«, rufe ich. »Itzel, du musst sie so oft wie möglich mit deinem Kugelblitz abschießen.«

Mein Plan ist einfach.

Es ist an der Zeit, dass Itzels Fähigkeiten die Kräfte eines anderen versauen.

Wenn ich recht habe, wird Liliths Glück bei Itzels Geschossen nicht funktionieren.

Hoffentlich.

»Ich kann nur ein paar werfen, bevor ich vor Erschöpfung ohnmächtig werde«, sagt Itzel, als Ariel sie von ihrer Schulter nimmt und ihren Kopf auf Lilith richtet, als wäre sie eine Bazooka. »Ich habe auch Schwierigkeiten, das unter so viel Stress zu tun.«

»Gib dein Bestes«, sage ich, als Nero auf Lilith zufliegt. »Jetzt!«

Mit einem Stöhnen schießt Itzel ihren Ball, als

Neros Schwanz beginnt, gegen Liliths schwertschwingende Hand zu schlagen.

Als das Geschoss durch die Luft fliegt, halte ich den Atem an.

Nero sieht es und stoppt seinen Schwanz gerade noch rechtzeitig – was ihn davor bewahrt, vom Schwert zerhackt zu werden, wie in meiner Vision.

Der Kugelblitz trifft Lilith in den Rücken und verteilt blaue Plasmaenergie auf ihr. Eine Sekunde lang sieht es so aus, als hätte sie ein Kraftfeld, ähnlich dem in unseren Anzügen.

Offensichtlich half ihr das Glück nicht, dem Projektil auszuweichen. Andererseits hat sie das Glück, so widerstandsfähig zu sein – ich hatte es halb erwartet und halb gehofft, dass sie in Flammen aufgehen oder zumindest vom Himmel fallen würde. Wenigstens sieht sie so benommen aus, als ob sie von einer Elektroschockpistole getroffen worden wäre.

Nero nutzt die Hilfe und stürzt sich auf Lilith, wobei seine rechte Klaue auf ihren schwerterschwingenden Arm zielt.

»Beschieß sie mit einem anderen Ball«, befehle ich Itzel, und lasse mich dabei von meiner Intuition leiten.

Die Zwergin meckert leise etwas vor sich hin, aber tut, was ich sage – gerade als Lilith sich vom ersten Treffer erholt hat und Neros Klaue mit ihrem Schwert durchbohrt.

Die Plasmaklinge schneidet direkt durch die Handfläche des Drachen, und Nero brüllt vor Schmerz.

Itzels zweiter Kugelblitz trifft Lilith am Kopf.

Knurrend drückt Nero seine Klaue nach unten, wodurch sich das Schwert tiefer in sie bohrt. Sobald die Hälfte des Griffs in seinem Fleisch ist, reißt er die Klaue weg und Lilith die Waffe aus der Hand.

Er fliegt hoch, schüttelt das verletzte Anhängsel ab und lässt das Schwert in einem weiten Bogen fliegen. Es landet einen Steinwurf von mir entfernt, während eine Blutfontäne aus Neros Wunde sprudelt und Lilith von Kopf bis Fuß bedeckt.

Die Göttin erholt sich von ihrem betäubten Zustand, taucht nach dem Schwert – und erblickt schließlich uns fünf.

»Zwerge.« Sie leckt sich während des Fluges Neros Blut von den Lippen. »Ihr werdet für euer Eindringen bezahlen.«

»Itzel, noch einmal, sofort!«, schreie ich und renne zum Schwert.

»Ich weiß nicht, ob ich es noch einmal schaffe«, hechelt Itzel. »Mir ist schwindelig und …«

»Bitte versuche es«, drängt Ariel. »Ich halte dich, ich verspreche es.«

Itzel stöhnt erneut, und aus dem Augenwinkel sehe ich einen weiteren Feuerball, der Lilith trifft.

Er verlangsamt sie gerade so weit, dass ich das Schwert greifen und es über meinen Kopf heben kann.

Ich habe keine Ahnung, ob ich Lilith mit diesem Ding verletzen kann, aber ich werde es versuchen.

Allerdings könnte sie vielleicht nicht das einzige Problem sein. Nero stürzt sich in die Tiefe und sieht ebenfalls bereit aus, mich für das Schwert zu töten. Ich schätze, er kann nicht erkennen, wer ich bin, da der Helm meine Gesichtszüge und der Anzug meinen Geruch versteckt.

»Itzel«, sage ich eindringlich. »Schrei das auf Englisch über deinen externen Sprecher: ›Hey Boss, ich bin das mit dem Schwert.‹«

Itzels Stimme klingt extrem schwach, als sie das tut, was ich verlangt habe, aber Nero verlangsamt den Sturzflug, und seine riesigen Drachenaugen fixieren mich.

Lilith erholt sich und schießt auf mich zu.

»Itzel«, rufe ich und schwinge mein Schwert auf Liliths ausgestreckten Arm. »Schieß!«

Lilith weicht meinem Schlag aus und kurz zurück, bevor sie erneut auf mich zukommt. Auf diese kurze Distanz schmerzt ihr engelhaftes, bezirzendes Gesicht beinahe. Anstatt um mein Leben zu kämpfen, will ich demütig betend auf die Knie fallen.

»Ich kann das nicht«, keucht Itzel. »Ich bin raus.«

»Bitte versuche es«, fleht Ariel. »Ich weiß, dass du es schaffst.«

Lilith weicht der Klinge aus und greift nach dem Schwertgriff direkt über meiner Hand.

Verzweifelt umklammere ich ihn mit meiner anderen Hand, und sie fliegt hoch und zieht mich mit sich vom Boden.

Mein Vater in meinem Helm klingt, als würde er vor Sorge hyperventilieren.

Ich klammere mich mit aller Kraft an das Schwert.

Ich bin mir ziemlich sicher, dass sie mich in zwei Teile schneiden wird, wenn ich loslasse.

»Itzel, sie wird sie umbringen«, schreit Felix. »Schieß jetzt!«

Aus dem Augenwinkel sehe ich Nero auf uns zukommen, aber ich bezweifele, dass er uns rechtzeitig erreichen wird.

»Oh nein«, sagt Ariel. »Itzel ist gerade ohnmächtig geworden.«

Liliths Augen richten sich auf meinen Helm, und ich verabschiede mich von meinem Leben.

# KAPITEL VIERUNDFÜNFZIG

PLÖTZLICH TRIFFT Itzels Lichtkugel Lilith in die Brust.

Ich könnte die Zwergin gerade küssen. Als Ariel sagte, dass Itzel ohnmächtig wurde, meinte sie, *nachdem* sie die Kugel geworfen hatte.

Liliths Hand löst sich vom Schwertgriff. Wenn dies ein Cartoon wäre, würde ich für eine Sekunde in der Luft schweben und erstaunt mit dem Schwert winken.

Stattdessen stürze ich zu Boden.

Ich überrasche mich selbst damit, wie klar mein Kopf denken kann, weil ich den Ausschalter am Schwertgriff suche und ihn drücke, um die Plasmaklinge zu versenken, da ich sicherstellen will, dass ich nicht versehentlich ein Körperteil abschneide, wenn ich lande. Ich war nicht so hoch oben, aber ich werde mir zumindest ein Bein brechen oder …

Ich lande in den ausgestreckten Armen von jemandem.

Rasputin stöhnt vor Anstrengung.

Deshalb hat er also so laut geatmet. Es war keine Sorge. Er ist gelaufen, um mich aufzufangen.

»Du bist nicht so leicht wie beim letzten Mal, als ich dich hielt«, sagt er reumütig, als er mich auf meine wackeligen Beine stellt.

Ich ignoriere den Kommentar über mein Gewicht und schaue mich um.

Felix und Ariel laufen mit der schlaffen Itzel über Ariels Schulter auf uns zu, und Nero hat Lilith mit seiner unverletzten Klaue gepackt.

Er hinterlässt eine Blutspur hinter sich, während er sich wie ein Düsenflugzeug in der Luft dreht und dann den Schwung nutzt, um Lilith mit aller Kraft gegen eine Seite der Burg zu werfen. Dann kommt er auf uns zugeschossen, als wolle er uns fressen … hoffentlich nicht.

Liliths Körper schießt durch die Luft, als ob sie aus einer riesigen Balliste geschossen worden wäre. Mit dem Kopf zuerst stürzt sie in das Schloss – und der Aufprall klingt, als ob zehn Millionen Tonnen TNT auf einmal explodieren würden.

Die Wand zersplittert in kleine Kieselsteine, und ich verliere Lilith in dem Chaos aus den Augen.

Der Rest des Schlosses scheint vom Aufprall erschüttert zu werden, dann implodiert es wie ein Gebäude bei einem kontrollierten Abriss.

Ich schätze, der Schaden, den Nero zuvor angerichtet hat, hatte die Struktur bereits geschwächt.

Ein Drache brüllt direkt neben mir.

Ich löse meinen Blick von dem noch immer zusammenbrechenden Schloss und konzentriere mich auf Nero.

Anstatt uns zu fressen, ist er ein paar Meter entfernt von uns gelandet.

»Steigt auf«, scheint das nächste Brüllen zu sagen.

»Er macht Witze, oder?«, keucht Felix.

»Nein, ich glaube, er will uns mitnehmen«, sagt Ariel. »Sasha sollte zuerst aufsteigen. Ich wette, sie klettert gerne auf ihn.«

Ohne Ariels Kommentar mit einer Antwort zu würdigen, betrachte ich unsicher den riesigen Haufen aus Schuppen, Muskeln und Zähnen vor mir.

Mit einer Art verärgertem Seufzer packt mich Nero sanft mit seiner unverletzten Klaue und setzt mich auf seinen Rücken.

Ich verstaue den Schwertgriff in der Krümmung meines Ellenbogens und halte mich an dem massiven Hals vor mir fest, während Nero einen schreienden Felix hochhebt und ihn hinter mir absetzt. Rasputin steigt als Nächstes auf, dann Ariel – und sie schafft es, Itzel nicht fallen zu lassen, während sie den riesigen Körper des Drachen hochklettert.

Nero brüllt wieder, und ich glaube, ich höre die Worte »Haltet euch fest« heraus.

»Warte«, fange ich an zu schreien, aber er streckt seine Flügel aus und springt in die Luft.

Felix schreit wie ein Irrer und hält sich auf eine Art und Weise an mir fest, wie ich es normalerweise für unangebracht halte. Ich lasse es durchgehen, da wir gerade auf meinem Boss reiten.

Das sind definitiv mildernde Umstände.

Über Felix' Schreie hinweg höre ich Rasputins stöhnende Flüche, und obwohl es meine Fantasie sein könnte, denke ich, dass sogar die armeegestählte Ariel quietscht.

Filme wie *Die unendliche Geschichte* lassen den Eindruck entstehen, dass es Spaß macht, auf einem Drachen zu reiten, aber es dauert nur zwei Augenblicke, um zu erkennen, dass es sich um Propaganda handelt, die zweifellos von Drachen in Auftrag gegeben wurde.

In Wirklichkeit macht es genauso viel Spaß, auf einem Drachen zu sitzen, wie auf einem wütenden Stier auf einem Flugzeug zu reiten – während eines Hurrikans.

Nero lässt die schwimmende Insel mit ihrem zerstörten Schloss weit hinter sich und stürzt sich in Richtung der Tore.

Die ängstlichen Schreie aller gewinnen an Tonhöhe, und ich beneide Itzel ernsthaft darum, nicht bei Bewusstsein zu sein.

Es gibt eine kleine Gruppe von Soldaten in der Nähe der Tore.

Sie schauen auf und beginnen sich zu zerstreuen, aber Nero nimmt einen Atemzug und spuckt dann Feuer in ihre Richtung.

Ich spüre die Hitzewelle auch durch den Anzug hindurch, und unsere Schreie erreichen ein Crescendo.

Glücklich mit dem Blutbad, das er verursacht hat, landet Nero.

Seine riesige Klaue stellt mich wieder auf den Boden.

»Ich bin am Leben«, sage ich mit echter Überraschung in meiner Stimme.

»Ich glaube, ich habe versehentlich die Reinigungs- und Recyclingfunktionalität des Anzugs getestet«, murmelt Felix, als der Drache ihn auf den Boden stellt.

»Das war es also?«, fragt Rasputin. »Es fühlte sich an wie …«

Er beendet seinen Gedanken nicht wegen einer riesigen Klaue, die ihn von seinem Sitz hebt und ihn sanft neben das Tor stellt, das wir benutzt haben, um dieses Höllenloch zu betreten.

Ich atme beruhigend ein und überprüfe meine Verfassung. Meine Hände krampfen davon, sich an den Schuppen auf Neros Hals festgehalten zu haben, und ich bin schweißgebadet, aber ansonsten okay.

Ich werde von einer weiteren Selbsteinschätzung abgelenkt, als die Klaue zu Ariel wandert und sie und Itzel sanft absetzt.

Der reiterlose Drache leuchtet mit einem hellen Licht und schrumpft dann zu einem nackten – und definitiv menschlich aussehenden – Nero.

Seine rechte Hand hat eine schreckliche Wunde, die noch blutet, aber sonst scheint es ihm gut zu gehen.

Gut, wem mache ich etwas vor? Nero sieht viel, viel besser aus als nur gut. Mit Schweiß, der auf jedem gemeißelten Muskel glitzert, sieht er gut genug aus, um …

»In das Tor«, knurrt er und zerstört den Moment. Er dreht sich auf der Ferse um, führt uns an und zeigt dabei seinen umwerfenden Hintern.

Ariel pfeift leise und schlägt mir auf die Schulter. »Du weißt definitiv, wie man sie auswählt.«

»Alter.« Ich erröte wie eine reife Tomate. »Er hat Superohren. Ich wette, er hat uns trotz der Anzüge gehört.«

Nero schaut über seine Schulter, und ich sehe den Hauch eines Grinsens auf seinem Gesicht. Er winkt mir zu, damit ich ihm folge, und tritt dann in das Tor.

Mein Gesicht fühlt sich heiß genug an, um ein Omelett darauf zu braten, aber Ariel zuckt nur mit den Schultern.

Ich umgreife mein neues Schwert und gehe durch das Tor.

Der Grand-Canyon-ähnliche Bergrücken auf der anderen Seite ist genauso atemberaubend wie zuvor. Gleiches gilt für die Borealis und die sieben Monde am Himmel.

Ariel, Felix und Rasputin treten hinter mir aus dem Tor.

»Hier entlang«, sagt Nero auf Russisch und zeigt auf das Tor, das zur Welt des Feuers führt, in der wir auf dem Weg zu dieser vorbeikamen.

Er geht auf das Tor zu, und ich nehme mir einen Moment Zeit, um den Anblick zu genießen.

Ariel nimmt Itzel von ihrer linken Schulter auf ihre rechte und folgt ihm.

»Wartet«, sagt Rasputin.

Alle bleiben stehen, und Nero wirft meinem Vater einen wütenden Blick zu.

»Wir sollten hier lang gehen.« Rasputin zeigt auf ein grünes Tor, das näher ist als das, auf das Nero zugegangen ist. »Dieser Weg ist viel zu gefährlich.«

»Er ist der schnellste.« Nero überkreuzt die Arme vor seiner Brust. »Mit diesen Anzügen und meiner Hilfe wirst du es schaffen, alter Mann.«

»Du bist verwundet«, argumentiert Rasputin. »Warum unnötige Risiken eingehen?«

»Wir müssen uns beeilen«, sage ich. »Diese Welt ist …«

Ein vertrautes Drachengebrüll übertönt den Rest meines Satzes.

Neros Gesicht spannt sich an, und er schaut in den Himmel.

»Gut, gehen wir zu diesem Tor«, knurrt er. »Es ist näher.«

Er dreht sich um und läuft zu dem grünen Tor.

Ich laufe ihm nach, und alle anderen folgen mir.

»So«, keucht Felix. »Willst du mir sagen, dass wir nicht fast von Kannibalenzwergen und dem ganzen Rest gefressen werden mussten? Brauchen wir überhaupt die Anzüge für diese neue Route?«

»Ich habe dort keine gebraucht«, sagt Rasputin und erhöht sein Tempo, während weiteres Gebrüll am Himmel ertönt.

»Itzel wird einen Anfall bekommen, wenn sie davon erfährt«, sagt Ariel und holt Nero ein.

»Nun, wir hätten sie nicht gebraucht, wenn wir von einem sichereren Weg gewusst hätten.« Felix ist fast außer Atem.

»Richtig, und wir wären jetzt tot«, keuche ich. »Ihr Kugelblitz war das Einzige, was Lilith aufgehalten hat, erinnerst du dich?«

»Sie hat deine Visionen blockiert«, beginnt Felix, aber ich höre nicht, was folgt, denn der unbekannte Drache brüllt wieder.

Weniger als sechs Meter vom Tor entfernt hält Nero an, und seine Rückenmuskulatur spannt sich an – und meine Freunde keuchen vor Entsetzen, als die Quelle des Gebrülls landet und uns den Weg zum Tor versperrt.

# KAPITEL FÜNFUNDFÜNFZIG

DIESER DRACHE SIEHT etwas kleiner aus als Nero in dieser Form, aber das macht ihn nicht weniger beängstigend.

»Cass.« Nero spuckt vor den massiven Klauen des Drachen auf den Boden. »Bewachst du immer noch wie ein Hund das Tor?«, fragt er auf Russisch.

Der Drache leuchtet mit Energie auf, und ein nackter Mann erscheint an seiner Stelle.

Offensichtlich entscheiden Drachen nicht selbst, wie sie in menschlicher Form aussehen, da es unmöglich ist, dass dieser Kerl freiwillig so aussehen würde. Seine Stirn ragt weit genug hervor, um ihn als Höhlenmensch für einem GEICO-Werbespot zu casten, und sein Oberkörper ist viel voluminöser als sein Unterkörper, so dass er wie ein Hahn aussieht.

Er schaut Nero mit einem Blick an, der das Wort »Wut« im Wörterbuch veranschaulichen könnte, und sagt mit knurrender Stimme: »Ich wusste, dass ich vorhin einen Feigling gerochen habe, aber du bist vorbeigeflitzt, ohne Hallo zu sagen.«

Cass' Russisch klingt etwas seltsam, aber ich kann es verstehen – da Ariel das nicht kann, flüstere ich ihr die Übersetzung zu.

»Ich werde dir die Wahl lassen, die jemand aus deiner verdorbenen Familie nicht verdient.« Neros Fäuste ballen sich an seinen Seiten. »Flieg jetzt weg, und du lebst. Dein Onkel wird nie erfahren, dass du mich getroffen hast und …«

»Wie wäre es, wenn ich *dir* eine Wahl lasse.« Cass' Limbusringe dehnen sich aus. »Sobald du tot bist, können deine seltsamen, rundköpfigen Haustiere unversehrt durchkommen.« Er sieht uns fünf bedrohlich an. »Ich habe sie fast gegessen, als sie das letzte Mal durchkamen, aber ich kann um der Ehre willen auf ein gutes Essen verzichten.«

Nero spottet. »Du würdest wirklich gegen mich kämpfen? Ich dachte, du und dein Feigling von einem Onkel wärt nur in der Lage, menschliche Schläger anzustellen, um das zu tun, was ihr nicht könnt.«

Ich übersetze Neros Worte für Ariel und füge hinzu: »Klingt, als würde Nero ihn oder seinen Onkel beschuldigen, die Leute mit Clownsmasken angeheuert zu haben, die die Bombe in unser Büro geschickt und uns mit Maschinengewehren und der Bazooka beschossen haben.«

Der kriegerische Ausdruck in Cass' Gesicht weicht einem Verwirrten. »Menschen?« Er scheint das Wort zu schmecken und findet es sauer. »Um einen *Drachen* zu töten? Warum sollte ich etwas so Dummes und Sinnloses tun?«

»Interessant«, sage ich, nachdem ich wieder übersetzt habe. »Ich denke, der Typ weiß nichts über diese Attentäter – oder, was das betrifft, über die modernen Waffen, die einen Menschen sogar für einen Drachen gefährlich machen können.«

»Also warst du es nicht«, murmelt Nero. Er muss zu dem gleichen Schluss gekommen sein wie ich – und er hat die Fähigkeit, Wahrheit zu erkennen. »In diesem Fall gebe ich dir eine letzte Chance, weiterzuleben.«

»Ich bin viel mächtiger, als du denkst.« Cass bläht seine Brust auf und verstärkt seine Ähnlichkeit mit einem Hahn. »Ich wette, du hast während deines Exils gegen keinen anderen Drachen gekämpft. Und du blutest bereits. Wie schwer wirst du zu töten sein?«

»Einige Punkte davon sind leider zutreffend«, sage ich auf Englisch und laut genug, damit Nero mich hoffentlich hören kann. »Lasst es uns riskieren, einfach zu einem anderen Tor zu rennen.«

Wenn Nero mich hört, lässt er es sich nicht anmerken. Stattdessen bewegt er sich so schnell, dass er verschwimmt, während er knurrt: »So sei es. Du *wirst* sterben.«

Cass setzt sich in Bewegung und sieht genauso verschwommen aus wie Nero.

Bei dieser Geschwindigkeit ist es schwer, zu sagen, was vor sich geht, aber ich bin mir ziemlich sicher, dass Neros unverletzte linke Hand sich krallenartig dreht, um in Cass' tiefe Stirn zu schneiden. Cass duckt sich rechtzeitig, um nicht sein ganzes Gesicht zu verlieren, und seine beiden Hände drehen sich auch krallenartig und zielen auf Neros Gesicht und Oberkörper. Nero weicht beiden Schlägen aus und versucht einen niedrigen Tritt, dem Cass ausweicht. Dann zielt Cass auf Neros Hals und rechte Schulter – aber er verfehlt ihn.

»Leg Itzel hin und lass uns ihm helfen«, sage ich zu Ariel, als die beiden Männer sich in einen noch schnelleren Strudel aus tödlichen Klauen und nackter Haut verwandeln.

Ariel legt die Zwergin auf den Boden und macht einen Schritt nach vorne.

»Bleibt zurück«, befiehlt Nero auf Englisch, während er einer Reihe von Angriffen ausweicht. »Bewegt euch nicht einen Zentimeter weiter.«

»Dann töte ihn endlich«, rufe ich. Ich kann es nicht ertragen, Nero in Gefahr zu sehen.

»Das ist nicht so einfach. Er hat *viel* Blut verloren.« Rasputin zeigt auf den blutigen Streifen, der zu Nero führt.

»Ich glaube, Nero kann ihn noch fertigmachen«, sagt Ariel zuversichtlich, und als ob Nero ihre Worte bestätigen will, gelingt es Nero, eine blutige Wunde in die Wange seines Gegners zu schneiden.

Jetzt bluten sie beide – auch wenn Neros Verletzung viel schlimmer ist als die von Cass.

Cass knurrt und gibt Nero eine Kopfnuss, so dass er ein paar Meter zurückfliegt.

Die Vision, in der Lilith Neros Kopf abgetrennt hat, geht mir durch den Kopf.

Ich kann nicht riskieren, dass er verliert.

Ich kann nicht riskieren, *ihn* zu verlieren.

»Das ist Schwachsinn«, knirsche ich durch zusammengebissene Zähne und drücke den Knopf, der die Plasmaklinge am Schwert in meiner Hand aktiviert. »Ich werde …«

Nero blickt mich über seine Schulter an, und ein heller Schimmer umgibt seinen Körper, als er sich wieder in einen Drachen verwandelt.

»Das ist schon besser«, knurrt Cass und verwandelt sich ebenfalls. Dann springen sie beide in die Luft und brüllen sich wie zwei Bären an, die um eine Gefährtin kämpfen.

Dann umkreisen sie sich in der Luft und betrachten den jeweiligen Gegner mit verengten Augen.

»Das hättest du nicht tun sollen«, murmelt Felix. »Ich glaube, Nero hat sich in seine Drachenform verwandelt, damit du dich nicht einmischen kannst …«

»Warum?« Ich umgreife den Schwertgriff fester und frage mich, ob ich es auf Cass werfen kann. Ich entscheide mich dagegen, weil ich befürchte, dass ich stattdessen Nero treffen könnte.

»Schau mal, wie viel mehr Blut aus dieser Klauenwunde sickert als aus einer menschlichen Hand«, sagt Felix. »Er wird auf diese Weise sicher schneller schwächer werden.«

»Sollte das nicht alles relativ sein?«, frage ich

verzweifelt. »Wenn er groß ist, hat er mehr Blut, oder?«

»Sicher«, sagt Felix sarkastisch. »Magische Transformationen wie diese folgen immer der Logik.«

Müde vom Kreisen, fliegt Nero nach vorne und schwingt seinem Schwanz auf Cass – und trifft die Brust des anderen Drachen.

Cass' Schwanz wickelt sich im Gegenzug um Neros verletzte Klaue und drückt sie zusammen.

Mit einem schmerzhaften Brüllen richtet Nero seine Krallen auf den Schwanz des Kerls, aber Cass zieht ihn gerade noch rechtzeitig zurück, um Verletzungen zu vermeiden.

Nero schlägt Cass mit seiner unbeschädigten Klaue, aber der andere Drache weicht aus und versucht, seine Zähne in der Klaue zu versenken – was Nero gerade noch rechtzeitig durch Zurückweichen verhindert.

Verdammt nochmal.

Warum hat Nero ihn nicht schon getötet? Mit jedem Moment verliert er mehr und mehr Blut.

»Können wir Itzel irgendwie wecken?« Ich stupse die immer noch bewusstlose Zwergin mit der Spitze meines Raumstiefels an. »Einer ihrer Blitze wäre …«

Nero speit Feuer auf Cass, und mein Atem stockt in meiner Brust, als Cass Feuer auf Nero speit. Im Handumdrehen ist jeder Drache von einem dicken Feuerstrom umgeben.

Zu meiner Überraschung sieht Nero so ruhig aus, als würde er in warmen Sonnenstrahlen baden.

Sein Gegner hingegen brüllt vor Schmerz.

»Ja!« Ich balle meine Hand in einer Siegesgeste. »Verbrenn ihn.«

Cass schaut Nero voller Panik an; dann fällt sein Blick zu mir, und er richtet seinen feurigen Atem auf mich und meine Freunde.

Mit einem wütenden Gebrüll taucht Nero unter und blockiert mit seinem Körper den Weg des Feuers – was Cass die Möglichkeit gibt, mit seinen Klauen auf Neros Rücken zu zielen.

Nero dreht sich in der Luft – aber nicht schnell genug.

Eine Kralle schlitzt durch Neros rechte Schulter.

Angst und Wut färben meine Sicht rot.

»Ariel, wirf mich auf diesen Drachen«, befehle ich auf Englisch, als Nero vor Schmerzen brüllt und sich dreht, um in Cass' Brust zu schneiden. Seine Krallen hinterlassen aber nur eine leichte Wunde in der Haut des anderen Drachen.

»Bist du verrückt?«, schreit Felix, als Ariel mich packt. »Das sind Drachen!«

»Tu es«, bestehe ich auf meinem Vorhaben.

Sie folgt meiner Anweisung, und ihre verstärkte Superkraft enttäuscht nicht.

Mit hämmerndem Herzen fliege ich wie eine Superheldin durch die Luft.

»Was hast du getan?«, schreit Rasputin auf Russisch.

Meine Finger krampfen um den Schwertgriff, und mein Herz schlägt gegen meinen Brustkorb, während ich in einem hohen Bogen fliege.

Cass' riesige Augen weiten sich, als er mich sieht, und er streckt seine Klaue aus, bereit, mich wie eine Fliege zu zerquetschen.

Nero brüllt und versenkt seine Zähne über den Krallen.

Cass reißt sie weg – genau in dem Moment, als ich an ihm vorbeifliege und seinen Flügel mit meiner Klinge erwische und abschneide.

Dann beginne ich zu fallen.

# KAPITEL SECHSUNDFÜNFZIG

MIT LAUTEM GEBRÜLL schnappt mich Nero mit seinen Krallen in der Luft.

Cass stürzt auf den Boden und brüllt vor Schmerzen.

Nero stürzt sich nach unten und legt mich in Ariels Arme, bevor er erneut in den Himmel schießt.

Cass' Körper leuchtet auf, und er verwandelt sich wieder in einen Menschen.

Er hinterlässt eine Blutspur hinter sich und stürmt auf uns zu.

Ich ergreife mein Schwert und versuche, nicht an all die Male zu denken, die ich mit Nero trainiert habe, ohne einen einzigen Treffer zu landen. Zumindest, bis ich geschummelt und meine Kräfte benutzt habe – etwas, woran Itzel mich jetzt hindert.

Aus dem Augenwinkel sehe ich Nero eine Runde am Himmel drehen, bevor er mit ausgestreckter Klaue auf Cass zuhält.

Cass versucht, seine derzeit kleinere Größe zu nutzen, um sich zu ducken, aber Neros Krallen dringen in den Oberkörper des Mannes ein.

Ein glucksendes Geräusch ertönt, gefolgt von einem Knirschen. Nero reißt seine Kralle heraus und hebt sie für den ultimativen Schlag an.

»Warte!«, ruft Cass erstickt, und spuckt Blut aus. »Ich kann dich zu Claudia führen.«

Nero leuchtet auf und verwandelt sich zurück in einen Mann – mit einer kleineren Klaue, die noch bereit ist zum Zuschlagen.

Aus der Wunde an seiner Schulter spritzt Blut, und ich brauche nicht Ariels Hintergrundwissen, um mir sicher zu sein, dass er dringend medizinischer Hilfe bedarf.

»Sie ist tot«, knurrt Nero. »Ich habe gesehen …«

»Du hast sie schwer verletzt gesehen, aber im Gegensatz zu den anderen hat sie überlebt.« Cass hustet ein blutiges Stück Schleim aus. »Mein Onkel plant, sie zu heiraten, damit …«

Mit verschwommener Geschwindigkeit dringt Neros Kralle in Cass' Brust ein. Er reißt das noch schlagende Herz des Mannes heraus, wirft es auf den Boden und stampft mit der Ferse seines Fußes für eine ganze Minute immer wieder darauf herum.

Dann beginnt er, auf Cass' Gesicht zu stampfen und es mit jedem Schlag weiter zu zerquetschen.

Neben mir hebt Felix sein Visier und kotzt, bis nur noch Galle kommt.

Ein entferntes Brüllen erschüttert den Boden, und

es klingt, als würde es von mindestens einem Dutzend Drachen kommen.

Nero unterbricht seine ekelhafte Beschäftigung und schaut mit einem schrecklich blutrünstigen Gesichtsausdruck in die Ferne. Ich bin mir ziemlich sicher, dass er diese Neuankömmlinge bekämpfen will; etwas über das, was Cass gerade über diese Claudia gesagt hat, schürt Neros Blutlust.

»Nero«, sage ich beruhigend und hebe mein Visier an, damit er den flehenden Blick in meinem Gesicht sehen kann. »Wir müssen gehen. Du blutest.«

Er blickt auf das Schwert in meiner Hand und schaut mir dann in die Augen.

»Bitte.« Ich berühre seine unverletzte Schulter. »Du musst mit mir in das grüne Tor gehen.«

Seine Fäuste ballen sich, als er noch einmal auf das Schwert blickt, in die Ferne schaut und dann seinen Blick auf mein Gesicht richtet.

Mit angespanntem Kiefer dreht er sich auf den Fersen um und geht zum Tor.

Ariel packt Itzel und eilt ihm nach, während der Rest von uns eilig folgt.

Wir betreten das Tor und landen in einer Höhle.

Nero schaut zu Rasputin. »Welches Tor ist das nächste?«

»Da.« Mein Vater zeigt auf ein lilafarbenes Tor, nur wenige Meter entfernt.

»Wir müssen deine Blutung stoppen«, sage ich zu Nero.

Ein Muskel zuckt in seinem Kiefer. »Keine Zeit. Sie könnten hinter uns her sein.«

»Und deine Blutspur wird ihnen zeigen, welche Tore wir nehmen.« Ich schraube meinen Helm ab und pelle mich aus dem Anzug, um an mein Shirt darunter zu kommen.

Ich reiße einen Ärmel ab, während Nero mich mit einem besonders hungrigen Gesichtsausdruck anstarrt. Ich ignoriere ihn und sage: »Komm hier rüber, damit ich das tun kann und wir gehen können.«

Er kommt zu mir, und trotz unserer schrecklichen Situation erwärmt sich mein Gesicht bei seiner Nacktheit.

Ariel gibt ein unangemessenes Geräusch von sich.

»Halt die Klappe und hilf mir«, sage ich ihr, während ich mich auf Zehenspitzen stelle, um eine bessere Sicht auf die Wunde zu bekommen.

Ariel kommt zu mir, und wir tun unser Bestes, um die Schulter zu verbinden.

Leider dämpft unsere Arbeit den Blutfluss nur geringfügig. Ich fluche leise, reiße mir einen weiteren Ärmel ab, und Ariel wickelt ihn über seine Hand. Das funktioniert etwas besser als mit der Schulter.

»Weiter.« Nero dreht sich um und geht auf das violette Tor zu.

Ich ziehe den Anzug wieder an und folge ihm, wobei ich meine Augen nicht von Neros perfekt geformtem Körper abwenden kann.

Wie schlimm kann es eigentlich sein, mit einem

Drachen zusammen zu sein? Vor allem, wenn er *so* aussieht?

Hypothetisch gesehen, natürlich.

Nach dem violetten Tor landen wir auf einer leeren Waldwiese in einer Welt mit Sternen, die viel zu hell aussehen – und Neros Körper beleuchten, so dass …

»Wir nehmen dieses«, sagt Rasputin und zeigt auf das rote Tor, das uns am nächsten ist.

Nero geht dorthin, wo mein Vater es vorgeschlagen hat, und ich tue mein Bestes, um alle Bluttröpfchen, die Nero zurücklässt, mit meinem Stiefel zu verwischen.

In der nächsten Welt stehen die Tore in einem kristallklaren flachen Wasser, das sich von Horizont zu Horizont erstreckt.

Das Wasser lässt Neros wohlgeformte Waden glänzen und …

»Das ist gut«, sagt Felix und tritt mit dem gestiefelten Fuß auf das Wasser. »Selbst wenn unsere Verfolger beim Aufspüren so gut sind wie Hunde, werden sie an dieser Stelle trotzdem unsere Spur verlieren.«

Nero schaut Felix mit einem Blick über die Schulter an, der zu sagen scheint: »Ich werde so tun, als hättest du Drachen nicht gerade mit Hunden verglichen.«

Wir gehen durch das Tor, auf das Rasputin zeigt, und landen in einer gefrorenen Ödnis, umgeben von etwas, was aussieht wie Pinguine – nur in weiß.

Ich schließe mein Visier, um meine Nase nicht durch Erfrierungen zu verlieren, und schaue besorgt auf Neros nackte Füße.

Er scheint die Kälte nicht zu bemerken – er hat nicht einmal den Ansatz einer Gänsehaut auf dem nackten Körper … und ich habe ihn eingehend überprüft. Als er stehen bleibt, um auf Rasputins Anweisungen zu warten, bemerke ich, dass selbst Neros Geschlechtsteile nicht in der Kälte schrumpfen – etwas, was mir natürlich nur durch einen Zufall auffällt.

Und dieser Zufall ist, dass ich zufällig ein Perversling bin.

»Dieses dort«, sagt Rasputin, und ohne auch nur zu erschaudern, geht Nero zum fraglichen Tor.

Ich grabe den Schnee um, wo ich Tropfen von Neros Blut sehe, und folge allen in die nächste Welt.

Diese Welt sieht aus wie ein Wald, aber ich habe keine Chance, die Einzelheiten aufzunehmen, weil sich ein nackter Nero direkt vor mir aufbaut … mit seinem Gesicht nur Millimeter von dem meinen entfernt.

»Du wirst *nie* wieder so dein Leben riskieren«, knurrt er mit wütendem Gesichtsausdruck.

»Wovon redest du?«, frage ich, da sein Mangel an Kleidung meine Konzentration durcheinanderbringt. »Ich bin vorsichtig gegangen, wie alle anderen auch.«

»Ich glaube, er meint den Stunt mit dem Schwert«, flüstert Felix.

»Du hältst dich da raus«, zische ich Felix zu, öffne dann mein Visier und starre Nero mit zusammengekniffenen Augen an. »Er hatte seine Kralle in deiner Schulter. Wolltest du, dass ich ihn dich töten lasse?«

»Ich hatte ihn.« Neros Limbusringe werden gefährlich breit. »Aber selbst wenn ich es nicht getan hätte, darfst du *nicht* dein Leben für mich riskieren.«

»Richtig«, sage ich mit so viel Sarkasmus, wie ich aufbringen kann. »Also du darfst mich vor einer Göttin retten und dir mit diesem Schwert den Kopf abhacken lassen«, ich hebe den Griff an, »aber ich darf nicht …«

Ein Zwergenschrei unterbricht meine schöne Tirade.

Als ich mich auf der Ferse umdrehe, sehe ich, wie Ariel eine tretende und schreiende Itzel auf den Boden stellt.

»Was ist passiert?«, will die Zwergin wissen, nachdem sie erkannt hat, dass sie nicht in Gefahr ist. »Wo ist Lilith? Wo sind wir hier?«

»Ich werde es dir unterwegs erklären«, sagt Felix zu ihr. »Aber zuerst … Kannst du gehen oder willst du, dass Ariel dich trägt?«

Anstatt zu antworten, macht Itzel ein paar schlurfende Schritte. »Ich gehe, und du redest«, sagt sie und hebt ihr Visier an.

»Hier entlang.« Rasputin zeigt auf ein rosa Tor, und wir durchschreiten es, während Felix Itzel von den jüngsten Ereignissen erzählt.

In der Zeit, in der Felix ihr alles erklärt, gehen wir durch eine staubige Welt mit zu vielen Monden und durch einen Ort, der wie die Oberfläche des Mars aussieht – aber mit Sauerstoff.

Zum Glück erwähnt Felix den Teil nicht, in dem Ariel mich auf einen Drachen geworfen hat. Zweifellos will er nicht, dass Nero wieder anfängt, mich anzuschreien, und dafür bin ich ihm dankbar.

Für die nächsten paar Welten raucht Itzel vor Wut über die Tatsache, dass es einen Weg gab, auf dem wir sie oder die Anzüge nicht gebraucht hätten, und schließt mit der Schlussfolgerung, dass sie für keines der Ereignisse, die sich ereignet haben, genug Geld bekommen hat – insbesondere nicht für den Teil, in dem sie bewusstlos auf einem Drachen ritt.

»Ich werde ein paar Nullen zu Felix' Zahlung hinzufügen«, sagt Nero zu Itzel, als sie fertig ist. »Du warst dort eine sehr große Hilfe, und ich möchte sicherstellen, dass du angemessen entschädigt wirst.«

»Oh.« Itzel sieht Nero von oben bis unten an. Ich bin mir nicht sicher, ob sie merkt, dass er nackt ist aber ich würde mein Geld auf Ja setzen. »Das ist sehr großzügig …«

Nero winkt mit der Hand und unterbricht sie. »Mach dir keine Sorgen. Du bekommst deine Bezahlung.«

»Bist du sicher?« Sie sieht ihn wieder von oben bis unten an.

»Definitiv«, sagt Nero. »Ich brauche vielleicht in Zukunft deine besonderen Fähigkeiten.«

Sie nickt, und ihr Blick bleibt in seinem Schritt hängen. »Ich kann nicht glauben, dass du ein Drache bist«, sagt sie, ohne ihren Blick zu heben. »Ich habe noch nie einen getroffen.«

»Was alle außerhalb dieser Gruppe betrifft, hast du

es immer noch nicht«, sagt Nero seidig und schaut jeden von uns an. »Ist das klar?«

»Ja, Sir«, antwortet Felix sofort.

»Wem sollte ich es sagen?«, fragt Ariel rhetorisch.

Itzel nickt, und Rasputin murmelt etwas auf Russisch, bevor er auf das nächste Tor zeigt.

Nero ist der Erste, der eintritt, und der Rest von uns folgt.

»Sind wir da?«, frage ich, als ich aussteige und mich umschaue. Das Drehkreuz sieht fast identisch mit dem am JFK aus.

»Noch nicht«, sagt Rasputin. »Leider befindet sich das nächste Tor in einem anderen Drehkreuz, woanders auf dieser Welt.«

»Wir müssen durch ein anderes Land wandern?« Felix sieht besorgt aus.

»Das ist der einzige sichere Weg«, sagt Rasputin. »Wir könnten durch diese Tore zu gefährlicheren Welten gehen, aber …«

»Ich bin damit einverstanden«, sagt Itzel. »Ich würde lieber wandern, als jemals wieder Rieseninsekten zu sehen.«

»Oder Kannibalenzwerge«, murmelt Felix. »Oder …«

»Führ einfach«, knurrt Nero Rasputin an. »Je früher wir gehen, desto eher sind wir da.«

»Ihr könntet diese Welt als ziemlich deprimierend empfinden«, sagt Rasputin über seine Schulter, als er beginnt, auf eine normale Tür zuzugehen. »Ich will nur, dass ihr darauf vorbereitet seid, wenn ihr all die Leichen seht.«

»Großartig«, murmelt Felix. »Ich kann es kaum erwarten, *all die Leichen* zu sehen. Plural.«

Die verspiegelten Böden des Drehkreuzes spiegeln Neros Nacktheit auf interessante Weise wider und halten mich bis zu den Gängen beschäftigt – die auch Klone derjenigen am JFK zu sein scheinen.

Dem Muster folgend, sieht die Tür, die wir erreichen, auch wie ein Zwilling derjenigen am JFK aus.

»Sie ist nicht geschützt«, sagt Itzel und schaut auf die Tür. »Versteckte Drehkreuze wie diese werden normalerweise geschützt.«

»Siehst du den Schutz?«, fragt Ariel und klingt beeindruckt.

»Natürlich«, sagt Itzel. »Ich wusste nicht, dass andere es nicht können.«

»Was ist dieser Schutz?«, frage ich.

»Ein Zauber, der Menschen davon abhält, überhaupt daran zu denken, das Drehkreuz zu betreten«, erklärt Felix. »Es gibt Hexen, die …«

»Zaubersprüche? Hexen?« Itzels Stimme tropft vor Verachtung. »Bist du in einer mittelalterlichen Welt aufgewachsen, wie sie Lilith übernommen hat?«

»Pedantisch?«, meckert Felix. »Es ist schneller, ›Hexen‹ zu sagen, als ›Cogniti mit der Macht, Schutzzauber zu weben‹.«

»Es ist unwissenschaftlich«, kontert Itzel. »Auf Gomorrha nennen wir sie Wärter.«

»Sicher«, sagt Felix sarkastisch. »*Das* klingt so viel besser als Hexen.«

»Es ist genauer.« Itzel geht zur Tür und öffnet sie. »Wenn man Gedankenmanipulatoren, Kraftentferner, Kraftverstärker und so weiter Hexen nennt, klingt es so, als hätten sie alle die gleichen Kräfte, was nicht stimmt. Was den Begriff ›Zauber‹ betrifft, so ist der noch schlimmer. Ein Schutzzauber ist ein perfekter Begriff für das, was ein Wächter tut; du hast ihn gerade selbst benutzt. Ich persönlich bevorzuge den Begriff ›anhaltende psychologische …‹«

Sie beendet ihren Gedanken nicht, weil sie den Anblick vor der Tür sieht.

Als wir in schockierter Stille hinausgehen, starren wir auf die Leichen, vor denen Rasputin uns gewarnt hat.

# KAPITEL SIEBENUNDFÜNFZIG

WENN MAN EINEN Menschen in eine Rosine verwandeln und alle Feuchtigkeit aus ihr heraussaugen würde, würde das Resultat den getrockneten Hülsen der Menschen ähneln, die sich über diesen JFK-ähnlichen Flughafen verstreuen.

Viele von ihnen haben ihre Koffer bei sich – als ob das, was mit ihnen passiert ist, ohne Vorwarnung kam, gerade als sie durch die Sicherheitskontrolle gingen oder ihr Gepäck eincheckten.

»Was ist hier passiert?«, fragt Ariel entsetzt, und ich merke, dass ich Rasputins Warnung vor dieser *deprimierenden Welt* nicht für sie übersetzt habe.

Ich übersetze Ariels Frage und starre wie alle anderen Rasputin an, da ich froh über die Gelegenheit bin, meinen Blick von den Leichen zu lösen.

»Das war Tartarus.« Rasputin hebt sein Visier an und massiert seine Stirn. »Er kommt in eine Welt, tötet alle anderen Cogniti dort, bringt die Bevölkerung dazu, ihn anzubeten, um eine Steigerung der Macht zu erhalten, und ernährt sich dann von ihrer Energie, um seine Verhöhnung eines Lebens aufrechtzuerhalten.«

Ich übersetze die Erklärung für Ariel, und sie schüttelt ungläubig den Kopf.

Mit blassem Gesicht schaut Felix wieder auf die Schalen. »Uns wurde während der Einführung von Tartarus erzählt, aber ich wusste nicht, dass er *so* schlimm ist.«

»Oh, ich wusste, dass er schlecht war«, sage ich und erinnere mich daran, wie Hekima uns eine verlassene Welt gezeigt hat, in der Menschen einen Cogniti angegriffen und gegessen haben, der unglücklicherweise durch das Tor kam. »Apropos …« Ich schaue zu Rasputin. »Bist du sicher, dass diese Welt sicher ist?«

»Nur wenige Menschen, wenn überhaupt, haben überlebt«, sagt Rasputin. »Entwickelte Technologiewelten sind besonders anfällig für Tartarus, wenn er seine Macht enthüllt.«

»Ich verstehe«, flüstert Ariel, nachdem ich für sie übersetzt habe. »Er muss Fernsehen und soziale Medien genutzt haben, um von Milliarden verehrt zu werden, bevor er sie ausgesaugt hat.«

»Ja.« Ich schaue mich noch einmal um. »Was für eine Art der Cogniti ist er, um so etwas tun zu können?«

»Der Typ, der sich von der menschlichen Lebensenergie ernährt«, sagt Nero. »Irgendwann hielten die meisten der anderen Cogniti Tartarus' Art für zu gefährlich und jagten sie fast bis zum Aussterben.« Er sagt dies mit einer Missbilligung, die mich glauben lässt, dass Drachen nicht zu den Mördern gehörten – oder dass jemand seine Art ausrotten wollte, weil sie auch zu gefährlich war.

»Aber«, fährt Nero fort, »Tartarus selbst war zu mächtig, als dass ihn jemand töten konnte, also bleibt er bis heute der letzte seiner Art.«

»Das erklärt, warum er seine Übernahmen damit beginnt, alle Cogniti zu töten«, sagt Itzel. »Er muss verärgert sein über das, was in der Vergangenheit passiert ist.«

»Das macht Sinn«, sagt Felix. »Ethnische Säuberungen bringen das Schlimmste bei den Menschen zum Vorschein.«

Wir gehen für ein paar Minuten schweigend und steigen dabei über Leichen.

»Lilith dachte, *wir* wären Tartarus' Spione«, sage ich zu Rasputin und Nero. »Ich glaube, deshalb wollte sie uns wegen Informationen foltern.«

»Lilith ist schon seit langem von Tartarus besessen«, sagt Rasputin. »Nostradamus hatte eine Reihe von Prophezeiungen für sie gemacht, und eine davon war, dass Tartarus Liliths Untergang sein wird.«

»Das würde bedeuten, dass Tartarus manchmal zufällig etwas Gutes tut«, sagt Ariel, als ich übersetze. »Nicht, dass es das Schlechte kompensiert.« Sie schaut sich um.

»Nein«, sage ich und gehe zu einer Leiche, die ungefähr so groß wie Nero ist.

Ich öffne den staubbedeckten Koffer, der neben der Leiche liegt, und durchsuche ihn, bis ich einen schwarzen Trainingsanzug mit einem Logo finde, das unheimlicherweise aussieht wie das von Adidas auf der Erde.

»Zieh das an.« Ich werfe Nero eine Hose zu. »Itzel fühlt sich unangenehm berührt.«

Mit einem unleserlichen Ausdruck fängt mein Chef die Hose und zieht sie an.

Als Nächstes schnappe ich mir die Jacke und gehe hinüber, um ihm zu helfen, sie über die Verbände zu legen.

»Sehr aufmerksam«, murmelt Nero, als ich für ihn den Reißverschluss der Jacke schließe. »Ich bin mir sicher, dass Itzel sich jetzt viel besser fühlt.«

Mein Gesicht ist übermäßig warm, aber ich zucke mit den Schultern und fische Turnschuhe zusammen mit einem Paar Socken aus dem gleichen Koffer und gebe sie ihm.

»Los geht's«, sagt ein sehr sportlich aussehender Nero und geht zum Flughafenausgang.

Ich folge ihm und bereue es fast, ihm Kleidung gegeben zu haben. Nero nackt zu sehen hätte diesen Flughafen viel weniger trostlos gemacht – wenn das überhaupt möglich ist.

Aber manchmal müssen wir eben Opfer bringen.

Ich tue mein Bestes, um mich auf etwas anderes als die Tausenden von Leichen zu konzentrieren, und sehe das Flughafenschild, auf dem steht, dass wir uns am New York International Airport und nicht am JFK befinden. Also sind wir offensichtlich nicht auf *unserer* Erde. Dennoch ist es eine, in der New York New York heißt – und in der die Bekleidung der Menschen und die Uniformen der mumifizierten TSA-Beamten sehr unseren auf der Erde ähneln.

Nero geht zu einer Leiche, die vielleicht ein Tourist war, und schnappt sich eine Karte aus seinen steifen, knorrigen Fingern. Er betrachtet sie und lässt sie dann auf den Boden fallen.

»Wohin genau gehen wir?«, fragt er Rasputin.

»Diese Karte ist zu klein«, sagt mein Vater. »Aber es ist diese Richtung.« Er zeigt dorthin, wo in unserer Welt New Jersey sein würde.

»Das ist das Äquivalent zum Newark Airport«, sage ich, und Rasputin nickt und beschreibt den langen Weg, der vor uns liegt.

»Können wir nicht fahren?«, fragt Felix.

»Siehst du das nicht?« Itzel zeigt auf einen riesigen Haufen von Autos, die die nächste Straße blockieren.

Felix' Schultern hängen. »Vielleicht werden die Straßen außerhalb des Flughafens besser?«

»Es wird noch schlimmer«, sagt Rasputin, obwohl ich mir sicher bin, dass Felix das selbst bereits erraten hatte.

Wir beginnen zu laufen, und bald sehen wir das Äquivalent des Belt Parkway.

Mein Vater hatte recht. Dort gibt es einen riesigen Haufen Autos, jedes mit einer oder zwei getrockneten Leichen im Inneren.

Es ist deprimierend, das ganze Blutbad zu sehen,

also gehen wir schweigend auf der Straße und passieren den Haufen, als wir auf der I-678 nach Süden gehen.

Je weiter wir kommen, desto mehr erinnert mich die Landschaft an verschiedene postapokalyptische Filme und Serien, von *I am Legend* bis *The Walking Dead.* Außer, dass es nirgendwo Zombies oder wilde Zootiere gibt.

»Ich hoffe, dass nie ein Nekromant hierherkommt«, murmelt Ariel leise vor sich hin, nachdem wir eine Weile gelaufen sind.

»Ich hoffe auch, dass Tartarus nie auf *unsere* Erde kommt«, sagt Felix mit schauriger Stimme.

Niemand ist anderer Meinung, und so gehen wir in trübsinniger Stille weiter.

»Besteht die Möglichkeit, dass wir eine Pause machen?« Itzel schnauft, als wir auf halbem Weg durch Brooklyn sind. »Meine Beine bringen mich um.«

Ich werfe einen Blick auf Nero. Ich könnte es mir einbilden, aber ich denke, er ist ungewöhnlich blass. Wenn er ein Mensch wäre, würde ich sagen, er sollte viel Eisen zu sich nehmen, aber wer weiß, ob das auch für Drachen gilt, die Blut verlieren.

»Wie wäre es, wenn wir bei diesem Supermarkt einen Zwischenstopp einlegen?« Ich zeige auf ein Gebäude direkt an der Straße. »Sie haben vielleicht ein paar Dosen, die man noch problemlos essen kann.«

Niemand protestiert, also schleppen wir uns hinein.

Es ist dunkel im Laden, aber der Hardwarebereich befindet sich direkt am Eingang, so dass wir es schaffen, sofort einige Taschenlampen und Dosenöffner zu finden.

Tief in dem Laden ist es genauso schlimm wie überall sonst, aber es ist irgendwie besonders beunruhigend zu sehen, wie die Leute bei der Auswahl ihres Müslis oder beim Bezahlen von Lebensmitteln ausgesaugt wurden.

Nero nimmt unbeeindruckt einen Einkaufswagen und füllt ihn mit zwanzig Dosen Bio-Thunfisch. Man könnte meinen, er plant, eine Armee von Katzen anstelle eines Mannes beziehungsweise Drachen zu ernähren.

Ich schnappe mir Pinto-Bohnen und Pfirsiche in dickem Sirup für mich selbst, und der Rest der Crew bekommt eine Auswahl anderer Konserven. Dann gehen wir in den Grußkartenbereich des Ladens, weil es dort keine Leichen gibt, und machen es uns auf dem Boden bequem, während wir unsere Auswahl verschlingen.

Auch wenn wir die Toten nicht sehen können, hat niemand Lust, zu reden, da die Anwesenheit der Leichen in der nächsten Abteilung so bedrückend ist, als ob sie direkt neben uns wären. Als wir den Supermarkt verlassen, ist die Sonne untergegangen, und wie der Rest der Welt sieht der Mond genauso aus wie derjenige, den ich kenne, ebenso wie die Sterne.

»Gibt es viele doppelte Welten wie diese?«, frage ich, als wir auf dem Weg zum Highway sind.

»Es gibt so viele Otherlands, dass Wiederholungen zwangsläufig passieren«, sagt Felix, aber er sagt nichts weiter dazu – ein sicheres Zeichen, dass dieser Ort einen psychologischen Tribut von ihm fordert.

Während wir weitergehen, häufen sich die Ähnlichkeiten mit unserer Erde. Das Äquivalent von Manhattan hat eine fast identische Skyline, und die Brooklyn Bridge sieht genauso aus wie unsere.

Als wir endlich Manhattan erreichen, gähnt Itzel demonstrativ. »Meine Beine tun wieder weh. Außerdem bin ich sehr müde.«

»Sind alle Zwerge solche Diven?«, fragt Felix. »Oder ist es nur …«

»Itzel hat recht.« Ich werfe einen Blick auf Nero und frage mich, was besser für einen verletzten Drachen ist – eine Pause oder professionelle medizinische Versorgung?

»Wir übernachten in einem Hotel«, sagt Nero und trifft damit die Entscheidung. »Ich nehme an, wir müssen den Fluss überqueren, und das ist nichts, was wir im Dunkeln tun sollten.«

»Wir können eine Brücke nehmen, wenn wir den längeren Weg gehen, aber eine Bootsfahrt wäre viel schneller«, sagt Rasputin. »Und es gibt viele Boote, die wir im Hellen stehlen können, was gerade nicht der Fall ist.«

Nachdem wir das beschlossen haben, suchen wir ein Hotel, das traditionelle Schlösser verwendet, die mit einem Schlüssel geöffnet werden können – oder geknackt. Schließlich finden wir eines im Klon der Wall Street.

Wir brauchen eine Stunde, um sechs Räume ohne

tote Menschen zu finden, und als wir das getan haben, gähne ich so laut wie Itzel und danke den Sternen, dass wir bei dieser Übernachtung proaktiv geworden sind.

Sobald ich aber versuche, in meinem Zimmer einzuschlafen, ist es unmöglich. Es gibt zu viele verwirrende Gedanken, die durch mein Gehirn wirbeln.

Ich muss mit meinem Vater sprechen, um mehr über das Geheimnis meiner Herkunft zu erfahren, aber er wirkt an diesem deprimierenden Ort nicht sehr gesprächig. Ich möchte auch mit Nero sprechen, aber ich habe keine Ahnung, was ich sagen oder wie ich mich ihm nähern soll.

Die ganze Reise über war er distanziert, so als ob wir wieder Angestellte und Chef wären. Was lächerlich ist, da er sein Leben riskiert hat, um mich zu retten.

Zwei schlaflose Stunden später gebe ich auf und stehe auf.

Ich bin mir noch nicht sicher, wohin ich gehe, als ich mir meine Taschenlampe schnappe und mich von meinen Beinen tragen lasse, wohin sie wollen – und es wird schnell klar, dass meine verräterischen Beine mich direkt in Neros Zimmer bringen.

Ich zögere und trete dann vor seine Tür.

Was tue ich hier?

Ich drehe mich um und mache mich bereit zum Rückzug, als sich die Tür öffnet und Nero erscheint, dessen blaugraue Augen im Schein meiner Taschenlampe leuchten.

»Ich konnte nicht schlafen«, platze ich heraus.

Seine Limbusringe dehnen sich aus. »Ich auch nicht.«

»Darf ich reinkommen?« Ich bin selbst entsetzt von dem, was aus meinem Mund kommt.

Er öffnet die Tür weiter und winkt mich herein.

# KAPITEL ACHTUNDFÜNFZIG

ALS ICH DRIN BIN, stelle ich meine Taschenlampe auf eine Kommode und bleibe unsicher in der Mitte des Raumes stehen.

Nero betrachtet mich mit einem unleserlichen Ausdruck, und ich merke, dass er keine Jacke trägt – also seine Brust nackt ist.

Na, wenigstens ist er diesmal nicht ganz nackt.

Ein Teil von mir, der nicht in Hormonen ertrinkt, bemerkt, dass er seinen Schulterverband mit einem der Hotelhandtücher erneuert hat und dass bereits etwas Blut hindurchgesickert ist.

Dann übernehmen die Hormone, und meine Augen verlassen die Wunde, um hungrig über seine Bauchmuskeln zu streifen.

Mist.

Ich zwinge meinen Blick auf seine Hand und bemerke, dass es ihr viel besser geht als der Schulter.

»Drachenklauen haben Enzyme, die die Heilung

behindern«, sagt er und folgt meinem Blick. »Aber ich habe eine Möglichkeit, meine Genesung zu beschleunigen, sobald wir auf der Erde sind.«

Er meint wahrscheinlich Isis – und der Gedanke, dass Nero mit dieser angenehmen Heilenergie beschossen wird, stört gerade die überreizten Teile meines Gehirns, die meine Augen wieder zu seinen Bauchmuskeln wandern lassen.

Ich kann nicht anders, als mich zu fragen, ob es üblich – und überhaupt höflich – ist, dass eine gerettete Jungfer sich ihrem Retter an den Hals schmeißt.

Nein. Böse Sasha.

Angesichts dessen, was der Retter sagt, ist das eine schlechte Idee – aus noch unklaren Gründen. Auch wenn es sich um reine Bräuche im Sinne von Märchen handelt, soll das Mädchen *vor* einem Drachen gerettet werden, nicht *von* einem Drachen.

»Ich wollte dir danken«, platzt es endlich aus mir heraus, und ich mache einen Schritt auf ihn zu. »Dafür, dass du gekommen bist, um mich zu retten.«

Seine Augen verengen sich. »Du bist ohne ein Wort gegangen.«

»Ich sah eine Vision davon, was du tun würdest, wenn ich dir gesagt hätte, was ich vorhabe«, antworte ich, während ich einen weiteren Schritt auf ihn zugehe. »Du hättest mich in diesen dummen Safe gesperrt.«

»Und das hat dich nicht über die Gefahren aufgeklärt, denen du ausgesetzt sein würdest?« Seine

Nasenlöcher beben. »Denkst du, es macht mir Spaß, dich einzusperren?«

»Ich denke, das könnte es«, sage ich, und meine Nackenhaare stellen sich auf. »Nicht zu gehen war keine Option. So gut kennst du mich inzwischen.«

Er tritt auf mich zu und hält so dicht vor mir an, dass ich einen Hauch seines würzigen Parfums riechen kann. »Ich habe einen Tag lang überall nach dir gesucht«, sagt er in einem gefährlichen Tonfall. »Weißt du, wie das war?«

»Lilith *hat* dich in meiner Vision enthauptet«, antworte ich im gleichen Tonfall. »Weißt du, wie *das* war?«

»Du bist zwischen zwei kämpfende Drachen geraten«, knurrt er so drachenhaft, dass ich nicht glauben kann, dass ich seine Natur nicht allein deshalb eher erraten habe.

Apropos Drachenzeug … Kann er in dieser Form Feuer speien? Er sieht fast so aus, als wäre er bereit, es zu tun.

Ich balle meine Fäuste, beuge mich nach vorne und zische, »Du …«

Seine Lippen fangen wütend die meinen ein und schlucken den Rest meiner Widerlegung.

Wow.

Ich erwidere seinen Kuss, als ob ich seine Zunge für meinen Unterhalt bräuchte.

Seine Hände greifen an meine Hüften und ziehen mich so nah wie möglich heran.

Das unverbrannte Adrenalin in meinen Adern

verschwört sich mit den Jahren der Abstinenz, um diesen Kuss zu einer Art außerkörperlicher Erfahrung zu machen – eine, die so viel stärker ist, als er mich von meinen Füßen hebt, als wäre ich eine Feder, und mich zum Bett trägt.

Doppelt wow. Ich glaube nicht, dass ich jemals in meinem Leben so erregt war – und das schließt meine Begegnung mit einem Sukkubus ein.

Meine Praxis in Zwangsjackenausbrüchen zahlt eine weitere Dividende, als es mir gelingt, aus meiner Kleidung zu schlüpfen, ohne dass sich unsere Lippen trennen.

Seine Hände streifen über meinen Körper und ein erhitztes Kribbeln breitet sich überall dort aus, wo er mich berührt, während eine Schar aufgeregter Kolibris ihre Flügel in meinem Bauch schlägt, und ich mich ausstrecke, um ihm zu helfen, seine dumme Hose loszuwerden.

Aber Nero fängt mein Handgelenk mit einem eisernen Griff ab und zieht sich mit einem schmerzhaften Stöhnen vom Kuss zurück.

»Willst du mich verarschen?« Ich starre auf seinen nackten Körper und die beeindruckende Wölbung, die von der Hose eingeengt wird.

»Es ist nicht sicher.« Er zieht sich zurück, und sein Blick ist dunkel und gequält. »Wenn ich die Kontrolle verliere, könntest du verletzt werden.«

»Ist mir egal«, keuche ich und ziehe ihn zu mir zurück.

Seine Limbusringe hinterlassen keine Spur vom

blaugrauen Licht in seinen Augen, und ein sehr drachenhaftes Knurren entweicht seinen Lippen.

Ein Knurren, das Lust verspricht, aber auch vielleicht eine ausgekugelte Hüfte und Verbrennungen dritten Grades.

»Okay, also vielleicht ist es mir nicht völlig egal«, flüstere ich. »Aber sicher gibt es da etwas, das wir …«

Er bringt mich mit einem weiteren Kuss zum Schweigen.

Die logischen Teile meines Gehirns haben sich wieder abgeschaltet.

Seine Lippen fahren über meinen Kiefer bis zu meinem Hals, was dazu führt, dass mich Gänsehaut von Kopf bis Fuß bedeckt.

Ich zittere vor Lust.

Seine Lippen ziehen eine Linie zu meiner rechten Brust.

Meine Schauer verstärken sich.

Seine Zunge erzeugt Wellen des Begehrens, die meinen Unterleib wie ein Tsunami treffen; dann bewegt sich sein Mund über meinen Brustkorb zu meinem Bauchnabel.

Mit einem sinnlichen Einatmen kralle ich meine Finger in sein Haar, während sein Mund sich noch tiefer bewegt.

Als er sein Ziel erreicht, keuche ich, mein Rücken wölbt sich nach oben, und meine Finger verfangen sich in seinem dicken, seidigen Haar.

Nero bemerkt nicht, dass ich im Begriff bin, ihn zu skalpieren, und bewegt seine Zunge schneller.

Die Lust explodiert mit solcher Intensität in mir, dass ich einen Schrei nicht unterdrücken kann.

Er wird noch schneller.

Die Lust ist fast zu groß.

Wenn *ich* ein Drache wäre, könnte ich *ihn* gut an dieser Stelle verletzen – zusätzlich dazu, dass ich seine Haare herausreiße.

Sein Tempo beschleunigt sich unglaublich, und etwas in mir explodiert, als Strahlen des puren Vergnügens jeden meiner Nerven treffen. Ich stöhne und winde mich unter ihm, da ich unfähig bin, mich zu beherrschen, und mein Verstand von Empfindungen überwältigt ist.

Als meine Zuckungen endlich aufhören, merke ich, dass meine Kehle vom Schreien heiser ist und meine Muskeln zu Brei geworden sind.

Ich bewege mich wie durch Melasse und strecke mich aus, um die lustvollen Gefühle zurückzugeben, aber Nero stoppt mich wieder. Er ignoriert meine Einwände und zieht mich mit Gewalt in eine Löffelchenposition.

Wenn er dachte, dass das die Dinge besser machen würde, lag er falsch. Ich spüre, wie er gegen meinen Hintern drückt, und er ist eindeutig frustriert.

*Sehr* frustriert.

Er atmet an meinem Hinterkopf tief ein, als ob er einen Blumenstrauß riechen würde, dann atmet er diesen Atem langsam und bewusst wieder aus, wie jemand, der versucht, seine Beherrschung nicht zu verlieren.

»Ich will, dass du dich auch gut fühlst«, protestiere ich – und bin ziemlich stolz darauf, dass ich in meinem gelatinösen Zustand so viele Worte zusammenfügen kann.

»Es ist nicht sicher«, knurrt er und korrigiert seinen Griff an mir, so dass ich seine Frustration nicht mehr spüre. »Du solltest besser schlafen. Du bist erschöpft.«

Versucht er, mich zu hypnotisieren? Falls ja, könnte es funktionieren. Ich gähne so stark, dass mein Kiefer schmerzt, und meine Augenlider sich anzufühlen beginnen, als wären sie aus Blei.

Ich kann aber noch nicht schlafen. Als ich mich umdrehe, berühre ich seine Schulter, wo mehr Blut durch das Handtuch gesickert ist.

»Tut das weh?«, frage ich leise, und ich sehe ein Zittern, das durch ihn hindurchfließt, während meine Finger über seine nackte Brust streichen.

»Es ist in Ordnung.« Seine Stimme ist heiser. »Es ist nichts. Es wird heilen.«

»Lass es mich wechseln«, sage ich und bewege mich, um aufzustehen, aber er festigt seinen Halt an mir.

»Bleib«, befiehlt er, dreht sich auf den Rücken, und ich gehorche und lege meinen Kopf mit einem Seufzer auf seine unverletzte Schulter.

Für einige Augenblicke liegen wir ruhig zusammen, und ich fühle, wie ich anfange, wegzutreiben, als Nero leise fragt: »Ist er so, wie du ihn dir vorgestellt hast?«

Ich ziehe mich zurück, um ihn anzuschauen. »Du meinst Rasputin?«

Nero nickt.

»Ich weiß es noch nicht«, sage ich ehrlich. »Es war alles so verrückt, dass wir noch nicht wirklich Gelegenheit zum Reden hatten. Aber ich weiß jetzt, dass er das, was er getan hat – mich am Flughafen zurückgelassen und einen Deal mit dir zu machen – nur dazu diente, mich zu beschützen.«

»Ja«, sagt er mit einem dunklen Blick. »Heißt das, dass du ihm vergibst?«

Ich schlucke belegt. Tue ich das? Wie vergibt man einem Vater, der einen verlassen hat, damit man von Fremden aufgezogen wird, die nicht einmal die eigene Art sind? Wie anders wäre mein Leben gewesen, wenn ich zu einem Cogniti erzogen worden wäre?

Andererseits, angesichts dessen, was ich in seinen Erinnerungen gesehen habe, gab es vielleicht keine andere Wahl.

Nero sieht mich erwartungsvoll an, und ich weiß nicht, was ich ihm sagen soll. Stattdessen frage ich: »Was ist mit dir? Was ist mit deiner Familie passiert? Wieso lebst du so weit weg von den anderen Drachen?« *Und wer ist Claudia?* Ich möchte es hinzufügen, aber ich tue es nicht. Denn was wäre, wenn sie seine Frau wäre und er sie all die Jahre für tot gehalten hätte?

Könnte das der wahre Grund dafür sein, dass er unsere Intimität nicht zulassen will?

Ich erinnere mich an eine Sitzung mit Lucretia

neulich. Sie hatte angedeutet, dass Nero Gefühle fürchtet – genauer gesagt, dass er Angst hat, dass eine weitere Person, die ihm wichtig ist, sterben könnte.

Neros Gesicht verhärtet sich, und er dreht mich um, zurück in die Löffelchenposition. Trotz der Anspannung, die ich bei ihm spüre, streicht seine Hand beruhigend über meine Hüfte, und wenn sie mich ablenken soll, schafft sie es.

Ich beginne erneut, zu gähnen.

Zu meinem Entsetzen sagt er auf einmal leise: »Ich war Teil der königlichen Familie.«

Er verstummt, und ich höre auf zu atmen, da ich mich nicht traue, ein Geräusch zu machen, um ihn nicht zu unterbrechen.

»Ein Freund meines Vaters war ein ehrgeiziger Drache, der mit einem hinterhältigen Anschlag den Thron eroberte«, fährt er nach einem Moment fort. Seine Stimme ist leise und dunkel, so gefährlich, wie ich sie noch nie gehört habe. »Danach tötete er jeden, der mir wichtig war. Oder, wie sich gerade herausgestellt hat, fast alle.«

Ich unterdrücke ein Zittern, als seine Hand an meiner Hüfte krallenartig wird, bevor sie zu ihrer menschlichen Form zurückkehrt.

»Ich habe meine Rache hinausgeschoben, bin stärker geworden, aber wenn Claudia überlebt hat, ändert das alles …«

Er hält wieder inne, und ich warte mit angehaltenem Atem darauf, dass er fortfährt. Aber er sagt nichts weiter, und nach dem, was sich wie stundenlanges Warten anfühlt, höre ich, wie er ausatmet und sein angespannter Körper sich an meinem Rücken entspannt.

Er schläft, der Blutverlust hat seinen Tribut gefordert.

Mein Herz zieht sich zusammen, als ich hinübergreife und eine Decke über uns beide ziehe, bevor ich ebenfalls einschlafe.

# KAPITEL NEUNUNDFÜNFZIG

DIE STRAHLEN der Morgensonne wecken die Hornhaut meiner Augen mit lächelnden Photonen.

Zu meiner Enttäuschung ist Nero nicht mehr im Bett.

Ich strecke mich wie eine Katze, setze mich auf und schaue mich um.

Immer noch kein Nero.

Na ja.

Das Interessante ist, dass ich mich *großartig* fühle. Ich schätze, dass Ärzte, die sich mit Patienten beschäftigen, die fast von Göttern und Drachen getötet werden, die besagten Patienten schlafen schicken sollten. Noch besser, wenn dieser Schlaf in den Armen eines Drachen erfolgen kann.

Ich stehe auf und suche nach dem fraglichen Drachen – erfolglos.

Nero ist weder im Zimmer noch im Badezimmer.

Vielleicht ist er früh aufgewacht und dann leise

gegangen, um mir meinen Schönheitsschlaf zu ermöglichen? Wie nett von ihm, mich in dieser postapokalyptischen Welt zu verwöhnen.

Ich trete auf den Flur hinaus und erblicke Ariel, die eine Art Krafttraining betreibt.

Als sie mich sieht, weiten sich ihre Augen, und sie stoppt mitten in der Dehnung.

»Ist das nicht Neros Zimmer?« Sie starrt auf die Tür hinter mir.

»Nein, ist es nicht«, lüge ich.

»Alter. Das *ist* Neros Zimmer. Und du strahlst.«

»Ist es nicht«, sage ich, aber diesmal noch weniger glaubwürdig. »Und tue ich nicht.«

»Du strahlst total«, sagt sie und springt aufgeregt auf und ab. »Was ist passiert?«

»Wo sind die anderen?« Ich schaue mich verstohlen um.

»Itzel schläft wahrscheinlich noch, und Felix, Rasputin und Nero sind gegangen, um etwas zu essen zu holen.« Sie grinst und fügt hinzu: »Ich habe es eben nicht verstanden, aber es sieht so aus, als wollte Nero dir Frühstück ans Bett bringen.« Sie wackelt lüstern mit ihren perfekten Augenbrauen.

Ich beiße mir auf die Lippe. Ich schätze, es ist Zeit, es zuzugeben. »Ich wollte mit dir darüber reden. Es ist nur, dass eine Menge los war, und diese Sache ziemlich kompliziert ist.«

»Ist sie das wirklich?« Sie zwinkert. »Der Junge tänzelt den ganzen Tag nackt herum, und das Mädchen ist aus Fleisch und Blut – wer könnte es ihr verübeln?«

»Richtig, aber wir reden hier von Nero.«

»Richtig. Einem verdammten Drachen«, sagt sie. »Ist dir klar, was das bedeutet?«

Ich schüttele den Kopf, und sie senkt ihre Stimme tiefer. »Du könntest buchstäblich ›Die Mutter der Drachen‹ werden.«

Ich verdrehe die Augen. »Weißt du was? Vergiss es.« Ich drehe mich um, um in mein Zimmer zu gehen.

»Es tut mir leid«, sagt sie wie eine Fünfjährige, der es nicht wirklich leidtut. »Bitte, erzähl mir alle Details. Ich benehme mich von nun an wie eine Erwachsene, ich schwöre es.«

»Gut.« Ich winke ihr, mir zu folgen, während ich mein Zimmer betrete.

Während ich meinen Raumanzug anziehe, erzähle ich ihr alles über meine letzten Begegnungen mit Nero. An bestimmten Stellen schwanke ich zwischen Erröten und Grinsen wie ein Idiot. Im Zwischengeschoss gehen wir in den Flur hinaus, und ich schaue mich vorsichtig um, bevor ich weitergehe.

»Also, ich habe immer noch keine Ahnung, was passieren würde, wenn er die Kontrolle verliert«, sage ich abschließend. »Oder ob das ein unüberwindbares Problem ist. Oder wer ...«

»Ich bezweifle den unüberwindbaren Teil«, unterbricht sie mich, und fröhliche Lachfalten bilden sich um ihre Augenwinkel. »Ich bin zuversichtlich, dass gerade du einen Weg finden wirst, ihn zu *besteigen* ...«

Männerstimmen ertönen vom Ende des Flurs, und Ariel bedeckt ihren Mund theatralisch mit der Hand.

Felix, Rasputin und Nero kommen mit einer Auswahl an Konserven auf uns zu.

Ist das Hitze in Neros Augen, wenn er mich ansieht, oder ist das nur Wunschdenken von mir?

»Wir haben unten in einem Lebensmittelgeschäft gestöbert«, sagt Felix und schaut von mir zu Ariel.

»Nero und Felix haben mir von deinen verschiedenen Talenten erzählt«, sagt Rasputin auf Russisch, und ich bin froh, dass Ariel nicht versteht, was er sagt. Der Gedanke, dass Nero meinem Vater von *meinen Talenten* erzählt, würde sie zweifellos gerade jetzt zum Kichern bringen.

Rasputin legt seine Dosen ab und gibt mir ein versiegeltes Kartenspiel, das genauso aussieht wie die in unserer Welt. »Nero hat vorgeschlagen, dass ich dir das gebe und dich bitte, mir etwas zu zeigen.«

»Lass uns zuerst essen«, sagt Felix. »Wenn Sasha loslegt, könnte das ein paar Stunden dauern.«

Wie in Übereinstimmung mit seinen Worten grummelt Ariels Bauch.

Ich schnappe mir die Karten und helfe Rasputin mit dem Rest seiner Dosen.

»Was ist mit Itzel?«, frage ich.

»Was ist mit mir?«, sagt eine Stimme hinter mir, und ich wende mich der Zwergin zu, die in voller Raumanzug-Montur gekleidet ist.

»Wir können in meinem Zimmer frühstücken«, schlägt Ariel vor. »Dort gibt es einen Tisch.«

Wir bleiben gleich draußen und verschlingen das Essen, fast ohne zu kauen.

»Die Boote sind dort in dem Yachthafen.« Rasputin zeigt aus dem Fenster, und ich merke, dass wir direkt am Äquivalent unserer Wohnung in dieser Welt vorbeigehen werden. Wie gruselig ist das denn?

Als wir dort ankommen, stellt sich heraus, dass es sehr gruselig ist, denn unser – oder genau genommen Neros – Apartmentgebäude ist da und sieht identisch mit unserer Version aus.

Als Sahnehäubchen auf dem gruseligen Kuchen sehen einige der Leichen hier aus wie unsere Nachbarn – obwohl das meine überreizte Fantasie sein könnte.

Der Battery Park schreit ebenfalls »unserer«, und der Yachthafen, zu dem Rasputin uns führt, ist derjenige, in den ich manchmal gerne unbefugt eindringe – und in dem ein Ork versucht hat, mich zu ertränken.

Ein Ork, den Nero – der Drache, in dessen Armen ich letzte Nacht geschlafen habe –angeheuert hatte, um meine Kräfte zu erwecken, und den er später brutal vor meinen Augen getötet hat.

Sobald wir eine Yacht gestohlen und die Segel nach New Jersey gesetzt haben, führe ich eine Kartenzaubershow für meinen Vater vor, die meine »Best of«-Effekte zeigt, angefangen bei Ambitious Card – die Zuschauerkarte, die aus der Mitte des Stapels immer wieder nach oben wandert – bis hin zu Karten, die ich verschwinden lasse.

Rasputin verlangt immer wieder nach mehr, und ich mache immer weiter, bis er die einzige Person ist, die zusieht, und ich beginne, zu Effekten zu kommen, die ich seit vielen Jahren nicht mehr vorgeführt habe.

Während ich auftrete, keimt in mir erneut die Hoffnung, dass ich eines Tages eine Show für die Cogniti machen könnte. Alles, was ich brauche, ist, dass alle aufhören, mich zu töten, damit ich ein gutes Set zusammenstellen, proben und den richtigen Ort für die Aufführung finden kann.

»Ich habe keine Ahnung, wie du das alles gemacht hast«, sagt Rasputin stolz, als ich ihn auf wundersame Weise durch Abheben auf alle vier Asse in einem gemischten Deck stoßen lasse.

»Und du darfst nicht deine Seherfähigkeit benutzen, um es herauszufinden«, sage ich mit gespiegelter Strenge. »Das wäre Betrug.«

»Ich schwöre«, sagt er. »Ich will nicht einmal wissen, wie das gemacht wird. Es würde das Geheimnis und die Besonderheit dieses Moments ruinieren.« Er legt seine Hand auf meine und lächelt so zufrieden, dass etwas in meiner Brust schmilzt.

»Kannst du mir bitte mehr über dein Leben erzählen?«, fragt er, als ich die Karten weglege. »Ich sah etwas davon in Visionen, aber die Zeitverschiebung zwischen unseren Welten machte es schwierig.«

Ich lächele und fange an, ihm alles über meine Besessenheit von Magie zu erzählen, dann über die Schule, das College und meine Adoptiveltern.

Er nimmt die Informationen gierig auf und stellt unzählige Fragen zu den alltäglichsten Details.

Schließlich komme ich zur jüngsten Vergangenheit, die sich mit Zombies, Vampiren und – wie sich herausstellt – Drachen beschäftigt.

Rasputin hängt an meinen Lippen und sieht aus, als würde er gleich von der Stuhlkante rutschen, als ich ihm den Teil über Baba Yaga erzähle.

»Ich kannte sie«, sagt er, als ich fertig bin. »Du hast Glück, dass du noch am Leben bist. Ihr alle.«

»Nun, was ist mit dir?«, frage ich. »Was ist mit dir in Russland vor all den Jahren passiert? Warum musstest du gehen? Wie hast du meine Mutter kennengelernt? Wer ist sie? Wo ist sie? Warum …«

»Ich habe mir in Russland etwa zur gleichen Zeit, als ich deine Mutter getroffen habe, mächtige Feinde gemacht«, sagt er und schaut mit einem abwesenden Gesichtsausdruck in den Horizont. »Sie ist mit mir gegangen, als ich von der Erde geflohen bin. Dann wurdest du geboren, und …«

Das Boot ruckelt in diesem Moment, und ich falle fast von meinem Stuhl.

»Es tut mir leid«, schreit Ariel von der Backbordseite. »Es ist das erstes Mal, dass ich so etwas andocke.«

Ich schaue zurück und merke, dass ich mich so in unser Gespräch vertieft habe, dass ich unsere Ankunft im glamourösen Bundesstaat New Jersey verpasst habe.

»Wir gehen besser«, sagt Rasputin und geht zum Dock.

»Warte, du warst gerade dabei, zu den interessanten

Stellen zu kommen«, sage ich, aber er scheint es nicht zu hören.

Sobald wir die zweite Etappe unserer Flughafenreise beginnen, bleibe ich mit Rasputin zurück, und als es so aussieht, als wären wir außer Hörweite der anderen mit normalem Gehör, sage ich: »Du hast angefangen, mir von meiner Mutter zu erzählen.«

Für einige Momente geht er in kontemplativer Stille und sagt dann: »Was ist zwischen dir und Nero?«

Ich stolpere fast über eine Briefträgerleiche und bekämpfe den Drang, zu erröten. »Nichts.«

»Du und ich wissen beide, dass das nicht wahr ist«, sagt er streng. »Wann hat Nero …«

»Das geht dich nichts an«, fauche ich, da sich meine Verlegenheit in Wut verwandelt. Ich kenne den Kerl seit fünf Minuten, und er will plötzlich überfürsorgliche Eltern spielen? Wo war er, als mein erster Freund meine Unterwäsche stahl und sie an alle seine Freunde in der Highschool weitergab?

Wenn überhaupt, dann war es Nero, der all die Jahre auf mich aufgepasst hat. Und dass mein Vater unterstellt, dass Nero sich in irgendeiner Weise unangebracht verhalten hat, ist …

»Ich versuche nur, auf dich aufzupassen«, sagt Rasputin und wirft mir einen verwirrten Blick zu.

Dass er von meiner negativen Reaktion überrascht ist, nervt mich noch mehr.

»Du weißt, was er ist«, fährt Rasputin fort. »Ich will nur das Beste für dich.«

»Was ist das Beste für mich?« Ich lasse seine Worte auf meiner Zunge zergehen. »Ich bin kein Kind mehr. Du kannst für mich keine lebenswichtigen Entscheidungen mehr treffen.«

Er sieht aus, als hätte ich ihn geschlagen, und ich fühle einen Hauch von Schuld – aber nicht genug, um mich daran zu hindern, davonzustürmen, um mich meinen Freunden anzuschließen.

»Erzähl Sasha, was du mir gerade gesagt hast«, sagt Ariel, als ich sie erreiche, und ich kann erkennen, dass sie darum kämpft, nicht in Lachen auszubrechen.

»Ich habe nur gesagt, dass heute irgendetwas an dir anders ist«, sagt Felix zu mir. »Dass es ein Hüpfen in deinem Schritt oder so gibt – aber ich verstehe nicht, warum das lustig ist.«

Ariel sieht aus, als würde sie vor Lachen sterben, und ich schiebe mir das Visier meines Helmes über das Gesicht, um meinen Gesichtsausdruck zu verbergen.

Nero – der offensichtlich das Gespräch gehört hat – grinst leicht, aber das könnte wieder meine Fantasie sein.

Generell scheint er sich heute mir gegenüber nicht anders zu verhalten als sonst. Vielleicht war das, was passiert ist, für ihn keine so große Sache wie für mich? Ich lege im Geiste ein Gelübde ab, mir den Film *Drachenzähmen leicht gemacht* auszuleihen, sobald ich nach Hause komme. Hoffentlich ist es ein Dokumentarfilm mit einigen praktischen Tipps.

»Ich fühle mich heute auch besser«, stimmt Itzel

ein. »Eine gute Nachtruhe und eine Mahlzeit können Wunder bewirken.«

»Ich wette, Nero hat dir geholfen, besser zu schlafen«, sagt Felix zu Itzel, und Ariel und ich ersticken fast an unseren Zungen.

Felix sieht uns beide an, als wären wir verrückt und sagt: »Ich meinte Neros Angebot, all diese Nullen zu Itzels Bezahlung hinzuzufügen. Ich weiß nicht, was heute Morgen in euch beide gefahren ist. Habt ihr etwas geraucht, als ich nicht da war?«

Ich bin dabei, zu antworten, als Nero sich verspannt und plötzlich stehen bleibt.

Ich folge seinem Blick.

Eine Gruppe von Männern kommt auf uns zu. Ihre Gesichter sind mit Verbrennungen und Tattoos bedeckt, und ein Kerl trägt eine Halskette, die verdächtig aussieht wie getrocknete menschliche Ohren.

Sie passen perfekt zu ihrem Hintergrund und erinnern mich an die Menschen, die Hekima uns einmal während der Einführung gezeigt hat.

Sie sehen bereit dazu aus, uns zu vergewaltigen, zu töten und zu essen, und vielleicht nicht einmal in dieser Reihenfolge.

Als sie uns sehen, ertönt ein Kriegsschrei, und sie erheben ihre Schläger und greifen an.

# KAPITEL SECHZIG

»BLEIBT ZURÜCK.« Mit einem strengen Blick auf mich beginnt Nero, sich auszuziehen. »Ich kümmere mich darum.«

Bevor ich etwas sagen kann, ist er nackt und springt nach vorne.

Ariel räuspert sich anzüglich.

Ich gaffe, als Nero sich in einen brüllenden Drachen verwandelt und Autos auf dem Weg zu unseren Möchtegern-Angreifern zertrampelt.

Ihn in dieser Form in einer modernen Umgebung zu sehen, fühlt sich ziemlich surreal an – und die Neuankömmlinge müssen das auch denken, denn sie bleiben stehen, als wären sie im Boden verankert.

Nero schleudert mit seiner guten Klaue einen Truck weg und speit Feuer in seine Richtung – aber deutlich als Einschüchterungstaktik. Sein feuriger Atem lässt die Autos auf der Straße und die Straße selbst schmelzen, verbrennt aber nicht eine einzige Person.

Die Truppe ist offensichtlich nicht so wild geworden, dass sie einen wütenden Drachen angreifen möchte. Sie rennen so schnell weg, wie jeder an ihrer Stelle es tun würde – nur dass keine weiteren Menschen übrig geblieben sind.

Nero schimmert wieder und verwandelt sich in die leckere menschliche Form, die ich viel lieber mag, bevor er sich anzieht, als ob nichts passiert wäre.

»Du hast gesagt, dass diese Welt sicher ist«, sage ich zu Rasputin, als er uns einholt und sehr überrascht aussieht.

»Ich hatte hier noch nie Probleme.« Er zuckt mit den Schultern. »Ich habe auch noch nie eine Gefahr in einer Vision gesehen.«

»Wie können sie überhaupt noch leben?«, fragt Felix, als wir um den geschmolzenen Asphalt herum und dann weiter die Autobahn entlanggehen. »Alle anderen sind ausgesaugt.«

»Aus welchem Grund auch immer wirken Tartarus' Kräfte bei manchen Menschen nicht«, sagt Rasputin. »Die kriminell Verrückten scheinen besonders immun zu sein.«

»Warum ist Lilith dann besorgt?«, murmele ich leise vor mich hin. »Sie ist eindeutig von der kriminell verrückten Sorte.«

Niemand antwortet, und wir gehen den Rest des Weges schweigend weiter.

DER FLUGHAFEN NEWARK sieht natürlich genauso aus wie damals, als ich von dort aus nach Toronto geflogen bin – abgesehen von den Toten natürlich

Rasputin führt uns zu dem hier versteckten Drehkreuz, und wir nehmen ein türkisfarbenes Tor, das uns zu einer Insel auf einer Welt mit zwei Sonnen führt. Die Insel liegt inmitten eines endlosen Ozeans, der von Millionen von laichenden Vögeln bevölkert ist, die gemeinsam lauter kreischen als ein brüllender Drache.

Die nächste Welt hat Ringe wie der Saturn, und die darauffolgende sieht wieder wie ein Drehkreuz unter einem Flughafen aus – aber nicht unseres.

Als Nächstes erreichen wir einen Knotenpunkt auf einem Gebäude in einer vertrauten Welt mit einer Trübung, die aussieht wie ein Feuer, das vom Himmel fällt. Itzels Aufregung nach zu urteilen bin ich mir ziemlich sicher, dass die weitläufige Metropole das ist, wonach sie aussieht.

»Ja, das ist Gomorrha«, bestätigt Rasputin. »Die Erde ist gleich da drüben.« Er zeigt auf das Tor ein paar Meter entfernt – genau das, das wir immer nehmen, um nach Hause zu kommen. »Leider kann ich nicht mit euch durch dieses Tor gehen«, fährt er fort.

»Kannst du nicht?«, fragen Felix und ich unisono.

»Ich kann es nicht riskieren, zurückzukehren. Besonders nicht mit dir.« Seine Schultern hängen herab, als er mich ansieht. »Meine Feinde aus Russland könnten mich holen kommen, und du könntest ins Kreuzfeuer geraten.« Sein Blick fällt auf die Oberfläche unter unseren Füßen. »Ich fürchte, ich habe meine Erdenprivilegien vor langer Zeit verloren, und die letzten hundert Jahre haben nichts daran geändert.«

»Aber ich habe dich gerade erst gefunden«, sage ich frustriert. »Wir hatten nicht einmal die Chance, uns zu …«

»Ich weiß.« Mein Vater sieht unglücklich aus, als er mich wieder anschaut. »Ich könnte es riskieren, nehme ich an, und …«

»Du bleibst in meinem Klub hier auf Gomorrha.« Nero geht zu Rasputin und legt eine Hand auf seine Schulter. »Er steht unter meinem Schutz, so dass ihr beide dort sicher Zeit miteinander verbringen könnt.« Er schaut mich an. »Gomorrha ist nur eine Limousinenfahrt und ein Tor entfernt, und mein Klub ist auf der anderen Straßenseite.«

»Danke«, sagt Rasputin zu Nero, bevor ich eine Million Einwände erheben kann. »Das wäre am besten.«

»Ich bin mir sicher, dass du das weißt, aber du wirst regelmäßig in eine Welt mit Menschen gehen wollen«, sagt Felix zu meinem Vater. »Sonst verlierst du hier mit der Zeit deine Kräfte.«

»Ich werde mir etwas überlegen«, sagt Rasputin mit einem Lächeln. »Danke.«

»Wie wäre es, wenn wir gehen und ich alles arrangiere?«, sagt Nero entschlossen und wendet sich dem Aufzug zu. Über seine Schulter fügt er hinzu:

»Dann kann ich mich auch gleich um Itzels Bezahlung kümmern.«

»Das ist toll«, sagt die Zwergin aufgeregt. »Ich würde gerne dieses Abenteuer beenden und nie wieder daran denken, was passiert ist.«

Ich zucke mit den Schultern und folge allen, und als wir Nero einholen, wartet der Aufzug bereits auf uns.

Die Fahrt nach unten geht so schnell wie immer, und die Lobby des Mega-Hochhauses ist auch so atemberaubend wie immer – ebenso wie die 3D-Hologramme draußen.

»Ich komme nicht mit euch mit«, sagt Ariel und schaut mit einem seltsamen Ausdruck über die Straße.

»Tust du nicht?« Felix runzelt die Stirn.

»Allein an den Klub zu denken ist …« Sie hört auf zu reden und schüttelt den Kopf. »Ich denke, es ist viel klüger, wenn ich stattdessen in die Reha gehe. Im Moment.«

»Tu, was du tun musst.« Ich drücke beruhigend ihren Arm.

»Es ist nur noch ein bisschen länger«, sagt sie und kaut auf ihrer Lippe. »Mir geht es viel besser, aber …«

»Lass deinen Anzug bei mir, bevor du gehst«, meldet sich Itzel mit der ganzen sozialen Anmut eines Nilpferdes.

Felix und ich starren sie an, aber sie scheint es nicht zu bemerken.

»Hier, bitte schön.« Ariel steigt aus ihrem Anzug und übergibt ihn Itzel. »Ich würde seltsam damit aussehen, sogar in der Reha.«

»Wir bringen dich hin«, sage ich. »Wir können …«

»Nein. Ihr solltet nach Hause gehen.« Ariel blickt auf den blutigen Verband um Neros Schulter. »Kommt einfach zu Besuch, wenn sich die Dinge normalisiert haben.«

»Das mache ich«, verspreche ich.

»Wir werden beide kommen«, sagt Felix.

»In Ordnung.« Sie beugt sich vor, um jeden von uns zu umarmen. »Bis dann.«

Wir beobachten, wie sie durch die bunt gekleideten Cogniti läuft, bis sie um die Ecke verschwunden ist.

Nero nimmt das als sein Stichwort, um weiterzugehen, also überqueren wir die Straße hinter ihm und gehen zu dem Gebäude, das von einer Sammlung von sperrigen Neonschildern in jeder erdenklichen Sprache bedeckt ist. Die russische und englische Version des Zeichens erklärt »Earth Club«, was darauf hindeutet, dass der Rest auch so ist. In einer kleineren Schrift rühmen sich beide auch: »Der beste Wodka der Otherlands.«

Nero geht an der allgegenwärtigen Schlange am Eingang vorbei, und die Türsteher sehen bereit aus, sich zu verbeugen oder vor ihm auf die Knie zu fallen.

Nero deutet auf uns, murmelt so etwas wie »VIPs« und tritt ein. Wir ignorieren die beeindruckten Blicke aus der Schlange und folgen ihm.

Im Inneren ist der Klub genau so, wie ich ihn in Erinnerung habe – mit glänzenden Böden aus Glas und einer Atmosphäre, die an die Cantinas aus *Star Wars* erinnert.

Während wir durch die tanzenden Cogniti gehen, sehe ich die Weisheit von Ariels Entscheidung, sich uns nicht anzuschließen. Der Ort wimmelt von Vampiren, und jeder von ihnen hat eine Eskorte bei sich, die in der Art von Outfit gekleidet ist, das Ariel einmal getragen hat.

Ich ignoriere die unangenehme Erinnerung an die Sucht meiner Freundin und konzentriere mich auf Elfen, Zwerge, Feen und den Rest, während Nero uns zum Aufzug führt.

Als wir in ihm sind, drückt Nero den Knopf für die zehnte Etage

Während wir nach oben fahren, kann ich nicht anders, als an die Ebene direkt unter unserem Ziel zu denken, die wie ein BDSM-Verlies aussieht. Ich wurde dort fast von einem Sukkubus getötet.

Als der Aufzug ankommt, steigen wir aus und gehen einen Flur entlang, bis wir ein Büro erreichen, das verdächtig wie Neros in seinem Fondsgebäude aussieht.

»Wo hast du eine solch antike Technologie gefunden?«, fragt Itzel, als sie seinen erstklassigen Monitor und seine Tastatur sieht.

Nero ignoriert sie, geht zu der *Antiquität* und beginnt zu tippen.

»Hier.« Er winkt Itzel zu, damit sie zu seinem Schreibtisch kommt.

Die Zwergin folgt seiner Aufforderung, und als sie auf seinen Bildschirm schaut, atmet sie hörbar aus, und ihre Augen werden größer.

»Ich habe entschieden, dass du es verdient hast, dass so viele Nullen an Felix' ursprüngliches Angebot angehängt werden«, sagt Nero mit einem leichten Lächeln. »Einverstanden?«

»Ja.« Itzel nickt so kräftig, dass ich fürchte, sie könnte sich dabei ihren Hals ausrenken. »Oh, ja. Das wird meine Schulden begleichen und …«

»Großartig.« Nero steht von seinem Schreibtisch auf. »Jetzt müssen Rasputin und ich auf eine andere Ebene gehen, um seine Unterkunft zu organisieren.«

»Kann ich seinen Anzug bekommen, bevor er geht?«, fragt Itzel. »Apropos«, sie sieht Felix und mich an, »kann ich eure beiden Anzüge bekommen?«

»Das ist klug«, sagt Nero. »Es ist nicht erlaubt, diese auf der Erde zu tragen.«

»Genau«, sagt Itzel. »Und wenn ihr sie tragt und mit der Zwergen-Technologie erwischt werdet, könnte ich in Schwierigkeiten geraten, also zieht sie bitte aus.«

Wir legen die Anzüge ab, und Itzel will sie alle auf einmal nehmen, wobei sie gegen zwei Helme stößt, die in verschiedene Richtungen rollen.

»Lass mich helfen«, sagt Nero und nimmt meinen Anzug. »Wie wäre es, wenn ich auch dafür sorge, dass diese zu dir gebracht werden?«

Ohne auf eine Antwort zu warten, geht er zur Tür.

Rasputin beugt sich nach unten, um mehr Anzugteile aufzuheben, und folgt Nero.

»Ich schätze, das ist der Abschied«, sagt Itzel und schaut von mir zu Felix.

»Du hilfst in der Reha-Einrichtung aus, oder?«,

sage ich und verlagere mein Gewicht von einem Fuß auf den anderen. »Vielleicht können wir dir Hallo sagen, wenn wir Ariel dort besuchen?«

»Darüber würde ich mich freuen.« Sie grinst und umarmt mich. Viel kühler schüttelt sie Felix' Hand und fügt hinzu: »Aber bitte, fragt mich nie wieder, ob ich mit euch irgendwo hingehen will.«

»Das wird kein Problem sein«, grummelt Felix.

Itzel grinst wieder und folgt Nero und Rasputin.

Als sie alle verschwinden, schaue ich Felix an und sage mit ernstem Gesicht: »Weißt du, wenn das mit dir und Maya nicht klappt, könnte Itzel …«

»Nicht.« Er verengt die Augen. »Wie würde es dir gefallen, wenn ich darüber scherze, dass *du* mit Nero oder jemand anderem zusammen bist, der genauso unangebracht ist?«

Mann, bin ich froh, dass Ariel schon weg ist. Sie würde auf keinen Fall in der Lage sein, ihr Lachen zu unterdrücken. Zu ihrer Verteidigung muss ich sagen, dass ich das selbst kaum kann.

»Du weißt schon«, sage ich, als ich mich erholt habe. »Das ist eine wirklich gute Gelegenheit, wieder in den Geheimnissen eines bestimmten Menschen zu schnüffeln.« Ich schaue demonstrativ auf Neros Computer.

Felix erblasst und schüttelt kräftig den Kopf.

»Spielverderber«, sage ich und rolle mit den Augen. »Ich bezweifle, dass er sein eigenes Büro überwacht, und es ist nicht so, dass …«

»Bitte nicht.« Felix bewegt sich so weit von Neros Computer weg, wie es der Raum zulässt.

»Gut«, sage ich, bevor er aus dem Raum springt. »Aber wenn du etwas Plausibles zum Abstreiten haben willst, solltest du vielleicht weggucken.«

Felix schaut weg, steckt sich die Finger in die Ohren und beginnt laut zu singen: »Old McDonald had a farm …«

Ich fische mein Handy aus meiner Tasche und nehme ihn ein paar Sekunden lang auf, um Erpressungsmaterial für einen späteren Zeitpunkt zu haben.

Dann gehe ich zur Maus und wecke zaghaft den Computer auf.

Volltreffer. Nero hat seinen Rechner nicht gesperrt, bevor er gegangen ist, und der PC ist auch noch nicht automatisch in den Sperrmodus gewechselt.

Ein Teil von mir fühlt sich schuldig. Ich bin im Begriff, jemanden auszuspionieren, der eventuell mein Liebhaber sein könnte – eine Idee, die ich noch verdauen muss. Ich beschließe, die Schuldgefühle im Keim zu ersticken . Wenn ich rationalere Gedanken brauche, kann ich mich daran erinnern, wie sehr Nero mich mein ganzes Leben lang ausspioniert hat.

Das zu entscheiden und das Schuldbewusstsein tatsächlich loswerden sind zwei paar Schuhe, aber als Magier bin ich ziemlich gut darin. Ich musste lernen, es zu sein. Wenn du dich schlecht fühlst wegen eines Objekts, das heimlich in deiner Hand versteckt ist, oder wegen der fetten Lügen, die du dem Publikum regelmäßig erzählen musst, wirst du es als professioneller Illusionist nicht weit bringen.

Ohne weitere Beschwerden von meinem Gewissen fange ich an, den Cursor über Neros Bildschirm zu bewegen.

Aber ich bin kein Hacker wie Felix und habe keine Ahnung, wohin ich gehen soll.

Ich bin dabei, ihn zu fragen, als mir auf dem Desktop ein Symbol mit der Bezeichnung »Überwachung« auffällt.

Ich klicke darauf.

Der Bildschirm füllt sich mit kleinen Fenstern – jedes mit einer Kameraübertragung von irgendwo in dieser Einrichtung.

Das überrascht mich nicht. Nero beobachtet jeden in seinem Club.

Als ich die Optionen scanne, sehe ich auf einem Bildschirm, dass Itzel durch die Eingangstür geht, und auf vielen, vielen anderen Bildschirmen gibt es Leute, die alle möglichen extremen privaten Dinge miteinander tun.

Ich ignoriere die Versuchung, auf eine besonders enthusiastische Orgie zu klicken, in der es Dinge gibt, die aussehen wie Baseballschläger und Ananas, als ich ein Fenster mit Rasputin und Nero erblicke – und es mit einem Doppelklick öffne.

Das Fenster maximiert sich und zeigt sie in einer gemütlichen Küche – hoffentlich in der Wohnung, in der mein Vater wohnen wird.

Ich kann sie jetzt auch hören, gerade als Rasputin sagt: »… ist wirklich nett.«

Dann bemerke ich etwas anderes. Es gibt einen Zeitstempel in der Ecke der Übertragung, bei dem die Sekunden ablaufen. Irgendetwas daran sieht komisch aus, und ich verstehe, was es ist, als ich auf die Ecke des Displays schaue, wo die aktuelle Uhrzeit ist. Die Zeit der Spionagekamera liegt hinter der aktuellen Zeit, was bedeutet, dass ich mir Ereignisse anschaue, die bereits stattgefunden haben, keine Livestreams.

Mist.

Das bedeutet, dass Nero vielleicht nicht mehr in diesem Raum ist – und mich jederzeit erwischen kann.

Ich schließe beinahe alles, aber dann höre ich Neros Stimme sagen: »Der Grund, warum ich die anderen zurückgelassen habe, ist, dass ich mit dir privat sprechen wollte.«

Nun, *jetzt* kann ich nicht aufhören. Ich riskiere es einfach und hoffe, dass, wenn er mich erwischt, er mich nicht frisst –zumindest nicht auf eine schlechte, drachenhafte Weise.

Auf dem Bildschirm bedeutet Nero Rasputin, sich auf einen der Barhocker zu setzen.

»Interessant.« Mein Vater setzt sich hin. »Zufällig habe ich etwas, worüber ich mit dir privat sprechen wollte. Natürlich bist du als Gastgeber zuerst dran.«

Ich beuge mich näher heran – aber nicht so nah, dass ich einen verräterischen Ölabdruck meiner Nase auf dem Bildschirm hinterlasse.

»Gut.« Nero verschränkt die Arme vor der Brust.

»Unser alter Vertrag ist jetzt erfüllt, also möchte ich, dass du mir im Austausch für Unterkunft und Schutz eine Vision gibst.«

Rasputin greift nach oben, als ob er über einen langen Bart streicheln würde. Als er pure Luft an der Stelle findet, an der früher sein Bart war, reibt er sich stattdessen das stoppelige Kinn. »Ich bin mir nicht sicher, ob ich es in mir habe, die Leistung vom letzten Mal zu wiederholen, und selbst wenn ich bereit wäre, wäre mein Preis viel höher.«

»Ich spreche von ein paar kurzen Visionen.« Nero geht zum Kühlschrank, öffnet den Gefrierschrank und holt eine vereiste Flasche Wodka heraus. »Es wäre nur ein Blick auf die nahe Zukunft, das ist alles.«

Rasputin lässt sein Kinn los, um Nero anzustarren. »Natürlich. Du wirst Claudia retten. Darum geht es hier, nicht wahr?«

»Klingt, als hätten wir eine Abmachung.« Nero nimmt einen riesigen Schluck des Wodkas und reicht die Flasche dann Rasputin.

Mein Vater ergreift die Flasche und nimmt einen viel kleineren Schluck. »Das ist aber ein Zufall«, sagt er, als er damit fertig ist, sich zu schütteln.

Nero nimmt die Flasche zurück und hebt eine Augenbraue an.

»Ich wollte dir nämlich raten, die Erde zu verlassen, sobald du geheilt bist, aber es klingt so, als würdest du es sowieso tun«, sagt Rasputin.

Meine Seherintuition macht sich bemerkbar – zweifellos, um mir das zu sagen, was ich selbst wissen könnte, wenn ich mir nur den Zeitstempel ansehe. Ich werde gleich beim Schnüffeln erwischt.

Aber ich will wissen, wohin das führt.

Dann erinnere ich mich, dass Itzel jetzt weg ist, und ich meine unmittelbare Zukunft wieder sehen kann.

Grinsend überzeuge ich mich leicht davon, dass ich den Bildschirm weiter beobachten werde, auch wenn es bedeutet, erwischt zu werden; dann konzentriere ich mich und erreiche den Leerraum in Rekordzeit.

Die Formen, die mich umgeben, sehen vielversprechend aus, also berühre ich diejenige, die sich richtig anfühlt.

———

OBWOHL ICH WEISS, dass ich es nicht sollte, schaue ich weiter auf den Bildschirm.

»Erkläre es mir.« Nero nimmt einen weiteren massiven Schluck, entfernt dann den Handtuchverband von seiner Schulter und gießt Wodka über die Wunde.

»Du hast in Liliths Welt geblutet«, sagt Rasputin und nickt in Richtung der Verletzung. »Wenn sie noch lebt, wird sie dich überall finden können.«

Neros Kiefer spannt sich an. »Das gibt mir nur noch einen weiteren Grund, meine Pläne zu forcieren. Lilith erwähnte eine Art Abmachung mit der zukünftigen Leiche, also wird sie mir nicht in sein Königreich folgen.«

Das Geräusch einer sich öffnenden Tür reißt meine Aufmerksamkeit vom Bildschirm weg.

Nero kommt herein und wirft mir einen bösen Blick zu.

Mein Vater sieht enttäuscht aus, und Felix …

———

ICH BIN WIEDER im Raum und sehr glücklich, dass ich die Vision hatte.

Ich *wäre* beinahe erwischt worden – aber das muss jetzt nicht mehr passieren.

»Erkläre es«, sagt Nero auf dem Bildschirm, und ich weiß, was folgt und wie wenig Zeit ich habe.

Ich beende die Überwachungs-App, sperre den Computer und stelle sicher, dass die Maus an der Stelle liegt, an der ich sie gefunden habe.

Zur Sicherheit benutze ich den Rand meines Shirts, um alle möglichen Abdrücke abzuwischen.

Zufrieden mit meiner Arbeit, eile ich zu Felix, nehme ihm die Hände von den Ohren und sage: »Erzähl mir das Ende eines dummen Witzes, sofort.«

Das muss ich Felix lassen. Ohne zu zögern, hört er auf zu singen und sieht mich mit einem echt wirkenden Lächeln an. »Und was macht«, sagt er, als sich die Tür öffnet und Nero und Rasputin hereinkommen, »ein Clown im Büro? *Faxen.*«

Ich tue so, als würde ich lachen, und dann tue ich so, als wäre ich überrascht, dass sie jetzt zurückkommen.

»Felix«, sagt Nero und riecht wie eine Alkoholbrennerei. »Geben wir ihnen einen Moment, um sich zu verabschieden.«

Er treibt Felix aus dem Büro, und ich stehe da und starre Rasputin voller gemischter Gefühle an.

Mein leiblicher Vater.

Ich habe ihn gerade gefunden – und muss ihn verlassen.

Es besteht eine gute Chance, dass er Nero von der Blut-Sache als Trick erzählt hat, um uns voneinander fernzuhalten – und es hätte funktioniert, wenn ich sie nicht ausspioniert hätte. Jetzt kann ich dem Schaden durch ein ernsthaftes Gespräch mit Nero begrenzen, bei dem ich auch hoffe, zu erfahren, wer Claudia ist.

Entweder deshalb, oder weil der Mann vor mir mein Vater *ist*, bin ich nicht annähernd so sauer auf ihn, wie ich sein sollte. Alles, was ich wirklich will, ist, ihn zu umarmen – und das tue ich auch.

»Vielen Dank«, murmelt er und drückt mich fest. »Ich kann nicht glauben, dass du mich nach allem holen gekommen bist. Ich weiß nicht, woher du dieses Mitgefühl hast, aber ich bin froh darüber.«

»Gut. Weil du mir Antworten schuldest«, sage ich mit belegter Stimme, als ich einen Schritt zurück mache. »Und zwar *viele*.«

»Komm mich morgen besuchen«, sagt er. »Ich werde mein Bestes tun, um alle deine Fragen zu beantworten.«

Nero und Felix kommen wieder, und ich trete einen weiteren Schritt zurück.

»Kümmere dich darum.« Rasputin zeigt auf Neros Schulter.

»In Ordnung«, sage ich. »Gehen wir.«

»Nur eine Sekunde«, sagt Nero und schaut auf den Griff des Torschwertes. »Das kannst du auch nicht auf der Erde benutzen, also wie wäre es, wenn du es hierlässt?« Er geht zur Wand und öffnet einen Safe, von dem ich nicht bemerkt hatte, dass er dort ist.

»Aber ich kann es verstecken und es nie den Menschen zeigen«, protestiere ich und halte den Griff fest wie ein Kind sein neues Spielzeug.

»Du solltest auf Nero hören«, sagt Rasputin mit Bedauern. »Die Räte nehmen ihre Waffenverbote ernst, und das Mandat würde dich bestrafen, wenn ein Mensch sehen würde, wie du das machst.«

Ich schaue zu Felix.

»Lass es besser sein, wenn du mich fragst«, sagt er.

Ich kämpfe gegen den Drang an, Felix an die schicke Waffe zu erinnern, die er von Gomorrha zur Erde gebracht hatte, aber da Nero im Rat ist, will ich nichts vor ihm sagen.

Außerdem, wenn Felix' Waffe als irgendein Ding oder ein Spielzeug durchgegangen sein könnte, kenne ich keine Technologie auf der Erde, die diese Art von Schwert erklären könnte, also haben sie vielleicht recht.

Mit großer Zurückhaltung schleppe ich mich zum Safe und lege das Schwert hinein.

»Gehen wir.« Nero schließt den Safe, und die Wand sieht wieder leer aus.

Wir gehen, und Rasputin begleitet uns zum Aufzug, aber er steigt nicht ein, als dieser kommt.

»Ich nehme den nächsten«, sagt er schroff, und ich sehe einen verdächtigen Schimmer in seinen Augen.

Meine Brust zieht sich zusammen. »Das ist in Ordnung. Wir sehen uns bald«, sage ich ihm, als sich die Türen zu schließen beginnen. Und kurz bevor sie sich ganz schließen, füge ich leise hinzu: »Papa.«

Rasputin strahlt wie die Sonne, und ich fühle mich gut, dass ich es gesagt habe, auch wenn ich es noch nicht ganz ernst gemeint habe.

Felix blinzelt schnell und reibt sich die Augen, während Nero so tut, als würde er den anderen Kerl nicht bemerken, der so offen Emotionen zeigt.

Ich mache einen tiefen Atemzug und frage mich, ob ich Nero hier und jetzt auf Claudia und den Rest davon ansprechen sollte – direkt vor Felix.

Aber nein. Felix würde es hassen, mitten in einem solchen Gespräch dabei zu sein, und ich bin mir nicht sicher, ob er etwas über mich und Nero wissen soll – nicht, bevor ich selbst besser weiß, was es ist.

Wir drei gehen ohne zu sprechen durch den lauten Club und schweigen auch weiterhin, während wir die Straße zum Super-Hochhaus überqueren. Dort angekommen, nehmen wir den Aufzug zum Dach mit dem Drehkreuz.

Ich eile zum Tor zur Erde und trete zuerst ein.

Nero und Felix schließen sich mir auf der anderen Seite an, und ich übernehme die Führung auf dem Weg aus dem JFK-Drehkreuz.

Sie holen mich ein, als ich um die Ecke gehe.

Dieser Korridor ist breiter als die meisten anderen, und wir drei können problemlos Seite an Seite gehen.

Wir sind auf halbem Weg zur nächsten Kurve, als eine massive Seherwarnung wie ein Eisberg in mich eindringt.

Es ist die schlimmste aller Zeiten, was nur eines bedeuten kann.

Jemand steht sehr kurz vor seinem Lebensende.

# KAPITEL EINUNDSECHZIG

ICH KONZENTRIERE mich auf den Leerraum und erreiche ihn sofort.

Die mich umgebenden Formen bestätigen meinen Verdacht. Die Musik, die von ihnen ausgeht, wäre die auf einer Beerdigung zu Hause – was wenig subtil darauf hindeutet, dass sie mir etwas Abscheuliches zeigen werden.

Mein erster Impuls ist es, eine Form nach dem Zufallsprinzip zu nehmen, aber angesichts dessen, was ich neulich in den Erinnerungen meines Vaters gesehen habe, lasse ich mich von meiner Intuition zu einer führen, die meiner Meinung nach besonders nützlich sein wird – auch wenn ich nicht genau weiß, was in diesem Fall nützlich bedeutet.

Mein ätherischer Schweif zittert metaphysisch, als ich meine gewählte Form berühre und wie Alice im Wunderland in den Kaninchenbau falle.

EIN MANN mit einer Killerclownmaske eilt in den Korridor vor uns, gefolgt von ein paar weiteren.

Sie tragen alle diese Masken, alle bis auf den ersten Kerl sind so groß wie zu Bodybuildern gewordene Basketballspieler und überhaupt kommen sie mir sehr bekannt vor.

Natürlich. Sie sind die Möchtegern-Attentäter aus meinen früheren Visionen, diejenigen, die mit Maschinengewehren und der Bazooka auf uns geschossen haben. Ich bin mir sicher, sie haben auch die Bombe in unser Büro geschickt.

Ich hatte zuerst angenommen, dass es keine Drachen sind, aber so direkt sehen sie bis auf einen nicht wie normale Menschen aus.

Der kleinere Mann – derjenige, den ich noch nie in einer Vision gesehen habe – hebt eine seltsam aussehende Waffe hoch und schießt.

Ein Pfeil trifft meine rechte Schulter. Zuerst fühle ich einen scharfen Schmerz, dann breitet sich Wärme von der Wunde aus, und meine Beine geben nach.

Ich fange an zu fallen – aber ich werde ohnmächtig, bevor ich zu Boden gehe.

***

ICH BIN KÖRPERLOS, aber ich beobachte von der Seite, wie mein Körper auf den Boden fällt.

Bin ich – oder mein Körper – dabei, mir den Schädel auf dem Boden zu brechen?

Nein. Nero stürzt sich mit Höchstgeschwindigkeit auf mein bewusstloses Ich, fängt es in der Luft auf und legt es dann wie eine schlafende Prinzessin neben die Wand.

Gleichzeitig tauchen mehr der riesigen maskierten Angreifer von der anderen Seite des Korridors auf – was bedeutet, dass wir auf beiden Seiten eingeschlossen sind.

»Was ist los?«, murmelt Felix im selben Moment, in dem der kleinere maskierte Kerl die Pfeilpistole auf ihn richtet und abdrückt.

Felix schaut auf den Pfeil in seiner Brust, wird ohnmächtig und schlägt hart auf dem Boden auf. Nero hat sich nicht die Mühe gemacht, *seinen* Sturz abzufangen – wahrscheinlich, weil er zu sehr damit beschäftigt ist, die neue Gruppe anzusehen. Sein Blick springt zwischen ihnen und dem Dartpistolentyp mit seiner Crew hin und her; er ist sich eindeutig nicht sicher, mit welchem von ihnen er anfangen soll.

Der Dart-Typ nutzt Neros Unentschlossenheit zu seinem Vorteil und jagt einen Pfeil in seinen Oberschenkel.

Nero schaut auf den Pfeil hinunter, hebt eine Augenbraue an und zieht das Ding heraus, als wäre es eine Fussel.

Wenn ich Lungen hätte, würde ich erleichtert ausatmen. Es sieht so aus, als bräuchte man viel mehr als diesen Pfeil, um Nero auszuschalten, selbst in seinem vom Blutverlust geschwächten und möglicherweise benebelten Zustand.

»Macht weiter«, sagt eine bekannte Stimme mit einem britischen Akzent hinter der Maske des kleinen Mannes. »Er hat Bogof und den Rest eurer Familie getötet.«

Die größeren maskierten Leute eilen zu Nero, gerade als mir klar wird, wessen Stimme das war.

Darian.

Genau der Mensch, der mich mit seinen Machenschaften in die Welt der Cogniti gebracht hat – der Mann, der überzeugt ist, dass wir beide eines Tages zusammenkommen und glücklich bis ans Ende unserer Tage leben werden.

Sein Versuch, mich zu töten, ergibt keinen Sinn. Es sei denn, das ist eine seltsame präventive Trennung.

»Denkt dran«, ruft der Vielleicht-Darian zur Crew, die sich Nero nähert. »Das Mädchen darf unter keinen Umständen verletzt werden.«

Okay, also vielleicht versucht er nicht, *mich* zu töten. Das macht es wahrscheinlicher, dass das tatsächlich Darian ist, obwohl es immer noch nicht erklärt, warum er das tut. Obwohl ich vielleicht eine Ahnung habe, mit wem er ein Problem ...

Die vordere Welle der Angreifer erreicht Nero, und ich wünschte, ich hätte eine Lunge, damit ich einen aufgeregten Atemzug machen könnte.

Neros Bewegungen verschwimmen, und er zerreißt den Ersten in Stücke.

Weitere Opfer stürzen vorwärts, und Nero verwandelt auch sie in Stücke toten Fleisches.

Etwas an dem, was passiert, kommt mir bekannt vor, und ich bin kurz davor, es zu erkennen, als Nero sich wieder umdreht, um sich mit dem nächsten Angreifer zu befassen – und dem Kerl den Kopf abreißt.

Als der Kopf an Felix vorbeirollt, rutscht die Clownsmaske weg und zeigt das grüne Gesicht eines Orks.

Natürlich. *Das* kam mir so bekannt vor. Ich habe schon einmal gesehen, wie Nero Orks in Stücke gerissen hat, und das erinnert mich an jenen Tag. Ich schätze, es ist etwas besonders Unvergessliches, wenn man sieht, wie das Innere eines Orks zu seinem Äußeren wird.

Dann verstehe ich eine andere Sache. Darian sagte: »Er hat *Bogof* und den Rest eurer Familie getötet.«

Bogof war der Name eines der Orks in jenem Massaker. Ich bemerkte sogar, dass es auch die Abkürzung für *buy one, get one free* ist.

Das bedeutet, dass diese Orks auf Rache aus sind, was angesichts dessen, was Itzel über Orks mit ihren Familienwerten und Vendetten gesagt hat, nicht verwunderlich ist.

In der Zeit, in der ich brauche, um all dies zu erkennen, erledigt Nero ein gutes Dutzend weiterer Orks, aber immer mehr strömen von vorne und hinten herbei und ersetzen ihre gefallenen Kameraden.

Ein wirklich wild aussehender Ork stürmt auf Nero

zu und tritt vielleicht zufällig auf Felix' bewusstlosen Körper.

Mein nicht existierendes Herz hämmert vor Entsetzen, als ich das laute Knacken von brechenden Knochen höre.

Neros Blick fliegt zu *meinem* bewusstlosen Körper.

»Ich bin es nicht, es war Felix«, will ich Nero anschreien, aber ich habe keinen Mund.

Darian nutzt Neros Ablenkung, um ihm einen Pfeil in den Rücken zu schießen.

Der Pfeil scheint keine Wirkung auf Nero zu haben, außer vielleicht die, ihn wütend zu machen. Mit einem sehr drachenartigen Gebrüll schneidet er den Ork, der Felix verletzt hat, in zwei Hälften und zerreißt diese Hälften in kleinere Stücke, bevor er seine tödliche Aufmerksamkeit auf einen anderen Angreifer richtet.

Hinter Darian tauchen mehr Clown-maskierte Orks auf – aber ein weiterer Trupp, der hinter Nero erscheint, hat sich nicht einmal die Mühe gemacht, Masken aufzusetzen. Das, oder es gab keine mehr.

Als sie die Stücke ihrer Brüder sieht, greift diese Gruppe vorsichtiger an. Die Orks kommen Nero so nahe wie möglich, bleiben aber außerhalb der Reichweite seiner Krallen.

Nero knurrt, und sein Blick schweift zwischen den beiden Gruppen hin und her, offensichtlich, um zu entscheiden, wen er zuerst töten soll.

Darian beschießt Nero wieder mit der Pfeilpistole.

Diesmal weicht Nero dem Schuss aus, und der Pfeil trifft einen der unmaskierten Orks. Der Ork schaut den Pfeil sehr langsam an – dann schaut er Darian genauso langsam an, mit einem Ausdruck, der zu fragen scheint: »Warum?«

Der Ork sackt auf die Knie, bevor er ganz umfällt.

*Wie* stark ist das Beruhigungsmittel in diesen Pfeilen?

Schließlich trifft Nero eine Entscheidung, springt vorwärts und beginnt, die maskierten Orks in Stücke zu reißen.

Als sie tot sind, starrt Nero Darian an, und sein Blick spricht für extreme Schmerzen – aber weitere maskierte Orks tauchen auf und stellen sich zwischen ihn und seine Beute.

»Los!«, schreit Darian, und die extra vorsichtigen unmaskierten Orks lassen einen Kriegsschrei ertönen und stürmen nach vorne, was Nero dazu zwingt, wieder an zwei Fronten zu kämpfen.

Nero richtet mehr Aufmerksamkeit auf die Unmaskierten, und ich bemerke endlich etwas: Er tut sein Bestes, um an der Stelle zu bleiben, wo sich mein Körper befindet.

Seine Krallen verschwimmen, als er den Arm eines Orks mit besonders scharfen Zähnen abschneidet und ihm damit auf den Kopf schlägt. Dann tritt er gegen den Kopf des bewusstlosen Orks wie gegen einen Fußball. Mit einem reißenden Geräusch trennt sich der Kopf vom Körper des Orks und fliegt mit verheerender Kraft auf einen anderen zu, der ins Wanken gerät – was der Moment ist, in dem Nero ihn in Hackfleisch verwandelt.

Darian schießt erneut einen Pfeil und verfehlt sein Ziel. Dann schießt er noch einmal, und es sieht fast so aus, als ob Nero in diesen Pfeil gegangen wäre.

Oder genauer gesagt, Darian hat dorthin geschossen, wo Nero sein würde.

Nero ignoriert den Pfeil, wischt sich das Blut aus den Augen und greift wieder an.

Ich wünschte, er könnte das *ganze* Blut, das ihn bedeckt, abschütteln, da es schwer zu sagen ist, wie stark seine Schulter blutet.

Ein weiterer Ork tritt in seiner Eile, zu Nero zu gelangen, auf Felix.

Felix spuckt Blut, und seine Atmung wird ungleichmäßig.

Oh nein. Das ist wirklich, wirklich schlimm.

Der Ork bezahlt für das, was er getan hat. Nero fährt mit solcher Grausamkeit in ihn hinein, dass die übrig gebliebenen Stücke bis zu Darian fliegen.

Darian zielt und schießt – wieder dahin, wo Nero am Ende landet.

Er nutzt seine Kräfte eindeutig, um seine Zielsicherheit zu verbessern.

Nero tötet den nächsten Ork, aber ein weiterer Pfeil durchbohrt ihm den Rücken. Ein paar tote Orks später schließt sich ein weiterer Pfeil den vorhergehenden an.

Es könnte meine Fantasie sein, aber es scheint, als würde Nero langsamer werden. Seine schwer zu verfolgenden Angriffe werden immer sichtbarer, als er zwei weitere Orks ausschaltet. Als Bestätigung meiner

Ängste beißt der nächste enttarnte Ork ein Stück Fleisch aus Neros Unterarm, bevor Nero ihn zu Brei zerdrückt.

Aus dem Unterarm sprudelt Blut, während Nero weiterkämpft und ihn mehr von Darians Pfeilen treffen. Inzwischen bemerken sogar die Orks, dass er langsamer wird, und sie werden mutiger bei ihren Angriffen.

Darian lädt seine Waffe nach, während Nero fünf Orks tötet.

Er trifft Nero mit einem weiteren Pfeil, als ein besonders großer Ork aus dem Korridor kommt, der zum Drehkreuz führt.

Dieser Neuankömmling scheint die anderen in den Schatten zu stellen – eine beeindruckende Leistung angesichts der durchschnittlichen Größe der Orks.

»Ich bin der Häuptling des Clans«, knurrt der Neue und streckt seine Brust heraus wie ein Seeelefant, der seinen Harem verteidigt. »Bogof war mein Bruder.«

Nero geht mit einer Geschwindigkeit vor, die für ihn eiszeitlich ist, aber für einen Elite-Kampfsportler beeindruckend wäre. Ohne dem Häuptling die Chance zu geben, eine Kampfhaltung einzunehmen, schlägt er seinem Feind auf die Brust.

Der Häuptling weicht dem Schlag mit überraschender Beweglichkeit aus.

Vielleicht ist er wegen seiner Kampffähigkeiten der Häuptling?

Während er ausweicht, fliegt seine riesige Faust auf Neros verletzte Schulter. Nero tritt nach rechts –

genau in die Flugbahn eines anderen Pfeils aus Darians Waffe.

Der Rest der Orks eilt herbei, um dem Häuptling zu helfen, und zerschlägt meine Hoffnung auf einen Zweikampf.

Nero greift den Häuptling erneut an. Bewegt er sich jetzt noch langsamer? Der Häuptling packt Nero am Handgelenk. Nero schlägt mit der anderen Hand zu – die ebenfalls abgefangen wird.

Darian schießt einen weiteren Pfeil in Neros Rücken. Dann noch einen.

Die Horde der Orks verringert den Abstand weiter und beginnt, Nero mit Schlägen und Tritten zu bearbeiten.

Warum verwandelt er sich nicht in seine Drachenform? Das ist der einzige Weg, den ich als Ausweg aus der Situation sehen kann, aber er tut es nicht.

Darf er sich auf der Erde nicht verwandeln? Doch wenn es jemals eine Zeit gab, die Regeln zu brechen, dann jetzt. Es sei denn, das Mandat verbietet es. Da Nero im Rat ist, ist das Mandat für ihn weniger restriktiv, aber vielleicht steht das Verwandeln nicht auf der Liste der Vergünstigungen? Oder verwandelt er sich vielleicht nicht, weil der Flur genügend Platz für seine Drachenform bietet? Ja. Das klingt wahrscheinlicher. Ich wette, wenn er seine Gestalt wechseln würde, würde die gesamte Untergrundstruktur auf ihn und die Orks einstürzen ... aber auch auf Felix und meinen bewusstlosen Körper.

Vier Orks greifen nach Neros rechtem Bein, und fünf nach seinem linken. Drei weitere Orks helfen ihrem Häuptling, indem sie sich an Neros rechtem Arm hängen – und dann lässt der Häuptling los und schlägt seine Faust in Neros Kiefer.

Darian schießt noch ein paar weitere Pfeile ab – einige treffen die Orks, die Nero nicht festhalten, aber einer trifft Nero in den Hals.

Der Häuptling und die Orks, die Nero nicht halten, schlagen ihn immer wieder, und ihre Schläge oder das Beruhigungsmittel lassen Nero auf seinen Füßen schwanken.

Oh Mist. Das sieht nicht gut aus. Vielleicht tut Nero nur so, als würde er schwächer werden, damit sie ihn gehen lassen?

Das ist zumindest das, was ich tun würde.

Eine Minute Schläge später bezweifele ich stark, dass Nero vortäuscht. Sein Körper erschlafft im Griff der Orks – aber sie schlagen ihn immer weiter.

Darian nähert sich dem Ork-Haufen, und als er ein paar Meter vom Nahkampf entfernt ist, nimmt er seine Maske ab.

Wenn ich immer noch irgendwelche Zweifel an seiner Identität hatte, sind sie jetzt weg. Das ist definitiv Darian – und zum ersten Mal sehe ich einen grausamen Ausdruck auf seinem Gesicht, einen, der dort zu Hause zu sein scheint.

Die Orks liefern eine weitere Runde von Schlägen

und Tritten ab, aber Nero kämpft gegen die Bewusstlosigkeit an, um mit purer Mordlust in den Augen Darian anzustarren.

»Du hast ein anderes Ratsmitglied bedroht – und dazu noch einen Seher«, sagt Darian und holt einen Dolch aus einem Halfter heraus, das auf seinem Rücken befestigt ist. »Dachtest du, das würde keine Konsequenzen haben?«

Es ist genau so, wie ich es erwartet habe. Nero hatte Darian erniedrigt, indem er ihn wie ein Kätzchen im Genickgriff hielt und ihm unter der Androhung des Todes verboten hatte, mit mir zu sprechen. Der Seher täuschte seine Unterwerfung eindeutig lange genug vor, um in diesen Orks Verbündete zu finden und zuzuschlagen, wenn Nero am schwächsten wäre.

Nero knirscht fast hörbar mit den Zähnen, dann wirft er mit einem unlesbaren Ausdruck auf seinem Gesicht einen Blick auf meinen bewusstlosen Körper.

»Ja, *sie* ist der Grund, warum du nicht riskieren kannst, dich zu verwandeln«, sagt Darian, als er Neros Blick bemerkt. »Und du hast recht, wenn du Angst hast. In der Zukunft, in der du es wagst, stirbt sie während des Zusammenbruchs des Gebäudes.«

Wenn Augen eine Waffe wären, würde Nero Darian mit seinem nächsten Blick töten.

»Hey.« Darian schnalzt mit der Zunge mit scheinheiliger Sympathie. »Wenn du dich genauso sehr um sie sorgst wie *ich*, habe ich einen Silberstreif am Horizont für dich.« Er nähert sich Nero und hält weniger als einen halben Meter von ihm entfernt an. »Sie stirbt in *jeder* Zukunft, in der sie dich wählt.«

Zum ersten Mal sehe ich Schmerz auf Neros blutbeflecktem Gesicht – so, als ob Darians Worte das erreichen, was die Fäuste der Orks nicht konnten.

Ich habe mir noch nie so sehr einen Körper gewünscht wie jetzt. Wenn ich einen hätte, würde ich schreien, weinen und, was noch wichtiger ist, ihn benutzen, um Darian dafür in Stücke zu reißen.

»Ah ja.« Darian grinst. »Du *weißt*, was ich dir gerade gesagt habe, ist die Wahrheit, und die Wahrheit tut weh.« Seine Hand umfasst den Griff des Dolches fester, als er hinzufügt: »Aber nicht so sehr wie das hier.«

Er holt weit aus und sticht den Dolch in Neros Hals.

Ich sehe zu, wie er eindringt, weigere mich aber, zu akzeptieren, dass dies tatsächlich geschieht.

Neros Brüllen wird von dem Blut erstickt, das aus seinem Hals spritzt, während er vergeblich versucht, sich von den Orks zu befreien. Aber sie halten ihn fest, als ginge es um ihr Leben, und die Freien geraten in einen Blutrausch, in dem sie Nero immer wieder hektisch schlagen, bis er schließlich zu Boden fällt.

»Wir müssen sicher sein«, murmelt Darian zum Häuptling und zeigt auf den Dolch in Neros Hals.

Der Häuptling greift nach dem Griff, reißt die Waffe heraus und benutzt sie dann, um Neros Kopf komplett vom Körper zu lösen.

# KAPITEL ZWEIUNDSECHZIG

ICH BIN WIEDER in der Realität, und mein Herz hämmert in meiner Brust.

Mir ist schlecht, und ich zittere am ganzen Körper.

»Das war eine Vision«, erinnere ich mich und kämpfe gegen den Drang an, mich zu übergeben.

Ich kann das noch verhindern.

Ich muss es verhindern.

Etwas ruhiger, springe ich zurück in den Leerraum.

---

DIE FORMEN, die mich umgeben, sind identisch mit denen von vorher – zweifellos bereit, mir eine ebenso schreckliche Vision zu verschaffen.

Für ein paar Sekunden gönne ich mir den Luxus, einfach dort zu schweben und meinen Geist mit der emotionalen Überlastung fertigwerden zu lassen.

Darian steckt hinter allem.

Felix wird gleich schwer verletzt werden.

Nero wird gleich grausam getötet werden – schon wieder.

Und es gibt noch etwas anderes, was mich stört – etwas, was ich in der Vision nicht verarbeiten konnte.

»Sie stirbt in jeder Zukunft, in der sie dich wählt«, hat Darian gesagt.

Das hat er schon einmal gesagt. Das letzte Mal war es auf der Beerdigung. Chester war dort gewesen, und er hatte einige Zweifel an Darians Motivationen geweckt, was mich dazu gebracht hatte, seine Worte mehr oder weniger zu ignorieren. Diesmal jedoch hat Nero mit seinen Wahrsagerfähigkeiten dem Seher geglaubt, was bedeutet, dass diese Aussage irgendwie wahr ist.

Aber was bedeutet das eigentlich?

Wenn es das Gegenteil der Zukunft ist, in der Darian und ich zusammen sind, bin ich verloren – denn das wird nicht passieren, besonders nicht nach diesem Vorfall.

Ich stecke genauso in Schwierigkeiten, wenn er mit »Nero wählen« meint, dass ich Gefühle für meinen Chef entwickele. Egal, wie sehr ich es leugnen will, das ist bereits der Fall – und meine Reaktion auf Neros möglichen Tod lässt mich nur noch sicherer werden.

Ich lasse mich treiben und das Ganze einsickern.

Ich, Sasha, habe Gefühle für meinen gefährlichen, manipulativen Chef und Mentor.

Der ein Drache ist.

Ja, okay, ich werde das im Hinterkopf behalten und mich später damit befassen – *falls* es ein Später gibt.

Zurück zur kompletten Sasha-stirbt-Geschichte. Das beste Szenario hier ist, dass Darian von einer Zukunft sprach, in der ich Frau Nero Gorin werde, und dann an den Folgen daran sterbe. Vielleicht bei der Geburt, wenn ich buchstäblich versuche, die »Mutter der Drachen« zu werden, wie in Ariels Scherz?

Nun, dieses Schicksal *kann* abgewendet werden. Ich müsste mich nur von Nero fernhalten – ein Gedanke, der mich mit Angst erfüllt, aber theoretisch machbar ist.

Mir fällt noch etwas anderes ein. Schien Rasputin deshalb gegen die Vorstellung von mir und Nero zu sein? Hat er auch die Zukunft gesehen, von der Darian spricht? Ist das der Grund, warum er will, dass Nero verschwindet und sich wieder mit Claudia trifft?

Da ich mir bewusst bin, dass ich darüber nachdenke, um mich davon abzuhalten, mit der viel erschreckenderen Realität von Neros bevorstehendem Untergang umzugehen, zwinge ich mich dazu, mich auf das zu konzentrieren, was getan werden muss.

Was wäre, wenn ich das große Problem, dass alle überleben, in kleinere, überschaubare Stücke brechen würde?

Ja, das wäre es.

Zuerst muss ich herausfinden, wie ich dem Pfeil ausweichen kann, der mich außer Gefecht setzt. Wenn ich nicht k. o. bin, kann ich sicher etwas tun.

Irgendwie.

Wenn ich mir die Visionen vor mir anschaue, frage ich mich, ob eine von ihnen eine Version enthält, in der ich dem Pfeil ausweiche, und wenn ja, wie ich sie von den anderen unterscheiden kann.

Könnte die Verwendung von Intuition – so wie es mein Vater tut – helfen?

Natürlich könnte ich all diese Visionen auf einmal sehen, als eine Wolke, aber das würde eine Tonne meines Sehersaftes verschlingen, und ich muss so viel wie möglich für die Zeit sparen, *nachdem* ich dem ersten Pfeil ausgewichen bin.

Intuition also. Zumindest als Plan A.

Eine weitere Entscheidung, die ich treffen muss, ist die Dauer der Sehkraft. Diese Standard-Visionen werden mir den ganzen Kampf zeigen – aber ich konnte stattdessen nur den Anfang anschauen. Die kürzere Sicht würde mich etwas Sehkraft sparen lassen und mir den Schmerz ersparen, Nero am Ende sterben zu sehen.

Aber nein. Was passiert, wenn mein Versuch, auszuweichen, dank eines Schmetterlingseffekts dazu beiträgt, den Kampf später zu beenden – und Nero überleben lässt? Das will ich nicht verpassen.

Also probiere ich Plan A und die ursprüngliche Sehdauer.

*Muss dem Pfeil ausweichen,* überzeuge ich mich selbst, falls das meiner Intuition hilft. *Er schießt mir in die rechte Schulter, also muss ich sicherstellen, dass er mich verfehlt.*

Metaphorisch wiederhole ich den Satz immer

wieder, strecke meinen ätherischen Schweif aus und berühre eine Form, die fast identisch mit den anderen zu sein scheint.

———

WIR SIND auf halbem Weg durch den Flur.

Darian taucht mit einer Killerclownmaske auf, gefolgt von den Orks.

Weil ich weiß, dass der Pfeil im Begriff ist, meine rechte Schulter zu treffen, ducke ich mich in dem Moment, bevor Darian schießt.

Der Pfeil huscht an meiner Schulter vorbei und in die Orks hinter uns.

Darian lässt seine Waffe sinken – so als sei er verwirrt.

»Ja«, murmele ich. »Ich habe es geschafft. Das ist …«

Darian hebt die Waffe und schießt erneut.

Ich weiche nach links aus – und diese Bewegung ist es, die meinen Oberschenkel in die Flugbahn des zweiten Pfeils bringt.

Da meine Beinmuskulatur angespannt ist, sind die Schmerzen durch die Nadel stärker, und meine Beine geben diesmal noch schneller nach.

Ich fange an zu fallen – aber glücklicherweise werde ich ohnmächtig, bevor mein Körper den Boden berührt.

———

ICH BIN WIEDER KÖRPERLOS und ich schaue zu, wie Nero erneut meinen Körper auffängt.

Wir werden umzingelt.

Felix murmelt: »Was ist los?«, und wird mit der Pfeilpistole niedergestreckt.

Alles andere verläuft wie in meiner früheren Vision, mit einer Ausnahme – als er seine Maske abnimmt, schaut Darian auf meinen bewusstlosen Körper und sagt: »Es tut mir leid, Sasha. Ich dachte, du wärst k. o. und würdest nichts von dieser unangenehmen Notwendigkeit miterleben.« Er schaut auf all das Blut herab. »Leider sieht es so aus, als hätte ich deine Seherfähigkeiten unterschätzt.«

Also, ein Schmetterlingseffekt trat auf, aber nicht der, den ich haben wollte. Stattdessen ist sich Darian nun meiner Seheranstrengungen bewusst und könnte ihnen entgegenwirken.

Für den Rest der Vision gibt es keine positiven Veränderungen. Darian sticht Nero noch immer in den Hals; dann beendet der Häuptling diese blutige Angelegenheit mit der Enthauptung.

# KAPITEL DREIUNDSECHZIG

ICH BIN für einen winzigen Augenblick wieder in der realen Welt, bevor ich trotz meines hämmernden Herzschlags direkt zurück in den Leerraum gehe.

Die Formen um mich herum sind alle die gleichen wie vorher – aber ich fühle mich noch schlechter als beim ersten Mal.

Ich bin dem ersten Pfeil ausgewichen, aber es war alles umsonst. Darian hat erkannt, dass ich mit einer Vision ausweichen konnte, und hat dann eine Gegenvision benutzt und erneut auf mich geschossen.

Könnte ich einen Gegenschlag gegen seinen Gegenschlag ausführen? Mein Kopf tut schon bei dem Gedanken daran weh, aber ich benutze meine Intuition und finde eine Form, die hoffentlich diejenige ist, die ich brauche.

DARIAN TAUCHT AUF.

Da ich weiß, dass sein erster Schuss auf meine rechte Schulter gerichtet ist, ducke ich mich, aber als er schießt, zielt er niedriger als erwartet und trifft meine Schulter wie in Vision eins.

Mein Körper wird ohnmächtig, und der Rest des Alptraums geht von dort aus unverändert weiter.

———

ICH KOMME ZURÜCK in die Realität, dann springe ich zurück in den Leerraum – in die gleiche Wolke von Formen.

Verdammt nochmal.

Meine dritte Vision war noch schlimmer als die zweite. Jetzt, da Darian weiß, dass ich meine Kräfte einsetze, passt er sich an.

Nun, wenn er das kann, kann ich es auch. Es ist nur eine Frage der Ausdauer. Ich muss nur mehr Sehkraft verbrauchen und den Trick anwenden, mit dem ich dem Drachen ausgewichen bin – eine Tonne möglicher Bewegungen vorhersehen und die beste davon ausführen.

Damit strecke ich mich nach so vielen der Formen wie möglich aus – und falle in eine Vielzahl von Visionen.

———

DARIAN TAUCHT AUF.

Da ich weiß, dass sein erster Schuss in meiner rechten Schulter landet, aber die Gegenbewegung zu meinem Ducken darin besteht, tiefer zu schießen, umgehe ich beide Schicksale, indem ich nach links ausweiche.

Der Pfeil verfehlt mich, aber Darian zielt schon wieder.

Ich weiß, dass das Ausweichen nach links mich in Vision Nummer zwei in den Weg des Pfeils gebracht hat, also weiche ich nach rechts aus – aber Darian muss das bereits korrigiert haben, weil er meinen Oberschenkel trifft und ich ohnmächtig werde.

Dann, als Strafe für mein Versagen, beobachte ich wieder das schreckliche Ende von Nero.

———

ICH WEICHE SOFORT AUS – und laufe in den Pfeil.

———

IN DER NÄCHSTEN Vision weiche ich nicht aus, sondern lasse meine Schultern herabhängen. Ich werde beim zweiten Schuss getroffen.

In der darauffolgenden Vision werde ich sofort getroffen, und so geht es immer weiter, Misserfolg auf Misserfolg.

Nach unzähligen Permutationen von im Grunde genommen der gleichen Vision gelingt es mir, den ersten beiden Schüssen auszuweichen, nur um ein paar

Meter weiter von einem dritten Pfeil getroffen zu werden.

Frustriert kehre ich zu meinem Körper zurück und direkt wieder in den Leerraum.

———

DIE VERFLUCHTEN FORMEN verspotten mich noch einmal, aber ich greife nach keiner von ihnen.

Wenn ich etwas aus diesem Multivisionsfiasko gelernt habe, dann ist es, dass Darian immer noch der bessere Seher ist, wenn es um reine Seheroperationen geht. Er ist immer in der Lage, mich mit dem zweiten – oder in einem Fall mit dem dritten – Schuss zu treffen.

Was jetzt? Soll ich in die Realität gehen und Nero bitten, sich in einen Drachen zu verwandeln, damit wenigstens *er* überlebt?

Irgendwas sagt mir, dass er nicht auf mich hören wird, wenn ich das tue.

Außerdem klingt das nach Aufgeben, und das kann ich nicht. Es geht hier nicht nur um mein eigenes Leben, sondern auch um das von Felix. Es muss eine Möglichkeit geben, dies zu tun, ohne dass jemand stirbt.

Dann habe ich eine gefährliche Idee. Alles hängt von einer einzigen Frage ab: Habe ich mehr Seherkraft als Darian? Oder genauer gesagt, wer von uns hat gerade jetzt mehr Sehersaft übrig?

Die Antwort auf die letztgenannte Frage hängt von vielen Faktoren ab, wie zum Beispiel, wie viel jeder überhaupt hat, und auch davon, wer vor diesem Showdown mehr davon verbraucht hat. Was das betrifft: Musste Darian so viel Macht aufwenden wie ich, als er meinen Multivisionsversuch konterte? Obwohl mein Gehirn schmerzt, um überhaupt über all die Gegen-Gegen-Gegen-Angriffe nachzudenken, scheint es möglich zu sein, dass er weniger Energie verbraucht hat, als ich es bei den Vereitelungen tat.

Dennoch, ob gefährlich oder nicht, ist diese Idee meine beste Option, und es ist ziemlich ironisch, dass es Darian war, der mir genau die Informationen gegeben hat, die die Grundlage für das sind, was ich versuchen werde.

Es war während unseres Gesprächs im Leerraum, bei dem er auch zum ersten Mal ansprach, dass ich mich nicht in Nero verlieben sollte.

»Wenn man nicht aufpasst, kann ein mächtigerer Seher während einer Begegnung im Leerraum die Kräfte des anderen aufsaugen«, hatte mich Darian an diesem Tag gewarnt.

Wenn das stimmt, und wenn ich der Stärkere von uns beiden *bin*, dann plane ich, genau das zu tun: ihn seiner Macht zu berauben. *Wenn* ich herausfinden kann, wie das geht, natürlich nur.

Ich versuche, mich an alle anderen relevanten Informationen zu erinnern.

»Obwohl in der Regel eine willige Beteiligung erforderlich ist, können einige sehr mächtige Seher das Gespräch erzwingen«, hatte er an diesem Tag gesagt. »Das Sicherste ist, den Leerraum zu verlassen, wenn ein Hinweis auf einen Aufruf erscheint, was im Grunde genommen dann der Fall ist, wenn man etwas anderes sieht als die Visionsformen.«

Das bedeutet, dass mein Angriff auf ihn schnell erfolgen muss. Ich darf ihm keine Gelegenheit geben, dem Leerraum zu entkommen oder ihm die Wahl zu lassen, den Ruf nicht anzunehmen.

Die gute Nachricht ist, dass Gespräche im Leerraum nicht mit Seherkräften vorhergesehen werden können, also wird er das hoffentlich nicht erwarten.

Er hat mich schon einmal unterschätzt.

Ja, das ist es. Ich werde Darian eine Verbindung aufzwingen – aber ich brauche dafür einen Begriff, der weniger nach Vergewaltigung klingt, wie zum Beispiel *ein Leerraum-Battle*.

Als Erstes muss ich Darian dazu bringen, meinen Ruf anzunehmen, und mich dann weigern, die Verbindung zu trennen, um seine Energie auszusaugen. Wie er mir selbst gesagt hat, können Gespräche im Leerraum nur beendet werden, wenn beide Seher es wünschen, wenn einem von ihnen die Macht ausgeht oder wenn einer der Seher bereit ist, einen riesigen Energieschub aufzuwenden, um die Verbindung zu trennen.

Dieses letzte Szenario könnte ein Problem sein, wenn Darian einen riesigen Machtschub hat und weiß, wie man es macht – aber es ist nur ein weiteres der Millionen Risiken bei diesem Plan.

Offensichtlich ist meine Hoffnung, dass Darian die Macht ausgeht, und nicht mir.

Was bei weitem nicht garantiert ist.

Ich lasse mich für einen Moment in Gedanken versunken treiben und merke, dass es die Chance gibt, dass es sich um ein abgekartetes Spiel handelt. Darian hätte mir das alles sagen können, um mich in eine Falle zu locken, um mir meine Energie zu nehmen – weil er genau diesen Moment vorhergesehen hat.

Kann er so weit voraussehen? Itzel war eine Weile lang bei mir. Würde ihn das nicht durcheinanderbringen?

Vielleicht auch nicht.

Er wusste, dass Nero hier verwundet sein würde, und dass ich auch dort sein würde. Die Frage ist, wie lange er das schon gewusst hat.

Aber Moment, er hat mir erklärt, dass niemand vorhersagen kann, was während eines Gesprächs im Leerraum passiert. Wenn das die Wahrheit ist, woher sollte er wissen, dass er das Leerraum-Battle gewinnen würde?

Natürlich besteht auch die Chance, dass er über die Gespräche im Leerraum gelogen hat. Er hatte definitiv über die Erinnerungen gelogen, die jeder Seher sieht, wenn er Kontakt aufnimmt. Er nannte sie Halluzinationen. Vielleicht wollte er, dass Gespräche im Leerraum beängstigend klingen, um mich daran zu hindern, mit anderen männlichen Sehern wie dem Bannik zu sprechen, falls das die Zukunft stört, in der wir eine Einheit sind. Oder vielleicht wollte er nicht, dass ich aus irgendeinem Grund mit meinem Vater im Leerraum rede.

Apropos Bannik und Rasputin: Wenn ich bereit bin, ein wenig Saft dafür auszugeben, könnte ich den einen oder anderen konsultieren, um nachzusehen, ob sie denken, dass mein verzweifelter Plan eine Chance auf Erfolg hat.

Als ich beschließe, dass sich der Kraftaufwand lohnen würde, konzentriere ich mich auf die Essenz meines Vaters, um ein Gespräch mit ihm einzuleiten.

Aber nichts passiert. Er weicht entweder wieder meinem Ruf aus, ist machtlos oder befindet sich einfach nicht im Leerraum.

Ich konzentriere mich als Nächstes auf den Bannik – genauso erfolglos.

Na ja. Ich schätze, ich muss das allein machen.

Ich konzentriere mich mit aller Kraft auf Darians Essenz – mit allem, was ich über ihn weiß, einschließlich der grenzwertigen psychopathischen Rücksichtslosigkeit, von der ich heute erfahren habe.

Nichts passiert, aber ich gebe nicht auf. Stattdessen bringe ich meine Gefühle in die Mischung ein, wie mein Vater es tut. In diesem Fall läuft es auf Hass hinaus. Dann spiele ich jedes Gespräch mit Darian in meinem Kopf nach, jede seiner Gesten. Dann wird es gruselig, und ich stelle mir vor, dass ich den Bergamottenduft seines Parfums riechen kann.

Genau das scheint der fehlende Tropfen gewesen zu sein, der das Fass zum Überlaufen bringt, denn plötzlich erscheint neben mir eine sich bewegende Form.

Es ist eine vertraute Wesensform – diejenige, die an diesem seltsamen Ort Darian repräsentiert.

Ich spanne mein ätherisches Wesen an und bereite mich auf das Leerraum-Battle vor.

# KAPITEL VIERUNDSECHZIG

ICH HABE NUR einen Moment Zeit, da hohe Chancen bestehen, dass er entweder den Leerraum verlässt oder außerhalb meiner Reichweite schwebt.

Deshalb packe ich ihn sofort mit meinem ätherischen Schweif, als wäre er eine Visionsform, die ich aktivieren möchte.

Aber das Gespräch beginnt nicht so einfach, wie ich es mir erhofft hatte.

Ich schätze, er muss es wollen, um es mir leicht zu machen.

Er strahlt Erschrockenheit aus – mangels eines besseren Begriffs –, dann Angst; dann fühle ich, wie er sich metaphysisch windet, wie ein riesiger Fisch am Haken.

Vielleicht ist es doch keine Falle.

»Du wirst nicht entkommen«, denke ich, falls er meine Worte spüren kann. Ich tue so, als sei er eine Wolke aus tausend Formen, und greife mit mehreren

Schweifen nach ihm.

Sein pulsierendes Angstgefühl verwandelt sich in Panik, als er seine Bemühungen verdoppelt, um vom imaginären Haken zu hüpfen – was mir sagt, dass ich auf dem richtigen Weg bin.

Ich tue so, als wäre er eine immer größere Wolke von Formen. Seine Bemühungen, sich loszureißen, erscheinen mir schwächer, also verdoppele ich meine Kräfte und fessele ihn mit hunderttausend weiteren Schweifen, dann zehnmal so vielen, und dann noch einmal zehnmal so vielen.

Als ich der Anzahl der Schweife, die ich zu ihm ausgestreckt habe, nicht mehr folgen kann, scheint bei Darian endlich etwas zu brechen, und ich rolle ihn in die Verbindung – wobei seine Schweife metaphysisch in jede Richtung ausschlagen.

———

ICH BEFINDE mich wieder in Darians Gedächtnis – was mir versichert, dass dieser erste Teil meines Plans erfolgreich war.

Wir stehen in einem Wald und schauen die Bäume an, die so hoch sind, dass sie den Himmel verdecken.

Die bekannte Riesengestalt des Ork-Häuptlings steht da und schaut mein Darian-Ich aufmerksam an, als Darian und mein Mund sagen: »Ich weiß, wer für den Tod deines Bruders verantwortlich ist.«

Darian fährt fort, dem Häuptling eine mehr oder weniger wahrheitsgetreue Version dessen zu erzählen, was passiert ist, aber er lässt Bogof besser aussehen, indem er behauptet, er sei angeheuert worden, um einen wilden Krieger einzuschüchtern, und nicht mein zierliches Ich. Er behauptet weiter, dass Nero die Orks getötet hat, um sie nicht zu bezahlen – nicht, weil mich einer von ihnen verletzt hat.

»Du musst meine besten Kämpfer auf diese Erde bringen«, dröhnt der Häuptling. »Wir müssen unsere Rache nehmen.«

»Die Dinge sind nicht so einfach«, sagt Darian, während ihm unschöne Gedanken über die Intelligenz von Orks durch den Kopf gehen. »Es gibt Menschen auf dieser Welt, also wird Diskretion von größter Bedeutung sein.«

Bevor der Häuptling antwortet, endet die Erinnerung, und eine neue beginnt.

———

HIER STEHT DARIAN IMMER NOCH neben dem Häuptling, aber es gibt auch eine riesige Menge von Orks um sie herum, darunter viele mit Masken.

Obwohl Darian mental eine ziemlich kreative Kette von Flüchen loslässt, bleibt sein Gesichtsausdruck entspannt, als er sagt: »Wir waren uns einig, dass das Mädchen tabu sein würde. Sie«, er zeigt auf die maskierten Orks, »haben sie jedes Mal, als sie versucht haben, Rache zu nehmen, beinahe getötet.«

»Es ist nicht ihre Schuld, dass der Bastard sein Haustier immer in der Nähe hat«, sagt der Häuptling.

»Du bist ein Seher. Wie wäre es, wenn *du* uns sagst, wann wir zuschlagen sollen, und zwar so, dass sie in Sicherheit ist?«

»Wenn ich das könnte, würde ich es tun«, antwortet Darian und seufzt. »Es *gibt* in naher Zukunft einen Punkt, an dem sie leicht ausgeschaltet werden kann, aber du musst auf deine Ehre schwören, genau das zu tun, was ich dir sage, um sicherzustellen, dass sie nicht verletzt wird. Das bedeutet, keine Bomben mehr, keine Kugeln und keine …«

---

DER ERINNERUNGSTEIL der Verbindung ist eindeutig vorbei, weil ich vor einem Hologramm von Darian stehe, das aus den verräterischen grünen Hirnsynapsen besteht.

Darians transparentes Gesicht ist eine Maske der Wut, und selbst die Darstellung der Form und des Körpers von ihm pulsiert vor Wut.

»Du hast ihn in dein Bett geholt?«, ruft er und fällt mindestens einen Meter tief hinunter. »Ich bin gerade in sein Hotelzimmer gegangen, wie eine …«

»Das geht dich nichts an«, erwidere ich knapp, als ich merke, dass Darian meine Erinnerung an die andere Nacht gesehen haben muss. »Du und ich werden *nie* zusammenkommen«, sage ich mit so viel Grausamkeit in der Stimme, wie ich aufbringen kann, und die Verletzung meiner Privatsphäre fügt meiner bereits kochenden Wut Feuer hinzu.

Ich merke, dass ich versehentlich nach unten sinke, und als meine Augen auf einer Höhe mit Darians sind, verenge ich sie und versetze ihm einen letzten Schlag. »Ich werde Nero ab jetzt in jeder möglichen Zukunft wählen.«

»Dann *wirst* du sterben«, sagt er traurig und fällt weitere zehn Fuß hinunter. »Du wirst auch damit keinen Erfolg haben – was auch immer du denkst, was du tust.« Er deutet auf die vakuumartige Schwärze um uns herum.

»Ich nenne das ein Leerraum-Battle«, sage ich und lasse mich so schnell fallen, dass ich mich fühle, als würde ich Fallschirm springen. »Und wir werden sehen, wer Erfolg haben wird.«

»Ich habe mehr …«

Ich entscheide, dass ich nie mehr hören will, was Darian zu sagen hat. Ich imitiere Felix' kindisches Verhalten von vorhin, indem ich mir die Ohren zuhalte, die Augen schließe und anfange, so laut wie möglich zu singen.

Wenn das eine Falle ist, dann kann ich Darian zumindest ärgern, bevor ich verliere.

Als ich müde werde, *Old McDonald had a farm* zu singen, wähle ich einen zufälligen Popsong aus und singe ihn, als wäre ich unter der Dusche.

Nach einer gefühlten Woche voller Karaoke-Nächte und einem unendlichen Fall in den Abgrund werfe ich einen Blick auf Darian und sehe, wie er vergeblich versucht, mich zu packen. Seine Hände gehen durch mich hindurch, als wären wir beide Geister, was nicht weit von der Realität entfernt ist.

Ich schließe die Augen, grinse über seine Wut und singe weiter, bis, ein paar Songs später, das Leerraum-Battle endlich zu Ende geht.

# KAPITEL FÜNFUNDSECHZIG

ICH BIN WIEDER in der realen Welt.

Das ist der Moment der Wahrheit.

Wenn ich gewonnen habe, dann habe ich immer noch Sehersaft, den ich benutzen kann, um in den Leerraum zurückzukehren. Aber wenn Darian der Stärkere von uns ist und das eine Falle war, werde ich daran scheitern, in den Leerraum zu gehen – und Nero, Felix und ich sind so gut wie verloren.

Ohne auch nur einen zusätzlichen Atemzug konzentriere ich mich – und erreiche erfolgreich den Leerraum.

———

ICH SCHWEBTE zwischen den Formen und sonne mich einige Augenblicke lang in meiner Leistung.

Bald merke ich jedoch, dass ich noch nicht gewonnen habe. Ich habe Darian seine Fähigkeit, in die

Zukunft zu sehen, nur für den Moment weggenommen. Ihm steht immer noch eine Armee von Orks zur Verfügung, Nero ist geschwächt, und ich weiß nicht einmal, wie man den ersten drei Pfeilen ausweicht, die Darian auf mich abschießt.

Andererseits kann ich jetzt etwas gegen diesen letzten Teil unternehmen.

Ich betrachte die mich umgebenden Formen.

Es scheint weniger von ihnen zu geben, aber sie erinnern mich ansonsten an die vorherige Wolke.

Jetzt muss ich eine Zukunft suchen, in der ich etwas tue, was ich nicht schon in allen früheren Visionen ausprobiert habe. Etwas, was Darian nicht bereits einmal oder mehrmals gekontert hat.

Eine Idee, die eines Magiers würdig ist, kommt mir in den Kopf. Sie ist kühn, hinterhältig und ein wenig verrückt, aber das könnte der Grund dafür sein, warum Darian sie nicht erwarten würde.

Mit meiner Intuition schätze ich, welche Vision mir zeigen wird, was passiert, wenn ich diesen Plan umsetze.

Ich strecke mich aus und berühre eine Form, die sich richtig anfühlt.

———

WIE IN ALL den anderen Visionen taucht Darian vor uns auf.

Anders als jedes andere Mal rufe ich: »Nero, wenn du dich in einen Drachen verwandeln musst, tu es!

Mach dir keine Sorgen um mich.«

Nero antwortet nicht, aber das ist nicht wichtig, weil sich sein Körper in meinem Blickfeld anspannt, und ich weiß, dass er mich gehört hat.

Darian beginnt, seine Waffe zu heben.

Anstatt mich zu ducken oder auszuweichen, packe ich Felix an seinem Hemd und ziehe ihn zu mir.

Felix starrt mich an, als hätte ich den Verstand verloren, und ich kann erkennen, wann der Pfeil ihn trifft, weil sich seine Augen auf die Größe von Vierteldollarmünzen vergrößern.

Er erschlafft in meinem Griff und fällt auf den Boden, bevor ich die Chance bekomme, seinen Sturz abzumildern.

Mist. Ich hatte gehofft, ihn an der Wand herunterrutschen zu lassen, aber …

Nero verschwimmt wegen der Geschwindigkeit seiner Bewegungen, und Darian schießt den nächsten Pfeil auf *ihn* statt auf mich.

Der Pfeil trifft, aber Nero bemerkt es nicht einmal.

Ich eile Nero hinterher.

»Greift an!«, schreit Darian die Orks neben sich an. »Er hat Bogof und den Rest eurer Familie getötet.«

Die Orks stürmen auf uns zu.

Darian hebt seine Waffe in meine ungefähre Richtung und drückt den Abzug.

Ich tue mein Bestes, um dem Pfeil auszuweichen, aber er trifft meine rechte Brust.

Ich werde ohnmächtig.

———

KÖRPERLOS BEOBACHTE ICH, wie sich der Rest des Kampfes entfaltet, und er ist all denjenigen, die sich zuvor abgespielt haben, deprimierend ähnlich – und beweist einmal mehr, wie sehr die Zukunft bestimmte Muster mag.

Die Orks trampeln über Felix. Darian hat, ohne seine Seherkräfte einzusetzen, mehr Probleme damit, Nero mit den Pfeilen zu treffen, aber das bedeutet nur, dass Nero mehr Orks für einen längeren Zeitraum töten muss. Schließlich überschwemmt Darian Neros Organismus mit genügend Beruhigungsmitteln, um ihn aufzuhalten.

Sobald Nero halbwegs betäubt ist, taucht der Häuptling wie gewohnt auf, und sein Kampf mit Nero ist identisch mit meinen anderen Visionen.

Trotz meines Drängens verwandelt sich Nero auch am bitteren Ende nicht in einen Drachen, und die Enthauptung findet statt wie bisher.

———

ZURÜCK IN DER realen Welt springe ich in Rekordzeit direkt in den Leerraum und ignoriere meinen Stress.

Ich schwebe zwischen den Formen, schiebe den Schrecken beiseite, der mich erfasst, und überlege mir meinen nächsten Zug.

Wenn ich nicht schon viel von meiner Sehkraft verbraucht hätte, würde ich eine ganze Wolke von

Visionen auf einmal nehmen, aber der konservativere Ansatz ist es, sie einzeln zu sehen – zumal Darian nichts kontern kann, was ich mir überlege.

So entschlossen, suche ich eine Zukunft, in der ich *nicht in meine rechte Brust* geschossen werde – und als ich denke, dass ich die Form, die ich brauche, gefunden habe, berühre ich sie, um zu sehen, was passiert.

———

DARIAN HEBT DIE WAFFE.

Ohne Atem damit zu verschwenden, Nero zu sagen, dass er sich verwandeln soll, benutze ich Felix wieder als menschlichen Schutzschild – aber diesmal benutze ich meine ganze Kraft, um ihn aufrecht zu halten.

»Töte ihn!«, rufe ich Nero zu.

Er verschwimmt nach vorne.

Ich beschließe, Felix weiterhin aufrecht zu halten – das ist ein sicherer Weg, wie Darian mich nicht mit einem Pfeil treffen kann.

Bekannte reißende Geräusche erreichen mich von vorne, und dank all meiner Visionen kann ich mir vorstellen, wie Nero die maskierten Orks massenhaft tötet – diesmal ein paar Meter von meinem Standort entfernt.

So neugierig ich auch bin, ich wage es nicht, hinter meinem Schild hervorzuschauen, aus Angst, einen Pfeil in mein Auge zu bekommen.

Orks beginnen, uns von hinten zu flankieren. Zu meiner Erleichterung gehen sie direkt an mir vorbei, ohne eine Augenbraue bei meinem bewusstlosen Schild oder meinem eigenen sehr bewussten Ich zu heben. Sie hatten Darian gesagt, dass sie mich in Ruhe lassen würden, und ich schätze, ein Versprechen ist ein Versprechen.

Sobald sie vorbeikommen, höre ich, dass sie von Nero abgeschlachtet werden.

Das geht für ein paar Minuten so weiter, und ich belaste mein Gehirn verzweifelt für etwas Aktiveres, was ich tun könnte. Wenn Nero mich mein Schwert behalten lassen hätte, dann würde ich vielleicht den Häuptling töten, um die Zukunft drastisch zu verändern. Meine Pistole ist noch im Labor, aber es bleibt keine Zeit dafür, hinzulaufen und sie zu holen.

Außerdem, wenn der Häuptling den letzten Schlag nicht ausführt, könnte ein anderer Ork es tun.

Was ich brauche, ist, etwas wirklich Zufälliges zu tun. Etwas, was Darian nicht vorhersehen konnte, als er seine Kräfte hatte und diesen Angriff ausheckte. Etwas …

»Hebt sie hoch!«, höre ich Darian über die Geräusche des Massakers hinweg schreien.

»Fasst mich nicht an!« Ich schreie, aber es ist zu spät.

Riesige grüne Hände, die entweder Hulk oder dem Ork-Häuptling gehören, ergreifen mich an meiner Taille und heben mich in die Luft.

Felix entschlüpft aus meinem Griff, und mein Entführer tritt kräftig gegen seinen Körper, wobei er ihn mit einem übelkeitserregenden Knacken gegen die Wand schleudert.

Felix spuckt Blut, und seine Atmung wird unregelmäßiger, so wie damals, als auf ihn getreten wurde – die verfluchte Zukunft und ihr Fetisch für gleichbleibende Muster schlägt erneut zu.

»Du Bastard!«, schreie ich den Ork an und trete und schlage ihn so oft wie möglich in meiner unangenehmen Position.

Aber ich könnte genauso gut die Wand angreifen.

Warum, oh, warum, habe ich das Schwert nicht behalten?

Von meinem hohen Aussichtspunkt sehe ich, dass das Schlachtfeld mit Ork-Resten bedeckt ist, aber Nero ist bereits langsam bis zu dem Punkt, an dem sein Ende fast unvermeidlich scheint.

Er sieht mich, Darian zielt, und ein Pfeil trifft auf meine Schulter.

———

ICH BIN WIEDER KÖRPERLOS.

Der Häuptling wirft meinen schlaffen Körper zur Seite und stolpert auf Nero zu.

Darian nimmt seine Maske ab.

Warum hat er mich außer Kraft gesetzt? Wollte er nicht, dass ich seinen Monolog höre oder zuschaue, wie er und der Häuptling Nero töten? Ist ihm nicht klar, dass ich diese Dinge vielleicht noch in einer Vision höre?

Noch wichtiger ist: Wie kann ich diesen endlosen Zyklus von Misserfolgen stoppen?

»Du hast ein anderes Ratsmitglied bedroht – und dazu noch einen Seher«, sagt Darian und holt einen Dolch hervor. »Dachtest du, das würde keine Konsequenzen haben?«

Der Rest der Vision gibt mir das Gefühl, dass ich am schlimmsten möglichen Tag von *Und täglich grüßt das Murmeltier* festsitze.

Nero und der Häuptling kämpfen wieder; dann geht der Rest des Abschlachtens weiter wie immer, bevor Nero zum x-ten Mal vor meinen Augen den Kopf verliert, was es nicht einfacher macht, zuzuschauen.

---

ICH BIN WIEDER in der realen Welt.

Fokussiert erwarte ich sehnsüchtig meine Rückkehr in den Leerraum, damit ich etwas anderes versuchen kann.

Irgendetwas anderes.

Felix als Schild zu benutzen ist ein guter Anfang. Darauf kann ich aufbauen.

Moment. Warum bin ich nicht im Leerraum?

Ich konzentriere mich.

Nichts passiert.

Ich konzentriere mich wieder.

Nada.

Ich versuche es immer wieder, bis ich mit einem

sinkenden Gefühl merke, dass das Schlimmste passiert ist.

Mir ist der Sehersaft ausgegangen, also wird das nächste Mal alles zum letzten Mal passieren.

Es wird wirklich so sein.

# KAPITEL SECHSUNDSECHZIG

FÜR ALLE FÄLLE konzentriere ich mich noch einmal verzweifelt.

Nichts.

Und noch einmal.

Nichts.

Gut. Wenn der Leerraum außerhalb meiner Reichweite liegt, muss ich einfach in der realen Welt handeln.

Aber ich habe keine Ahnung, wie ich mich verhalten oder was ich tun soll. Ich brauche etwas völlig Zufälliges, aber was?

Vielleicht würde Darian verwirrt sein, wenn ich mittendrin anfangen würde, einen Freudentanz zu tanzen oder ein Lied zu singen wie ein Hofnarr?

Irgendwie löst dieser lächerliche Gedanke eine Idee aus. Ein Plan, der fast keine Chance hat, zu funktionieren – aber mir bleibt nichts anderes.

Der starke Punkt dieser Idee ist, dass sie uns eine

Chance gibt. Tatsächlich ist der *Zufall* hierbei die Schlüsselvariable, also vielleicht …

Darian taucht auf – genau wie in meinen Visionen.

Er hebt die Waffe.

Ich schnappe mir Felix und benutze ihn noch einmal als menschlichen Schild, dann halte ich ihn aufrecht, so wie ich es in der letzten Vision getan habe.

Nero beginnt, die Orks auseinanderzureißen.

Mehr Orks eilen herbei, ohne mich zu verletzen.

Ich stütze Felix mit meinem Körper, so gut ich kann, befreie meine rechte Hand und schiebe sie in meine Tasche, um mein Handy herauszufischen.

Ich brauche eine Sekunde, um den Kontakt zu finden, den ich brauche, und dann noch ein paar mehr, um eine Nachricht mit nur einer Hand einzugeben.

Meine Botschaft ist unverblümt:

*Ich will meinen Gefallen. Darian greift uns in den Gängen zum JFK-Drehkreuz an, und ich brauche dich, um ihn sofort zu stoppen.*

Ich klicke auf Senden und halte den Atem an.

Die Chancen darauf, dass …

Mein Telefon klingelt mit einer Antwortnachricht.

Sie ist von der Person, an die ich dachte, als mir das Wort *Hofnarr* zufällig in den Kopf kam.

Chester, der Mann, der einen Nekromanten nach mir geschickt hat – und von dem ich jedes Mal, wenn mir seitdem etwas Schlimmes passiert ist, vermutet habe, dass er dahintersteckt.

Die letzte Person, auf die ich mein Leben setzen sollte.

Meine Augen fahren verzweifelt über seine Antwort:

*Wie der Zufall es wollte, sind Bertie und ich gerade von unserer Safari zurückgekehrt. Wir sind ein paar Minuten von deinem Standort entfernt, also sei so lieb und halte Darian in der Zwischenzeit für mich am Leben.*

Ich lese den Text noch einmal, und mein Kopf dreht sich.

»Bertie« ist der Löwe, den er neulich in einem Flugzeug nach Afrika mitgenommen hat. Die Chancen, dass sie zufällig heute und zur richtigen Zeit von dieser Reise zurückgekommen sind, sind mehr als gering … aber hey, das ist auch so, wenn man ein Kartendeck in eine bestimmte Reihenfolge bringen muss, und Chester hat das mit Leichtigkeit gemacht.

Das ist es, was ich mir erhofft hatte.

Chester hasst Darian, also gab es eine Chance, dass seine Kräfte ihn dorthin bringen könnten, wo er sein musste, um seiner Nemesis den größten Schaden zuzufügen. Tatsächlich enttäuschen seine Wahrscheinlichkeitsmanipulationskräfte nicht.

Andererseits könnte er immer noch zu spät hier sein, um *uns* zu helfen, den Menschen, deren Kräfte ihm egal sind.

In der Hoffnung, dass sich mein verzweifeltes Glücksspiel tatsächlich auszahlen wird, höre ich auf jede Veränderung des Gemetzels.

Aber nichts anderes passiert.

Nero zerreißt einen Ork nach dem anderen, und

Blut spritzt gelegentlich den ganzen Weg bis zu meinem Standort.

»Heb sie hoch!«, schreit Darian wieder.

Oh nein. Chester hat fast keine Zeit mehr.

»Bitte tritt meinen Freund nicht, wenn du mich nimmst«, sage ich, als die vertrauten grünen Hände des Häuptlings mich an meiner Taille packen und mich wieder in die Luft heben.

Als Felix mir aus den Händen rutscht, tritt der Häuptling ihn noch härter als in meiner Vision – vielleicht, um mich zu ärgern.

Mein Magen dreht sich, als mein Freund gegen die Wand schlägt und dann zu Boden rutscht. Er spuckt noch mehr Blut als zuvor und lässt mich um sein Leben fürchten, aber zu meiner Erleichterung atmet er noch, wenn auch ungleichmäßig.

Zumindest für den Moment.

»Du wirst dafür bezahlen«, knurre ich den Ork an, als er mich den ganzen Weg hochhebt.

Genau wie in meiner Vision ist das Schlachtfeld mit Ork-Resten bedeckt, und Nero bewegt sich bereits viel langsamer als sonst.

Aber diesmal passiert etwas nicht wie in meiner Vision.

Ein Haufen maskierter Orks sollte um die Ecke kommen, aber sie erscheinen nicht.

An ihrer Stelle tauchen zwei völlig neue Spieler auf.

# KAPITEL SIEBENUNDSECHZIG

ES SIND Chester und sein weißer Löwe.

Darian zielt auf mich.

Der Löwe springt in die Luft und fliegt in einem unmöglich erscheinenden Bogen.

Bevor Darian die Chance bekommt, den Abzug zu drücken, schlagen scharfe Löwenzähne in seinen Arm. Er schreit – und verpasst den Moment, in dem Chester zu ihm aufschließt und ihm den Dolch stiehlt.

Chester hält die Waffe für einen Moment in der Hand, als ob er sie wiegen würde. Dann, mit einem bösen Lächeln, versenkt er sie in Darians Hals.

Ich applaudiere beinahe. Wenn die Zukunft wollte, dass heute jemandem in den Hals gestochen wird, kann es genauso gut Darian sein.

»Nero«, sagt Chester laut genug, um über Darians blutiges Gurgeln und die Geräusche von Nero, der Orks in Stücke reißt, gehört zu werden. »Ich weiß, dass du wolltest, dass ich dir nicht unter die Augen trete, aber Sasha hat mich zu Hilfe gerufen.« Er stößt dem sterbenden Darian seinen Ellenbogen in den Bauch und fügt hinzu: »Ich fürchte, ich muss dieses Ratsmitglied töten, um dein Leben zu retten – das Leben eines anderen Ratsmitglieds, sollte ich hinzufügen.«

»Rette Sasha«, bellt Nero. »Und ich werde dafür sorgen, dass du nicht nur von allen Anschuldigungen befreit wirst, sondern auch wieder in den Rat zurückkehrst.«

»Das ist wirklich mein Glückstag«, sagt Chester und schreit etwas in einer unbekannten Sprache zu seinem Löwen.

Bertie lässt Darians Arm los und eilt in Neros Richtung, wobei er auf seinem Weg einen kleinen Ork erledigt.

Zwei der Orks versuchen zu helfen und bezahlen das sofort mit ihrem Leben, da Nero sie in Ork-Konfetti zerlegt.

»Rühr dich noch einen Zentimeter, und ich werde diese Schlampe töten«, knurrt der Häuptling und schüttelt mich mit solcher Kraft in der Luft, dass mein Herz fast aus meinem Mund fliegt.

Nero hebt seine Hände – und wird von den überlebenden Orks angegriffen.

Aus dem Augenwinkel sehe ich etwas Weißes, das durch das Blut auf mich zukommt.

Chester grinst den Häuptling wie wahnsinnig an und beginnt ebenfalls, seine Hände zu heben, wobei seine rechte Hand auf dem Weg nach oben den Dolch ergreift, der aus Darians Hals ragt.

Bevor ich blinzeln kann, reißt Chester die Waffe heraus und wirft sie anscheinend direkt auf mich.

Der Dolch fliegt in dem unwahrscheinlichsten Bogen, nur um dann mit einem ekelhaften Geräusch im rechten Auge des Häuptlings zu landen.

Der grüne Riese brüllt vor Schmerz und wirft mich zur Seite, um seine Wunde zu bedecken.

Ich schlage schmerzhaft auf dem Boden auf, und mein Atem wird mir durch den Aufprall herausgedrückt.

Etwas Großes springt über mich, und ich kämpfe gegen eine Welle von Übelkeit an, während ich nach oben schaue. Ich sehe den Löwen an die Kehle des Häuptlings fliegen, bevor seine Zähne mit einem offensichtlichen Genuss in ihn eindringen.

Die Geräusche von Orks, die von Nero auseinandergerissen werden, erreichen meine Ohren, gefolgt von einem weniger bekannten, knallenden Geräusch – wahrscheinlich Chesters Fäuste auf Ork-Fleisch.

Der Häuptling packt den Löwen an den Seiten und versucht, ihn fortzureißen.

Bert schafft es aber irgendwie, durchzuhalten, und das Ganze erinnert mich an eine Natursendung, bei der ein besonders hungriges Löwenrudel einen Elefanten niederstreckt.

Leider ist *dieser* Löwe jedoch allein, und der Häuptling könnte stärker sein als ein Elefant. Ich bezweifele, dass Bert noch viel länger durchhalten kann.

Ich bin immer noch außer Atem von meinem Sturz, aber ich zwinge mich, auf meine Füße zu springen, und ignoriere die Schmerzen, die in meinem Knie explodieren.

Ich erinnere mich daran, was er Nero in meinen Visionen unzählige Male angetan hat und wie er Felix ernsthaft verletzt hat, knirsche mit den Zähnen, greife nach oben und reiße dem Häuptling den Dolch aus dem Auge. Er brüllt, und ich kanalisiere den Film *Psycho*, als ich ihm in sein letztes verbliebenes Auge steche.

Sein erneutes Brüllen ist so laut, dass meine inneren Organe vor Angst schrumpfen.

Er schlägt mich.

Ich weiche dem Schlag aus.

Er schlägt wieder zu, und diesmal trifft seine massive Hand auf meine Brust, und der Schlag lässt etwas in mir knacken und mich durch die Luft fliegen.

# KAPITEL ACHTUNDSECHZIG

»ICH BIN ERLEDIGT«, kann ich gerade noch denken.

Dann lande ich mit einem lauten Schlag in Neros blutüberströmten Armen.

Welche Rippe oder welches innere Organ ich auch immer brechen gespürt habe, sendet wütende Schmerzsignale an mein Gehirn.

Nero stellt mich vorsichtig an der Wand wieder hin – und ich versuche, nicht vor Schmerz zu erbrechen, während ich meine Hand benutze, um mich festzuhalten.

Nero schließt sich dann Chester an, und sie erledigen brutal den letzten der Orks.

»Bert«, krächze ich und wische mir literweise Ork-Blut aus dem Gesicht.

Chester schaut dorthin, wo sein Löwe noch immer versucht, sich an der Kehle des Häuptlings festzuhalten.

»Rette ihn«, krächze ich und schiebe mich an der

Wand entlang, um nach Felix zu sehen.

Chester springt zu dem Häuptling. Über seiner Schulter sagt er: »Das willst du vielleicht nicht sehen.«

Ich konzentriere mich auf Felix, wie er es vorschlägt, und bereue dann, dass ich nicht auch meine Ohren bedeckt habe. Was auch immer Chester dem Häuptling antut, muss unaussprechlich sein. Der Ork schreit immer wieder, wie tausend Eber, die lebendig gegrillt werden.

Felix hat noch Puls, aber ich sehe, dass er in schlechter Verfassung ist. Er wird Isis brauchen, und zwar schnell.

»Hilf mir, ihn hochzuheben«, sage ich zu Nero, aber als ich zu ihm hinüberblicke, sehe ich, dass er in einer Lache aus Ork-Blut kniet.

Der Häuptling heult ein letztes Mal, dann verstummt er.

Ich sehe, dass Nero noch bei Bewusstsein ist, aber ich schätze, der Blutverlust und das Beruhigungsmittel zeigen schließlich Wirkung, weil er nicht reagiert.

Ich ignoriere die ekelhaften Schmerzen meiner Rippen, schlurfe hinüber und durchsuche Neros Taschen nach einem Telefon.

Die Schreie des Häuptlings werden von dem ebenso störenden Geräusch eines Löwen, der auf etwas kaut, abgelöst.

»Du bist fast gestorben«, knurrt Nero müde, als ich endlich das Telefon aus seiner Tasche ziehe.

»Nun, du bist in meinen Visionen *tatsächlich* unzählige Male gestorben, obwohl du dich in einen

Drachen verwandeln und es verhindern können hättest«, antworte ich im gleichen anschuldigenden Ton, während ich Isis' Nummer suche und sie wähle, als ich sie endlich finde.

Sie nimmt sofort ab. »Hallo. Was verdanke ich die Ehre …?«

»Nero ist verletzt, und mein Freund Felix auch«, sage ich eindringlich. »Nero möchte Ihre Dienste in Anspruch nehmen.« Ich schiebe das Telefon in seine Richtung. »Sag es ihr.«

»Was auch immer Sasha braucht«, sagt Nero benommen ins Telefon. »Es gelten die Notfallgebühren.«

Ich lege mir das Telefon wieder ans Ohr, als Isis sagt: »Wie schwer ist Felix verletzt?«

Ich erzähle ihr schnell, was passiert ist und wie er für mich aussieht.

»Was ist mit Nero?«, fragt sie.

Ich schildere seinen schlechten Zustand.

»Okay, ich schicke dir eine Adresse von einem Krankenhaus in deiner Nähe.«

Neros Telefon klingelt mit einer SMS.

»Bringt Felix ins Krankenhaus, und eine Vampirfreundin von mir wird dafür sorgen, dass er sofort nach eurer Ankunft lebenserhaltend versorgt wird«, sagt sie. »Dann bring Nero in den Keller in unsere Firma, und ich treffe dich dort.«

»Unsere Firma? Warum …« Ich höre auf, weil sie das Gespräch beendet hat.

Chester und der Löwe gehen an mir vorbei, und

sind mit noch mehr Ork-Säften bedeckt als Nero.

Sie gehen zu Darians Körper. Chester spricht erneut diese Sprache, und ich schaffe es, wegzuschauen, kurz bevor die kauenden Geräusche von neuem beginnen.

Ich weiß, dass Darian das, was er bekommt, vollkommen verdient hat, und dass Löwen keine Veganer sind, aber ich werde trotzdem eine Therapie brauchen, wenn ich mich zu sehr damit beschäftige. Stattdessen schreibe ich Thalia eine Nachricht, um sicherzustellen, dass sie bereits am Ausgang wartet, um uns abzuholen.

Zu meiner Erleichterung tut sie das.

Dann rufe ich Pada an, damit er und seine Putzkolonne das blutige Chaos um uns herum beseitigen.

»Wir sind fertig«, sagt Chester und kommt mit seinem Löwen zu mir. »Was machen wir jetzt?«

»Kannst du Felix ganz vorsichtig anheben, und ich kümmere mich um Nero?«, frage ich.

Chester tut, was ich verlange, aber Nero nimmt meine ausgestreckte Hand nicht. Er blutet stark, taumelt auf die Füße und weigert sich, sich auf mich zu stützen.

Er stützt sich jedoch auf Berts Kopf, und wir schleppen uns mit der Schmelzgeschwindigkeit von Gletschern durch die Gänge.

Meine Rippen schreien nach blutigem Mord, aber ich habe das Gefühl, dass ich sonst relativ ungeschoren davongekommen bin. Nero scheint jedoch kurz davor zu stehen, ohnmächtig zu werden, und Felix' Atmung ist kaum hörbar, während Chester ihn trägt.

»Kannst du dein Glück nutzen, um Felix beim Überleben zu helfen?«, frage ich Chester.

Er zwinkert mir zu. »Ich trage keine Leichen, also wenn es eine Chance gibt, dass er überlebt, wird er es tun.«

Wir gehen noch eine Minute, und obwohl es nur Wunschdenken sein könnte, verbessert sich Felix' Atmung leicht.

»Gibt es Grenzen für deine Macht?«, frage ich Chester, als wir die Tür erreichen, die zum eigentlichen Flughafen führt. »Kannst du sie weiterhin bei Felix benutzen, aber auch den Trick machen, mit dem du den Löwen ins Flugzeug gebracht hast? Damit niemand auf unsere blutige Kleidung und den Löwen schaut?«

»Grenzen?« Chester mustert den blutigen Zustand von uns allen und schaut dann wieder auf seinen Löwen. »Ich kann tun, was du sagst, und habe noch viel übrig.« Grinsend fügt er hinzu: »Es ist allerdings eine Schande. Mich würde doch mal interessieren, was die TSA davon halten würde.«

»Wir haben keine Zeit für irgendwelche Verzögerungen«, sage ich, für die unwahrscheinliche Möglichkeit, dass er tatsächlich neugierig genug ist, um der TSA zu erlauben, uns zu bemerken.

»Ich wollte es sowieso nicht tun«, sagt er und schaut auf den Löwen. »Sie würden Bertie wehtun wollen, wenn sie ihn sehen.«

Damit betreten wir den Flughafen.

Obwohl es ein normaler, ziemlich überfüllter Tag ist, schaut keine einzige Person zu uns – nicht einmal eine Frau mit einer Cogniti-Aura.

Was ich für diesen Aspekt von Chesters Macht geben würde. Wenn ich die Aufmerksamkeit auf diese Weise kontrollieren könnte, könnte ich ganze Elefanten – oder Panzer – erscheinen und unter den Nasen der Menschen verschwinden lassen.

Die Limousine wartet auf uns, sobald wir draußen sind.

Ich ignoriere Neros Proteste und die Schmerzen von meinen Rippen und helfe ihm hinein. Thalia steigt aus, um uns zu helfen, als Chester Felix auf den Platz gegenüber von Nero setzt.

Sobald Felix angeschnallt ist, steigt der Löwe ins Auto, setzt sich auf einen leeren Platz und leckt seine blutüberströmten Pfoten.

»Es ist besser, wenn ich fahre«, sagt Chester zu Thalia, nachdem ich sie kurz vorgestellt habe.

Sie schüttelt den Kopf.

»Lass ihn«, sage ich. »Er ist ein Wahrscheinlichkeitsmanipulator. Er kann es wahrscheinlich schaffen, dass es mehr grüne Ampeln auf unserem Weg gibt.«

Thalia nickt widerwillig, geht dann zu Felix hinüber und setzt sich so hin, dass sie sicherstellen kann, dass er sich nicht bewegt.

Ich setze mich neben Nero und wiege seinen Kopf auf meinem Schoß.

Laut dem GPS meines Telefons soll die Fahrt zum

Krankenhaus ohne Verkehr zwanzig Minuten dauern – aber hier ist immer Verkehr, und heute ist er übel.

Ich streichele Neros Haar, und er schließt die Augen, während der schmerzhafte Ausdruck auf seinem Gesicht nachlässt. Seine vielen Wunden bluten jedoch, also sage ich Chester, dass er das Gaspedal durchdrücken soll.

Die Limousine schießt nach vorne, und ich bereue meine Worte sehr schnell.

Chesters Fahrstil rücksichtslos zu nennen würde das normale rücksichtslose Fahren ins Abseits drängen. Die wahnsinnige Geschwindigkeit, mit der wir durch den Verkehr rasen, ist eher am selbstmörderischen Ende des Fahrspektrums. Doch es geht uns gut – und damit meine ich, dass wir zwar jede Sekunde an der Schwelle zu einem Unfall stehen, aber es durch *Glück* zu keinen Kollisionen kommt. Oh, und wie ich vorhergesagt habe, sind alle Ampeln auf unserem Weg grün.

Zehn Minuten später hält Chester vor dem Eingang der Notaufnahme.

»Pass auf sie auf«, sage ich Thalia und nicke Nero und dem Löwen zu.

Chester und ich ziehen Felix aus dem Auto, und eine blasse Frau mit einer Cogniti-Aura nähert sich mit einer Trage.

Isis' Vampirfreundin bewegt sich mit Supergeschwindigkeit, um Felix sofort aufnehmen und mit allen Überwachungsgeräten sowie einem Morphiumtropf versorgen zu lassen.

»Ich könnte ihm einfach etwas Blut geben«, sagt sie, als Felix' unregelmäßiger Herzschlag auf dem Monitor erscheint.

»Nein«, sage ich schnell. Es ist schon schlimm genug, dass ich dank einer ähnlichen Situation bereits eine Freundin in der Reha habe. »Kannst du ihn bitte einfach beobachten und dein Blut nur als letztes Mittel benutzen?«

»Sicher«, sagt sie. »Deshalb bin ich hier. Ich wollte nur sehen, ob wir Isis eine Reise hierher ersparen können. Die Rechnung wird …«

»Nicht nötig. Sie wird in Kürze hier sein«, unterbreche ich sie.

Und das wird sie, auch wenn ich sie von einem Löwen wie ein Junges an ihrem Hals hierherziehen lassen muss.

»Verstanden«, sagt die Vampirin und nimmt Felix' Krankenakte in die Hand.

»Ich bin gleich wieder da«, sage ich meinem bewusstlosen Freund und eile zurück zum Auto.

———

NORMALERWEISE WÜRDE die Fahrt nach Midtown bei den aktuellen Verkehrsbedingungen anderthalb Stunden dauern. Selbst im besten Fall würde die Fahrt eine Stunde dauern, wenn man sich an die Geschwindigkeitsbegrenzungen hält und vernünftig fährt.

Chester fährt in weniger als einer halben Stunde

zur Firma, parkt dann in einer Abschleppzone und hilft mir, Nero aus dem Auto und auf die Beine zu bekommen.

Wir lassen Thalia mit dem Auto zurück und gehen hinein, wo niemand unsere blutige Kleidung in Frage stellt.

Chester muss immer noch seine Finger bei dem Glück mit der Irreführung im Spiel haben.

»Bleib hier«, befiehlt Nero ihm, als der Aufzug kommt, und Chester nickt und sieht nicht einmal das kleinste bisschen beleidigt aus.

»Viel Glück«, sagt er mit einem Grinsen, als wir in den Aufzug steigen, wobei Nero sein Bestes tut, um sich nicht auf mich zu lehnen, allerdings erfolglos.

Ich drücke den Knopf für das Erdgeschoss, und als wir aussteigen, führt uns Nero durch einen labyrinthartigen Korridor.

Wir finden Isis neben riesigen Metalltüren, und ihre Augen kleben auf ihrem Telefon.

»Heil sie«, bellt Nero, und Isis' Kopf zuckt. Blinzelnd beschießt sie mich schnell mit ihrer heilenden Energie, und der Schmerz in meinen Rippen verschwindet.

»Danke. Jetzt heile ihn«, sage ich und nicke dem blutigen Chaos zu, das Nero ist, aber Isis ignoriert mich.

Stattdessen öffnet sie schwungvoll die Türen.

Ich schaue hinein – und kann nicht glauben, was ich sehe.

# KAPITEL NEUNUNDSECHZIG

ES IST ein Raum voller Schätze. Eigentlich wird das Wort *Raum* dem nicht gerecht. Es ist ein stadiongroßes Gewölbe, das bis zum Rand mit Goldmünzen, Goldsteinen, Platinschmuck, Diamanten und anderen Edelsteinen gefüllt ist.

»Bringt ihn rein«, sagt Isis, und ich helfe Nero, dort hineinzugelangen.

Als wir erst einmal drin sind, hat mein Gehirn Schwierigkeiten, mit dem buchstäblichen Haufen Gold fertigzuwerden.

Es gibt Gerüchte über so etwas im Büro. Gerüchte über einen mit Gold gefüllten Raum. Ich dachte immer, es sei ein Witz, der Nero mit Dagobert Duck vergleichen sollte, der gerne in seinem Geldspeicher schwimmt.

Aber das ist etwas anderes. Es erinnert mich an den Schatz, auf dem Smaug, der Drache aus *Der Hobbit*, geschlafen hat.

Sobald Neros Fuß auf der ersten Goldmünze landet, scheint sein Schritt anzufangen zu hüpfen.

»Ab jetzt kann ich es alleine«, knurrt er. »Lass mich los.«

Ich lasse ihn los, und er geht weiter in den Raum hinein und beginnt, sein Hemd auszuziehen. Für einen kurzen Moment treffen seine Blicke auf meine, und obwohl er immer noch kurz davor steht, ohnmächtig zu werden, kann ich nicht umhin, mich an unsere Zeit in diesem Hotel auf der von Tartarus verwüsteten Welt zu erinnern.

Diese Erinnerung könnte auch ihm durch den Kopf gehen, denn seine Limbusringe verdicken sich, und eine gewisse Weichheit erscheint auf seinem Gesicht. In der nächsten Sekunde jedoch verzieht er schmerzerfüllt sein Gesicht und setzt das Ausziehen fort.

Da ich seinen nackten Körper nicht wie die offensichtlich Perverse, die ich bin, angaffen will, werfe ich einen anschuldigenden Blick auf Isis. »Warum heilst du ihn nicht?«

»Ich muss ihn nicht heilen«, sagt sie. »Schau.«

Mit einem Schimmer verwandelt sich Nero in seine Drachenform und beginnt, den riesigen Schatzhaufen zu besteigen.

Die Wunden, die er in menschlicher Gestalt hatte, sind immer noch auf dem Drachen vorhanden – nur sind sie größer und bluten viel mehr.

Aber als Nero ganz oben auf seinem Berg sitzt, beginnen sich diese Wunden zu schließen.

Ich blinzele einmal, und dann noch einmal, aber seine Wunden heilen einfach weiter.

Ich werfe einen Blick auf Isis, um zu sehen, ob sie irgendetwas tut, aber sie fummelt an ihrem Handy herum, ohne dass Energie von ihr zu Nero fließt.

Als die Wunden vollständig verschwunden sind, schließt Nero zufrieden seine riesigen Augen und entspannt sich, als ob er schlafen würde.

»Moment mal.« Ich drehe mich auf der Ferse um, um Isis erneut anzustarren. »Nero kann sich selbst heilen?«

»Wenn er in seinem Raum ist, offensichtlich.« Sie nimmt ihre Augen von ihrem Handy. »Gib ihm nur noch ein paar Minuten, und er wird so gut wie neu sein.«

»Warum hast du uns dann hier getroffen und nicht im Krankenhaus?« Meine Stimme wird mit jeder Silbe lauter. »Felix kann *das* nicht; er braucht deine Hilfe.«

»Erstens habe ich dir einen Vampir zur Verfügung gestellt, so dass ich nicht einmal ins Krankenhaus gehen muss«, sagt sie. »Zweitens ist Nero derjenige, der mich bezahlt, also musste ich sicherstellen, dass er …«

»Es wird ihm definitiv gut gehen?« Ich schaue auf den schlummernden Drachen.

»Besser als gut«, sagt sie. »Er wird voller Energie sein und eine Weile weder schlafen noch essen müssen.«

Interessant. Ist es das, was hinter seiner

unglaublichen Arbeitsmoral steckt? Er steckt buchstäblich voll von Geld?

Ich habe keine Zeit, mich damit zu beschäftigen; wir müssen Felix helfen.

Ich packe Isis an der Schulter. »Dann lass uns gehen. Jetzt.«

———

UNSERE RÜCKFAHRT zum Krankenhaus ist noch schneller und verrückter.

»Bertie und ich sollten gehen«, sagt Chester, als er die Vampirschwester sieht, die aus dem Notaufnahmeeingang kommt.

»In Ordnung«, sage ich. »Danke. Du hast deinen Teil unserer Abmachung mehr als erfüllt.«

»Das habe ich. Und nur damit du es weißt, nach heute bin ich sehr froh, dass Beatrice es nicht geschafft hat, dich zu töten.« Er zwinkert und fügt hinzu: »Man kann Glück damit haben, wie sich die Dinge entwickeln.«

Bevor ich ihn fragen kann, ob er meint, dass die ganzen verrückten Dinge, die mir passiert sind, nur geschehen sind, um seine endlose Glückssträhne weiterzuführen, geht er zu einem scheinbar zufällig ausgewählten Auto, öffnet die Tür ohne Schlüssel und macht eine Geste, damit der Löwe hineinspringt.

Ich zucke mit den Schultern, überschütte die Vampirin mit einem Haufen Fragen, und sie informiert mich, dass es Felix zwar nicht besser geht, er aber nicht in einem so kritischen Zustand ist, dass er ihr Blut gebraucht hätte.

Dann führt sie uns in sein Privatzimmer, wo Isis Felix mit ihren Kräften beschießt, bis er beginnt, irritierend orgastische Geräusche zu machen.

Mit einem Keuchen setzt er sich hin und schaut mich an. »Du hast mich als Schild benutzt«, sagt er benommen.

Ich zucke zusammen. »Tut mir leid. Ich hatte keine andere Wahl.«

»Sicher«, sagt er mürrisch, als ich ihm helfe, aufzustehen. »Also, was ist passiert, nachdem ich ohnmächtig geworden bin?«

Ich erkläre es auf dem Weg zum Auto und beende meine Geschichte, als wir einsteigen und Thalia losfährt. Wir verputzen auch den größten Teil des Essens in der Bar und trinken ein paar Cocktails, um unsere Nerven zu beruhigen.

Als wir neben meinem Gebäude parken, klingelt Isis' Telefon, und sie sagt: »Nero geht es gut genug, um zu schreiben. Er will, dass ich dich nach Hause und ins Bett bringe, also gehen wir.«

Wir lassen das Auto stehen und gehen zu unserer Wohnung, ohne einen einzigen Nachbarn zu treffen.

»Was ist passiert?«, fragt Fluffster aufgeregt, als er das ganze Blut sieht, das uns bedeckt.

»Uns geht es gut«, versichere ich ihm und schiebe Felix in Richtung Dusche.

Er braucht sie dringend, und ich auch.

Dann biete ich Isis Tee an, den sie akzeptiert,

obwohl sie ihre Nase wieder in ihrem Telefon vergraben hat, während sie ihn trinkt. Überprüft sie, wie viele Likes ihr Selfie bekommen hat, oder twittert sie, wie langweilig es in meiner Gesellschaft ist?

»So haben wir die erste Welt überlebt«, sage ich und beginne mit der Geschichte unserer Abenteuer für Fluffster. Ich bin ungefähr in der Mitte, als Felix in frischer Kleidung hereinkommt und aussieht wie ein neuer Mensch.

»Jetzt erzählst du ihm, was passiert ist, nachdem wir fast von den Meeresungeheuern gefressen wurden«, sage ich zu Felix und gehe unter die Dusche, um mich zu dekontaminieren.

Eine Stunde später komme ich ganz verschrumpelt wieder heraus. Isis ist immer noch da und wartet auf mich, um mich trotz meiner Proteste auf mein Zimmer zu bringen.

»Geh unter die Decke. Ich werde dich noch mehr heilen«, sagt sie.

Ich fühle mich schon ganz gut, aber ich tue, was sie sagt, damit sie mich mit ihrer Energie beschießt und mich in den süßesten und traumlosesten Schlaf sinken lässt, den ich je hatte.

---

ICH WACHE auf und fühle mich unglaublich gut.

Isis hat die mit Abstand coolste Macht. Wenn ich so reich wie Nero wäre, würde ich mich jede Nacht so *heilen* lassen.

Andererseits, wenn Fluffster wüsste, wie viel ihre Dienste kosten, würde er sich in seine Monsterform verwandeln und sie fressen, also ist das vielleicht nicht die beste Idee.

Ich gähne, strecke mich unter der Decke aus, und überprüfe, ob meine Kräfte zurückgekommen sind.

Ohne Mühe springe ich in den Leerraum, und zum ersten Mal seit langem spielen die Formen, die mich umgeben, fröhliche Melodien.

Ich ignoriere sie und versuche wieder, Rasputin zu erreichen, damit ich ihm sagen kann, was passiert ist. Vielleicht habe ich auch Glück und erfahre in seinen Erinnerungen etwas über meine Mutter, wenn wir uns verbinden.

Ich muss unbedingt herausfinden, wer sie war.

Der Anruf wird nicht verbunden. Da ich aber schon einmal hier bin, beschließe ich, nach Vlad zu schauen, um herauszufinden, wie es ihm geht.

Ich finde ihn nicht mehr im Kolosseum. Diesmal bringt er tatsächlich einigen kleinen Jungs bei, wie man ein Schwert schwingt – was meiner Meinung nach besser als ein Kampf bis zum Tod ist. Vielleicht ist er zur nächsten Stufe der Trauer übergegangen?

Als meine Vision endet, gehe ich zurück in den Leerraum und schaue auch nach Kit.

Zu meiner Überraschung sehe ich, wie das formwechselnde Ratsmitglied mit Ariel in einem Flur spricht. Ariel strickt und pafft dabei ihre E-Zigarette, während Kit ihr erzählt, wie sie es endlich geschafft hat, Lolas sexuellen Fängen zu entkommen und sich umgehend in die Reha zu begeben.

Die Vision ist zu Ende, und ich befinde mich wieder in meinem bequemen Bett. Ich bin im Begriff, aufzustehen und mit meinem Tag fortzufahren, als mir eine Idee kommt.

Es ist schon eine Weile her, dass ich versucht habe, meine biologische Mutter in einer Vision zu sehen – und Rasputin hat in letzter Zeit ein paar Dinge über sie erzählt, die helfen könnten.

Zurück im Leerraum, denke ich an jede Kleinigkeit, die ich über sie erfahren habe. Er hatte gesagt, sie sei stur, wie ich, und ein schneller Denker, auch wie ich. Großartig in der Täuschung – offensichtlich auch wie ich.

Nichts passiert, also erinnere ich mich, dass Rasputin angedeutet hat, dass sie kein Mitgefühl hat – im Gegensatz zu mir – und bringe das in die Mischung ein.

Noch immer keine Ergebnisse.

Ich will gerade aufgeben, als ich mich an eine Erinnerung von Rasputin erinnere, die ich beim allerersten Mal, als wir uns trafen, gesehen habe – eine, bei der er das Haar einer Liebhaberin gekämmt hat.

Das war sehr wahrscheinlich meine Mutter. Sie hatte schwarze Haare – wie ich –, helle Schultern – auch wie ich – und einen anmutigen Rücken – da bin ich mir nicht sicher über die Ähnlichkeit, da ich nicht die Gewohnheit habe, im Spiegel auf meinen Rücken zu starren.

Noch wichtiger ist, dass er sie im Gedächtnis unberechenbar genannt hatte – und sagte, dass er das an ihr liebt.

Ich kombiniere all diese Fakten miteinander, und dann füge ich meinen tiefen Wunsch hinzu, zu wissen, wer sie ist, und etwas macht klick.

Ein neuer Satz von Formen taucht vor mir auf – Formen, die keine unmittelbare Gefahr darstellen, aber auch nicht wirklich etwas Gutes verheißen.

Kann das sein?

Werde ich endlich meine Mutter sehen?

Mit meiner Intuition berühre ich wieder die vielversprechendste Vision – und explodiere fast vor Aufregung, als sie beginnt.

## KAPITEL SIEBZIG

ICH FINDE mich körperlos in einer vertrauten New Yorker Straße wieder.

Eine schöne Frau in einem schwarzen Trägerkleid geht sie entlang.

Sie hat das schwarze Haar aus Rasputins Erinnerung, und ihre Schultern – und alles andere – sind blass wie bei Vitamin-D-Mangel. Was das Kleid von ihrem Rücken offenbart, ist in der Tat anmutig, aber noch wichtiger ist, dass, wenn man mein Gesicht nehmen und alle Gesichtszüge entfernen würde, die ich mit Rasputin gemeinsam habe, man das Gesicht dieser Frau bekommen würde.

Das ist meine Mutter.

Ich weiß es ohne jeglichen Zweifel – trotz der Tatsache, dass sie zu jung aussieht, um ein Kind in meinem Alter zu haben. Andererseits altern Cogniti nicht wie Menschen.

Die Frau dreht sich um, um ein Gebäude zu

betreten, und mir wird klar, warum diese Straße so vertraut aussieht.

Hier wohnt Nero.

Ist das eine Triff-die-Schwiegereltern-Folge aus *Twilight Zone*? Meinen Vater hat Nero schon getroffen, und jetzt fühlt sich meine Mutter ausgeschlossen?

Dann bemerke ich etwas anderes, und davon dreht sich mein Kopf *wirklich*.

Mit ihrem Gesicht in einem Profil wie diesem entdecke ich eine Tätowierung auf ihrer Schläfe.

Eine Tätowierung eines Mondes an der Spitze eines Kreuzes.

Es dauert einen Moment, bis ich die Schlussfolgerung verstanden habe, und selbst dann weigere ich mich, es zu glauben.

Ich muss mich irren.

Meine Mutter kann nicht die sein, für die ich sie halte.

Die Frau, die in Neros ausgefallene Lobby geht, holt ein blutiges Tuch aus ihrer kleinen Handtasche und leckt heimlich an ihm – sie könnte natürlich auch nur daran gerochen haben. Dann runzelt sie die Stirn.

Was auch immer sie gerade erfahren hat … es gefällt ihr nicht.

Sie dreht sich auf der Ferse um, eilt zur Rezeption und schaut auf den Wachmann, der dort sitzt. Als er sie anschaut, verwandeln sich ihre Augen in Spiegel.

Also *ist* sie ein Vampir. Das untermauert meine verrückte Theorie, ebenso wie der blutige Lumpen bis zu einem gewissen Grad, aber es kann einfach nicht sein …

»Hat ein Mann kürzlich diesen Ort verlassen?«, sagt sie mit einer anderen Stimme als der, die ich erwartet habe, aber mit einem seltsamen Akzent, der genau passt. »Ein gutaussehendes Exemplar mit seltsamen Augen und …«

»Sie meinen Mr. Gorin?«, fragt die Wache. »Nero Gorin?«

»Ich glaube schon«, sagt sie. »Wo ist dieser Nero hin?« Sie streckt die Hand aus und packt den Kerl am Kragen seiner Uniform.

»Das sagt er mir nie«, antwortet die Wache roboterhaft, ohne die grobe Behandlung zu bemerken. »Seine Limousine ist ziemlich schnell weggefahren, also ist er inzwischen sicher weit weg.«

Sie lässt ihn gehen, und ihr Stirnrunzeln vertieft sich. »Hatte er einen Mann dabei?« Sie fährt fort, Rasputin zu beschreiben – ein weiterer Beweis, der meine Theorie stützt.

»Nein«, sagt die Wache. »Ich glaube nicht, dass ich jemals einen Mann mit dieser Beschreibung hier mit oder ohne Bart gesehen habe.«

»Gut«, schnappt sie. »Hast du einen Schlüssel für die Höhle dieses Nero?« Leise murmelt sie: »Da ich hier bin, kann ich genauso gut sehen, ob er irgendwelche Hinweise auf Rasputins Aufenthaltsort unter all seinem Gold versteckt hat.«

»Meinen Sie sein Penthouse?«, fragt der Typ verwirrt.

»Wie auch immer du es nennst.« Sie schaut ihn eindringlicher an. »Gib mir den Schlüssel. Jetzt.«

Der Typ gibt ihr so schnell einen Schlüssel, dass er sich fast die Schulter auskugelt.

Als sie zum Aufzug geht, kann ich es nicht mehr leugnen.

Ich weiß jetzt, wer meine Mutter ist – und ich wünschte, es wäre jemand anderes.

Buchstäblich irgendjemand.

Leider kümmert sich die Realität nicht um meine Wünsche, und mit einem beklemmenden Gefühl verarbeite ich die Erkenntnis, dass ich Liliths Tochter bin.

# KAPITEL EINUNDSIEBZIG

ICH MÖCHTE ES LEUGNEN, aber es ergibt zu viel Sinn.

Auf Liliths Welt hatte sie Glamour benutzt, um sich wie eine Göttin aussehen und klingen zu lassen – weshalb ich unsere Ähnlichkeit nicht erkannt habe. Hier auf der Erde sieht sie jedoch wie ein normaler Vampir aus, nur mit diesem unverwechselbaren Tattoo.

Itzel, eine Zwergin, war immun gegen Liliths Glamour auf ihrer Welt, und sie hatte ein Tattoo an der Schläfe erwähnt. Nur anstatt ihn als Mond auf einem Kreuz zu beschreiben, wie es ein normaler Mensch getan hätte, sagte Itzel, es sei eine Klammer, die auf einem Pluszeichen sitze. Oh, und ich kann nicht glauben, dass Itzel uns von der Tätowierung erzählt hat, aber nichts davon, dass Lilith und ich uns so ähnlich sehen. Andererseits erwähnte sie, dass sie Probleme mit Gesichtern von Nicht-Zwergen hat.

*Meine Mutter ist Lilith.*

Das erklärt den blutigen Lumpen, den sie in der

Vision gehalten hat. Er enthält zweifellos etwas von dem reichlichen Blut, das Nero in ihrer Welt vergossen hat. Sie hat das Blut benutzt, um ihn zu finden, die Person, die ihr Schloss angegriffen hat.

Sie ist hier, um sich zu rächen.

Das ist genau das, von dem Rasputin gesagt hatte, dass es passieren würde, und er hatte recht.

Dass sie auch nach Rasputin sucht, ist ein weiterer Beweis für ihre Identität, ebenso wie die Tatsache, dass sie eine Vampirin ist.

Und nicht nur irgendeine Vampirin. Lilith ist auch eine Trickserin – deshalb hatte Rasputin gesagt, dass sie so unberechenbar sei. Er hatte es wörtlich gemeint.

Viele andere Teile fangen an, zusammenzupassen.

In Liliths Welt vergeht die Zeit etwa zwanzigmal langsamer als auf der Erde. Ein Jahr lang dort sind zwanzig hier. Drei Jahre und elf Monate sind etwa achtzig hier – was erklärt, wie ich Anfang des zwanzigsten Jahrhunderts geboren wurde, aber um die Jahrtausendwende aufgewachsen bin.

Rasputin muss mich von Liliths Welt gestohlen haben – und jetzt, wo ich darüber nachdenke, hätten seine Visionen, dass ich mit diesem Messer Kehlen aufschlitze, leicht in Liliths Schloss stattfinden können.

*Meine Mutter ist Lilith.*

Das erklärt, warum Rasputin mich allein im JFK gelassen hat. Lilith hatte seine Haare und konnte ihn nach Belieben lokalisieren. Deshalb hat sie ihn danach gefunden und gefoltert. Sie muss mich zurückhaben wollen, und er weigert sich, ihr zu sagen, wohin er mich gebracht hat.

Aber wenn er der Vater ihres Kindes ist, wie könnte sie ihn dann so behandeln? Was für ein Monster.

Moment. Wem mache ich etwas vor? Sie machte sich zu einer Göttin und benutzt Menschen wie Wasserflaschen. Es war wahrscheinlich sie, die diese Kinderversion in der Zukunft aus mir gemacht hätte, die Rasputin verhindert hat: das Mädchen, das die Kehlen der Leute aufschlitzen würde. Zweifellos wollte sie, dass ich zu einer Psychopathin heranwachse, genau wie die Mami.

Andererseits hatte Rasputin in der schönsten Zelle aller Gefangenen auf Liliths Schloss gelebt, und sie verstümmelte weder seinen Körper noch nahm sie sein Blut. Ist das ihre Version von liebevoller Fürsorge?

Der Aufzug gongt, und ich betrachte dieses Monster – meine Mutter – genauer.

Trotz allem will ich sie immer noch kennenlernen.

Aber das ist keine gute Idee.

Ich muss an etwas anderes denken – wie an die interessante Tatsache, die ich jetzt meinem Wissen über Vampire hinzufügen kann.

Anscheinend können sie gebären. Oder zumindest diese Vampirin hier – ich darf nicht vergessen, dass sie sehr, sehr mächtig und eine Wahrscheinlichkeitsmanipulatorin ist. Vielleicht lässt diese Kombination sie Dinge tun, die normale Vampire nicht können. Wie zum Beispiel das Fliegen. Oder die Kraft zu haben, einen Drachen zu bekämpfen.

Lilith verlässt den Aufzug und betritt Neros Wohnung.

»Schatz, ich bin zu Hause«, sagt sie ironisch und schnüffelt an der Luft.

Denkt sie, dass Rasputin sich hier versteckt?

Als niemand antwortet, geht sie unbekümmert durch die Wohnung und überprüft zuerst die Küche, dann das Fitnessstudio, dann das Spa-ähnliche Badezimmer, das ich neulich benutzt habe.

Eine Minute später stolpert sie über Neros Atelier, wo ihr ein Bild ins Auge fällt.

Ein Gemälde, das ich auch interessant fand, als ich es sah.

Es zeigt mich – oder Neros Fantasieversion von mir – an einem weißsandigen Strand in einem knappen Badeanzug. Nero hat es in der Hochphase seiner Verfolgungen von mir gezeichnet – lange bevor wir uns offiziell trafen.

Lilith reißt das Bild von der Wand, starrt es an und geht dann zu einem Spiegel und betrachtet ihre eigenen Gesichtszüge.

»Könnte es sein …?« murmelt sie, als sie das Gemälde absetzt, zurücktritt und es mit zur Seite gelegtem Kopf anstarrt. »Sie ist viel zu alt, aber die Ähnlichkeit ist unverkennbar. Könnte es sein, dass sie die ganze Zeit hier versteckt war?« Dann weiten sich ihre Augen. »Natürlich. Deshalb kam der Drache, um Rasputin zu retten. Er ist offensichtlich in meine schöne Brut verliebt.«

*Schöne Brut?* Wenn ich irgendwelche Zweifel an

ihrer Identität oder unserer Beziehung gehabt hätte, dann sind sie jetzt verschwunden.

*Ich bin Liliths Tochter.*

»Ich muss mehr über dich wissen, Liebes«, sagt Lilith zu meinem Porträt und beginnt mit dem Nachdruck eines DEA-Fahnders, der einen Heroinhändler verhaftet, Neros Sachen zu durchwühlen.

Teure Möbel werden in Stücke gerissen, und selbst die Wände werden vielerorts auseinandergerissen.

Schließlich macht sie sich auf den Weg zu Neros Büro und findet den Safe, von dem ich gehofft hatte, dass sie ihn *nicht* finden würde.

Anstatt sich wie ich mit der Tastatur zu beschäftigen, reißt sie einfach mit bloßen Händen die Tür heraus und betrachtet dann dieselben Dokumente, die ich neulich entdeckt habe: den Vertrag zwischen Nero und Rasputin, meine Geburtsurkunde und die Karte mit dem gefährlichen Weg in ihre eigene Welt.

»Also, du heißt jetzt Sasha Urban«, sagt Lilith und legt die vergilbten Seiten nieder. »Ich kann es kaum erwarten, dich kennenzulernen …«

---

ICH KOMME in die Realität zurück, und mein Herz schlägt hektisch in meiner Brust. Ich bin froh, dass ich mich hingelegt hatte, als ich mit der Vision begann.

Meine Beine fühlen sich so wackelig an, dass ich zusammengebrochen wäre, wenn ich gestanden hätte.

Ich versuche, meine verzweifelten Gedanken zu ordnen, indem ich so ruhig wie möglich tief durchatme.

Lange Zeit war einer meiner größten Wünsche, etwas über meine Herkunft zu erfahren. Herauszufinden, wer meine leiblichen Eltern sind und wie ich allein am Flughafen gelandet bin.

Jetzt weiß ich einen Großteil davon.

Der Grund dafür ist, dass meine Mutter Lilith ist. Eine böse Göttin, vor deren Welt sie einen in der Einführung warnen … der schwarze Mann der Gemeinschaft der Cogniti.

Sie ist so berüchtigt, dass sie in der Tat in der Rolle der *Mutter der Dämonen* oder etwas ebenso Unschmeichelhaftem in menschlichen Mythologien auf der ganzen Erde vorkommt.

Und sie ist die Mutter, die ich mir so verzweifelt gewünscht habe zu finden.

Ich schätze, das alte Sprichwort stimmt.

Sei vorsichtig mit dem, was du dir wünschst.

Ich bin Liliths Tochter, und sie sucht mich.

# LESEPROBEN

Vielen Dank, dass Sie dieses Buch gelesen haben! Ich hoffe, Ihnen gefällt Sashas Geschichte! Ihre Abenteuer gehen in *Magische Prophezeiung (Sasha Urban Serie: Buch 6)* weiter.

Möchten Sie über meine Neuerscheinungen informiert werden? Melden Sie sich für meinen Newsletter auf www.dimazales.com/book-series/deutsch/an!

Möchten Sie meine anderen Bücher lesen? Sie können wählen aus:

- *Gedankendimensionen* – die actionreichen Urban-Fantasy-Abenteuer von Darren, der die Zeit anhalten und Gedanken lesen kann.
- *Mensch++* – die spannende Science-Fiction-Geschichte von Mike Cohen, dessen neue

Technologie unser Gehirn und die Welt verändern wird.

- *Die letzten Menschen* – die futuristische und dystopische Science-Fiction-Geschichte von Theo, der in einer Welt lebt, in der nichts so ist, wie es zu sein scheint …
- *Der Zaubercode* – die epischen Fantasy-Abenteuer des Zauberers Blaise und seiner Schöpfung, der schönen und mächtigen Gala.

Und jetzt blättern Sie bitte um, für einen spannenden Auszug aus *Mindmachines (Mensch++: Buch 1)*.

# AUSZUG AUS MINDMACHINES

Mit Milliarden auf meinem Konto und meiner eigenen Risikokapitalgesellschaft bin ich der lebende amerikanische Traum. Mein einziges Problem? Nach einem Autounfall leidet meine Mutter an Gedächtnisproblemen.

Brainozyten, eine neue Technologie, die unser Gehirn verändern kann, könnten die Antwort auf alle meine Probleme sein – aber ich bin nicht der Einzige, der ihr Potenzial sieht.

Als ich in eine kriminelle Unterwelt gerate, die düsterer ist als alles, was ich mir jemals vorgestellt hätte, droht meine lebensrettende Technologie, mein Tod zu werden.

Mein Name ist Mike Cohen, und das ist die Geschichte, wie ich mehr als menschlich wurde.

»Ein Heilmittel gegen Demenz und Alzheimer?« Onkel Abes graue Augen funkeln vor Erregung, genau so, wie Mutters es oft tun.

»Es ist nicht wirklich ein Heilmittel«, erkläre ich im gleichen Moment, in dem Ada meint: »Es ist eher eine Behandlung der Symptome.«

»Wie niedlich«, sagt Abe auf Russisch. »Dein Mädchen beendet schon deine Sätze.«

*So als würde sie Russisch verstehen*, erhellt sich Adas Gesicht mit einem verschmitzten Grinsen.

»Wir sind nicht zusammen«, sage ich Onkel Abe auf Russisch.

»Noch nicht?« Er zwinkert mir wissend zu.

»Es ist nicht höflich, vor Ada Russisch zu sprechen«, erwidere ich auf Englisch.

»Das stört mich nicht«, meint Ada. Jetzt ist der Schatten ihres Lächelns nur noch in ihren Augenwinkeln zu sehen, und sie sieht aus wie eine punkige Version der Mona Lisa.

»Trotzdem tut es mir leid«, sagt ihr Onkel Abe, wobei sein Akzent die Buchstaben T und R weicher klingen lässt.

Während wir den Flur im Krankenhaus entlanggehen, übernimmt Ada die Führung. Sie ist eine typische New Yorkerin, immer unruhig und mehrere Dinge auf einmal erledigend. Ich schaue sie verstohlen von oben bis unten an, und meine Augen bleiben an dem hängen, das ich an ihr am liebsten mag – diese spezielle Stelle zwischen den Sohlen ihrer Doc Martens und den Spitzen ihrer stacheligen Haare.

Ada blickt über ihre Schulter, und ihre braunen Augen treffen einen Augenblick lang auf meine. Hat sie gerade gespürt, dass ich sie angestarrt habe? Bevor mir das peinlich sein kann, bleibt sie vor einer grauen Tür stehen und sagt: »Das ist das Zimmer.«

Wir drei treten ein.

Im Gegensatz zu meinem Traum ist es kein OP. Es ist ein geräumiger Raum mit großen Fenstern und fröhlich blühenden Blumen auf den Fensterbänken. Auf den ersten Blick erinnert er mich an mein stylishes Loft in Brooklyn – wenn der feuchte Traum eines verrückten Wissenschaftlers die Inspiration für die Inneneinrichtung gewesen wäre.

Angestellte von Techno, meinem Portfolio-Unternehmen, das die Behandlung entwickelt hat, warten bereits im Hintergrund. Meine Mutter sitzt mit einem weißen Krankenhauskittel bekleidet auf einem OP-Stuhl, und eine Unmenge von Kabeln verbindet sie mit unzähligen hochmodernen Überwachungsapparaten. Ihre Aufmachung wird durch ein Headset vervollständigt, das aussieht, als käme es direkt aus dem alten Film *Die totale Erinnerung – Total Recall*. Das muss die »neueste Entwicklung in der tragbaren neuronalen Scantechnologie« sein, die J. C., der Vorsitzende von Techno, mir gegenüber erwähnt hat. Ich nehme mir vor, ihn *tragbar* definieren zu lassen.

Aus der hintersten Ecke des Raumes höre ich ein

»Hallo«. Die Person, die spricht, muss hinter der Wand aus Servern und riesigen Monitoren versteckt sein. Die anderen Angestellten von Techno arbeiten schweigend, auch wenn ich nicht weiß, ob sie nicht gehört haben, dass ich eingetreten bin, oder ob sie sich einfach gerade unsozial verhalten.

Es würde so einigen Mitarbeitern von Techno nicht schaden, an ihren sozialen Kompetenzen zu arbeiten. Ein Psychiater würde einige von ihnen vielleicht sogar als leichte Autisten abstempeln. Ich persönlich finde solche Stempel lächerlich. Psychiatrie kann manchmal genauso wissenschaftlich und hilfreich wie Astrologie sein – an die ich, nur um keine Zweifel aufkommen zu lassen, nicht glaube. Ein Psychiater in der High-School wollte mich auch zum Autisten erklären, weil ich »zu wenig Freunde« hatte. Er hätte auch genauso leicht zu dem Entschluss kommen können, dass ich Tourette hätte, nachdem ich ihm gesagt hatte, wohin er sich seine Diagnose stecken könne. Aber vielleicht bin ich auch nur deshalb schlecht auf Psychiatrie und Neuropsychologie zu sprechen, weil sie so wenig für meine Mutter getan haben. Eigentlich ist das einzig Gute, was ich über Psychiatrie sagen kann, dass die Lobotomie nicht länger als Behandlung benutzt wird.

Ich schaue mich im Raum nach J. C. um. Ich kann ihn nirgendwo finden, also muss er sich in einem ähnlichen Raum mit einem anderen Teilnehmer der Studie befinden.

Meine Mutter dreht ihren Kopf zu uns, was sie offensichtlich trotz ihrer Kopfbedeckung noch kann.

Mein Herz zieht sich vor Angst zusammen, so wie immer, wenn meine Mutter und ich uns nach mehr als einem Tag Trennung wiedersehen. Wegen des Unfalls, der das Gehirn meiner Mutter beschädigt hat, ist es möglich, dass sie mich eines Tages ansehen, aber nicht erkennen wird.

Heute erkennt sie mich definitiv, da sie mir eines ihrer Lächeln schenkt, bei denen ihre Grübchen zum Vorschein kommen – ein Lächeln, das wir gemeinsam haben. »Hallo kleiner Fisch«, sagt sie auf Russisch. Dann blickt sie ihren Bruder an. »Abrashkin, Hase, wie geht es dir?«

»Meine Mutter hat gerade nicht übersetzbare russische Tiernamen für uns benutzt«, flüstere ich Ada laut zu und winke den immer noch nicht interessierten Mitarbeitern im Hintergrund zur Begrüßung zu.

Meine Mutter schaut Ada an, ohne sie zu erkennen, und ich seufze innerlich. Sie sind sich schon zweimal begegnet.

»Wer ist dieser Junge?«, fragt mich meine Mutter auf Englisch. »Ist er ein Praktikant bei Techno?«

»Sie ist kein Junge, und ihr Name ist Ada«, antworte ich und versuche angestrengt, mich nicht so anzuhören, als würde ich mit jemandem reden, der eine Behinderung hat, da mir meine Mutter das sehr übel nehmen würde. »Sie ist keine Praktikantin, sondern eine derjenigen, die diese Nanozyten programmiert haben, die dir helfen werden.«

»Es freut mich, Sie kennenzulernen, Nina

Davydovna«, sagt Ada, so als hätte sie das nicht schon mehrmals getan.

Meine Mutter zieht ihre Augenbrauen in die Höhe, entweder wegen des kindlichen Klangs Adas glockenheller Stimme, oder weil Ada den russischen Vatersnamen richtig benutzt hat. Sie erholt sich allerdings schnell, genau wie das letzte Mal, und sagt, ebenfalls genau wie das letzte Mal: »Nennen Sie mich Nina.«

»Gerne. Danke, Nina«, erwidert Ada.

Mir wird klar, dass Ada meine Mutter absichtlich so förmlich anspricht, um ihren Stress zu lindern, und ich nicke Ada dankbar zu. Natürlich hätte Ada, wenn sie gewollt hätte, auch noch weitergehen und andere Kleidung tragen oder ihre Frisur verändern können, um die Verwirrung meiner Mutter über Adas Geschlecht zu verhindern. Aber die Verwirrung meiner Mutter könnte genauso gut auf ihren Zustand zurückzuführen sein, da Ada für mich trotz der Lederjacke und des schwarzen Kapuzenpullis die personifizierte Weiblichkeit ist.

»Ist sie seine Freundin?«, fragt meine Mutter Onkel Abe verschwörerisch auf Russisch. »Bin ich ihr schon begegnet?«

»Ich bin mir nicht sicher, Schwesterherz«, antwortet Onkel Abe. »So wie er sie ansieht, vermute ich, dass es nur eine Frage der Zeit ist, bis sie zusammen sind.«

»Ach ja?« Meine Mutter lacht. »Denkst du, dass sie Jüdin ist?«

Blut rauscht in meine Wangen, und das nicht nur wegen dieses »Jüdin oder nicht«-Dings. Das ist etwas, was für meine Mutter erst nach dem Unfall wichtig geworden ist – außer natürlich, es hat ihr schon immer etwas bedeutet, aber sie hat erst angefangen, es anzusprechen, nachdem die Gehirnschädigung ihre Hemmungen etwas abgebaut hat. Meine Großeltern haben viel über derartige Dinge gesprochen und sind sogar so weit gegangen, die Situation mit meinem Vater der Tatsache zuzuschreiben, dass er kein Jude war – etwas, was ich als umgekehrten Antisemitismus ansehe.

Das ist bedauernswert, aber ihre Einstellung wurde damals in der Sowjetunion geprägt, in der Juden als ethnische Gruppe angesehen wurden, was ihre Diskriminierung auf Regierungsebene rechtfertigte. Da die ethnische Zugehörigkeit in der berühmten fünften Spalte aller Pässe angegeben werden musste, war Diskriminierung normal und unvermeidbar. Meine Mutter wurde von den ersten Universitäten, an denen sie sich bewarb, abgelehnt, weil diese ihre »3-Juden-Quote« bereits erreicht hatten. Sie hatte es außerdem schwer, einen Job in den Ingenieurswissenschaften zu finden, bis mein Vater ihr geholfen hatte, um sie später sexuell zu belästigen und sie dann zu verlassen, so dass sie mich allein aufziehen musste. Diese negative Einstellung hatte sogar Auswirkungen auf mich, bevor wir wegzogen. Als meine Klassenkameraden in der siebten Klasse aus der Schülerzeitung von meinem

Glauben erfuhren, bemerkten sie, dass ich mit meinen blauen Augen und blonden Haaren (die im Laufe der Zeit nachgedunkelt sind, bis sie braun waren), überhaupt nicht wie ein Jude aussehe. Auch wenn sie den abwertenden russischen Begriff dafür verwendeten, war die Bemerkung als dickes Kompliment gemeint.

Was dieses Thema besonders eigenartig macht, ist, dass wir in Amerika, wo das Judentum eher als eine Religion als eine ethnische Zugehörigkeit betrachtet wird, auf einmal gar nicht mehr so jüdisch waren. Ich meine, wie könnten wir das sein, wenn ich erst im Teenageralter von Hanukkah erfahren und gestern Abend einen sehr nicht koscheren, mit Schinken umwickelten gegrillten Hummerschwanz gegessen habe.

Ja, ich habe die Bedeutung von koscher auch erst im Teenageralter erfahren.

Mir könnte Adas Judentum also nicht egaler sein – auch wenn sie, nur um es einmal erwähnt zu haben, mit dem Nachnamen Goldblum wahrscheinlich Jüdin ist. Ich weiß auch nicht, was ihr dieser Begriff bedeutet, da sie genauso weltlich ist wie ich. Ich denke, dass mein größtes Problem mit der Frage meiner Mutter ist, dass ich es einfach hasse, ganze Gruppen von Menschen in Schubladen zu stecken, besonders in solche Schubladen, die so viel Verantwortung mit sich bringen.

»Das ist schwer zu sagen«, antwortet Onkel Abe, nachdem er Adas zierliche Nase betrachtet, und dabei besonders auf ihr Piercing geachtet hat. »Mit diesem Haar ist sie definitiv keine Russin.«

Und schon wieder eine Schublade. Für meine Großeltern war der Begriff Russe ein Synonym für Goi oder Nichtjude, aber ich denke nicht, dass mein Onkel ihn gerade in diesem Sinn gebraucht. Auch wenn wir in Russland Juden waren, hier in den USA sind wir Russen – genauso wie alle, die aus der ehemaligen Sowjetunion kommen und Russisch sprechen. Ich nehme an, dass mein Onkel sagen will, dass Ada nicht so aussieht, als sei sie aus der ehemaligen Sowjetunion, da damit normalerweise eine bestimmte Art sich zu kleiden und sich zu frisieren verbunden ist, zumindest bei neueren Zuwanderern.

Ich beschließe, dieses Gesprächsthema abzubrechen, aber bevor ich die Gelegenheit bekomme, ein Wort zu äußern, sagt meine Mutter: »Als ich jung war, hießen solche Haarschnitte ›Explosion in der Nudelfabrik‹.«

Beide lachen, und auch ich kann mich nicht zurückhalten. Ich kenne den Haarschnitt, auf den sich meine Mutter bezieht, und es ist eine Frisur aus den Achtzigern, die entfernt mit dem verwandt sein könnte, was auf Adas Kopf passiert. Mit den gebleichten, spitzen Stacheln sieht sie aus wie ein Ameisenigel mit einem Irokesenschnitt – ein Eindruck, der durch ihren stacheligen Humor verstärkt wird.

Die Tür des Zimmers öffnet sich, und eine Schwester kommt herein.

Mein Blutdruck steigt an, als ich ihre OP-

Bekleidung sehe, auch wenn ich mir nicht sicher bin, ob es sich dabei um das normale Weiße-Kittel-Syndrom oder einen Flashback zu meinem Albtraum handelt. Wahrscheinlich Ersteres. Als ich aufwuchs, wurden in der sowjetischen Zahnmedizin keine Betäubungsmittel verwendet, weshalb ich eine konditionierte Reaktion auf alles habe, was einem Zahnarztkittel gleicht. Jeder in einem weißen Kittel löst in mir etwas Ähnliches aus wie die Reaktion, die eine Person mit Coulrophobie – irrationale Angst vor Clowns – haben würde, sähe sie eine Dokumentation über John Wayne Gacy oder den Film *Es*.

Die Schwester geht zu meiner Mutter und greift nach der großen Spritze, die still und heimlich neben dem Stuhl meiner Mutter liegt.

Die Angestellten von Techno im Hintergrund halten geschlossen die Luft an.

Die Schwester scheint den glücklichen Anlass nicht zu verstehen. Sie sieht aus, als wolle sie hier fertigwerden, um sich danach etwas Interessanterem zuwenden zu können, wie zum Beispiel eine Dauerrede auf C-SPAN zu verfolgen. Auf ihrem Namensschild steht »Olga«. Diese Tatsache in Kombination mit ihrem Haarschnitt aus den späten Achtzigern, dem Make-up und diesen slawischen Wangenknochen aktivieren meinen russischen Radar – in Kurzform Rudar. Das ist wie ein Homodar, nur zum Aufspüren von Menschen, die Russisch sprechen.

Ich wette, meine Mutter ist beleidigt, dass ihr das Krankenhaus diese Schwester zugeteilt hat. Es lässt den

Gedanken durchblicken, dass sie Hilfe bräuchte, um sich auf Englisch zu verständigen. Da meine Mutter mit Mitte dreißig, nachdem sie in die USA gezogen war, ihren Bachelorabschluss in Elektrotechnik gemacht hat, ist sie zu Recht stolz auf ihre Beherrschung der englischen Sprache – eine Fähigkeit, die durch den Unfall nicht beeinträchtigt wurde.

In der Stille kann ich das flache Atmen meiner Mutter hören; ihre Angst vor medizinischem Personal ist um einiges schlimmer als meine.

Olga ergreift die Spritze und hebt ihre Hand.

———

*Mindmachines* ist jetzt erhältlich. Falls Sie mehr darüber erfahren möchten, besuchen Sie bitte meine Homepage www.dimazales.com/book-series/deutsch.

# ÜBER DEN AUTOR

Dima Zales ist ein *New-York-Times-* und *USA-Today-*Bestsellerautor von Science-Fiction- und Fantasyromanen. Bevor er Schriftsteller wurde, arbeitete er in der Softwareentwicklungsbranche in New York als Programmierer und Führungskraft. Von Hochfrequenz-Handelssoftware für Großbanken bis hin zu mobilen Apps für Publikumsmagazine hat Dima alles entwickelt. Im Jahr 2013 verließ er die Softwarebranche, um sich auf seine Schreibkarriere zu konzentrieren, und zog an die Palm Coast, Florida, wo er derzeit lebt.

Bitte besuchen Sie www.dimazales.com/book-series/deutsch/, um mehr zu erfahren.